DAVID &

David Eddings, né en 1931 dans l'Etat de Washington, a publié son premier roman en 1973. D'abord employé chez Boeing, il démissionna, fit un petit détour par l'enseignement, puis se retrouva... directeur d'un supermarché à Denver. Refroidi par un hold-up suivi d'une fusillade, il abandonna son poste, revint chez lui, à Spokane, et décida de se consacrer à la littérature.

Leigh Eddings, son épouse, qui avait commencé une carrière dans l'armée de l'air, collaborait depuis toujours avec son mari. Elle s'occupait plus particulièrement des personnages féminins et de la fin des romans. Et cela fonctionnait à merveille puisque David Eddings est best-seller depuis 20 ans aux États-Unis et a également déclenché une véritable passion à l'étranger, notamment en France avec ses deux cycles cultes : *La Belgariade* et *La Mallorée*.

Le célèbre couple-roi de la fantasy a de nouveau figuré sur les listes des best-sellers avec la tétralogie *Les Rêveurs*.

Leigh Eddings s'est éteinte en février 2007 à l'âge de 69 ans.

LE RÉVEIL DES ANCIENS DIEUX

DES MÊMES AUTEURS
CHEZ POCKET

LES RÊVEURS

1. Le réveil des anciens dieux
2. La dame d'atout
3. Les gorges de cristal

LA GRANDE GUERRE DES DIEUX

LES PRÉQUELLES

1. Belgarath le sorcier
   Les années noires
2. Belgarath le sorcier
   Les années d'espoir
3. Polgara la sorcière
   Les années d'enfance
4. Polgara la sorcière
   Le temps des souffrances

LA BELGARIADE

1. Le pion blanc des présages
2. La reine des sortilèges
3. Le gambit du magicien
4. La tour des maléfices
5. La fin de partie de l'enchanteur

LA MALLORÉE

1. Les gardiens du Ponant
2. Le roi des Murgos
3. Le démon majeur de Karanda
4. La sorcière de Darshiva
5. La sibylle de Kell

LA PIERRE SACRÉE PERDUE

LA TRILOGIE DES JOYAUX

1. Le trône de diamant
2. Le chevalier de rubis
3. La rose de saphir

LA TRILOGIE DES PÉRILS

1. Les dômes de feu
2. Ceux-qui-brillent
3. La cité occulte

SCIENCE-FICTION

Collection dirigée par Bénédicte Lombardo

DAVID ET LEIGH EDDINGS

LES RÊVEURS

1. LE RÉVEIL DES ANCIENS DIEUX

Traduit de l'américain
par Jean Claude Mallé

FLEUVE NOIR

Titre original :
THE ELDER GODS

ISBN : 978-2-266-15508-3

MONT SHRAK
Gorges de Cristal
TERRES
Le Pays de Maag
ÎLE DE THURN
Rivière Lattash
Chutes de Vash
Lattash
Rivière Vash
La maison de Veltan
ÎLE D'ARASH
BARRIÈRE DE
Le Pays de Dhrall

RAVAGÉES
Le Nid du Vlagh
Col de Long
Rivière Long
Le Temple d'Aracia
ÎLE D'AKALA
GLACE D'ARACIA

PRÉFACE[1]

Selon les légendes – parfois fantaisistes – de la région, le Pays de Dhrall occupe sa position géographique actuelle depuis le début des temps. Notre Père le Sol étant instable par nature, les autres continents dérivent dans les vastes étendues de Notre Mère l'Eau, éternellement à la recherche d'un endroit où jeter l'ancre. Mais le Pays de Dhrall, est-il écrit, fut planté là où il est par la volonté des dieux de Dhrall, et il en sera ainsi jusqu'à la fin du monde.

Cela établi, savoir d'où vient ce monde – et pourquoi il en est venu – reste au-delà de la compréhension humaine. En l'absence d'informations plus précises, il convient, là encore, de s'en tenir aux légendes de Dhrall. A les en croire, cet exploit fut accompli par de très anciens dieux. Une tâche si écrasante que ces divinités, aussi immortelles et omnipotentes soient-elles, furent épuisées avant d'en avoir terminé.

En ces temps, des dieux beaucoup plus jeunes arpentaient le monde. Pleins de compassion pour leurs aînés,

1. Un extrait du *Pays de Dhrall*, une étude du Département de Théologie Comparative de l'université de Kaldacin.

ils leur proposèrent de se reposer pendant qu'ils porteraient sur leurs épaules le fardeau de la création. Ayant trimé au point d'être à un souffle de disparaître dans le néant, les anciens dieux acceptèrent avec gratitude. Puis ils s'endormirent, laissant les rênes de l'univers entre les mains de leurs jeunes collègues.

Après un sommeil de vingt-cinq mille ans, ils se réveillèrent, régénérés et prêts à reprendre leur éternelle mission. Très las, leurs cadets ne virent aucun inconvénient à leur transmettre le flambeau et à aller se reposer.

Des pics jaillirent des entrailles de la terre et furent lentement érodés par les éléments et le passage du temps. Notre Mère l'Eau donna naissance à une multitude de créatures, dont certaines, cherchant un endroit où vivre, prirent pied sur le beau visage sec et doux de Notre Père le Sol. Le temps et les éléments ne les érodèrent pas, à l'inverse des montagnes, mais leur imposèrent une kyrielle de métamorphoses. Des êtres nouveaux apparurent et de plus anciens s'effacèrent tandis que leurs remplaçants avançaient à l'aveuglette, en quête d'épanouissement.

Les dieux du Pays de Dhrall choisirent de ne pas intervenir pendant que les créatures de leurs Domaines croissaient et se multipliaient. Fabuleusement sages, ils entendaient que les êtres vivants suivent leur propre chemin en fonction de leur environnement. Car en vérité, le monde se transforme en permanence, et une créature adaptée à une région donnée peut être incapable de survivre dans une autre. Ces dieux, infiniment intelligents, comme on l'a déjà dit, avaient compris que chaque évolution devait être une réponse aux fluctuations de l'univers, et non à quelque divin diktat.

Alors que le temps continuait d'avancer vers une fin qui échappe à toute compréhension, les cycles de repos et de travail des dieux se succédèrent sous le regard de Notre Père le Sol et de Notre Mère l'Eau – qui n'en perdaient pas une miette, mais ne disaient jamais rien.

Les dieux de Dhrall finirent par se partager le pays, chacun, ancien ou nouveau, régnant sur un des quatre Domaines. Il demeura pourtant, au centre du continent, une étendue stérile et dépourvue de beauté qui n'appartenait à aucun des Domaines – l'Est, l'Ouest, le Nord et le Sud.

On trouvait certes de la vie dans les Terres Ravagées, mais sans commune mesure avec celle qui foisonnait ailleurs dans le Pays de Dhrall. Toujours selon les légendes, les créatures qui peuplent cette sombre contrée ont été engendrées par Ce-Qu'On-Nomme-Le-Vlagh.

Sur les origines du Vlagh, ces légendes, comme souvent, restent imprécises. Selon certaines, il s'agit du cauchemar que fit un des anciens dieux durant sa première petite éternité de sommeil. D'autres affirment que le Vlagh, beaucoup plus vieux que les divinités dont les corps ressemblent à ceux des humains, était jadis le seigneur des insectes tueurs et des reptiles venimeux depuis longtemps disparus de la face de Notre Père le Sol.

Mais toutes s'accordent sur un point : Ce-Qu'On-Nomme-Le-Vlagh fut trop impatient pour laisser aux créatures qui le servaient le temps de se soumettre au lent processus de développement et de métamorphose accepté par les vrais dieux de Dhrall. Toute sagesse oubliée, il préféra accélérer leur croissance afin d'obtenir des serviteurs plus compétents.

Il lui vint alors à l'esprit que ses sbires seraient plus précieux s'ils ne se ressemblaient pas tous. Une créature conçue pour s'acquitter d'une tâche particulière, se dit-il, serait beaucoup plus efficace qu'un être polyvalent… et moyen en tout.

Pour réaliser ce plan, le Vlagh se retirait régulièrement dans son nid obscur, au cœur des Terres Ravagées, où il s'enveloppait d'un cocon. Quand il en sortait, devenu une créature différente, il éprouvait ses aptitudes, puis notait ses forces et ses faiblesses. Au terme de cette analyse, affecter le nouvel être à une tâche précise ne présentait plus de difficultés.

De retour dans son cocon, le Vlagh se remettait au travail. Quand il en ressortait, les faiblesses avaient disparu et les forces s'étaient améliorées.

Ainsi, au fil d'une série d'expériences, le Vlagh se transformait lui-même en une forme de vie hautement spécialisée. Une fois satisfait du résultat, il reproduisait à des milliers d'exemplaires ce modèle de serviteur destiné, comme tous les autres, à lui permettre d'atteindre son but ultime.

Inlassable, il revenait dans son nid et s'attelait à la création d'un autre hybride conçu pour une seule et unique mission.

Voilà pourquoi les multitudes qui peuplent les Terres Ravagées ne ressemblent pas à celles des Domaines soumis aux lois des vrais dieux. Curieux mélange d'insecte, de reptile et d'animal à sang chaud, elles s'échinent à accomplir inlassablement leur devoir pour la gloire de leur maître.

Leur seul point commun ? Un besoin obsessionnel d'agrandir le territoire du Vlagh, jusqu'à ce que le Pays de Dhrall tout entier courbe l'échine sous son joug.

Car le Vlagh, comme de juste, rêvait de dominer le monde…

A cette fin, il envoya ses sbires marauder dans les Domaines des vrais dieux, avec l'ordre de lui rapporter tout ce qu'ils avaient vu ou entendu.

A force d'étudier chaque bribe d'information, et au terme d'une formidable série de millénaires, le Vlagh repéra un défaut dans le protocole de transfert de pouvoir des deux générations de dieux. Un grain de sable dans la machine : alors que les dieux en activité, épuisés et distraits, se languissaient de dormir, leurs remplaçants, au sortir d'une éternité de songes, n'étaient qu'à demi réveillés !

Cette révélation emplit de joie l'esprit maléfique du Vlagh. Certain de vaincre, il tira des plans et prépara ses serviteurs à livrer la guerre où périraient les vrais dieux. Tapi dans les Terres Ravagées, il rêva du jour où il régnerait sur le Pays de Dhrall. Une simple étape sur le chemin qui le conduirait à s'approprier d'autres continents, jusqu'à ce que le monde entier soit son royaume.

Alors, toutes les créatures, grandes ou petites, s'inclineraient devant lui. Seigneur légitime du monde, il le tyranniserait à jamais, fort d'un pouvoir absolu et éternel.

L'esprit du Vlagh s'enivra de béatitude anticipée.

Peu concernés par les tortueuses affaires des dieux, de Dhrall ou d'ailleurs, Notre Mère l'Eau et Notre Père le Sol, contrairement à eux, ne s'offraient jamais le luxe de dormir. Chargés de protéger les créatures terrestres et marines, ils devaient aussi s'opposer aux prédateurs, divins ou humains, qui menaçaient le cycle théoriquement infini de la vie. Et aussi bienveillants qu'ils fussent, ces deux-là gardaient en réserve, pour les urgences, une collection de désastres qui dépasse l'imagination d'un mortel.

En un passé très lointain, au cœur du Domaine du Nord, un ermite à moitié fou eut la vision d'un avenir qui risquait un jour de se réaliser. Dans son délire, il aperçut des enfants endormis dont les rêves ruineraient les plans du Vlagh, parce que les songes avaient le pouvoir de donner des ordres. Et que Notre Père le Sol, comme notre Mère l'Eau, étaient incapables de désobéir aux injonctions des Rêveurs.

Le sachant dérangé, les habitants du Pays de Dhrall se moquèrent de l'ermite. Mais les dieux de l'Est, de l'Ouest, du Nord et du Sud ne s'esclaffèrent pas. Car les paroles du dément éveillaient au fond de leur âme un écho qui leur révéla que tout cela était vrai.

Troublés, les vrais dieux du Pays de Dhrall durent regarder la vérité en face : l'arrivée des Rêveurs changerait le monde, et rien ne serait plus jamais comme avant.

Comme il se doit, les millénaires s'ajoutèrent aux millénaires dans leur course inexorable vers un avenir incertain.

Les jeunes dieux prirent de l'âge et le moment où leur cycle se terminerait approcha.

C'est là que notre histoire commence…

L'ÎLE DE THURN

1

Zelana de l'Ouest avait fini par se lasser des brutes mal dégrossies qui grouillaient dans son domaine. Trouvant les humains répugnants, elle ne supportait plus de les entendre se plaindre ou l'implorer. Croyaient-ils, ces imbéciles, qu'elle vivait pour les servir ? Quelle arrogance !

Et quelle offense !

Agacée, Zelana se détourna d'eux et séjourna une dizaine de millénaires sur l'île de Thurn, qui jouxtait les côtes de son domaine. Près de Notre Mère l'Eau, elle oublia les humains en composant de la musique et des vers.

Puis elle s'avisa que la mer, autour de l'île, abritait une très rare espèce de dauphins roses. Charmée par ces créatures intelligentes et joueuses, Zelana cessa vite de les tenir pour des animaux de compagnie. Les traitant comme des amis, elle apprit à parler leur langue et obtint d'eux une foule d'informations sur Notre Mère l'Eau et les êtres merveilleux qui vivaient en son sein. Pour les récompenser, Zelana leur offrit des récitals de flûte et leur chanta ses poèmes. Séduits par son art, ils l'invitèrent à venir nager avec eux.

Très vite, ils s'étonnèrent des particularités de leur nouvelle compagne. Pour autant qu'ils le sachent, elle ne dormait jamais et pouvait rester sous l'eau en permanence. Ils trouvèrent aussi étrange qu'elle ne manifeste aucun intérêt pour les bancs de poissons qui nageaient paresseusement autour d'elle.

Zelana leur révéla qu'elle n'avait nul besoin de dormir, de manger ou de respirer à la surface. Son cycle de veille et de sommeil était bien plus long que le leur. De l'eau, ajouta-t-elle, il lui était facile d'extraire les composants utiles de l'air. Quant à ses repas, elle se nourrissait de lumière, pas de poissons ou de végétaux.

Malgré leur bonne volonté, les dauphins ne saisirent pas ses explications.

La maîtresse de l'Ouest décida de ne pas insister sur le sujet.

Les brutes – pardon, les humains – qui peuplaient le Pays de Dhrall savaient tout au sujet de Zelana. Elle dominait l'Ouest, certes, mais il fallait aussi compter avec sa famille. Connu pour sa morosité chronique, Dahlaine, son frère aîné, régnait sur le Nord. Plus fantaisiste, son cadet, Veltan, dirigeait le Sud – lorsqu'il ne passait pas son temps à explorer la lune ou à contempler du bleu. Quant à sa sœur aînée, Aracia (une vraie pimbêche), elle contrôlait l'Est, où elle jouait à la fois les reines et les déesses.

La rivière du temps continuait à couler, mais Zelana ne lui accordait aucune attention, puisque la notion de « durée » n'avait pas de sens pour elle.

Un beau jour, sa meilleure amie, une digne matrone rose nommée Meeleamee, pointa son museau hors de l'eau près de l'endroit où Zelana, assise en tailleur sur la plage – le front de Notre Mère l'Eau – interprétait à la flûte sa dernière création.

— J'ai découvert quelque chose que tu aimerais sans doute voir, Vénérée, annonça Meeleamee de sa voix… pépiante.

— Vraiment ? s'écria Zelana.

D'un geste nonchalant, elle jeta son instrument derrière son épaule, dans le vide où elle conservait toutes ses possessions.

— C'est très joli, dit Meeleamee, et exactement de la bonne couleur.

— Dans ce cas, nous devrions aller voir…

Elles nagèrent ensemble vers les falaises escarpées qui se dressaient sur la côte sud de l'île. Quand elles approchèrent de la terre, Meeleamee émit un son aigu et s'enfonça davantage dans les entrailles de Notre Mère l'Eau. Zelana la suivit jusqu'à l'entrée d'une grotte sous-marine, puis dans ses profondeurs.

La logique et l'expérience lui soufflèrent que l'obscurité aurait dû s'épaissir à mesure qu'elles progressaient dans des tunnels sinueux. Bien au contraire, la lumière devint de plus en plus vive, et l'eau se para de reflets roses curieusement chauds et amicaux.

Meeleamee entraîna sa compagne vers la source de cette lumière.

Quand elles émergèrent d'un bassin peu profond, Zelana ne parvint pas à cacher sa surprise. Car son amie venait de la conduire dans une caverne telle qu'elle n'en avait jamais vu !

Comme toujours, il devait y avoir une explication rationnelle. Mais toute la science de l'univers n'aurait pas terni la beauté de cette grotte secrète à la voûte traversée par une large veine de quartz rose – d'où l'étrange éclairage. D'instinct, Zelana se reput de cette lumière et la trouva meilleure que toutes celles qu'elle avait goûtées depuis des millénaires.

Un festin délicieux qui la fit frissonner et rayonner de joie.

Autour du bassin, la petite plage de sable blanc, inondée de lumière, ressemblait à une couronne de soie rose. Derrière Zelana, dans une niche creusée par l'érosion, de l'eau fraîche tintinnabulait sur la roche comme un petit orchestre de clochettes. Sur les parois s'alignaient des alcôves naturelles fascinantes.

— Alors, demanda Meeleamee, qu'en penses-tu, Vénérée ?

— C'est magnifique. Le plus bel endroit de l'île.

— Je suis contente que tu l'aimes. Et j'aurais parié que tu voudrais y venir de temps en temps.

— Non, mon amie, pas de temps en temps… Je vais y vivre ! Ce lieu est parfait, et j'ai bien mérité un peu de perfection…

— Tu ne vas pas y rester tout le temps ? glapit Meeleamee, consternée.

— Bien sûr que non, répondit Zelana. Je sortirai pour jouer avec toi et mes autres amis. Mais cette grotte sera ma maison.

— C'est quoi, une maison ? demanda Meeleamee, curieuse comme un enfant.

Un jour rigoureusement semblable aux autres, Dahlaine du Nord émergea du bassin, prit pied sur la plage et annonça, sinistre comme d'habitude, que du vilain se préparait pour le Pays de Dhrall.

— Je ne vois pas en quoi ça me concerne, mon cher frère, répondit Zelana. Les montagnes protègent un côté du Domaine de l'Ouest et Notre Mère l'Eau défend l'autre. Les monstres des Terres Ravagées ne peuvent pas m'atteindre.

— Le Pays de Dhrall est un et indivisible, très chère sœur, rappela Dahlaine. De plus, aucune barrière naturelle n'est insurmontable. Les créatures de ton Domaine sont autant en danger que les autres. Il serait temps, je crois, que tu sortes de ta jolie tanière pour t'intéresser au monde. Depuis quand ne t'es-tu plus montrée aux humains ?

— Quelques millénaires… Pas plus d'une dizaine, en tout cas. J'ai manqué quelque chose d'intéressant ?

— Les humains ont progressé. Ils savent faire du feu et fabriquer des outils. Tu devrais aller leur jeter un coup d'œil, de temps en temps…

— Et pourquoi ça ? Ils sont stupides, vicieux et malodorants. Mes dauphins embaument, ils réfléchissent, et leur cœur déborde d'amour. Si les monstres des Terres Ravagées ont un petit creux, qu'ils dévorent donc les humains ! Bon débarras !

— Zelana, les humains du Domaine de l'Ouest sont sous ta responsabilité !

— Comme les mouches, les fourmis et les cancrelats… Et ceux-là s'en sortent très bien sans moi !

— On ne peut pas ignorer le monde, ma sœur, insista Dahlaine. Tout change autour de toi. Les monstres des Terres Ravagées s'agitent et les Rêveurs arriveront bientôt. Nous devons être prêts.

— Nous n'en sommes pas déjà à l'Age des Rêveurs, n'est-ce pas ? demanda Zelana, stupéfaite.

— Tous les signes sont là… Notre Mère l'Eau et Notre Père le Sol ont leur propre calendrier. Pour agir, ils n'attendront pas que ça nous arrange. Le maître des Terres Ravagées va nous attaquer, et nous ne sommes pas prêts à l'affronter.

— Nous aurions dû écrabouiller ce minable dès qu'il a pointé le bout de son nez, grogna Zelana.

— Nous parlerons de ça une autre fois, chère sœur,

éluda Dahlaine. En fait, je suis venu te donner quelque chose. Et je crois que tu apprécieras.

— Un cadeau pour moi ? s'écria Zelana, son agacement oublié.

Dahlaine sourit. Curieusement, ce mot magique – cadeau – parvenait toujours à lui gagner l'adhésion de son frère et de ses sœurs. Surtout Zelana, qui réagissait immanquablement comme il le désirait. Sans être un moyen de coercition, un présent permettait d'obtenir le même résultat – plus sympathiquement.

— C'est une babiole, chère sœur, ne va surtout pas t'emballer. Mais je parie que tu aimeras. Que dirais-tu d'un nouvel animal de compagnie ? Après si longtemps, les dauphins doivent te lasser, non ? D'autant plus qu'ils ne peuvent pas sortir de l'eau pour venir jouer dans ta grotte. Bref, je t'offre un compagnon qui partagera ta maison…

— Un chiot ? demanda Zelana. Je n'en ai jamais eu, mais il paraît qu'ils sont très affectueux.

— Ce n'est pas vraiment un chiot…

— Dommage… Un chaton, alors ? On dit que les écouter ronronner détend les nerfs.

— Eh bien… Hum, ce n'est pas un chaton non plus.

— Arrête ce jeu, Dahlaine ! Je veux savoir !

— Je te comprends…, fit le maître du Nord avec un petit sourire.

Il plongea les mains dans le vide invisible qui le suivait partout et en sortit un petit ballot de fourrure.

— Avec mes compliments, sœur adorée. Voilà le cadeau que j'ai choisi spécialement pour toi.

Zelana prit avidement le « paquet » et écarta les pans de la fourrure pour découvrir ce que lui avait apporté son frère. En voyant l'animal de compagnie, à peine mis à bas, elle poussa un cri incrédule.

— Que veux-tu que je fiche de ça ? s'indigna-t-elle.

— T'en occuper, Zelana… Ça ne doit pas être plus dur que de materner un jeune dauphin.

— Mais c'est un bébé *humain !*

— Vraiment ? fit Dahlaine, moqueur. Comment ai-je pu ne pas le remarquer ? Ta perspicacité est stupéfiante, ma sœur. (Il marqua une pause, histoire de ménager ses effets.) Cela dit, ce n'est pas un humain ordinaire… Ce bébé est très spécial. Ses semblables et lui ne sont pas légion, mais ils changeront le monde. Prends-en soin et protège-le. A mon avis, tu devras lui donner à manger, parce que se nourrir de lumière, contrairement à nous, ne lui suffira pas. Pour déterminer ce qu'il peut digérer, n'hésite pas à faire des expériences. Une fille aussi intelligente que toi résoudra vite ce problème. Et n'omets pas de le laver régulièrement. Les petits humains sont plus sales que des cochons ! Dans quelques années, il serait judicieux de lui apprendre à parler. Ce bébé aura un jour des choses à nous dire. Alors, autant qu'il ne soit pas muet…

— Que pourrait-il nous apprendre ?

— Les rêves, Zelana ! Ne pas dormir nous empêche d'en avoir, tu le sais bien. Cette enfant humaine est une Rêveuse. Voilà pourquoi je te l'ai offerte.

— Au moins, c'est une fille, dit Zelana, un peu radoucie.

— Bien sûr ! Je ne t'aurais pas vue avec un garçon sur les bras… Occupe-toi bien d'elle. Dans quelques années, je reviendrai voir comment elle évolue.

Le bébé choisit cet instant pour gazouiller et tendre une petite main vers la joue de sa protectrice.

— Oh…, souffla Zelana d'une voix vibrante d'émotion.

La voyant serrer l'enfant contre elle, Dahlaine sourit. L'affaire s'engageait bien, se congratula-t-il. Pour subjuguer son frère et ses sœurs, quelques gazouillis, un regard plein d'amour et une caresse avaient suffi.

Le maître du Nord serait bien resté encore un peu, histoire de savourer son triomphe. Mais son bébé-Rêveur était seul à la maison, et l'heure du biberon approchait.

Bref, il devait se dépêcher de rentrer !

Une fois sorti de la grotte rose, il enfourcha son éclair apprivoisé. Une monture bruyante, pas moyen de le nier, mais apte à avaler de grandes distances en un… éclair.

Zelana s'attaqua d'abord au problème de l'alimentation. Si Dahlaine s'était trompé, l'enfant se nourrirait de lumière, comme sa protectrice, qui n'aurait ainsi pas besoin de se casser la tête.

S'avisant que la veine de quartz rose projetait une vive lumière sur le lit de mousse où elle aimait à se prélasser, Zelana alla y poser le bébé et écarta la fourrure pour l'exposer aux bienfaits roboratifs de l'astre du jour – même filtré par une belle épaisseur de roche.

Le bébé brailla en agitant frénétiquement les bras et les jambes. N'aimait-il pas le rose ? A vrai dire, pour s'habituer à un régime exclusivement à base de cette couleur, Zelana elle-même avait eu besoin d'un peu de temps. Bref, pour savourer le rose, il fallait entraîner ses papilles gustatives…

Zelana claqua des doigts. Pas contrariant pour un sou, le quartz émit une superbe lueur bleue.

Sans résultat notable sur le bébé, qui brailla même plus fort.

Le vert ne marchant pas non plus, Zelana passa au blanc – un peu terne, mais le rejeton d'humain n'était peut-être pas encore prêt à savourer les couleurs complexes.

Le bébé s'époumona de plus belle.

Zelana le prit dans ses bras et se campa au bord de son bassin.

— Meeleamee ! cria-t-elle dans le langage pépiant

des dauphins. J'ai besoin de toi ! Très vite, c'est une urgence !

Ayant élevé une multitude de petits, son amie aurait sûrement une solution à lui proposer.

— Du lait, dit-elle simplement lorsque son museau eut crevé la surface.

— Du lait ? répéta Zelana. De quoi s'agit-il ? Et où en trouver ?

Quand Meeleamee eut fini de l'informer, sans omettre un détail, Zelana rougit pour la première fois de sa vie – pourtant éternelle.

— Quel processus bizarre…, fit-elle en s'empourprant davantage. (Elle s'étudia de la tête aux pieds.) Et tu crois que je pourrais… ?

— Probablement pas…, répondit Meeleamee. Pour ça, il faut activer des mécanismes… hum… un peu compliqués. Le bébé peut-il nager ?

— Je n'en sais rien, avoua Zelana.

— Sors-le de son nid et mets-le dans l'eau. Je devrais pouvoir jouer les nourrices…

Non sans quelques difficultés, surtout au début, les deux amies parvinrent à alimenter le nouveau-né. Zelana en retira une profonde satisfaction… qui dura environ quatre heures.

Soit le moment où il fallut recommencer. Décidément, s'occuper d'un enfant humain n'était pas une sinécure !

Comme toujours, les saisons se succédèrent. Sans grande surprise, l'automne remplaça l'été, puis fut lui-même évincé par l'hiver. Jusque-là, Zelana n'avait accordé aucune attention à ces phénomènes naturels. Insensible à la chaleur ou au froid, elle créait de la lumière dès qu'elle se sentait un petit creux, et ne se posait pas davantage de questions.

Meeleamee et ses compagnes alimentaient à tour de

rôle le bébé, qui s'attacha rapidement à elles. Un peu surprises par ses baisers, au début, elles s'y firent très vite – au point de se disputer sur l'équité des rotations. Ces polémiques ne duraient jamais longtemps, car le nourrisson se chargeait d'y mettre un terme en mordant la première tétine venue.

Après quelques morsures, étrangement, son régime changea et ses nounous commencèrent à lui apporter du poisson. Comme l'enfant continua à les remercier à grand renfort de baisers, l'événement ne fit pas beaucoup de remous.

Ayant toujours pris ses repas dans le bassin, la protégée de Zelana sut nager avant même qu'il lui pousse des dents. Elle apprit à marcher – et à courir – peu après son passage aux aliments solides, et entreprit bientôt de gambader partout dans la grotte en pépiant les quelques mots de langage dauphin qu'elle connaissait.

Ses amies à nageoires la confinaient en principe au bassin, où elle ne risquait pas de se noyer. Histoire de lui apprendre à subvenir à ses besoins, elles l'emmenèrent parfois à la chasse au poisson, au plus profond des entrailles de Notre Mère l'Eau.

Quand s'annonça le troisième été de sa vie, la petite eut le droit de s'aventurer hors de la grotte pour suivre les jeunes dauphins, amateurs de cabotage autour de l'île de Thurn. Très vite, elle passa son temps avec eux, et, stimulée par leur exemple, réussit à se nourrir toute seule.

Zelana s'en réjouit. La nouvelle indépendance de sa protégée allait lui laisser le loisir de retourner à ses passions, la musique et la poésie.

Les jeunes dauphins baptisèrent leur amie « Beeweeabee ». Déjà dubitative, euphoniquement parlant, Zelana jugea que ça ne convenait pas dès qu'elle connut la traduction approximative de ce nom. Soit : « Courte-Nageoire-Sans-Queue »…

En dépit de son comportement – et des compagnons qu'elle avait choisis – la petite fille restait un animal terrestre. Mobilisant sa muse, Zelana se creusa la cervelle et accoucha péniblement d'un « Eleria » du plus bel effet. Très musical, ce prénom rimait en outre avec une foule de jolis mots.

D'abord indifférente, l'enfant finit par réagir (un verbe à ne pas confondre avec « obéir ») quand Zelana l'appelait.

L'effet recherché – en gros – par la maîtresse de l'Ouest…

Les saisons continuèrent leur ronde. Ayant compris qu'elles se débrouillaient très bien toutes seules, Zelana ne prit pas la peine de leur dire de se presser un peu.

Alors qu'Eleria vivait son cinquième automne, Dahlaine revint rendre visite à sa sœur.

— Comment ça se passe avec la petite, ma sœur ? demanda-t-il.

— C'est difficile à dire, admit Zelana. Je n'ai plus eu de contact avec les humains depuis une dizaine de millénaires, et ils ont dû changer un peu. Alors, comment savoir si Eleria est « normale » pour son âge ? En tout cas, puisqu'elle passe son temps dans l'eau, elle ne pue pas, comme c'était le cas de ses semblables au moment où je les ai abandonnés.

— Où est-elle ? demanda Dahlaine.

— Dehors, en train de jouer avec ses amis. Sans doute autour des côtes de l'île…

— Ses amis ? s'étonna Dahlaine. Je croyais qu'il n'y avait personne ici, à part toi.

— Et tu avais raison ! Il n'y a pas d'humains dans

le coin. Et s'il y en avait, je lui interdirais de les fréquenter.

— Il faudra surmonter ça, ma sœur. Un jour ou l'autre, elle devra avoir des contacts avec ses semblables.

— Pourquoi ?

— Afin de leur dire comment agir, Zelana ! Si ses amis ne sont pas des humains, avec qui joue-t-elle ?

— Des dauphins, bien sûr ! Elle s'entend très bien avec les jeunes…

— J'ignorais qu'ils pouvaient évoluer sur la terre ferme.

— Ça leur est impossible. Mais Eleria nage avec eux.

— Tu as perdu la tête ? Cette enfant a cinq ans ! Tu veux qu'elle se perde à jamais dans les abysses de Notre Mère l'Eau ?

— Arrête de t'inquiéter pour rien, Dahlaine. Elle nage presque aussi bien que ses copains, et elle pêche tout en s'amusant. Tu imagines le temps que j'économise ? Elle subvient à ses besoins, et ça me fait un sacré souci de moins ! Elle semble aimer aussi les fraises, quand il y en a, mais je crois qu'elle adore le poisson.

— Et comment cuisine-t-elle dans l'eau ?

— Cuisiner ? Qu'est-ce que c'est ?

— Une habitude sans importance, éluda le maître du Nord. Au moins, assure-toi qu'elle ne va pas au large.

— Pourquoi ? Elle nage presque toujours à la surface… Tu trouves important qu'il y ait un peu ou beaucoup d'eau sous elle ?

Dahlaine renonça. Raisonner avec Zelana était un moyen imparable de devenir dingue !

2

Même si Zelana ne l'aurait jamais avoué, y compris sous la torture, sa vie était plus agréable depuis qu'elle avait un petit être à chérir. Eleria étant capable de se nourrir et ayant assez d'amis pour s'occuper, sa présence dans la grotte, à la tombée de la nuit, ne la gênait pas du tout. Le jour, Zelana s'adonnait à la musique et à la poésie. Le soir, l'enfant lui servait volontiers de public.

Eleria adorait entendre chanter sa protectrice et elle ne protestait pas non plus quand elle lui déclamait ses vers – même si elle n'en comprenait pas un mot. A six ans, la petite fille pratiquait toujours le langage des dauphins…

Zelana finit par réfléchir à ce sujet. Puisqu'elle maîtrisait aussi cette langue, cela ne la dérangeait pas. Mais il serait judicieux, décida-t-elle, d'apprendre à Eleria quelques rudiments de l'idiome qu'elle pratiquait avec ses frères et sa sœur. La tâche ne menaçait pas d'être difficile, car la petite apprenait vite.

Et Zelana n'avait encore rien vu !

Un beau jour d'automne, elle s'aperçut que l'enfant avait quelques longueurs d'avance sur elle.

Par hasard, elle entendit Eleria réciter un de ses poèmes à ses petits camarades de jeu. Et après l'avoir traduit !

Dans le langage des dauphins, tout en cris haut perchés, l'œuvre de Zelana prenait une nouvelle dimension… Certaine que les jeunes amis de sa « fille » ne raffolaient pas des après-midi poétiques, la maîtresse de l'Ouest ne s'étonna pourtant pas de les voir écouter docilement. Pour obtenir les caresses et les baisers de leur compagne humaine, les dauphins étaient prêts à tous les sacrifices !

Même si elle les aimait aussi, Zelana n'aurait jamais eu l'idée de les cajoler. Mais Eleria avait vite compris que c'était le meilleur moyen d'en tirer tout ce qu'elle voulait.

Troublée par ce qu'elle venait de découvrir, Zelana estima judicieux de s'intéresser davantage à l'évolution de la petite, qui, ces derniers temps, ne cessait pas de la surprendre.

— Eleria, nous devons parler, dit-elle un peu plus tard, quand elles furent seules dans la grotte.

La fillette lui répondit en langage dauphin.

— Utilise plutôt des mots, mon enfant…

Eleria ouvrit de grands yeux.

— Ce serait fort inconvenant, Vénérée, fit-elle enfin. Ton langage ne saurait être utilisé aux instants les plus triviaux de la vie quotidienne. Il doit être réservé aux heures exaltantes où la pensée s'élève. Pour rien au monde, je t'implore de le croire, je ne le profanerais en débitant de séculières banalités.

Zelana vit tout de suite où elle avait commis l'erreur. En un sens, elle avait traité l'enfant comme celle-ci traitait à présent les dauphins. Une sorte de public captif, en somme – mais pas du tout passif. Etant intelligente, Eleria en avait tiré des conclusions logiques. Croire que le langage de Zelana devait être réservé à la poésie n'était pas absurde, puisque la maîtresse de l'Ouest lui parlait ainsi *uniquement* pour déclamer ses vers. Le reste du temps, elles conversaient dans la langue des dauphins…

— Approche, mon enfant… Il est temps que nous fassions plus ample connaissance…

— T'aurais-je désobligée, Vénérée ? s'inquiéta Eleria. Ai-je éveillé ton courroux en récitant tes poèmes à nos amis à nageoires ? C'est cela, n'est-ce pas ? Ils exprimaient ton amour et s'adressaient à mes seules oreilles. Dans mon insouciance, je les ai semés au vent comme des pétales de rose ! (Des larmes perlèrent aux paupières de la fillette.) Vénérée, ne me chasse pas, je t'en supplie. Sur ma vie et ma foi, je promets de ne pas recommencer.

Submergée par une vague d'émotion, Zelana s'avisa qu'elle aussi avait les yeux humides.

— Viens ! lança-t-elle à la fillette en lui ouvrant les bras.

Elles s'étreignirent en pleurant à chaudes larmes, en proie à un étrange chagrin qui… les remplissait de joie.

Dès lors, Zelana et Eleria passèrent tout leur temps ensemble dans la grotte. Les dauphins l'approvisionnant en poissons, l'enfant n'avait plus besoin de retourner vers Notre Mère l'Eau. D'autant que la source intérieure étanchait obligeamment sa soif.

Ses petits camarades de jeu lui firent un peu la tête, mais ils se remirent vite.

Zelana prit beaucoup de plaisir à apprendre la poésie, la musique et le chant à la fillette. Comme en attestaient les tirades exaltées d'Eleria, les vers de la maîtresse de l'Ouest avaient une dimension majestueuse et un rien emphatique qu'on retrouvait dans sa musique. Les poèmes d'Eleria, dès qu'elle se mit à l'ouvrage, se révélèrent un peu brouillons, mais nettement plus épiques et passionnés. Et ses chansons, à force de simplicité, confinaient au sublime.

A contrecœur, Zelana dut convenir que la voix de l'enfant, très claire, même quand elle montait haut dans la gamme, était plus belle que la sienne.

Eleria comprit assez vite qu'il existait une version plus pragmatique du langage de sa protectrice. Réservant les envolées à la poésie, elle acquit très vite le style simple et direct si agréable dans la vie de tous les jours.

Cependant, elle continua à donner du « Vénérée » à Zelana.

Un beau jour du septième printemps que vivait Eleria, Zelana insista pour qu'elle aille jouer avec ses petits compagnons roses à nageoires. Les ayant négligés depuis longtemps, il semblait courtois qu'elle se fasse pardonner.

Ce soir-là, la fillette revint au bercail avec une grosse boule brillante dans une main.

— C'est très joli, mon enfant ! Mais qu'est-ce que c'est ?

— On appelle cela une « perle », Vénérée. Une vieille amie des dauphins me l'a donnée. Enfin, pas exactement. Disons plutôt qu'elle m'a montré où elle était…

— J'ignorais qu'il existait de si grosses perles, avoua Zelana. L'huître devait être énorme.

— Elle l'était, Vénérée…

— Qui est cette amie des dauphins ?

— Une baleine… Très vieille, elle vit près de l'îlot, sur la côte sud. Ce matin, elle a dit qu'elle voulait me montrer quelque chose. Puis elle m'a conduite près de l'îlot, et nous avons plongé jusqu'au récif où l'huître s'était accrochée à un rocher. Si tu avais vu cette coquille, Vénérée ! Presque aussi large que je suis grande !

— Comment as-tu fait pour l'ouvrir ?

— Ce fut inutile, Vénérée. La baleine a touché l'huître avec une nageoire, et elle s'est ouverte toute seule.

— Voilà qui n'est pas banal…

— Selon la vieille baleine, l'huître voulait que la perle me revienne. Après l'avoir prise, j'ai remercié son ancienne propriétaire, mais je ne suis pas sûre qu'elle ait compris. Nager en tenant la perle n'était pas facile… Heureusement, la baleine a proposé de me porter.

— Te porter ?

— J'ai voyagé sur son dos. C'est très amusant, Vénérée. (Eleria leva fièrement la perle, environ de la taille d'une pomme.) Tu vois sa lueur rose ? Elle est encore plus jolie que celle de notre voûte. (Elle serra sa trouvaille contre elle.) Je l'adore !

— Tu as pris le temps de manger, mon enfant ?

— J'ai le ventre bien rempli, Vénérée. Avec mes amis, nous avons trouvé un banc de harengs. Un vrai festin !

— Au fait, ta baleine a un nom ?

— Les dauphins l'appellent simplement « mère ». C'est une image, bien entendu. Pour lui exprimer leur amour…

— Elle parle la même langue qu'eux ?

— A peu de choses près… Mais sa voix est moins aiguë. (Eleria approcha de son lit de mousse.) Je suis très fatiguée, Vénérée. Nager jusqu'à l'îlot nous a pris du temps, et j'ai eu du mal à soutenir le rythme de la baleine…

— Tu devrais dormir, ma chérie. Demain, tu te sentiras en pleine forme.

— C'est une très bonne idée, Vénérée. Mes yeux se ferment tout seuls…

L'enfant se coucha, la perle blottie contre son cœur.

Etonnée et vaguement inquiète, Zelana la regarda sombrer dans le sommeil. Les baleines et les dauphins, en principe, ne s'associaient pas de la façon qu'Eleria venait de lui décrire. Et communiquer leur était impossible. Un événement très étrange avait eu lieu aujourd'hui…

Eleria dormait à présent à poings fermés, son petit corps tout à fait détendu. Soudain, sous les yeux ronds de Zelana, la perle rose brillante s'éleva lentement dans les airs. Sa lueur augmenta, devenant un halo qui enveloppa l'enfant.

Ne t'en mêle pas, Zelana, dit une voix familière dans la tête de la maîtresse de l'Ouest. *C'est nécessaire, et je n'ai pas besoin de ton aide…*

Le lendemain matin, Eleria se réveilla plus tard que d'habitude. Assise sur son lit de mousse, la perle dans une main, elle leva vers Zelana un regard perplexe.

— Pourquoi dormons-nous, Vénérée ? demanda-t-elle.

— Je ne dors pas, et j'ignore pour quelle raison les autres créatures ont si souvent besoin de sommeil.

— Je croyais que nous étions pareilles, s'étonna l'enfant. En tout cas, nous nous ressemblons, même si tes cheveux sont noirs et brillants alors que les miens sont jaunes comme le soleil.

— Je me suis posé les mêmes questions, mon enfant… Ai-je simplement dépassé le stade où le sommeil est nécessaire ? Après tout, je suis bien plus vieille que toi.

Une réponse outrageusement simplifiée… Mais Eleria, Zelana le savait, n'était pas encore prête à entendre *toute* la vérité.

— Puisque tu ne dors pas, Vénérée, je suppose que tu ne sais rien des étranges choses qui m'arrivent pendant mon sommeil ?

— Ce sont des « rêves », Eleria. Mais les tiens ne

ressemblent pas à ceux des autres créatures. Dahlaine, mon frère, m'a dit que tes songes seraient très spéciaux et beaucoup plus importants que ceux des gens ordinaires. Cette nuit, en as-tu eu un qui t'a effrayée ?

— Je n'ai pas eu peur, Vénérée... Pourtant, c'était bizarre...

— Et si tu me racontais ça ?

— Eh bien, je flottais... Mais pas comme dans Notre Mère l'Eau, quand je veux me reposer et reprendre mon souffle. Je m'élevais dans les airs, et des événements curieux se déroulaient à mes pieds. Notre Père le Sol était en feu, et les montagnes jaillissaient de la terre ou s'écroulaient comme des vagues pendant une tempête. Sur certaines, la roche fondait et coulait lentement vers Notre Mère l'Eau. D'autres crachaient des flammes en direction du ciel. Des choses pareilles peuvent-elles arriver ?

— Oui, mon enfant, répondit Zelana d'une voix mal assurée. Cela s'est passé exactement comme tu le décris. C'était lors de la naissance du monde, et j'étais là pour regarder. Que s'est-il produit ensuite ?

— Les feux ont brûlé très longtemps, puis la terre, sous mes pieds, s'est séparée en plusieurs fragments qui ont flotté dans des directions différentes. Alors, des arbres ont commencé à pousser sur Notre Père le Sol, et Notre Mère l'Eau a donné la vie à une multitude d'enfants. A cet instant, j'ai compris que je n'étais pas seule. D'autres que moi faisaient les mêmes rêves – sauf que pour eux, c'était peut-être la réalité.

— Tu as raison, mon enfant, dit Zelana. J'étais parmi ces « autres » dont tu parles. Je ne rêvais pas, tu peux me croire, pas plus que mes frères ou ma sœur.

— Ainsi, c'était ta famille qui se cachait quelque part à la lisière de mon rêve ? Je croyais que tu avais seulement deux frères et une sœur. Là, deux frères et une sœur de plus regardaient avec moi...

— Ils appartiennent à une autre branche de la famille, Eleria. Et nous ne nous réunissons pas souvent… Mais nous parlerons de ça plus tard. Raconte-moi plutôt la suite. Les rêves s'effacent de la mémoire, d'après ce qu'on m'a dit. Avant d'oublier, finis ton histoire…

— La plupart des enfants de Notre Mère l'Eau étaient des poissons, mais pas tous. Et ceux-là sont sortis de la mer pour s'installer sur Notre Père le Sol. Au début, ils ressemblaient à des gros serpents. Puis des pattes leur ont poussé, et ils sont devenus de plus en plus grands. Certains mangeaient des fruits et des racines, et d'autres… dévoraient ceux qui se nourrissaient de végétaux.

— C'est tout ? demanda Zelana.

— Non… Un jour, un énorme rocher en feu est tombé du ciel. Quand il s'est écrasé sur Notre Père le Sol, il y a eu de grandes éclaboussures – mais de pierre, pas d'eau. Tout est devenu noir pendant très longtemps. Lorsque la lumière est revenue, les gros serpents à pattes n'étaient plus là.

— Mes parents étaient partis aussi ?

— Certains étaient allés dormir, oui. Mais ils se sont réveillés après un moment, et ceux qui ne s'étaient pas reposés ont pris leur place. Mais un de tes parents ne s'est jamais assoupi. Il est très laid, n'est-ce pas ?

— Ça, tu peux le dire ! C'est un proscrit, et nous ne voulons plus y penser. Qu'est-il arrivé après ?

— Notre Père le Sol a été arpenté par beaucoup d'espèces de créatures à fourrure. Des petites, des grandes, des moyennes… Il y avait aussi des oiseaux et des insectes… Puis sont venus des êtres qui marchaient sur leurs pattes de derrière. Mais ils ne nous ressemblaient pas, Vénérée. Ils avaient des écailles, comme des poissons ou des serpents, et leurs énormes yeux saillaient hors de leurs orbites. Les choses ont continué longtemps comme ça, jusqu'à ce que tout soit recouvert de blanc. Il faisait si froid, Vénérée ! Notre Mère l'Eau a paru se ratatiner, et elle s'est retirée des rives… Un jour, le blanc a disparu et Notre Mère l'Eau est revenue. A ce moment, des humains comme moi sont nés. Pas exactement comme moi, en réalité… Pour une raison que j'ignore, ils s'enveloppaient dans des peaux de bêtes. Nous ne faisons plus ça…

— Parce que nous n'en avons pas besoin, mon enfant. Ils agissaient ainsi pour avoir chaud. De plus, ils avaient honte de leur corps.

— Quelle drôle d'idée ! fit Eleria, le front plissé. C'est tout ce que j'ai vu, Vénérée. Oh, j'allais oublier ! L'espion, tu sais, celui qui est affreux, est resté tout le temps à la lisière de mon rêve, et on dirait qu'il ne m'aime pas beaucoup. Je crois même qu'il a peur de moi…

— S'il n'est pas idiot, il a intérêt à te redouter…, dit Zelana. Tu penses pouvoir rester seule ici quelques jours, mon enfant ? J'ai des choses à faire, mais je ne serai pas absente longtemps.

— Je ne peux pas t'accompagner ?

— Pas cette fois, Eleria. Mais peut-être la prochaine. Nous verrons…

3

Zelana nagea hors de sa grotte, gagna la surface de Notre Mère l'Eau et prit pied sur une plage de galets caressée par des vagues qui s'en retiraient avec un soupir mélancolique. La maîtresse de l'Ouest leva les yeux vers le ciel, en quête d'un des vents qui soufflaient en permanence au-dessus des nuages. Elle en repéra plusieurs, mais ils n'allaient pas dans la bonne direction. Patiente, elle continua ses recherches, et localisa enfin le courant qui la conduirait vers le nord en longeant la lisière du ciel.

Elle s'éleva dans les airs, traversa sans peine les vents qui ne lui convenaient pas, enfourcha celui qui la mènerait au sinistre Domaine de son frère, et se laissa emporter sur ses ailes.

Dahlaine s'était installé dans une caverne nichée au cœur du mont Shrak, aux cimes couvertes de neiges éternelles. Selon les Nordiques, il s'agissait du pic le plus haut du monde.

De fait, alors que Zelana descendait lentement du ciel, cette montagne semblait toiser le Domaine de Dahlaine avec une sombre expression de supériorité.

L'entrée de la caverne se trouvait sur la face nord de la montagne. Zelana s'y engouffra et remonta les tunnels sinueux qui s'enfonçaient dans la roche noire brillante jusqu'à la grande salle où son frère vivait.

Zelana s'immobilisa sur le seuil de la caverne. Son costaud de frère à la barbe grise, torse nu, était campé devant un feu rougeoyant. Les muscles saillants, il martelait frénétiquement un objet brillant qui émettait un son cristallin à chaque coup de masse. L'orbe lumineux qui lévitait au-dessus de sa tête l'inondait de lumière.

— Que fiches-tu donc, Dahlaine ? demanda Zelana.

Le maître du Nord se retourna vivement.

— Zelana ? Tu as failli me faire peur, ma sœur. Quelque chose ne va pas ?

— Peut-être… et peut-être pas… Tu t'es mis à la musique ? Si c'est le cas, tu joues très faux, mon frère.

— Une petite expérience, très chère… De l'autre côté de Notre Mère l'Eau, des humains ont découvert un matériau qu'ils appellent le « fer ». J'essayais de voir si je pouvais en produire aussi. Mais revenons-en à ta visite…

Zelana balaya la caverne du regard.

— Où est ton Rêveur ?

— Ashad ? Il joue dehors avec les ours…

— Des *ours ?* Tu le laisses batifoler avec des plantigrades ? Ils le dévoreront…

— Sûrement pas, ma sœur… Ce sont ses amis, comme les dauphins roses pour Eleria. Bon, pourquoi viens-tu me voir ?

— Hier, Eleria a fait un rêve qui pourrait être important. Je voulais t'en informer, car il y a autre chose, et ça me semble encore plus significatif que le songe.

— Vraiment ?

— On dirait que Notre Mère l'Eau a décidé de prendre les choses en main…

Dahlaine dévisagea sa sœur, l'air perplexe.

— Eleria a revu ses amis dauphins, hier, et ils lui ont présenté une baleine.

— Les baleines et les dauphins parlent le même langage ? s'étonna Dahlaine.

— Non… Et ça m'a mis la puce à l'oreille. A mon avis, il ne s'agissait pas d'une vraie baleine… Bref, elle a conduit Eleria jusqu'à un îlot, au sud de Thurn, et lui a montré une huître cinquante fois plus grande que la normale. La baleine l'a caressée avec une de ses nageoires, et l'huître s'est ouverte, comme si on avait frappé à sa porte. Dedans, il y avait une perle rose un peu plus grosse qu'une pomme.

— Impossible ! s'exclama Dahlaine.

— Ça, tu ferais mieux d'en discuter avec sa propriétaire, mon cher… La baleine a dit à Eleria que l'huître lui destinait la perle. Ma Rêveuse l'a prise, et sa nouvelle amie l'a ramenée à la maison. Sur son dos !

— Voilà un spectacle que j'aurais aimé voir ! fit Dahlaine avec un grand sourire. Chevaucher une baleine ne doit pas être facile !

— Tu veux écouter mon histoire, ou lancer des vannes débiles ?

— Navré, ma chère sœur… Mais continue, je t'en prie…

— Epuisée par ses aventures, la petite s'est endormie comme une masse. Là, les choses vraiment étranges ont commencé. La perle rose a lévité au-dessus d'Eleria et sa lumière, comme celle d'une petite lune, l'a enveloppée. A ce moment-là, une voix, dans ma tête, m'a ordonné de ne pas intervenir. Dahlaine, je l'ai reconnue, même si je ne l'ai plus entendue depuis l'aube des temps.

— Tu te moques de moi !

— Pas du tout, cher frère. C'était celle de Notre Mère

l'Eau. Une preuve de plus, dirait-on, que cette baleine n'avait rien d'ordinaire.

— Notre Mère l'Eau n'a jamais fait ça…

— Décidément, tu aimes enfoncer les portes ouvertes ! Selon moi, nous devrions être très prudents et attendre d'en savoir plus sur ses intentions. L'Eau est la force motrice du monde, ne l'oublie pas. Autant ne pas nous la mettre à dos…

— Qu'est-il arrivé ensuite ?

— Eleria a rêvé, comme tu t'en doutes. A l'évidence, c'était le but de la manœuvre. Pour moi, cette perle est en quelque sorte l'essence de la conscience de Notre Mère l'Eau. La marée continue à monter et à descendre, les vagues déferlent toujours sur les plages, mais elle est éveillée, à présent. Je parie mon Domaine que la perle, son incarnation, a généré le rêve d'Eleria, image après image.

— La petite t'a raconté son songe ?

— Evidemment… Sinon, pourquoi serais-je ici ?

— Et de quoi était-il question ?

— Du monde ! répondit Zelana. Eleria l'a vu quand il était encore en feu, avant que les continents ne se séparent. Quand la vie n'existait pas ! Puis elle les a vus se détacher les uns des autres tandis que Notre Mère l'Eau donnait naissance à une infinité de créatures. Elle a regardé les grands reptiles dominer le monde, puis elle a assisté à leur disparition, lors de la chute de l'étoile géante. Et elle sentait notre présence, mon frère ! Plus celle des autres, ceux qui sont actuellement endormis. Elle a aussi capté celle de Ce-Qu'on-Nomme-Le-Vlagh… Ensuite, elle a vu l'Age de Glace, puis l'apparition et l'évolution de l'homme. En clair, l'histoire de notre monde du début jusqu'à… hier.

— Tout ça en une seule nuit ? s'étonna Dahlaine.

— Oui, mais avec de l'aide. Je suis sûre que la perle

la guidait étape après étape. Nous devrions prévenir nos remplaçants… Notre cycle approche de sa fin, et ils se réveilleront bientôt. Il faut les avertir que la crise que nous prévoyons depuis toujours risque d'éclater pendant *leur* cycle.

— En supposant qu'elle n'arrive pas avant… Ma sœur, une réunion au sommet s'impose. Tu devrais aller chercher Aracia. Moi, j'essaierai de dénicher Veltan, où qu'il puisse être. Il faut prendre des décisions, et le temps presse.

— Qu'il en soit fait selon ta sainte volonté, mon très honorable frère, répondit Zelana avec une emphase ironique.

— Tu es obligée de te comporter comme ça ? demanda Dahlaine, visiblement vexé.

— Oui, dès que tu enfonces les portes ouvertes… Pars à la recherche de Veltan. Si je peux arracher Aracia à son ridicule temple, je la ramènerai. Rendez-vous ici ?

— C'est la meilleure solution… Et la plus sûre. A part ta grotte, bien entendu. On pourrait s'y retrouver, mais Veltan nage comme une enclume… Nous laisserons les Rêveurs hors de tout ça. Pas question de contaminer leurs visions !

Zelana quitta la tanière de Dahlaine et sonda le ciel en quête d'un vent adapté à son projet. Quand ce fut fait, elle traversa les courants nordiques glacés et enfourcha la brise qui soufflait vers l'est, où s'étendait le Domaine d'Aracia.

Depuis l'arrivée de la dernière variante d'humains, la maîtresse de l'Est avait pris la grosse tête. Jusqu'ici, elle s'était montrée assez raisonnable. Un peu superficielle, certes, mais rien de dramatique. Hélas, ces humains-là, à l'inverse de leurs prédécesseurs, moins raffinés, avaient des aspirations religieuses et une compulsion maladive à se chercher des dieux.

Aracia jugeait ça très bien de leur part. Ravie de leur donner ce qu'ils voulaient, elle avait suggéré qu'une superbe résidence, d'où elle pourrait veiller sur eux, serait appropriée à sa grandeur. Son peuple s'était empressé de lui en construire une – et même plusieurs. La première, quelque peu rudimentaire, était en rondins. Aracia s'en était accommodée un moment, mais le vent soufflait à travers les jointures approximatives et le sol, en terre battue, devenait un cloaque à la saison des pluies.

Aracia ayant insisté pour qu'on passe à un bâtiment en pierre, ses adorateurs s'étaient obligeamment échinés à lui construire un abri presque aussi confortable que les grottes de Zelana ou de Dahlaine. Désormais, Aracia de l'Est se prélassait dans son splendide temple – encore un peu exposé aux courants d'air – où une cohorte d'adorateurs inlassables louaient sa gloire et sa beauté. Sans elle, s'exclamaient-ils, comment auraient-ils pu vivre ? A propos, si ça ne la dérangeait pas trop, pouvait-elle transformer en crapaud le sale type qui s'était montré si insultant l'autre jour ? Et faire pleuvoir, histoire d'irriguer les champs – mais pas trop, parce que avoir de la boue partout n'avait rien d'amusant ?

Zelana traversa les courants aériens frisquets de l'automne et aperçut enfin le dôme de marbre du palais de sa sœur. Ajustant sa vision, elle jeta un coup d'œil indiscret dans la salle d'apparat de la maîtresse de l'Est. Une pièce en marbre blanc, avec des colonnades et des tentures en velours rouge derrière le grand trône en or.

Drapée d'un manteau d'hermine régalien, Aracia portait une couronne en or tout aussi régalienne. Quant à son expression, eh bien, on aurait pu, sans trop risquer de se tromper, la qualifier de… régalienne.

Debout devant le trône, un gros type vêtu de lin noir,

une mitre outrageusement ornée sur le crâne, débitait une interminable prière à la gloire de sa déesse.

Et Aracia buvait ces fadaises comme du petit-lait.

Consciente que ce serait d'une impolitesse caractérisée, Zelana ne put résister à une impulsion soudaine.

Quand elle apparut à côté du trône, vêtue en tout et pour tout de gaze vaporeuse, le gros type en noir s'étrangla au milieu de son oraison. Plusieurs adorateurs, gras comme des porcelets, s'évanouirent d'indignation. Une poignée, sûrement les plus férus de théologie, envisagèrent sur-le-champ une révision radicale de quelques canons de la foi.

— Couvre ta nudité, Zelana ! cria Aracia.

— Pour quoi faire, chère sœur ? Les rigueurs du climat ne m'affectent pas, et je n'ai aucun défaut à cacher. Si tu veux t'envelopper dans ce ridicule cocon de vêtements, libre à toi ! Mais je doute que tu te transformes un jour en papillon.

— N'as-tu aucune pudeur ?

— Bien sûr que non, puisque je suis parfaite. L'ignorais-tu, très chère ? Bon, Dahlaine veut nous voir d'urgence. Mais laisse ton Rêveur ici. Notre frère t'expliquera pourquoi.

— S'il veut me parler, il n'a qu'à venir ! Pas question de me prosterner devant lui dans le trou pourri où il a élu résidence.

— Très bonne idée, ma chère, susurra Zelana. Tes poussahs d'adorateurs seront ravis de te voir à genoux devant lui dans le magnifique temple qu'ils ont sué sang et eau pour construire. A condition qu'il soit encore debout… Tu connais la sale manie de Dahlaine : semer des éclairs partout sur son passage. De très jolis éclairs, convenons-en. Hélas, le bruit qui les accompagne fait souvent s'écrouler les bâtiments. Cela dit, reconstruire ce temple occupera tes adorateurs, pendant qu'ils se demanderont pourquoi la déesse suprême de l'univers lèche les bottes d'un type qui ressemble à un gros ours hirsute...

— Tu ne t'inclines jamais devant lui ! accusa Aracia.

— Bien vu, ça... Et tu sais pourquoi ? Parce que je ne demande à personne de se prosterner à mes pieds. As-tu oublié que ça marche comme ça ? Il est temps de sortir de ton cocon, ma papillonnante sœur. Les rêves ont commencé, et Ce-Qu'On-Nomme-Le-Vlagh pourrait très bientôt frapper à notre porte. Allons voir Dahlaine avant qu'il ne soit trop tard.

Main dans la main, les deux sœurs chevauchèrent les vents en direction du nord-ouest. A l'automne, les terres, à leurs pieds, se paraient de mille couleurs. Les cours d'eau brillaient comme des diamants et les montagnes, au nord du domaine, resplendissaient de toute la blancheur de leur éternel manteau de neige.

Zelana et Aracia, à vrai dire, étaient très excitées par la perspective de cette réunion de famille, la première depuis une bonne dizaine de millénaires. Entre eux, comme dans toutes les fratries, le temps n'était pas toujours au beau fixe. Mais quelle famille peut se vanter du contraire ? Pourtant, lors des crises, oublier les différends et chercher ensemble une solution ne posait pas de problème...

— C'est déjà la montagne de Dahlaine ? demanda Aracia, en désignant un pic, au nord.

— Non, répondit Zelana. Le mont Shrak est beaucoup plus grand.

— Je n'ai jamais vu Notre Père le Sol d'aussi haut, avoua Aracia. Ça change tout, n'est-ce pas ?

— Essaie donc de le regarder depuis la lisière du ciel, chère sœur. Tu en auras le souffle coupé.

— La lisière du ciel ?

— A l'endroit où il n'est plus bleu… Après qu'Eleria m'eut raconté son rêve, il fallait que j'en parle à Dahlaine. Quand j'ai cherché un vent pour m'y conduire, le seul qui convenait longeait la lisière du ciel. De là, on distingue même la courbure du monde.

— Il est vraiment rond ? s'enquit Aracia. D'après Veltan, vu de la lune, il ressemble à une boule bleue. (La maîtresse de l'Est plissa le front.) Je n'ai jamais compris pourquoi Notre Mère l'Eau l'avait exilé sur la lune pendant dix mille ans. L'avait-il offensée ?

— Et comment ! confirma Zelana. Veltan lui a carrément dit qu'elle l'ennuyait à mourir.

— Impossible !

— Et pourtant vrai ! Il la trouvait d'un bleu trop uniforme, et il voulait qu'elle varie un peu les nuances. Imagine-toi qu'il est allé jusqu'à lui proposer des rayures ! Comme il n'arrêtait pas de la tanner avec ça, Notre Mère l'Eau lui a dit, en gros, d'aller se faire voir ailleurs. Et voilà pourquoi notre frère cadet a passé dix mille ans sur la lune !

— Où il s'est diverti en cataloguant toutes les nuances de bleu. On dirait que c'est sa grande passion.

— Combien en a-t-il trouvé, jusque-là ?

— Plus de treize millions, la dernière fois que je lui ai parlé. Comme il y a bien mille ans de ça, son score a dû s'améliorer.

— Voilà le mont Shrak ! annonça Zelana en désignant le sol. Descendons voir si Dahlaine a réussi à dénicher Veltan.

Elles fendirent l'ait chatoyant en direction du pic déchiqueté, et dérangèrent un vol d'oies au passage. Zelana aimait bien ces volatiles. Des animaux pas très futés, certes, mais dont les migrations marquaient les changements de saison avec une régularité de métronome. Une façon d'apporter une certaine stabilité à un monde imprévisible.

Les deux sœurs se posèrent devant l'entrée de la caverne de Dahlaine. Puis Zelana guida Aracia dans les tunnels sinueux qui conduisaient à l'antre de leur frère.

— Que c'est laid ! s'écria Aracia. C'est lui qui a accroché ces gros bâtons de glace à la voûte ?

— Ce n'est pas de la glace, chère sœur, mais de la pierre. Ces stalactites se forment selon le même processus que les « bâtons de glace », comme tu dis, mais ça prend beaucoup plus de temps.

— S'il vit toujours dans le noir, Dahlaine finira par mourir de faim.

— Un petit soleil réside avec lui dans la caverne, dit Zelana. Il est loyal comme un chiot et lui fournit toute la lumière dont il a besoin pour se nourrir.

— Dahlaine fabrique des soleils, maintenant ? s'étonna Aracia. J'ai essayé, mais ce fichu truc s'est désintégré dès que j'ai voulu le faire tourner sur lui-même.

— Il n'était sans doute pas assez lourd… L'équilibre d'un soleil doit être très précis… Trop léger, il explose. Trop lourd, il implose…

— Où est le Rêveur de Dahlaine ? souffla Aracia en regardant autour d'elle.

— Ashad ? Quelque part dehors, en train de jouer avec les ours. On dirait que nous avons tous nos animaux favoris. Moi les dauphins, Dahlaine les ours, Veltan les moutons, et toi les phoques qui vivent sur les côtes de ton Domaine.

— Ils nous ont distraits pendant que les humains grandissaient, fit Aracia. (Elle sonda la caverne obscure.) On dirait que Dahlaine n'a pas encore trouvé Veltan. Je ne les vois nulle part. Cette grotte est profonde ?

— Elle s'étend sur des lieues et des lieues, je crois.

Attendons ici. Ils ne tarderont pas… Dis-moi, ta Rêveuse t'a-t-elle raconté quelque chose d'intéressant ?

— Non. Je crois qu'elle n'est pas encore prête. D'après ce que tu m'as dit, ta Rêveuse doit être la première. L'histoire du monde pose en quelque sorte les fondations pour les autres Rêveurs. L'a-t-elle vraiment vue depuis le début, dans son songe ?

— C'était très près de la réalité, oui… Au fait, comment se nomme ta protégée ?

— Lillabeth, répondit Aracia avec une étrange ferveur. C'est la plus jolie créature de l'univers.

— Ils nous font tous le même effet, apparemment…

— Quel effet ?

— Distordre nos perceptions, chère sœur… Je parie que Dahlaine et Veltan diraient que leurs Rêveurs sont des merveilles. Et je pense la même chose d'Eleria. A mon avis, c'est très simple : nous les aimons parce qu'ils sont à nous.

— Tu pourrais m'en raconter plus sur le rêve de ton Eleria ?

— Attendons nos frères… Des événements complexes se sont produits quand elle a commencé à rêver, et Dahlaine est le plus qualifié pour les interpréter.

— En supposant qu'il arrive un jour, bougonna Aracia.

Le crépuscule tombait sans doute dehors quand l'onde de choc de deux éclairs fit vibrer l'air à des lieues à la ronde.

— C'est infantile ! pesta Aracia. Sont-ils obligés de faire ces âneries ?

— Ce sont encore des gamins, dit Zelana, et ils ont l'esbroufe dans le sang. Chevaucher un éclair est un moyen imparable d'attirer l'attention.

— Ils ont l'air si idiot, quand ils font ça... Brillants comme des vers luisants, les cheveux hérissés sur le crâne...

— Un effet classique de la foudre, ma chère. C'est une manière très rapide de voyager, mais je préfère chevaucher les vents. On va presque aussi vite, en faisant beaucoup moins de bruit.

Quelques minutes plus tard, Dahlaine et Veltan entrèrent dans la caverne.

— Pourquoi ce retard? demanda Zelana, un peu agacée.

— J'ai eu un peu de mal à trouver notre frère cadet, répondit Dahlaine, franchement grognon.

— Ce type adore ronchonner! lança Veltan en passant une main dans sa crinière blonde.

— Je serais de meilleure humeur si tu arrêtais de jouer à cache-cache avec moi, grinça Dahlaine. Zelana, tu as parlé du rêve à notre sœur?

— Pas en détail, non... Trop de serviteurs gravitaient autour d'elle, et il vaut mieux qu'ils n'en sachent pas trop sur les événements en cours.

— Raconte, mon petit poisson de sœur! lança Veltan avec un grand sourire.

— Ce sera un plaisir, face de lune! répliqua Zelana du tac au tac.

Elle exposa toute l'affaire, de la baleine au rêve en passant par la perle.

— Quelle imagination, Zelana! railla Veltan.

— Non, frère, je ne fabule pas. La perle, comme la baleine, ne sont pas ce qu'elles semblent être.

— Zelana, dit Dahlaine, pense que Notre Mère l'Eau veut intervenir dans le jeu. Voire brouiller les cartes... Et je crois qu'elle a raison.

— Si nous passions au sujet qui fâche, grand frère?

lança Zelana. Qui sont exactement les enfants que tu nous as confiés il y a quelques années ?

— Les Rêveurs, bien sûr, répondit Dahlaine – un tout petit peu trop vite.

— Et ?

— Et quoi ?

— Que sont-ils d'autre, Dahlaine ? Tu es si limpide, mon pauvre ami, que tu en deviens transparent.

— Tu n'as pas fait ça ? s'exclama Veltan, les yeux exorbités.

— Je ne comprends pas de quoi vous…, commença Aracia. (Avant que ses yeux menacent aussi de jaillir de leur orbite.) Dahlaine, non !

— Eh bien… Hum, c'est une sorte d'urgence, non ? Et…

— Es-tu cinglé ? s'exclama Veltan. *Ils* ne peuvent pas être là pendant notre cycle. Le monde ne supporterait pas un tel poids.

— Pour le moment, ils ne pèsent pas bien lourd, se défendit Dahlaine. J'ai pris la précaution d'occulter leurs souvenirs avant de les réveiller, et je les ai… eh bien… modifiés pour qu'ils ressemblent à des enfants humains. Ils dorment, ils respirent et ils ne se nourrissent pas de lumière. Leurs esprits sont vierges ! Puisqu'ils ignorent ce qu'ils sont, leur présence pendant notre cycle ne provoquera pas la fin du monde. Ce sont des enfants, je le répète ! Notre règne touchera à sa fin avant qu'ils n'arrivent à maturité et n'aient conscience de leur identité.

— Avec tes âneries, dit Aracia, tu as mis le monde en danger !

— Du calme, ma sœur, lui conseilla Zelana. Maintenant que j'ai repris mon souffle, je vois ce que Dahlaine avait en tête. Si le maître des Terres Ravagées est vraiment sur le point d'attaquer, il nous faudra toute l'aide possible, et les *autres* auront autant à perdre que nous. De plus, nous n'avons jamais eu l'occasion de les connaître vraiment. Ils sont très bien, vous savez. Je n'avais pas de sympathie pour eux, mais depuis que je fréquente Eleria, ça a changé. C'était ton intention, Dahlaine ? Je parie que oui ! Si nous les aimons, nous pourrons leur faire confiance. N'est-ce pas la clé de ton plan ?

— Parfois, ton intelligence me rend malade, Zelana, grogna Dahlaine.

— Et toi, mon frère, dit Veltan, tu es moins abruti que je ne le pensais. En réveillant les autres avant la fin du cycle, nous pourrons les élever, comme s'ils étaient nos enfants, et les préparer à ce qui les attendra quand nous dormirons.

— Et ils nous rendront la pareille à la fin de leur cycle, ajouta Zelana. Je materne Eleria ce coup-ci, et elle m'éduquera la prochaine fois.

— Je n'ai rien à objecter, dit Veltan. Nous avons trop longtemps ignoré les autres. Puisque nous assumons les mêmes responsabilités, un peu de coopération s'impose... Dahlaine, je ne suis pas ravi que tu ne nous aies pas prévenus, mais nous réglerons ça plus tard. A présent, la question cruciale : que faisons-nous ?

— Avant tout, on la ferme ! répondit Zelana. En parlant avec nos Rêveurs, il ne faut pas entrer dans les détails de ce qui se prépare. Ce sont des gosses, et les petits de toutes les espèces ont facilement peur. Ne contaminons pas leurs rêves en les interprétant pour eux. Notre Mère l'Eau risque de ne pas aimer ça. Qui sait si elle ne nous enverra pas tous les quatre sur la lune ?

— Bien raisonné, ma sœur, approuva Dahlaine. Laissons leurs rêves aussi purs que possible. (Il se gratta pensivement le menton.) Mais nous avons un problème... Ce premier songe incitera sans doute les monstres du Vlagh à traverser les montagnes. Face à eux, nos humains ne feront pas le poids. Il faudra recruter des Extérieurs…

— C'est hors de question ! s'écria Aracia. Nos humains sont purs et innocents. Les Extérieurs, des barbares, ne valent pas mieux que les abominations des Terres Ravagées.

— Tu exagères, ma sœur, dit Dahlaine. En cas de besoin, nous les manipulerons. Le seul obstacle est verbal. Les Extérieurs ne parlent pas la même langue que nos humains.

— Ne t'en fais pas pour ça, assura Veltan. J'ai étudié quelques-unes de leurs cultures. Au début, leur babil est incompréhensible, mais j'ai trouvé un moyen de contourner la difficulté.

— Vraiment ? fit Dahlaine, dubitatif. J'aimerais voir ça !

— Il suffit d'oublier les mots et de passer directement à la pensée.

— Ce n'est pas idiot, admit Zelana. Il m'a fallu une semaine pour maîtriser le langage des dauphins. Quand on écoute avec son esprit, pas ses oreilles, ça va très vite.

— Fascinant…, ironisa Dahlaine. Hélas, je doute que les humains en soient capables.

— Je m'en chargerai à leur place, dit Veltan.

— Peux-tu être plus explicite sur ce sujet, cher frère ? demanda Aracia.

— C'est compliqué… Tu veux vraiment tous les détails ?

— Oublie les explications et décris-moi le résultat, s'il te plaît…

— Les Extérieurs et nos humains parleront chacun leur langue maternelle. Mais ils ne s'en apercevront pas. Bref, ils croiront tous entendre leur propre jargon et se comprendront sans mal.

— Ça marchera aussi entre les différents groupes d'Extérieurs ? demanda Dahlaine. Parce qu'il faudra puiser dans plusieurs cultures, à mon avis…

— Aucun problème, assura Veltan. Mais quelles limites géographiques fixer au phénomène ? A mon avis, on devrait s'en tenir au Pays de Dhrall. Les Extérieurs parlent tous des langues différentes et c'est un bienfait. S'ils communiquent, ils forgeront des alliances, et ça ne sera pas bon pour nous.

— Bien vu, admit Dahlaine. Essayons de cette manière, et voyons comment ça fonctionne.

— Je suis contre ! cria Aracia, catégorique. Pas question que des barbares sanguinaires foulent notre terre sacrée !

— Tu crois qu'elle le restera longtemps, quand les monstres impies du Vlagh auront traversé les montagnes ? demanda Dahlaine. Les Extérieurs sont un peu primaires, je l'avoue, mais quels formidables guerriers ! Nos humains n'ont pas encore découvert le fer. Tu les vois se battre avec leurs armes et leurs outils en pierre ? Les peuples du Monde Extérieur ignorent tout de l'importance du Pays de Dhrall, mais au combat, ce sont des champions ! Normal, puisqu'ils passent leur temps à s'entraîner les uns contre les autres… Allons dans le Monde Extérieur et repérons les meilleurs soldats. Les attirer ici ne devrait pas être sorcier, en rusant un peu. Ensuite, nous leur ferons miroiter de l'or, histoire de les motiver.

— De l'or ? répéta Veltan. Ce n'est pas un métal très utile… Assez joli, mais trop mou pour la plupart des usages. Comme le plomb, en gros…

— Les Extérieurs en sont pourtant fous. S'ils croient qu'il y en a dans les Terres Ravagées, ils s'y précipiteront tête baissée. De toute façon, nous n'avons pas le choix. Nos humains sont trop doux et simplets pour affronter les hordes du Vlagh. Il nous faut des légions de « barbares sanguinaires », comme les appelle Aracia, et le plus vite possible ! Partons en recruter, c'est le seul moyen de sauver le Pays de Dhrall !

4

Chevauchant les vents, Zelana s'éloigna des côtes de Dhrall et survola Notre Mère l'Eau sur des lieues et des lieues… A sa connaissance, il y avait un continent, très loin à l'ouest. En tout cas, il était là avant son long exil volontaire en compagnie des dauphins. Qui pouvait dire s'il n'avait pas dérivé ailleurs depuis ?

Dame la nuit était tombée quand la maîtresse de l'Ouest vit une chose étrange, loin au-dessous d'elle. On eût dit qu'un petit feu flottait sur l'eau… Et en règle générale, les flammes et les flots ne faisaient pas bon ménage. Poussée par la curiosité, Zelana descendit voir ça de plus près.

Elle plana comme une feuille morte, tombant lentement vers le visage liquide de Notre Mère l'Eau. Quand elle fut assez près, elle vit une sorte de maison se balancer au gré des vagues. Après une courte réflexion, elle conclut qu'il s'agissait d'une version géante des yoles que ses humains utilisaient pour pêcher. Le feu qui avait attiré son attention brûlait dans une petite boîte en verre, à l'arrière de la yole surdimensionnée.

Zelana se posa sur l'eau et approcha à pas de loup

de son objectif – bien plus sophistiqué que tout ce que les peuples de Dhrall auraient pu construire. Il y avait pourtant gros à parier que la maison flottante visait aux mêmes fins. Bref, ces Extérieurs étaient sans doute des pêcheurs. Selon les dauphins roses, et Eleria, qui en mangeait aussi, les poissons – frais – faisaient une nourriture exquise.

La yole géante était longue et relativement étroite. Prévoyants, les Extérieurs y avaient construit de petites cabanes où s'abriter par gros temps. Pour une raison inconnue, ils avaient cru bon de planter, exactement au centre, un gigantesque tronc d'arbre…

En approchant, Zelana constata qu'une odeur très désagréable flottait au-dessus de toute la structure.

Soudain, deux humains chevelus et barbus sortirent d'une des cabanes, à l'arrière de la barque. Très grands et très musclés, ils portaient des vêtements en cuir et en tissu. Un mélange bizarre qui attira l'attention de Zelana, mais beaucoup moins que les armes pendues à leurs ceinturons. Car de banals pêcheurs n'en auraient pas porté en permanence. Conclusion : ces deux-là ne sillonnaient sûrement pas la mer pour écumer les bancs de poissons !

Zelana s'éloigna du halo lumineux et modifia son audition selon la méthode décrite par Veltan. Ainsi, elle comprendrait le dialogue qui s'engageait entre les deux humains.

— On dirait que la nuit sera calme, Cap'tain…

— On dirait, oui, Bovin… Bon sang, ça n'est pas trop tôt ! J'en ai soupé des tempêtes, mon gars !

Zelana s'étonna que la théorie de Veltan se confirme. A l'accoutumée, ses expériences donnaient des résultats certes fascinants, mais très éloignés du but recherché. Là, ça marchait. Aucun problème pour comprendre les deux affreux bardés d'armes !

— Bovin, tu devrais aller faire un tour dans le nid de pie, dit l'humain appelé Cap'tain. Avec cette mer d'huile, d'autres vaisseaux pourraient s'amener. Et le *Cormoran* n'est pas en croisière d'agrément, si tu vois ce que je veux dire.

— Pigé, Cap'tain, répondit Bovin. Les navires trogites préfèrent en général longer les côtes, mais la tempête en aura peut-être poussé quelques-uns vers le large. Avec de la chance, nous ferons une bonne moisson d'or pendant qu'ils seront perdus, hors de vue des terres.

— Tu commences à penser comme un vrai Maag, Bovin, fit Cap'tain avec un sourire machiavélique. L'idée de cueillir des vaisseaux trogites comme des pommes sur un arbre me réchauffe le cœur. Au matin, charge l'équipage de raccommoder les voiles et de jeter à l'eau les parties brisées du gréement. Ce foutu grain a bien failli nous envoyer par le fond !

Zelana s'assit en tailleur sur le doux visage de Notre Mère l'Eau et réfléchit intensément. Les deux Extérieurs, Bovin et Cap'tain, avaient appelé leur yole un « vaisseau ». Et il y en avait d'autres dans les environs… Ces humains qui se donnaient le nom de « Maags » ne sillonnaient pas la mer pour pêcher. A l'affût des « vaisseaux trogites », ils entendaient les délester de leur or. Donc, Dahlaine n'avait pas raconté n'importe quoi. Les Extérieurs, même si Zelana ignorait pourquoi, s'intéressaient au métal jaune. Et ils s'y intéressaient même beaucoup !

Le *Cormoran* était une occasion à saisir. Si les choses se passaient comme Cap'tain le désirait, Zelana verrait bientôt les Maags en action. A supposer que leurs compétences la séduisent, leur vaisseau faciliterait le travail de la maîtresse de l'Ouest. Encouragée de la bonne manière, Notre Mère l'Eau générerait un courant qui propulserait en un clin d'œil le *Cormoran* jusqu'aux côtes ouest du Pays de Dhrall.

Et les Maags, se dit Zelana au terme de sa réflexion, étaient exactement ce qu'elle cherchait. Cependant, il lui fallait s'en assurer. Pour mieux voir et écouter, conclut-elle, un petit séjour à bord du *Cormoran* s'imposait. L'opération n'avait rien de compliqué. Pendant cette mission d'espionnage, ne pas se faire remarquer serait un jeu d'enfant pour elle. Et si le résultat la satisfaisait...

Tous ces humains étaient affublés de patronymes descriptifs pas toujours très flatteurs. Celui qu'ils appelaient respectueusement « Cap'tain » se nommait en réalité Sorgan Bec-Crochu. En marchant comme une mouche au plafond de la petite cabane placée à l'arrière du vaisseau, Zelana remarqua que Sorgan avait effectivement un nez qui rappelait le bec d'un aigle – voire d'un vautour. Bovin était bâti comme un taureau, et un autre humain – lui aussi donnait des ordres – répondait au nom de Kryda Marteau-Pilon. « Pattes-d'Ours » aurait aussi bien convenu, car il ponctuait ses ordres de grands coups de poing, et personne ne s'amusait à les ignorer.

Parmi les subordonnés de Cap'tain, Bovin et Marteau-Pilon figuraient Gras-Double, qui s'occupait de la nourriture, Ado l'Abruti, un crétin fini, et Kaldo Baobab, un géant impressionnant. On trouvait aussi un Grands-Pieds, un Dents-de-Lapin, un Oreilles-de-Chou-fleur et un Lièvre – un petit type maigre et nerveux.

L'arbre planté au milieu du *Cormoran* s'appelait un « mât ». Les draps en tissu épais que les Maags y attachaient étaient des « voiles ». Zelana comprit à quoi elles servaient quand elle vit les humains les lever pour prendre la brise, au matin. Plutôt finauds pour des Extérieurs, les Maags laissaient le vent faire la plus grande partie de leur travail. Grande amatrice de bourrasques, Zelana jugea que c'était un bon point pour eux.

— Des voiles en vue, Cap'tain ! brailla Bovin vers midi, ce même jour.

Aussitôt, le « pont » grouilla d'activité. Les Maags s'emparèrent de leurs armes : de grands couteaux en fer qu'ils appelaient des « épées », d'énormes haches, des lances et divers objets conçus pour décapiter, éventrer ou égorger.

Fendant les flots, le *Cormoran* rattrapa assez vite un autre vaisseau. Alignés le long du bastingage, les Maags, armes brandies, agonirent d'insultes les humains debout sur le pont de leur proie.

Le navire qui avait éveillé la cupidité des Maags, plus grand que le *Cormoran*, était également plus large et plus lent. Les humains qui se pressaient sur son pont portaient des tenues en tissu et ils semblaient beaucoup plus nombreux que leurs futurs adversaires.

Pourtant, sous l'œil ébahi de Zelana, ils sautèrent à l'eau les uns après les autres et s'éloignèrent de leur vaisseau en nageant aussi vite que possible.

Les Maags arrimèrent le *Cormoran* au navire si facilement conquis, montèrent à bord et commencèrent à transférer des caisses et d'autres objets sur leur maison flottante. Dès qu'ils eurent fini, ils coupèrent les amarres qui solidarisaient les deux « bateaux » – un autre nom pour ce type de yole.

— On lui met le feu, Cap'tain ? demanda Bovin, plein d'espoir.

— Non, répondit Sorgan. Laissons les Trogites remonter à bord. Le butin est somptueux, et ces idiots sont capables d'aller reprendre une cargaison que nous nous ferons un plaisir de leur voler.

Pour Zelana, le moment de faire le point était venu. Au cours de la matinée, les Maags avaient évoqué plusieurs fois leurs fréquentes attaques sur des installations côtières. Conclusion logique, ils savaient se battre sur terre comme sur l'eau. Et ils avaient une tendance marquée à la vantardise.

Si un courant « fortuit » propulsait le *Cormoran* jusqu'au Pays de Dhrall, et que l'équipage, avant de revenir à la maison, se remplissait les poches d'or, il ne faudrait pas longtemps pour que des centaines de bateaux maags viennent chercher fortune en Dhrall. Tout ça grâce à la grande gueule de leurs compatriotes !

Dès lors, avec un rien de manipulation, ces fiers guerriers rentreraient joyeusement dans le chou des monstres de Vlagh. Apparemment, les oreilles maags entendaient le mot « or » à des lieues à la ronde.

Zelana fit une respectueuse suggestion mentale à Notre Mère l'Eau, qui sembla trouver l'idée amusante.

Alors que le *Cormoran* voguait paisiblement vers le sud-est, un courant turbulent – et facétieux – s'en empara et le poussa résolument vers l'est.

Bec-Crochu, Bovin et Marteau-Pilon lancèrent des ordres contradictoires que leurs subordonnés exécutèrent avec un entêtement admirable. Mais rien de ce qu'ils tentèrent – ou de ce qu'ils *auraient pu* tenter – ne fit l'ombre d'une différence. Le *Cormoran* continua à dériver vers l'est, parfois latéralement, souvent la proue en avant, et à de rares occasions en reculant.

Car la poigne de Notre Mère l'Eau était très ferme.

Haut dans le ciel, où elle chevauchait une brise, Zelana contemplait ce spectacle avec une légitime satisfaction. Que ça leur plaise ou non, Bec-Crochu et son équipage venaient de se joindre aux forces du bien dans leur éternel combat contre les hordes du Vlagh.

LES MARINS

1

Même s'il l'aurait nié jusqu'à son dernier souffle, le capitaine Sorgan Bec-Crochu, maître du *Cormoran*, avait découvert le Pays de Dhrall… par hasard.

Ainsi que nul au monde ne l'ignorait, Sorgan du Pays de Maag était le plus grand capitaine au long cours de tous les temps. Aucun marin, vivant ou mort – et probablement à naître – ne lui arrivait à la cheville quand il s'agissait d'évaluer le vent, les conditions climatiques, la force des marées ou la valeur de la cargaison d'un vaisseau assez malchanceux pour croiser, au large, le cap du *Cormoran*.

Nettement plus grands que les humains des terres méridionales, les Maags avaient commencé à naviguer longtemps avant eux. Une démarche logique pour les habitants d'un pays dont les montagnes, aux pieds caressés par les vagues, semblaient sans cesse dire : « Prends la mer, mon fils ! »

Très adaptées à la chasse, les régions montagneuses, on le sait, sont peu propices à l'agriculture. Inventifs, les Maags décidèrent donc d'exploiter Notre Mère l'Eau, et leur « récolte » fut miraculeuse. Cerise sur le gâteau, il se révéla plus facile de fabriquer un hameçon qu'un soc de charrue, et un filet de pêche ramenait beaucoup plus de poissons qu'une faux ne moissonne d'épis de blé. En outre, les pêcheurs n'étaient pas obligés de se tourner les pouces des mois en attendant que des végétaux paresseux daignent pointer leur nez hors du sol. Et les produits de la mer, contrairement à ceux de la terre, étaient disponibles en toute saison.

Très tôt dans leur histoire, les Maags adoptèrent l'étrange coutume d'utiliser des noms descriptifs. On trouva donc vite une profusion de « Grands-Pieds » et de « Dents-de-Lapin » dans chaque village, en même temps qu'une kyrielle de Petite-Tête ou de Serres-de-Pigeon. Plus tard, quand ils entrèrent en contact avec les peuples raffinés du Sud, les Maags adoptèrent à l'occasion des patronymes plus conventionnels.

Sorgan Bec-Crochu était fier du sien, puisqu'il le comparait à un aigle, l'oiseau le plus noble de la création.

Parti en mer très jeune, Sorgan avait d'abord servi sous les ordres de Dalto Grand-Nez, un gaillard dont le nom seul terrorisait tous les capitaines trogites qui sillonnaient le nord de Notre Mère l'Eau.

Cupides par nature, les Trogites adoraient s'approprier les biens des autres. Dans un lointain passé, un explorateur trogite, en quête de gisements de métaux, avait découvert une région très particulière au fin fond du Pays de Shaan, qui s'étendait à l'ouest de la patrie des Maags. A contrecœur, ceux-ci durent concéder que ce Trogite ne manquait pas de courage, car les Shaans se sentaient moralement obligés de dévorer toutes les créatures qu'ils tuaient, y compris les autres humains. Et si mourir est une chose, finir dans l'estomac de ses contemporains en est une autre…

Ayant acheté l'amitié des Shaans avec de la verroterie, l'explorateur les laissa le guider vers une région où toutes les rivières avaient des fonds sablonneux. Beaucoup de cours d'eau étaient ainsi, mais ce sable-là, en guise de grains, abondait en pépites d'or. La nouvelle ne restant pas secrète longtemps, des aventuriers accoururent avec l'intention de se remplir les poches. Très vite, cependant, tout un chacun sut que ces chasseurs de trésors ne revenaient jamais de leur voyage.

Une révélation qui doucha l'enthousiasme des candidats à la fortune.

La source de l'or des Trogites était désormais à peine moins connue que le sort réservé à ceux qui le convoitaient. Mais l'or, nul ne l'ignorait, ne valait pas grand-chose quand on ne disposait pas d'un endroit où le dépenser. Ingénieux, les Trogites avaient vite trouvé une solution : de grands bateaux aptes à rapporter leur fortune au Pays de Trog. Ces bâtiments, outrageusement ventrus, se laissaient ballotter par les vagues plus qu'ils ne voguaient. Et les Trogites, avares par nature, répugnaient à engager des mercenaires pour les protéger.

Ayant pris bonne note de ces détails, les Maags décidèrent d'abandonner la pêche au profit d'une activité plus lucrative.

Une étrange économie se mit en place : les Trogites récupéraient l'or dans les rivières de Shaan, ils le transportaient jusqu'aux côtes, puis le chargeaient à bord de leurs cargos poussifs.

Maîtres du large au nord de Notre Mère l'Eau, les Maags les y attendaient tranquillement.

Le capitaine Grand-Nez, un spécialiste, avait enseigné à Bec-Crochu les trucs indispensables pour délester un navire trogite de son excédent de cargaison. Jeune marin, Sorgan, comme tous ses camarades, avait joyeusement gaspillé ses gains en s'adonnant à la débauche. Puis il s'était avisé que la part du butin dévolue au capitaine dépassait de loin celle d'un vulgaire marin.

Economisant sagement la moitié de sa « solde », il eut vite de quoi se payer son propre navire.

Quand il l'avait acheté à un vieux pirate bourru rencontré dans une taverne de Weros, un haut lieu du Pays de Maag, le *Cormoran* n'avait rien d'un destrier des mers. Les voiles mitées, la coque trouée, il était néanmoins ce que Sorgan pouvait s'offrir de mieux à l'époque. Et si son propriétaire avait été sobre pendant les négociations, nul doute qu'il en aurait demandé plus. Mais le vieux type, ivre et fauché, était tombé dans un piège vieux comme le monde. Jouant les indécis, Sorgan l'avait fait lanterner un bon moment avant de formuler une offre. Pendant tout ce temps, il avait joué avec sa bourse – prétendument un tic dont il ne parvenait pas à se guérir.

Comme prévu, la douce musique des pièces d'or était venue à bout des réticences du vieux pirate.

Après ce coup de maître, Sorgan avait convaincu deux de ses anciens compagnons d'équipage, Bovin et Kryda Marteau-Pilon, de servir sous ses ordres avec les grades d'officier en second et de quartier-maître. A l'époque, ces distinctions étaient surtout de la poudre aux yeux, car Sorgan attendait essentiellement d'eux qu'ils l'aident à retaper le *Cormoran*.

Les trois hommes avaient eu besoin de plus d'un an pour renflouer le navire. Souvent à court de fonds, ils devaient arrêter de travailler et arpenter les rues, autour des quais, en quête de marins ivres morts aux bourses encore remplies.

Le *Cormoran* remis à neuf, ils avaient repris leur « prospection » – mais pour recruter un équipage.

Comme tout bon drakkar maag, le *Cormoran*, long de trente-cinq mètres et large de sept au centre, nécessitait un équipage complet. Malgré de légitimes soucis d'économie, Sorgan avait dû se résoudre à enrôler quatre-vingts marins. Il aurait volontiers rogné sur ce nombre, mais Bovin et Marteau-Pilon n'avaient rien voulu entendre. Avec moins de rameurs, le vaisseau aurait été plus lent. Et dans leur profession, rapidité était synonyme de rentabilité.

Ces détails réglés, le *Cormoran* avait appareillé, écumant les eaux nordiques en quête de proies.

Vers le milieu de l'été d'une année sinon dépourvue d'événements notables, le *Cormoran* essuya un grain qui, en cette saison, n'aurait pas dû durer plus de deux jours. Toute règle ayant ses exceptions, celui-là sévit une semaine durant. Impuissant, l'équipage le regarda réduire le gréement en lambeaux et déchirer les voiles.

Quand le vent retomba, les marins travaillèrent dur pour remettre leur bâtiment en état.

Bec-Crochu ne se laissa pas abattre pour autant. Aucun navire ne pouvant prétendre naviguer sans cesse sur une mer d'huile, les tempêtes devaient être prises avec philosophie. Un fatalisme plus facile à acquérir pour le capitaine, rarement obligé de réparer le gréement ou de raccommoder les voiles. Ces exaltantes missions déléguées aux marins, Bec-Crochu s'était retiré dans sa cabine pour prendre un repos bien mérité.

Hélas, il était dit que tout irait de travers. Bien que le *Cormoran* fût à des milles de la côte, une fichue mouche s'introduisit dans le fief du capitaine et le bruissement de ses ailes l'empêcha de s'endormir.

Les choses n'allaient pas mieux quand l'insecte de malheur ne volait pas. Sentant ses yeux rivés sur lui, à l'affût du moindre mouvement, Sorgan n'arriva pas à fermer l'œil de la nuit.

Un été pourri, décidément.

Après la réparation du gréement et des voiles, le *Cormoran* repartit à la chasse à l'or. Il voguait fièrement, à quelque distance des côtes de Maag, quand Bovin repéra un navire trogite à l'horizon.

— Une voile en vue ! tonna l'officier en second d'une voix qui aurait brisé du verre à dix lieues à la ronde.

— Où ? demanda Bec-Crochu.

— Deux degrés tribord à la proue, Cap'tain.

A contrecœur, Bec-Crochu confia la barre à Kryda Marteau-Pilon et alla rejoindre Bovin à la proue du navire.

— Une sacrée distance..., grogna-t-il quand son second lui eut désigné le lointain navire.

— Les rameurs sont gras comme des cochons, Cap'tain. Une bonne course leur fera fondre un peu de lard, même si nous ne rattrapons pas notre proie.

— Judicieuse stratégie, Bovin. D'accord, suivons ce vaisseau et voyons s'il réussit à nous semer. On dirait bien un trogite, donc le jeu en vaut la chandelle.

— A vos ordres, Cap'tain ! (Bovin éleva encore la voix.) Rameurs, à vos postes !

En râlant un peu, les hommes ventripotents abandonnèrent leurs cannes à pêche et leurs dés.

— Donnez plus de voile ! beugla Bovin avant de plisser les yeux. Le trogite est un mille et demi devant nous, Cap'tain. Aucun de ces coffre-forts flottants ne peut battre le *Cormoran* quand il vogue toutes voiles dehors avec des rameurs décidés à suer un peu ! On devrait avoir avalé la distance avant le crépuscule.

— Nous verrons, Bovin... Nous verrons...

Sorgan ne reculait jamais devant une bonne poursuite. Le trogite, obligeamment poussif, lui donnait un prétexte idéal pour pousser le *Cormoran* à ses limites. Faute de mieux, un peu d'action chasserait des mémoires cette foutue tempête estivale. Et elle l'aiderait à oublier la mouche qui lui avait gâché la nuit. Pas plus superstitieux qu'un autre, Bec-Crochu avait pourtant détesté qu'on l'espionne ainsi. Sur les nerfs, il avait besoin de se défouler.

Le trogite donna plus de voile, la preuve que son équipage avait repéré le *Cormoran*. Mais le gros vaisseau marchand, trop chargé, n'était pas un adversaire à la hauteur du drakkar. En fin d'après-midi, comme prévu, le *Cormoran* le rattrapa.

Les marins qui n'étaient pas occupés à la manœuvre allèrent chercher des armes, se campèrent le long du bastingage et braillèrent à tue-tête leur cri de guerre.

Comme toujours, cela suffit à convaincre les Trogites d'abandonner leur bord. A force, cette débandade finissait par tenir du rituel… Respectueux des coutumes, le *Cormoran* ralentit un peu pour laisser aux poltrons le temps de sauter à l'eau et de s'éloigner des deux navires. Quand ce fut fait, les Maags pillèrent consciencieusement leur proie puis la relâchèrent, histoire que les Trogites puissent y remonter avant qu'il y ait des noyés. Un *modus vivendi* des plus civilisés. Pas de blessés, pas de dégâts aux bateaux, et des belligérants qui se séparent quasiment bons amis.

Bec-Crochu eut un petit sourire. L'été précédent, il avait « attaqué » tant de fois le même vaisseau trogite qu'il connaissait le prénom de son capitaine !

— On lui met le feu, Cap'tain ? demanda Bovin, plein d'espoir.

Pour une raison mystérieuse, il adorait incendier les navires vaincus.

— Non, répondit Sorgan. Laissons les Trogites remonter à bord. Le butin est somptueux, et ces idiots sont capables d'aller reprendre une cargaison que nous nous ferons un plaisir de leur voler.

Les Maags abandonnèrent leurs victimes derrière eux et mirent le cap vers le sud-est. A partir de là, l'aventure n'eut plus rien d'« habituel » et encore moins de « rituel ».

Tous les loups de mer dignes de ce nom connaissent l'existence des courants sous-marins – des sortes de rivières, dans la mer, mais invisibles, contrairement à leurs homologues terrestres. Un phénomène peu surprenant, puisque l'eau reste de l'eau, qu'elle soit paisiblement étale ou qu'elle circule à toute vitesse sous les vagues.

Alors que le *Cormoran* voguait vers le sud-est, l'équipage occupé à déblayer le pont, un courant très violent le fit dériver latéralement vers le nord-est. Bovin, qui tenait la barre, lutta tellement pour redresser le bateau qu'il poussa le gouvernail à un souffle de son point de rupture.

— Nous avons un problème, Cap'tain ! beugla-t-il. Un courant nous entraîne à contre-cap !

— Rameurs, à vos postes ! cria Bec-Crochu avant même que Marteau-Pilon ait ouvert la bouche. Donnez du mou à la voile !

Les marins s'agitèrent frénétiquement sans obtenir de résultats notables.

— On est mal partis, Cap'tain ! cria Bovin. Le courant ne nous lâche pas et la barre bouge dans le vide.

— Ce courant se calmera peut-être au moment du changement de marée, dit Marteau-Pilon.

Un vœu pieu, à l'évidence.

— Je ne parierais pas mon or là-dessus ! cria Bovin en continuant de déplacer la barre d'avant en arrière pour tester le courant. Je n'ai jamais lutté contre une force pareille ! La marée ne l'influencera pas. Un changement de saison, peut-être… Mais l'automne est encore loin, et d'ici là, nous risquons d'être à l'autre bout du monde.

— Mais on s'amuse comme des petits fous, dit Marteau-Pilon.

— Tu essaies d'être drôle ? riposta Bovin, furieux.

— Non, c'était juste histoire de parler... Cap'tain, je dis aux rameurs de retourner jouer aux dés ?

— Négatif ! Ordonne-leur de redresser le navire, pour qu'il vogue la proue en avant. Si cette dérive latérale continue, une grosse vague risque de nous coucher sur le flanc. Après, ils pourront lâcher leurs rames, mais sans quitter leur poste. Si on file vers une île ou un récif, je veux qu'ils nous y conduisent à la force des biceps.

— A vos ordres, Cap'tain, répondit Marteau-Pilon en portant nonchalamment une main à son front.

Son interprétation très personnelle d'un salut.

Hélas, il n'y eut ni île ni récif. Plusieurs jours durant, le *Cormoran* vogua vers le nord-est, s'enfonçant inexorablement dans des eaux inconnues. Bien entendu, l'équipage devint de plus en plus nerveux au fil du temps. Après deux semaines sans voir l'ombre d'une côte, de vieilles histoires commencèrent à circuler. On y parlait de monstres marins, de bord du monde où le vaisseau basculerait dans le vide, de démons et de tourbillons mortels.

Bovin et Marteau-Pilon exhortèrent leurs hommes à la logique et à la raison. Sans grand résultat.

Par un bel après-midi d'été, le courant ralentit soudain. Puis il disparut, laissant le *Cormoran* immobile sur une mer paisible.

— Vous avez un plan, Cap'tain ? demanda Marteau-Pilon.

— J'y travaille, répondit Sorgan. Ne me bouscule pas ! (Il se tourna vers Bovin.) Où en sont nos réserves d'eau douce ?

— Il en reste assez pour une semaine, en se rationnant.

— Et la nourriture ?

— C'est très limite... Gras-Double râle depuis deux

ou trois jours. Il n'a rien d'un cordon-bleu, mais quand ça va mal, il n'a pas son pareil pour étoffer avec des algues les ragoûts de haricots au petit salé. L'eau est notre principal problème, Cap'tain.

— Il pleuvra peut-être, souffla Marteau-Pilon.

— Quand on meurt de soif, difficile de se rincer la glotte avec un « peut-être », grogna Bovin. Il faudrait dénicher une terre, et au plus vite ! Sinon…

Il ne précisa pas sa pensée, mais ses interlocuteurs avaient saisi le sens général de son intervention.

2

L'équipage du *Cormoran* se serra la ceinture pendant quelques jours.

Un matin encore brumeux, peu avant le lever du soleil, la voix de Kaldo Baobab, le géant du bord, déchira soudain le silence :

— Terre ! cria-t-il du nid-de-pie.

Un homme de plus petite taille aurait sans doute manqué la côte qui se découpait à l'horizon, vers l'est. Mais Baobab, avec ses deux mètres vingt de haut, ne passa pas à côté.

— Tu es sûr ? lança Marteau-Pilon au géant.

— Certain, répliqua Kaldo. Deux degrés bâbord à la proue, trois ou quatre milles de distance…

— Lièvre, va réveiller Bovin ! ordonna Marteau-Pilon au petit homme d'équipage nerveux.

— Le tirer du lit si tôt ne me dit rien, chef… Il sera d'une humeur massacrante.

— Chatouille-lui les pieds et fiche le camp, suggéra Marteau-Pilon. Il ne réussira jamais à t'avoir. Tu dois ton nom à ta vitesse, pas vrai ?

— Je cours plus vite que mon ombre, c'est vrai. Mais

si je trébuche sur quelque chose et que je m'étale, Bovin passera le reste de la journée à m'engueuler.

— Tu n'auras qu'à grimper au mât, mon vieux. Bovin n'est pas très doué pour l'escalade. Moi, je dois le prévenir que nous allons bientôt accoster.

— Je préférerais que quelqu'un d'autre se charge de le réveiller, chef…

Marteau-Pilon ferma un poing et le brandit devant le nez de Lièvre.

— Si j'étais toi, je ferais une croix sur mes préférences, marin ! A présent, cesse de gémir et obéis !

— Pas la peine de vous énerver, chef… J'y cours.

A la grande surprise de Lièvre, au lieu de tempêter, Bovin se réjouit de la nouvelle. Evidemment, avec sa carrure, le second avait besoin d'engloutir d'énormes quantités d'eau et de nourriture. Pas étonnant, en conséquence, que la perspective d'accoster le ravisse.

Le *Cormoran* étant aussi rapide que l'oiseau dont il portait le nom, la côte fut clairement visible peu après le lever du soleil.

— Lièvre, ordonna Bovin, va dire au Cap'tain que nous avons repéré une terre.

— Pourquoi moi… ? gémit le pauvre marin.

— Parce que c'est un ordre ! Ne discute pas avec moi, Lièvre. Et magne-toi !

— A vos ordres, soupira le petit type.

— Il passe son temps à se plaindre, bougonna Marteau-Pilon.

— Mais il court vite, rappela Bovin. Il est un peu timide. Et rudement peureux. Pourtant, si on insiste un peu, il finit par obéir. Plus ou moins rapidement, c'est vrai…

Bec-Crochu rejoignit très vite ses officiers. Lui aussi rayonnait.

— A-t-on aperçu sur cette terre quelque chose qui ressemble à une ville ? demanda-t-il.

— Pas encore, Cap'tain, répondit Bovin. Il faudra sans doute nous résoudre à chasser, si on veut se remplir l'estomac…

— D'abord, on cherchera une rivière ou une crique, dit Marteau-Pilon. Refaire nos réserves d'eau est la priorité. La soif est pire que la faim…

— D'un quart de poil, alors, concéda Bovin. Si mon estomac commence à gargouiller, les habitants de cette terre croiront qu'un orage fonce sur eux.

— Vous avez vu la taille des arbres ? s'exclama Marteau-Pilon, le regard rivé sur la forêt qui dominait la côte. Je n'en ai jamais seulement *aperçu* de si grands !

Marteau-Pilon avait une fâcheuse tendance à l'exagération. Mais cette fois, dut admettre Sorgan, il parlait d'or. La forêt qui prenait naissance à la lisière de la plage était composée d'arbres de six à neuf mètres de circonférence qui s'élevaient d'une bonne trentaine de mètres, droits comme des piliers, avant que n'apparaissent leurs premières branches.

— Ils ont l'air un peu surdimensionnés, admit Bovin.

— *Un peu ?* répéta Marteau-Pilon. On pourrait fabriquer deux *Cormorans* avec un seul tronc, et il resterait assez de bois pour le petit déjeuner.

— Les arbres ne sont pas comestibles, rappela Sorgan. Allons remplir nos tonneaux d'eau, puis filons chasser avant que Bovin ne dévore les voiles ou l'ancre.

Le *Cormoran* cabota vers le sud jusqu'à ce que Bovin repère un bras de mer qui donnait sur une crique. Marteau-Pilon barra comme un champion et fit accoster le drakkar sur une petite bande de sable. La majorité des hommes s'occupant de remplir les tonneaux, le quartier-maître partit chasser avec une poignée de marins.

Au crépuscule, l'expédition revint bredouille.

— Nous avons repéré des pistes labourées par du gibier, Cap'tain, annonça Marteau-Pilon. Mais aucun animal digne qu'on lui tire dessus.

— Pour ce soir, on se débrouillera, répondit Sorgan. Gras-Double a lancé quelques lignes pendant votre absence, et la pêche a été bonne.

— Je ne suis pas fou de poisson, Cap'tain, grogna Marteau-Pilon.

— C'est toujours mieux que de bouffer des racines, le consola Sorgan. Tu as vu des traces d'activités humaines, dans ces bois ?

— Rien de frappant, non… Pas de souches d'arbres coupées à la hache, ni de passerelles… Il y a peut-être des humains dans le coin, mais du genre très discrets. Laisser le *Cormoran* au sec cette nuit n'est peut-être pas une bonne idée. Par prudence, il serait judicieux de mouiller au large. S'il y a des gens ici, on devrait en apprendre un peu plus long sur eux avant de baisser notre garde. Je n'ai pas l'intention d'être le plat de résistance d'un banquet de sauvages…

— Bien raisonné, dit Sorgan. Occupe-toi de tout ça.

Les jours suivants, le *Cormoran* continua à caboter prudemment en direction du sud. Les chasseurs trouvèrent du gibier – des buffles et une espèce géante de cerfs –, mais ils ne croisèrent pas de bipèdes pensants. Et cela les inquiéta un peu…

— Il doit y avoir des gens quelque part, dit Bovin un après-midi, environ une semaine après leur première excursion dans la forêt.

— Pourquoi cette certitude ? demanda Bec-Crochu.

— Il y a toujours des gens, Cap'tain, même le long des côtes de Shaan.

— S'il y a des habitants, grogna Marteau-Pilon, espérons qu'ils ne ressemblent pas aux Shaans. Je me passe très bien de fréquenter des cannibales.

— Nous avons peut-être accosté trop loin au nord, dit Sorgan. Qui sait si les hivers ne sont pas rigoureux, par ici ? Les indigènes vivent sans doute plus au sud.

Le *Cormoran* continua à caboter dans cette direction.

Au bout d'une heure, Kaldo Baobab donna de la voix sur le nid-de-pie.

— Capitaine, un village droit devant ! Personne en vue, mais de la fumée sort des cheminées.

— Tu vois, Bovin, tu t'inquiètes trop, dit Sorgan. (Il leva les yeux vers le nid-de-pie.) Baobab, à quelle distance est ce village ?

— Juste derrière la plage, Cap'tain, répondit la vigie. Je vois des yoles sur le sable, mais pas l'ombre d'un être humain.

— Nous avons dû leur faire peur, dit Bec-Crochu. Allons-y en douceur, les gars. Ce n'est pas le moment de nous faire des ennemis. (Il se retourna.) Lièvre, ramène-toi par ici !

— Oui, Cap'tain ? demanda le petit homme en accourant.

— Va chercher ton instrument et fais-nous un petit concert. Il y a un village droit devant. Ses habitants doivent savoir que nous arrivons, et que nous sommes pacifiques.

— Compris, Cap'tain !

Lièvre fila dans les quartiers de l'équipage et en revint avec une corne de brume qu'il porta à ses lèvres. Un long mugissement retentit, assez fort pour que les villageois l'entendent.

Quand Lièvre cessa de souffler, Bec-Crochu et les autres tendirent l'oreille.

En vain, car il n'y eut pas de réponse.

— Recommence, Lièvre, ordonna Sorgan. Et si ça pouvait être moins sinistre, ce coup-ci…

Le marin produisit une note plus aiguë qui se termina sur un abominable couac.

— Il devrait s'exercer plus souvent, dit Bovin. On dirait le cri d'un chat quand on lui marche sur la queue.

Du cœur de la forêt monta un son beaucoup plus mélodieux que les pathétiques grincements de Lièvre.

— Et voilà, nous avançons ! jubila Bec-Crochu. Souffle encore, Lièvre ! Et tâche d'être un peu plus guilleret, bon sang !

— Je fais de mon mieux, Cap'tain, gémit le marin. Mais les autres détestent que je répète, alors, je me rouille…

Le *Cormoran* contourna la pointe de la bande de sable. Tout l'équipage se massa à la proue pour découvrir le village niché dans la forêt.

— Rien d'impressionnant…, fit Bovin. Des toits de chaume, des murs en bois…

— Tu t'attendais à des palais ? demanda Sorgan. Moi, je suis très content de ne pas découvrir des bâtiments en pierre. Notre armada est réduite à… un vaisseau. Des gens trop civilisés nous flanqueraient une pâtée mémorable. A mon avis, nous avons découvert ce coin avant les Trogites. Dis aux gars de ne pas agiter leurs lances et leurs épées. Inutile d'énerver ces indigènes. Il y a beaucoup d'endroits où se cacher dans ces bois, et je ne voudrais pas être criblé de flèches pendant que j'essaie de dénicher le chef du village. Le *Cormoran* mouillera dans la crique. Bovin, tu jetteras l'ancre à une distance respectable de la plage. Moi, je prendrai la chaloupe, et j'irai un peu plus près de la rive. Avec de la chance, ces sauvages comprendront que je veux parlementer, pas les massacrer.

Bovin obéit. Quand le *Cormoran* fut à une centaine

de mètres du rivage, il ordonna qu'on jette l'ancre. Plusieurs marins s'occupèrent alors de mettre à l'eau la chaloupe du capitaine.

— Je resterai à portée d'arc, précisa Sorgan à son second, mais dis aux hommes de ne pas montrer leurs armes, sauf si les choses tournent mal.

Bec-Crochu enjamba le bastingage, se laissa tomber dans la chaloupe et rama un peu. Puis il s'immobilisa et attendit.

Un petit groupe de villageois descendit sur la plage. Apparemment, ils discutaient ferme entre eux.

Puis un grand type aux tresses blondes vêtu de cuir monta dans une yole que ses compagnons poussèrent à l'eau.

Avec un style impeccable, comme s'il avait fait ça toute sa vie, le grand blond rama jusqu'à la chaloupe. Le voyant de plus près, Sorgan frémit intérieurement. Avec ce genre d'homme, musclé et endurci, mieux valait rester sur ses gardes. D'autant qu'une détermination telle que le capitaine en avait rarement vu brillait dans ses yeux. Quand ce gaillard-là voulait quelque chose, il ne reculait sûrement devant rien pour l'obtenir. Pour Bec-Crochu, c'était le moment ou jamais de se montrer diplomate.

— Que veux-tu, étranger ? demanda le grand blond.

Il ne semblait pas agressif – un bon signe aux yeux de Sorgan. De plus, délicieuse surprise, il parlait à la perfection le maag. De quoi envisager la suite avec un certain optimisme.

— Nous ne cherchons pas d'ennuis, mon ami, dit le capitaine. En fait, c'est notre première visite ici, et nous sommes perdus…

— Cette terre est le Pays de Dhrall, et nous vivons dans le Domaine de Zelana de l'Ouest. Ça répond à ta question ?

— Je n'ai jamais entendu parler de Dhrall, avoua Sorgan. Mais nous sommes très loin de chez nous, et ceci explique peut-être cela. Zelana est ta reine, ou quelque chose dans ce genre ?

— Pas vraiment… Tu la rencontreras bientôt, je crois. Tu es bien Sorgan Bec-Crochu ?

— Comment connais-tu mon nom ?

— Zelana de l'Ouest nous a dit que tu viendrais… Comme tu ne sais rien de Dhrall, elle m'a demandé de répondre à tes questions.

— Elle ne pouvait pas savoir que…, commença Sorgan. Hum… Nous n'avions pas vraiment l'intention de nous aventurer si loin du Pays de Maag.

— Mais un courant vous a forcés à changer de cap…

— Mon ami, tu en sais long sur nous, et j'ignore jusqu'à ton nom…

— J'y venais, Sorgan Bec-Crochu. Je suis Arc-Long, de la tribu de Vieil-Ours. Zelana m'a chargé de te diriger vers Lattash, le village que dirige Nattes-Blanches. Il y a trois tribus entre ici et Lattash, mais des feux brûleront sur la plage pour te guider. Si tu es capable de compter jusqu'à trois…

— Bien sûr que j'en suis capable ! répondit Sorgan, vexé à mort. D'où te vient ce nom, Arc-Long ?

— Je suis plus grand que les autres hommes de la tribu, donc mon arc est plus long que les leurs.

L'homme brandit l'arme en question pour que Sorgan puisse juger sur pièce. Il n'avait fait aucun geste brusque, et il ne tenait pas de flèche dans sa main libre. Peu de risques, donc, que Bec-Crochu se fasse trouer la peau.

Conscient que des dizaines d'arcs étaient pointés sur eux, le capitaine et son interlocuteur s'abstenaient de tout mouvement susceptible d'être mal interprété.

— Un bien joli arc…, dit Sorgan.

— Il m'obéit fidèlement, c'est vrai… A ce jour, il n'a jamais raté une cible, quelle que soit la distance.

Bec-Crochu supposa que le sauvage blond se vantait, mais il n'en était pas absolument sûr. Et il n'avait aucune envie de vérifier *en personne*.

— Lattash est loin d'ici ? demanda-t-il.

— A dix jours de marche, à condition de ne pas s'arrêter souvent. Après avoir dépassé les feux, sur la plage, tu verras un bras de mer qui conduit à une baie nettement plus grande que la nôtre. Lattash est tout au fond. Zelana t'y attendra.

Sorgan se livra à un rapide calcul mental.

— C'est une approximation, mais le *Cormoran*, mon bateau, avalerait la distance en trois jours.

— Eh bien, si j'étais toi, je ne lambinerais pas. La patience n'est pas le fort de Zelana, et l'énerver n'est pas malin… Elle m'a chargé de te demander si le mot « or » est important pour toi.

— Important ? Capital, tu veux dire !

— Je n'ai pas d'avis sur la question, mais c'est ce que Zelana voulait savoir. As-tu assez d'eau et de vivres pour trois jours ? Je doute que la maîtresse de l'Ouest te laisse encore t'arrêter.

— Et comment s'y prendrait-elle pour m'en empêcher ?

— Tu détesterais le découvrir, Sorgan Bec-Crochu. Je pense que nous nous reverrons. Pour le moment, tu devrais partir le plus vite possible. Une bonne façon d'éviter les ennuis…

3

— Avait-il d'autres armes que son arc, Cap'tain ? demanda Bovin dès que Sorgan fut remonté à bord.

— J'ai vu un carquois plein de flèches et une lance, juste à côté de lui. Il n'a pas fait mine d'y toucher, mais il ne les cachait pas non plus, histoire que je sache à quoi m'en tenir. Du coup, j'ai remarqué un détail intéressant. La pointe de la lance était en pierre, pas en fer.

— Les cannibales de Shaan ont aussi des armes et des outils en pierre, rappela Bovin. Je ne trouve pas ça rassurant… La seule idée qu'on me mange me donne des sueurs froides.

— Nous ne courons pas ce genre de risque, le rassura Sorgan. Le type, dans la yole, semblait presque amical. Il connaissait mon nom, et il a demandé si nous avions assez à boire et à manger. A trois jours d'ici, une femme nommée Zelana veut nous parler dans un village appelé Lattash… Arc-Long m'a révélé qu'il serait question d'or. A mon avis, Zelana veut engager des mercenaires, et elle est prête à y mettre le prix.

— Pas question que j'obéisse à une femme, Cap'tain ! s'indigna Marteau-Pilon.

— Ne t'en fais pas pour ça… C'est moi qui commanderai, comme d'habitude. Et je me chargerai de négocier avec la dame. Levons l'ancre, mes compagnons, et cinglons vers le sud. Une femme veut me parler d'or. Ne la faisons pas attendre.

Dès que le *Cormoran* fut sorti de la baie, une belle brise gonfla ses voiles et le poussa vers le sud, à environ un mille des côtes de Dhrall. Au crépuscule, alors que le village d'Arc-Long était désormais loin derrière lui, Sorgan fit jeter l'ancre à quelques brasses d'un îlot. Aucun marin sain d'esprit ne naviguait de nuit dans des eaux inconnues.

Le capitaine se leva à l'aube et monta aussitôt sur le pont pour voir ce que le temps lui réservait. Il aperçut Marteau-Pilon et Lièvre, penchés au bastingage.

— Un problème ? demanda-t-il en les rejoignant.

— De drôles de créatures nagent dans ces eaux, Cap'tain, répondit Lièvre. J'ai déjà vu des dauphins et des marsouins, mais aucun n'était rose.

— Lièvre, tu as encore forcé sur le rhum !

— Que le ciel me foudroie si j'en ai bu une goutte, chef ! Je les ai entendus batifoler dans l'eau et caqueter… Quand il a fait assez clair pour que je les voie, je n'en ai pas cru mes yeux.

— Il ne délire pas, Cap'tain, confirma Marteau-Pilon. Ces fichus dauphins sont rose bonbon et ils s'ébattent dans l'eau comme des gosses sur un terrain de jeu.

— Regardez, il y en a un là ! s'écria Lièvre en tendant un index.

Sorgan dut admettre qu'il s'agissait bien d'un dauphin. Indéniablement rose, qui plus est…

D'autres rejoignirent leur camarade pour faire des galipettes autour du *Cormoran*.

— Quel endroit étrange…, marmonna Bec-Crochu. Il

ne nous reste plus qu'à croiser des requins violets et des baleines vertes… Marteau-Pilon, réveille nos gars. Le temps paraît clément, alors profitons-en.

— A vos ordres, Cap'tain !

Le *Cormoran* continua à voguer vers le sud, mais il n'était plus seul. Les dauphins roses l'accompagnèrent, fendant les flots juste devant sa proue. Parfois, à bâbord comme à tribord, ils venaient babiller avec l'équipage.

— On dirait que nous avons une escorte, hein, Cap'tain ? lança Bovin. (Il jeta un regard gourmand aux créatures qui évoluaient autour du drakkar.) Je me demande quel goût ont ces bestioles…

— Pas question d'essayer ! dit Sorgan. Pour le moment, tout se passe bien. Alors, pas d'initiatives douteuses. En touchant à ces dauphins, tu pourrais déclencher une tempête, voire un cyclone, et je n'ai pas envie de rentrer chez nous à la nage.

— Ces bestioles n'ont aucun rapport avec le temps, Cap'tain, se défendit Bovin.

— Possible, mais je ne veux prendre aucun risque. Evite de fourrer tes grosses pattes partout, Bovin. Ne touche à rien, et tout ira bien.

Entouré de dauphins, le *Cormoran* continua à filer vers le sud tandis que le ciel se teintait de rose à l'est.

— Je vois un feu sur la plage, Cap'tain ! cria Kaldo Baobab de son nid-de-pie.

— Continue à ouvrir l'œil, lui répondit Bec-Crochu. Il y en aura deux autres. Après le troisième, tu devras repérer un bras de mer qui conduit dans une baie. C'est l'endroit qu'on cherche.

— Compris, chef !

Le *Cormoran* dépassa le dernier feu au début de l'après-midi de son troisième jour de voyage. Bec-Crochu ordonna à tout l'équipage de sonder la côte pour repérer le bras de mer.

Le drakkar contourna une pointe de terre. Derrière s'ouvrait un canal qui serpentait en deux promontoires rocheux.

— Je prends la barre, Bovin, dit Sorgan. Fais baisser la voile et ordonne aux rameurs de gagner leur poste. N'allons pas nous échouer si près du village de notre riche commanditaire…

— Compris, chef !

Alors qu'il guidait le *Cormoran* le long du bras de mer, puis dans la baie, Bec-Crochu réfléchit à la suite des événements. Il aurait juré qu'Arc-Long ne l'avait pas attiré dans un piège, mais ça n'était pas une raison pour foncer tête baissée. Après tout, il ne connaissait pas ces gens, et eux ne le connaissaient pas davantage.

Sorgan sonda le ciel. L'après-midi était bien avancé, et il leur faudrait sans doute du temps pour repérer le village et y arriver. Du coup, ils atteindraient Lattash au crépuscule, voire plus tard. N'était-il pas plus prudent de mouiller loin du rivage et d'attendre le lendemain ? En plein jour, on voyait beaucoup mieux ce que ses interlocuteurs faisaient de leurs mains…

— Monte dans le nid-de-pie, Marteau-Pilon. Essaie de repérer le village, et trouve-nous un endroit où mouiller pour la nuit. Demain matin, nous irons parler à notre riche mécène.

— Bien vu, Cap'tain. Inutile d'énerver les indigènes si nous pouvons l'éviter…

Le *Cormoran* mouilla face à un rivage rocheux où on n'apercevait pas l'ombre d'une plage. Bec-Crochu, craignant que des importuns ne tentent de monter sur son bateau à la faveur de la nuit, fit poster des sentinelles dans la voilure, à la proue et à la poupe.

La nuit passa sans incidents. Au matin, tout semblait aller pour le mieux. Pendant leur tour de garde, les guetteurs avaient vu brûler plusieurs feux sur la grande plage de sable qui s'étendait au fond de la baie. Conscient qu'ils devraient bientôt frayer avec les indigènes, Sorgan réunit ses hommes sur le pont pour une ultime mise au point.

— Nous allons entrer dans ce village, et je veux que vous vous comportiez comme des gentilshommes. Ne tentez pas de séduire les femmes et abstenez-vous de dépouiller les hommes de leurs babioles. Le rapport de force sera probablement de dix contre un en faveur des sauvages, une excellente raison de se montrer courtois... Si j'ai bien compris, ces gens ont besoin de notre aide, et ils la paieront avec de l'or. Alors, les gars, sachez vous tenir. N'agitez pas vos armes au nez des indigènes, et ne leur montrez pas le poing non plus. Il s'agit peut-être d'une *énorme* quantité d'or, et je n'aimerais pas être à la place du crétin qui ficherait tout par terre. Ai-je été clair ?

Le capitaine promena sur ses hommes un regard plus noir encore que son expression.

Aucun n'eut de mal à comprendre le message.

Ils levèrent l'ancre peu après, les rameurs se chargeant de conduire le *Cormoran* vers la plage où les vigies avaient vu des feux.

— A cent mètres du but, dit Sorgan à Bovin, nous jetterons l'ancre et attendrons de voir comment les indigènes réagissent. S'ils semblent pacifiques, en route pour l'aventure ! Sinon, nous continuerons à faire le tour de la baie en quête d'un meilleur endroit où accoster.

— Bien compris, Cap'tain, répondit le second.

Sorgan remarqua que le village était beaucoup plus grand que celui de son « ami » Arc-Long. Une multitude de yoles s'alignaient sur la plage. A côté, des filets de pêche séchaient sur des poteaux. Ces indigènes semblaient vivre principalement des produits de la mer. Leurs maisons, si le mot n'était pas trop fort, étaient en bois. En forme de dôme, elles semblaient des plus primitives. Pourtant, Bec-Crochu aurait mis sa main à couper qu'elles protégeaient leurs occupants des rigueurs du climat. Les huttes étant disposées dans la plus grande anarchie, on ne distinguait rien, dans ce village, qui rappelât, de près ou de loin, une rue.

Une digue rudimentaire séparait les habitations du torrent qui se déversait des montagnes pour alimenter une rivière. La présence de cette défense artificielle laissait penser que le cours d'eau était souvent en crue.

Sur la plage, des indigènes vêtus de cuir commencèrent à tirer une dizaine de yoles dans l'eau. Soucieux, Sorgan nota qu'ils étaient armés jusqu'aux dents. Même si leurs pointes de flèches et de lances étaient en pierre, en recevoir une dans le ventre ne devait pas faire du bien…

Les yoles formèrent un demi-cercle entre la plage et le *Cormoran*. L'une d'elles rompit la formation et approcha du drakkar de Bec-Crochu. L'indigène qui pagayait, un rouquin à la barbe démesurément longue, était au moins aussi costaud que Bovin. Son unique compagnon, beaucoup plus vieux, arborait de splendides nattes blanches.

Le rouquin cessa de pagayer et le vieillard se leva dès que la yole fut immobile.

— Bienvenue à Lattash, Sorgan Bec-Crochu, dit-il. Nous t'attendions depuis si longtemps…

— Je suis honoré d'être si bien accueilli, noble Ancien…

Apparemment, ces gens ne détestaient pas qu'on en rajoute sur le protocole…

— Je me nomme Nattes-Blanches, continua le vieux chef, et même les plus jeunes hommes de ce village écoutent respectueusement mes conseils – en règle générale.

Comme Arc-Long, nota Sorgan, Nattes-Blanches semblait pratiquer volontiers l'humour à froid.

— Chef Nattes-Blanches, fit le capitaine en bombant le torse, on m'a dit que dame Zelana désirait me parler.

— J'ai entendu ça aussi… Bec-Crochu, je te présente Barbe-Rouge, mon neveu. Il t'escortera jusqu'à la grotte où vit Zelana. Je monterai à bord de ton navire, pour servir d'otage, afin que tes hommes sachent que tu ne cours aucun danger. Un jour, ces précautions ne seront plus nécessaires. Pour l'instant, et tant que nous ne nous connaîtrons pas mieux, elles me paraissent indispensables.

— La sagesse parle par ta bouche, chef Nattes-Blanches. Sur ces questions, je m'en remets entièrement à toi.

Si le vieux sauvage aimait la pompe et le protocole, se dit Sorgan, il allait lui en donner jusqu'à ce qu'il en ait une indigestion.

Les deux hommes changèrent de place avec une lenteur majestueuse.

— Bovin, traite bien notre ami ! cria Bec-Crochu quand il se fut installé dans la yole.

— A vos ordres, Cap'tain ! cria le second tandis que la frêle embarcation s'éloignait du *Cormoran*.

— Barbe-Rouge, dit Sorgan, pourquoi Zelana vit-elle dans une grotte, et pas au village, avec son peuple ?

— Elle n'est pas vraiment des nôtres, Sorgan Bec-Crochu, répondit le neveu de Nattes-Blanches. Et elle ne nous aime pas beaucoup.

— Je croyais qu'elle régnait sur cette région de Dhrall ?

— C'est plus compliqué que ça… Selon nos légendes, elle est éternelle, mais elle ne s'intéresse pas beaucoup aux humains. Zelana nous a abandonnés il y a très longtemps. Depuis son récent retour, elle vit dans une grotte, à la lisière du village. D'après mon oncle, elle est très puissante. Si elle désire que quelque chose se passe, eh bien, ça se passera ! Tu vois ce que je veux dire ? Nattes-Blanches est toujours un peu bizarre quand il parle d'elle. Je crois qu'elle l'effraie... Pourtant, à part ça, il n'a peur de rien. (Barbe-Rouge pagaya quelques instants en silence.) Zelana ne sort jamais de sa grotte, et elle a pour unique domestique une petite fille qui vient de temps en temps nous transmettre ses ordres.

— A quoi ressemble Zelana ? demanda Sorgan.

— Je l'ai vue deux fois seulement, et son visage était voilé. Mais un jour, j'ai entendu mon oncle en parler avec les autres anciens du village. Il leur disait qu'elle change sans cesse...

— Elle change de quoi ?

— D'apparence, bien sûr ! (Barbe-Rouge arrêta de pagayer.) Quand nous atteindrons la plage, je devrais te guider et nous marcherons au bord de l'eau. Nattes-Blanches veut que tes hommes te voient jusqu'à ce que tu entres dans la grotte. Ainsi, ils ne s'inquiéteront pas.

— Vous êtes un peuple très prudent...

— Oncle Nattes-Blanches aime agir ainsi. Les vieux sont souvent comme ça.

— Ça explique peut-être pourquoi ils ont vécu si longtemps !

— Possible..., concéda Barbe-Rouge avant de reprendre sa pagaie. Nous allons accoster droit devant nous. A cet endroit, il y a des récifs, et je ne voudrais pas abîmer la coque de ma yole.

— A quelle distance est la grotte ?

— Elle s'ouvre au pied de cette colline, tout au bout de la plage...

— C'est assez loin du village, souligna Sorgan.

La colline, remarqua-t-il, était en forme de dôme, et une végétation éparse s'accrochait à ses flancs rocheux.

— Zelana n'apprécie pas notre odeur, grogna Barbe-Rouge. En tout cas, c'est ce qu'on dit.

— Devrai-je m'incliner devant elle ? Ou me prosterner ?

— Je ne crois pas, sinon Nattes-Blanches m'en aurait parlé. Contente-toi de te présenter... Même si elle te connaît bien, puisqu'elle t'a décrit en détail dès son arrivée chez nous.

Barbe-Rouge enfonça la pointe de sa pagaie dans le sable, puis Bec-Crochu et lui hissèrent la yole sur la plage à la force des poignets.

Ils longèrent l'eau, attentifs à rester bien en vue des marins du *Cormoran*.

— Mon ami, demanda Sorgan, sais-tu si des troubles menacent ce coin du monde ?

— Sorgan Bec-Crochu, ce coin du monde est toujours instable. Les tribus se font la guerre pour un rien... Mais dernièrement, nous avons beaucoup entendu parler des créatures des Terres Ravagées.

— Où sont ces terres ?

— Au-delà des montagnes... Je ne peux pas t'en dire plus, parce que les anciens répugnent à aborder ce sujet. Si les créatures qui peuplent ce territoire ressemblent vaguement à des humains, je doute qu'elles en soient. Mais Zelana t'en révélera plus. A mon avis, elle veut te voir pour ça... L'entrée de sa grotte est là. (Le rouquin désigna une ouverture déchiquetée, au pied de la colline.) Mon oncle m'a recommandé de faire du bruit avant d'entrer. Surprendre Zelana n'est pas une bonne idée, paraît-il...

Ils approchèrent d'un pas prudent.

— Zelana de l'Ouest, appela l'indigène quand ils eurent atteint leur but, je suis Barbe-Rouge, de la lignée du chef Nattes-Blanches, et je t'amène l'étranger nommé Sorgan Bec-Crochu.

Les deux hommes attendirent quelques minutes, jusqu'à ce qu'une très jolie fillette aux cheveux blonds sorte de la grotte.

— Qu'est-ce qui t'a retardé, Bec-Crochu ? demanda-t-elle. Ma Vénérée commençait à s'inquiéter. Suivez-moi, mais essuyez-vous les pieds avant d'entrer. Les traces de boue sur son beau sol la rendent folle !

Sorgan et Barbe-Rouge emboîtèrent le pas à la fillette, le long d'un tunnel étroit et sinueux. Assez vite, ils débouchèrent dans une caverne où brûlait un petit feu. Entièrement « vêtue » de gaze, une femme aux cheveux noirs, assise près des flammes, tournait sciemment le dos à ses visiteurs.

— Il était temps que tu arrives, Bec-Crochu, dit-elle. Ton *Cormoran* aurait-il perdu ses ailes ?

— Le village d'Arc-Long n'est pas à côté, se défendit Sorgan, vexé.

— La distance ne t'a pas gêné quand tu poursuivais le vaisseau trogite, il y a quelques jours…

— Comment savez-vous ça ?

— Ma Vénérée sait tout, Bec-Crochu, dit la petite fille. Il faut être idiot pour l'ignorer.

— Eleria, merci, mais je me débrouillerai très bien sans toi…, souffla la femme aux cheveux noirs.

Puis elle se tourna vers Sorgan…

… Qui sentit ses genoux jouer des castagnettes. Zelana était de loin la plus jolie femme qu'il ait jamais vue.

— Fixer les dames n'est pas poli, Sorgan…, le taquina-t-elle.

— Désolé, fit le capitaine en rosissant. Votre beauté m'a coupé le souffle. Mais ça ne doit pas vraiment vous surprendre…

— Ça arrive assez souvent, oui. Au moins, tu n'es pas tombé en pâmoison en me voyant. Si tu savais ce que ça peut m'énerver ! Je vois que tu as amené Barbe-Rouge…

— Navré de vous contredire, fit Sorgan, la voix un peu tremblante, mais c'est plutôt lui qui m'a amené.

— Je me réjouis que vous ayez fait connaissance. C'est parfait, puisque… (Elle s'interrompit.) Mais nous réglerons les détails plus tard ! Entrons plutôt dans le vif du sujet. Il me faut des guerriers et je les paie avec de l'or. Ça t'intéresse ?

— Je ne me lasse jamais d'entendre le mot « or », ma dame. Qui dois-je tuer et combien me rapportera sa mort ?

— Tu n'y vas pas par quatre chemins, Sorgan…

— C'est le meilleur moyen d'arriver vite à destination ! Est-il question d'une guerre ?

— En quelque sorte… Que sais-tu du Pays de Dhrall ?

— Je n'avais jamais entendu ce nom avant de rencontrer Arc-Long, il y a trois jours. Barbe-Rouge m'a parlé des créatures qui vivent au-delà des montagnes. Ce sont elles qu'il faudra massacrer ? Des querelles entre tribus ? Il y en a tout le temps dans mon pays…

— C'est bien plus grave que des « querelles », Bec-Crochu. Le peuple de Dhrall vit surtout le long des côtes, où le poisson abonde. Au centre du pays, dans les Terres Ravagées, les monstres pullulent. Ces derniers temps, ils s'agitent, et nous voudrions que tes guerriers et toi les persuadiez de rentrer chez eux. J'attends de toi, Bec-Crochu, que tu recrutes les légions de Maags qui nous aideront à repousser les envahisseurs. Bien entendu, nous leur promettrons tout l'or qu'ils voudront...

— Facile à dire, ma dame, mais si je ne vois pas la couleur de cet or, j'aurai du mal à être convaincant devant les autres Maags.

— C'est assez logique... (Zelana se tourna vers la fillette.) Eleria, montre-lui nos réserves...

— A tes ordres, Vénérée. Il faudra s'enfoncer un peu plus dans la grotte, Gros-Bec.

— Bec-Crochu..., rectifia Sorgan.

— Vraiment ? C'est beaucoup plus parlant, pas vrai ? J'ai dû mal comprendre ma Vénérée quand elle m'a dit ton nom. Je trouvais ça un peu primaire, mais Bec-Gros n'aurait pas été beaucoup mieux... Quelle quantité d'or veux-tu voir ?

— Tout ! s'écria Sorgan.

— Je crains que nous n'ayons pas le temps. Ma Vénérée est un peu pressée...

Zelana émit soudain une sorte de couinement et Eleria lui répondit par un cri du même acabit. Une langue étrangère, crut deviner Sorgan.

Zelana tendit une main derrière elle et sortit... du vide... un globe brillant qu'elle tendit à la fillette.

— Il fait très sombre au fond de la grotte, expliqua Eleria à Sorgan. Ce petit soleil nous éclairera. Tu devrais être honoré, Bec-Crochu, parce que ma Vénérée l'avait prévu à son menu. (Elle brandit le globe.) Par ici ! Et tu peux porter le soleil, si ça t'amuse...

— Merci, ça ira très bien, fit Sorgan, les mains dans le dos. Je te laisse ce plaisir...

Apparemment, la matière en fusion n'était pas enfermée dans du verre. Pourtant, Eleria ne semblait pas s'en inquiéter.

— En route, dit-elle allégrement.

— Ça ne te brûle pas la peau ? demanda Sorgan alors

qu'ils s'engageaient dans un tunnel aussi sinueux que le précédent.

— Non, répondit Eleria. Ma Vénérée lui a dit de ne pas me faire mal.

— Pourquoi l'appelles-tu ainsi ?

— C'est le nom que lui donnent les dauphins roses, et je jouais souvent avec eux lorsque j'étais plus petite.

— Des dauphins… hum… roses… nous ont accompagnés quand nous venions ici.

— Je sais. Ma Vénérée voulait qu'ils vous montrent le chemin. Sinon, a-t-elle dit, vous vous seriez perdus. L'or est juste après ce tournant.

Sorgan suivit la gamine puis s'arrêta net, les yeux exorbités. Le tunnel était bloqué par un mur qui semblait composé de lingots d'or.

— Ça ira, ou tu veux en voir plus ? demanda Eleria. Ma Vénérée peut en faire venir davantage, mais Barbe-Rouge et les autres villageois devront travailler des jours pour tout transporter.

— Ce… mur… est très épais-pais ? bafouilla Sorgan.

— Je ne sais pas trop, avoua Eleria. Mais je crois que oui. Soulève-moi, que je regarde par-dessus.

Sorgan hissa la petite fille sur ses épaules. Brandissant sa boule de feu, elle sonda le tunnel.

— La lumière ne va pas jusqu'au bout… Mais il y a de l'or aussi loin qu'on peut regarder. C'est assez joli, même si je trouve le jaune ennuyeux, à force. Le rose m'amuse plus. Pas toi ?

— Le jaune ne m'ennuie jamais, assura Sorgan.

— On devrait rebrousser chemin, maintenant. Ma Vénérée ne brille pas par la patience…

— Si je prenais quelques lingots pour les montrer à mes hommes, ça lui déplairait ?

— Je suis sûre que non… Il y en a beaucoup, pas vrai ?

— Ça, tu peux le dire !

Sur ces mots, ils retournèrent dans la caverne.

— Tu es satisfait, Bec-Crochu ? demanda Zelana dès qu'ils l'eurent rejointe.

— On le serait à moins, ma dame. Avec ça, je m'offrirais facilement tout le Pays de Maag… Mais il me faudra quelques échantillons, histoire de les montrer à mes compatriotes. Sinon, ils ne me croiront pas.

— *Quelques* échantillons, Sorgan, insista Zelana. Le *Cormoran* n'est pas un vaisseau marchand, et je détesterais qu'il coule pendant notre voyage vers Maag.

— Notre voyage ? répéta Sorgan, surpris.

— Eleria et moi vous accompagnerons. Barbe-Rouge aussi. *Idem* pour Arc-Long.

— Votre présence n'est pas vraiment indispensable, ma dame, assura Sorgan.

— Oh que si, Bec-Crochu ! Nous sommes pressés, et tu sais que je peux convaincre le *Cormoran* de battre tous ses records. Ma présence, comme tu dis, t'aidera à ne pas oublier de revenir !

— Mais…

— Ce n'est pas négociable, Sorgan. Nous profiterons de la marée de l'après-midi pour appareiller. Retourne sur ton bateau et prépare-le à lever l'ancre. Barbe-Rouge se chargera d'y faire transporter *un peu* d'or. Emmène Eleria avec toi. Je dois parler avec mon frère avant notre départ.

— A ma connaissance, je n'ai pas encore accepté votre proposition, ma dame, rappela Sorgan.

— Tu veux la refuser ?

— Eh bien…

Que valaient de vagues objections face à une muraille d'or ?

— C'est bien ce que je pensais…, fit Zelana. Allez, en route !

Sorgan tourna un regard vorace vers le fond de la grotte.

— On se dépêche, Bec-Crochu ! lança Zelana en claquant des doigts. Le temps presse, et nous voulons être loin d'ici avant le coucher du soleil.

LE PAYS DE MAAG

Le pays de Maag

1

Vieil-Ours, le chef de la tribu, parlait très rarement. Pourtant, les parents d'Arc-Long, dès son enfance, lui avaient assuré qu'il était infiniment sage. Très pris par sa vie trépidante de petit garçon, Arc-Long n'avait pas douté un instant de ce jugement. Puis il avait continué à grandir avec un enthousiasme qui faisait plaisir à voir.

A l'époque, la tribu vivait au sommet d'une immense falaise. Une forêt dense protégeait les arrières du village, et le visage brillant de Notre Mère l'Eau s'étendait à l'infini à la base de son perchoir. Aux yeux d'Arc-Long, il n'existait aucun endroit au monde où être un enfant aurait pu se révéler plus agréable.

Vers la fin du cinquième été qu'il passait dans ce paradis, plusieurs membres de la tribu avaient été frappés par une étrange maladie. D'abord brûlants de fièvre, ils finissaient par trembler de froid, la peau grêlée de taches violettes. Des jours entiers, hantés par de terribles visions, ces malheureux avaient hurlé à la mort avant de trépasser pour de bon.

Celui-Qui-Guérit, le chaman de la tribu, était un maître de son art. Pourtant, le mal surgi de nulle part avait résisté à tous ses assauts thérapeutiques. Terrassés par cette malédiction, la moitié des membres de la tribu avaient succombé – dont les parents d'Arc-Long et l'épouse du chef. S'avouant vaincu, Celui-Qui-Guérit était allé voir Vieil-Ours pour l'implorer de fuir les lieux avec les survivants.

Le cœur brisé, le chef avait ordonné aux rescapés de brûler leurs huttes. Puis il les avait conduits vers un nouvel endroit, sur les rives de Notre Mère l'Eau, où ils pourraient reconstruire leur village. Recueillant Arc-Long sous son toit, il l'avait choyé comme le fils que sa femme n'avait pas eu le temps de lui donner.

Avec la fille de Vieil-Ours, Eau-Brumeuse, tout s'était passé au mieux. Loin d'entrer en compétition pour plaire à leur « père », comme le font souvent les enfants, les deux gamins s'étaient rapprochés, unis par leur chagrin.

Elevés ensemble dans la même hutte, Eau-Brumeuse et Arc-Long ne s'étaient jamais considérés comme un frère et une sœur – sans doute parce que Vieil-Ours avait toujours appelé le garçon « notre invité ».

Déjà perspicace, Arc-Long avait compris que l'utilisation de ce mot était un moyen, pour son protecteur, d'influencer la façon de penser des deux enfants. Avec en tête un objectif qu'il ne fallait pas être sorcier pour deviner ! En voyant grandir Eau-Brumeuse, Arc-Long n'avait trouvé aucune raison de s'en plaindre. Grande et élancée, les cheveux aile-de-corbeau, la peau d'une pâleur de lune, sa promise était le genre de jeune femme qui coupe le souffle des hommes dès qu'elle passe devant eux.

En plus de ses grands yeux et de ses lèvres sensuelles, Eau-Brumeuse avait acquis, avec la maturité, quelques caractéristiques typiquement féminines qui ne laissèrent pas son compagnon indifférent. Au point qu'il avait du mal à regarder ailleurs quand elle était là…

En principe, les pères deviennent très nerveux quand de jeunes coqs commencent à tourner autour de leurs superbes filles. Sachant Arc-Long prêt à veiller au grain, Vieil-Ours ne s'affola pas outre mesure. Même au sortir de l'adolescence, son « invité », plus grand que la moyenne et très musclé, savait se montrer persuasif avec les importuns. Après quelques escarmouches, les autres garçons de la tribu comprirent que courtiser Eau-Brumeuse n'allait pas sans risques.

La jeune femme apprécia les interventions d'Arc-Long, car elle entendait réserver son énergie à des affaires plus pressantes. Consciente qu'une horde de filles regardaient son futur époux avec intérêt, elle jugea plus prudent de les orienter vers un *dés*intérêt franc et massif. Les convaincre qu'Arc-Long n'était pas pour elles ne lui prit pas très longtemps. Le plus souvent, quelques allusions subtiles suffirent. Dans un ou deux cas, cependant, une approche plus directe s'imposa. Il s'ensuivit quelques contusions, mais fort peu de blessures graves…

Attentif à ces petits jeux, Vieil-Ours n'avait jamais rien dit. Mais il souriait beaucoup, à cette époque…

Les autres garçons du village admiraient Arc-Long, souvent à leur corps défendant. Très tôt féru de tir à l'arc, il n'avait jamais pu expliquer pourquoi toutes les flèches qu'il décochait faisaient mouche, même à d'incroyables distances. Cela venait, pensait-il, du sentiment d'unité qui le liait à sa cible…

La coordination de la main, de l'œil et de l'esprit était une qualité indispensable à tout archer. Mais le jeune homme avait vite compris que la cible devait être intégrée à ce trinôme. Cette « communion », à l'en croire, était la source de son infaillible précision. L'objet ou l'animal qu'il visait, disait-il parfois, attiraient le projectile à eux…

Un concept plutôt difficile à expliciter. Mais d'une simplicité enfantine pour Eau-Brumeuse, qui communiait avec *sa* cible depuis sa plus tendre enfance.

Aucun membre de la tribu ne doutait qu'une certaine cérémonie aurait bientôt lieu. La date exacte dépendait exclusivement de Vieil-Ours, qui ne semblait pas particulièrement pressé.

Arc-Long et Eau-Brumeuse auraient juré que le chef trouvait amusant de les faire saliver. Et ils ne jugeaient pas ça drôle du tout.

Un été, le quatorzième qu'eût connu Arc-Long, Vieil-Ours admit enfin que ses deux poussins avaient atteint l'âge de voler de leurs propres ailes. Non sans quelque réticence, il les autorisa à se soumettre au rituel qui les unirait pour la vie.

Les festivités commencèrent immédiatement. Le jeune couple étant très populaire, son union promettait d'être l'événement le plus joyeux de l'été.

Les filles offrirent de petits cadeaux à la fiancée, et se massèrent autour d'elle pour des conciliabules ponctués de gloussements.

Les garçons donnèrent à Arc-Long des pointes de flèches ou de lances et des couteaux taillés dans la meilleure pierre. Ils l'aidèrent aussi à construire la hutte où il vivrait avec sa bien-aimée.

Le jour de la cérémonie, respectueuse des traditions, Eau-Brumeuse se leva très tôt et partit seule pour un petit étang, dans la forêt, où elle se baignerait avant de revêtir sa magnifique robe en peau de daim.

Arc-Long n'ayant pas le droit, ce jour-là, de poser les yeux sur sa promise avant la cérémonie, il garda les paupières baissées et ne bougea pas sur sa natte pendant qu'Eau-Brumeuse prenait sa tenue, avant de sortir de la hutte paternelle.

— Reviens vite..., lui souffla-t-il alors qu'elle franchissait le seuil.

Elle le gratifia d'un rire cristallin qui lui alla droit au cœur.

Le soleil se leva au-dessus de la forêt, dissipant les dernières ombres bleutées de l'aube. Conscient de vivre le jour le plus important de sa vie, Arc-Long s'habilla avec un soin inhabituel, puis il attendit.

Mais Eau-Brumeuse ne revint pas.

Au milieu de la matinée, le jeune homme commença à paniquer. Eau-Brumeuse était aussi impatiente que lui de célébrer leur union, et personne ne mettait aussi longtemps à prendre un bain. Jetant aux orties les coutumes et les traditions, Arc-Long sortit du village et courut vers l'étang.

Quand il y arriva, son cœur cessa de battre.

Sa promise, vêtue d'une peau de daim blanche, flottait sur le ventre au milieu de la paisible étendue d'eau.

Arc-Long sauta dans l'étang, prit Eau-Brumeuse dans ses bras et la ramena sur la rive couverte de mousse.

Quand il eut délicatement posé la jeune femme sur le sol, à plat ventre, il lui appuya sur le dos, comme Celui-Qui-Guérit le préconisait lorsqu'on découvrait un noyé. Malgré tous ses efforts, Eau-Brumeuse ne recommença jamais à respirer.

Fou de douleur, Arc-Long leva les yeux au ciel et hurla.

Le cri d'un homme dont la vie n'a plus de sens...

Quand Arc-Long revint au village, comme anesthésié par la douleur, Vieil-Ours pleura en voyant le cadavre de sa fille. Se reprenant très vite, il ordonna qu'on aille chercher le chaman.

— Elle n'a pas pu se noyer, dit le chef à Celui-Qui-

Guérit dès qu'il eut examiné la morte. Elle nageait très bien, et cet étang n'est pas profond…

— Eau-Brumeuse ne s'est pas noyée, Vieil-Ours… Il y a des marques de crocs sur sa gorge. Du venin, voilà ce qui l'a tuée.

— Il n'y a pas de serpents venimeux dans la région ! objecta Vieil-Ours.

Le chaman désigna les marques, sur le cou d'Eau-Brumeuse.

— Aucun serpent n'a de si gros crocs. Ces plaies lui ont été infligées par un serviteur de Ce-Qu'On-Nomme-Le-Vlagh. Beaucoup d'histoires courent au sujet de ces monstres. Je les prenais pour des légendes, mais je me suis trompé. Le Vlagh donne la vie à ses créatures, et grâce au venin dont il les dote, elles n'ont pas besoin d'autres armes.

— Pourquoi un de ces monstres aurait-il tué ma fille adorée ?

— Des rumeurs circulent, chef Vieil-Ours. On raconte que le Vlagh, de plus en plus agressif, envoie ses monstres épier les peuples des côtes pour découvrir leurs faiblesses. Ces espions, prenant garde à ne pas être vus, tuent tous ceux qui les surprennent. Ainsi, ils peuvent accomplir leur mission jusqu'au bout et retourner faire leur rapport au Vlagh.

— Il serait bon, s'il en est ainsi, qu'aucun ne rentre livrer ces informations à son maître…, souffla Vieil-Ours, rageur. J'en parlerai avec mon fils Arc-Long. De son chagrin naîtra une haine éternelle, et le Vlagh risque de regretter ce que ses monstres ont fait aujourd'hui…

— Qu'il passe me voir avant de partir en chasse, dit Celui-Qui-Guérit. Mais d'abord, laisse-le se vider de son chagrin. Quand il cessera de pleurer, il aura les idées plus claires. En attendant, je tenterai d'en apprendre plus sur les serviteurs du Vlagh, afin de lui donner de précieux conseils.

L'hiver de l'année suivante touchait à sa fin quand Vieil-Ours décida de conduire Arc-Long, toujours inconsolable, chez le chaman. Voyant que les larmes de son fils ne se tarissaient pas, il lui ordonna sèchement de l'accompagner.

Pataugeant dans la neige fondue, les deux hommes gagnèrent la hutte de Celui-Qui-Guérit. Dès qu'ils furent entrés, celui-ci ouvrit un ballot et en sortit des os blanchis qu'il disposa sur une couverture pour qu'ils les voient mieux.

— On ne sait pas grand-chose sur les serviteurs du Vlagh... Examiner un squelette nous aidera à mieux comprendre leurs particularités.

— Où as-tu trouvé ces os ? demanda Arc-Long d'une voix atone.

— « Trouver » n'est pas le bon verbe, mon garçon. Le jour de la mort d'Eau-Brumeuse, je suis allé en piéger un. Avec leur méconnaissance de la forêt, ils sont faciles à tromper. Après avoir repéré une piste encourageante, j'ai creusé un trou, j'ai planté des pieux au fond, puis je l'ai recouvert avec des branches mortes et des feuilles. L'attente fut longue, mais un des monstres a marché sur le piège, et les pieux se sont chargés de l'accueillir. Un plan parfait et bien exécuté, n'était que la créature a agonisé pendant deux jours. Après l'avoir sortie du trou, je l'ai mise à bouillir pour détacher la chair de ses os. Ainsi, nous verrons mieux comment elle est faite. (Le chaman soupira.) Quand nous aurons fini, vous devriez poser le crâne sur la tombe d'Eau-Brumeuse, en hommage à son esprit.

Une lueur passa dans les yeux d'Arc-Long, jusque-là aussi ternes qu'un ciel sans étoiles.

— Un tel présent pourrait lui plaire, dit-il. Et si on ajoutait beaucoup d'autres crânes, son esprit se réjouirait davantage…

— C'est bien possible, mon fils, approuva Vieil-Ours.

— Passons aux détails pratiques, déclara le chaman. (Il ramassa le crâne.) Comme ceux des serpents venimeux, les crocs de ces monstres sont rétractiles. Ils jaillissent quand la créature attaque. Une façon efficace de cacher ses armes jusqu'au dernier moment. (Il posa le crâne et s'empara d'un os très long.) Des dards très durs hérissent du poignet jusqu'au coude la face extérieure de ce bras. On peut les comparer à ceux des guêpes ou des frelons. Comme les crocs, ils sont empoisonnés et rétractiles… Arc-Long, sois prudent quand tu approcheras un de ces monstres, car ils sont très rapides. Le Vlagh a donné naissance à un tueur efficace, mais qui doit être près de sa proie pour l'abattre. A distance, on ne risque rien.

— Une information utile, dit Arc-Long, sa voix ne résonnant plus comme si elle sortait d'outre-tombe. Le venin est-il douloureux ?

— Atrocement, je le crains…

— Peut-il tuer les monstres eux-mêmes ?

— Oui.

— Donc, si j'en enduis une pointe de flèche, le prochain que je tuerai agonisera dans de terribles douleurs.

— Pourquoi prendre cette précaution ? demanda le chaman. On m'a dit que tu ne rates jamais ta cible. Viser le cœur suffira.

— Les monstres des Terres Ravagées m'ont fait souffrir et j'entends leur rendre la pareille. Un honnête homme paie toujours ses dettes.

— N'oublie en aucun cas la prudence, mon garçon.

Ces monstres se dissimulent jusqu'à ce qu'ils puissent frapper leur proie.

— Je suis un chasseur, Celui-Qui-Guérit, rappela Arc-Long. Dans la forêt, rien ne peut échapper à mon regard. Le Vlagh a envoyé ses créatures chez nous en quête d'informations. Ma mission, désormais, sera d'empêcher qu'il en reçoive. A cette fin, je tuerai ses serviteurs et je déposerai leurs crânes sur la tombe d'Eau-Brumeuse. Ainsi, son esprit saura que je l'aime toujours.

— Vas-tu te mettre en chasse, mon fils ? demanda Vieil-Ours.

— Si ça te convient, mon père.

— Cela me convient très bien, Arc-Long.

Le jour même, Arc-Long, le dernier enfant de Vieil-Ours, s'enfonça dans la forêt pour traquer les monstres. Durant les deux décennies suivantes, à ce qu'on raconte, le Vlagh envoya des hordes d'espions sur les terres de la tribu. Mais peu d'entre eux, sinon aucun, ne retournèrent chez leur maître. Car le jeune homme s'unit à la forêt, interdisant aux horreurs des Terres Ravagées de le voir, de l'entendre ou de le sentir.

Et la mort jaillissait de son arc.

Le retour de la légendaire Zelana eut un grand retentissement dans toutes les tribus de son Domaine. Et le peuple de Vieil-Ours, logiquement, se sentit honoré quand courut le bruit qu'elle allait lui rendre visite.

Arc-Long, pour sa part, n'avait aucune envie de rencontrer la maîtresse de l'Ouest. Quand il apprit qu'elle approchait du village, il retourna dans la forêt et continua à chasser.

Mais à son grand dam, Zelana l'avait cherché – et trouvé ! Certain que nul ne pouvait le débusquer dans son fief, il avait fait grise mine quand la femme aux cheveux noirs lui était tombée dessus pour lui demander son aide.

— Ça ne m'intéresse pas, Zelana, avait-il répondu sèchement. Ici, j'ai des responsabilités plus pressantes. Vous devriez choisir quelqu'un d'autre.

— C'est très important.

— Pas pour moi ! La seule chose qui compte, à mes yeux, c'est ce que je fais dans ma forêt.

— Tu ne nous apprécies pas beaucoup, pas vrai, Arc-Long ? avait demandé la fillette qui accompagnait Zelana. En fait, tu n'apprécies personne. Tu es bien trop grognon pour ça…

— « Grognon » est un mot trop faible, ma petite, répondit le chasseur, attendri par le naturel de la gamine. Les monstres du Vlagh ont tué la femme que j'allais épouser. Depuis, je les massacre.

— C'est bien fait pour eux ! approuva l'enfant. Combien en as-tu abattu ?

— Des centaines, je crois… Voilà vingt ans que je les traque, et le compte m'échappe.

— Eh bien, si c'est tout ce qui importe pour toi, nous pouvons t'aider à en tuer des milliers. N'est-ce pas, Vénérée ?

— Davantage que ça, Eleria, avait répondu Zelana avant de planter son regard dans celui d'Arc-Long. Nous détestons ces monstres autant que toi, chasseur ! Si tout se passe comme je le veux, nous les massacrerons, puis nous irons dans les Terres Ravagées, pour exécuter le Vlagh. Que dis-tu de ce plan ?

— Il est assez intéressant pour que je veuille en savoir plus.

Arc-Long s'était montré sceptique quand Zelana avait évoqué le vaisseau d'un Maag nommé Bec-Crochu.

D'après elle, ce navire traverserait Notre Mère l'Eau et accosterait sur les rives du Pays de Dhrall…

Quant à croire que les Maags étaient prêts à tout pour de l'or, il aurait bien voulu voir ça.

Et il le vit ! Le bateau arriva pratiquement à l'instant prévu par Zelana, et Bec-Crochu, comme elle l'avait dit, semblait avoir perdu tout sens commun une fois le mot « or » prononcé.

Les doutes d'Arc-Long s'évanouirent.

Zelana avait dit vrai deux fois. Si elle ne se trompait pas pour les Maags, le long voyage vers leur pays ne serait pas une perte de temps.

N'ayant pas tué de monstres depuis quelques jours, Arc-Long commençait à avoir honte. Mais Eau-Brumeuse avait toujours été si patiente… Son esprit, il n'en doutait pas, accepterait d'attendre qu'il ait aidé Zelana à conduire des légions de Maags jusqu'au Pays de Dhrall. Alors, avec leur soutien, il tuerait tous les serviteurs du Vlagh.

Puis ce serait le tour de leur maître.

L'esprit d'Eau-Brumeuse, il en était certain, se réjouirait quand il poserait sur sa tombe le crâne du Vlagh !

Un cadeau, en hommage à sa mémoire…

2

Annoncé par le vacarme de ses voiles, le *Cormoran* revint comme prévu au village de Vieil-Ours. Arc-Long avait vu du premier coup d'œil l'avantage qu'on pouvait tirer d'une voilure. Mais par grand vent, comme cet après-midi-là, le bruit était abominable.

— Tu vas partir, mon fils ? demanda Vieil-Ours alors que le drakkar se balançait sur les flots, non loin de la plage.

— C'est dans l'intérêt de la tribu, mon père. Si Zelana ne se trompe pas, les Maags nous apprendront à tuer plus de monstres. Cela satisfera sûrement l'esprit de notre chère Eau-Brumeuse.

— Alors, tu as raison d'y aller, mon fils. Et ne t'inquiète pas, pendant ton absence, je m'occuperai de la tombe…

— Je t'en remercie, père. Un jour prochain, nous déposerons la tête du Vlagh sur la sépulture d'Eau-Brumeuse. Son esprit, j'en suis sûr, se réjouira.

— Et le mien aussi, renchérit Vieil-Ours. Bon voyage, mon fils, et que l'esprit d'Eau-Brumeuse veille sur toi.

— Qu'il en soit ainsi, père, conclut solennellement Arc-Long.

Il gagna la plage, poussa sa yole à l'eau et, non sans efforts à cause des remous, rama en direction du *Cormoran*. Derrière lui, son village et sa forêt disparurent rapidement. Mais il ne se retourna pas une seule fois.

— Joli canot que tu as là, l'ami, dit l'homme qui l'attendait accoudé au bastingage du drakkar.

— Un canot ? répéta Arc-Long, qui ne connaissait pas ce mot.

— Ton petit bateau, précisa le marin aux énormes battoirs. Il peut aller vite, pas vrai ?

— Il me conduit toujours là où je veux, oui…

— Tu aimerais le hisser à bord ?

— Oui… Si je ne m'entends pas avec les tribus du *Cormoran*, il pourrait me ramener chez moi.

Le marin éclata de rire.

— En quelques occasions, si j'en avais eu un, j'aurais bien utilisé un canot pour me défiler ! Mon gars, j'ai navigué presque toute ma vie, et s'entendre avec le reste de l'équipage demande parfois de sacrés efforts ! Tu es Arc-Long, c'est ça ?

— On me nomme ainsi, oui…

— Moi, on m'appelle Marteau-Pilon… Un drôle de patronyme, mais je m'y suis habitué. Monte à bord, l'ami. Le Cap'tain veut te voir. Je m'occuperai de ton canot.

— Je dois d'abord me présenter à Zelana de l'Ouest.

— Elle est avec mon commandant, dans la cabine de poupe. Dès notre départ de Lattash, elle lui a piqué ses quartiers. Le Cap'tain n'était pas ravi, mais le client est roi, comme on dit ! Le jour, il peut utiliser la cabine. La nuit, il est relégué avec Bovin et moi…

Arc-Long tendit à Marteau-Pilon la corde attachée à

la proue de sa yole, puis il grimpa souplement à bord du *Cormoran*.

— Où est la poupe ? demanda-t-il.

— C'est en quelque sorte le cul du navire, dit Marteau-Pilon.

— Et qui est l'homme que tu appelles « Cap'tain » ? Ce mot ne m'est pas familier…

— Tu lui as parlé lors de notre première visite. Sorgan Bec-Crochu, maître et propriétaire du *Cormoran*.

— Je vois… Pour nous, il serait le « chef ». Je crois que ça veut dire en gros la même chose. Je vais lui parler, et me présenter devant Zelana.

— Tu es sûr de devoir emporter ton arc, mon gars ? fit Marteau-Pilon, dubitatif. Le Cap'tain risque de ne pas aimer ça.

— Mon arme ne me quitte jamais. Si ça dérange les tribus du *Cormoran*, je préfère retourner tout de suite dans ma forêt.

— Ne t'énerve pas ! Tu sais, on est dans le même camp…

Arc-Long grogna son assentiment et se dirigea vers la poupe.

Un grand Dhrall à la barbe rousse montait la garde devant ce que Marteau-Pilon avait appelé une cabine.

— Je suis Barbe-Rouge, de la tribu de Nattes-Blanches, se présenta-t-il.

— Arc-Long, de la tribu de Vieil-Ours… Il paraît que Sorgan Bec-Crochu veut me parler, et Zelana de l'Ouest serait avec lui…

— Ils sont là-dedans, Arc-Long de la tribu de Vieil-Ours.

Barbe-Rouge désigna une ouverture rectangulaire, sur le devant de la cabine au toit très bas.

— Nous nous reparlerons, Barbe-Rouge de la tribu de Nattes-Blanches, dit Arc-Long.

Avec le temps, et si leur relation devait se réchauffer, ce protocole ne serait plus nécessaire. Jusque-là, il resterait la meilleure façon de procéder.

Eleria passa la tête par l'ouverture rectangulaire.

— Il est là, Vénérée, dit-elle par-dessus son épaule. C'est celui qui passe son temps à tuer les gens qui lui déplaisent.

— Tu ne devrais pas dire des choses pareilles, mon enfant, la réprimanda Arc-Long.

— C'est la vérité, non ?

— Peut-être, mais il est impoli de la jeter à la figure des autres.

— Décidément, tu n'es pas drôle ! (Eleria tendit les bras au chasseur.) Porte-moi !

— Tu as oublié comment on met un pied devant l'autre ?

— Non, mais j'aime qu'on me porte.

Arc-Long eut un petit sourire. Puis il prit la petite dans ses bras et entra avec elle dans la pièce basse de plafond où flottait une odeur de goudron.

— Bonjour, Arc-Long, dit Zelana. Pourquoi portes-tu Eleria ?

— Elle me l'a demandé, et ça ne me dérangeait pas…

— Vénérée, il est très gentil, dit l'enfant. Il n'a pas trop discuté avant de me prendre dans ses bras. (Elle embrassa le chasseur sur la joue.) Tu peux me poser, maintenant.

— Eleria, ce n'est pas un dauphin ! cria Zelana.

— Je sais, mais il m'en tiendra lieu jusqu'à notre retour chez nous. J'ai tout le temps besoin d'embrasser quelqu'un. Tu l'as remarqué, non ?

— Pour ça, oui…, soupira la maîtresse de l'Ouest. Arc-Long, je te présente Sorgan Bec-Crochu, du Pays de Maag. Mais je crois que vous vous connaissez déjà…

— Oui, fit Arc-Long. (Il se tourna vers Sorgan.) Marteau-Pilon a dit que tu voulais me parler.

— Il n'y avait rien d'urgent, mon ami. Je désirais simplement t'assurer que nous ferons notre possible pour que tu te sentes à l'aise pendant le voyage. As-tu des besoins particuliers ?

— Un peu de temps pour pêcher, chaque jour, et c'est à peu près tout. Une affaire d'estomac qui gargouille... Si tu vois ce que je veux dire ?

— Tu pourras manger avec l'équipage, si tu veux. Bien, nous aurons le temps de faire connaissance pendant la traversée. Pour l'heure, je vais superviser notre départ.

Bec-Crochu se leva et sortit.

— Il ne parle pas vraiment notre langue, n'est-ce pas, Zelana ? demanda Arc-Long.

— Comment le sais-tu ?

— Ses lèvres ne forment pas les mêmes sons que ceux qui résonnent à mes oreilles. Pendant qu'il s'exprime, quelque chose transforme ses mots, qui deviennent les nôtres.

— Mon frère n'a pas fini d'en entendre parler ! s'exclama Zelana, ravie. Un défaut que j'aurais dû remarquer. Tu es très observateur, chasseur.

— N'est-ce pas pour ça que nous avons des yeux ?

— Il va quand même falloir que tu te dégrossisses un peu... Tu es toujours aussi direct ?

— Ça économise du temps... A présent, dites-moi pourquoi je suis là. Comment puis-je vous aider à convaincre les Maags de venir chez nous pour massacrer les monstres du Vlagh ?

— En décochant des flèches, mon ami...

— Qui dois-je tuer ?

— Personne, en tout cas pour le moment. Nous partons recruter des guerriers maags. Ton travail sera de tirer sur des cibles très lointaines, et de faire mouche aussi souvent que possible. Les Maags sauront ainsi que les Dhralls peuvent être aussi dangereux qu'eux. Même si nous avons besoin de leur soutien, il est essentiel qu'ils nous respectent.

— Des oies..., souffla Arc-Long après une brève réflexion.

— Plaît-il ?

— Les gens sont toujours impressionnés quand ils voient des oies tomber du ciel, une flèche dans le corps. Ils ont du mal à comprendre qu'un projectile peut être aussi efficace vers le haut qu'horizontalement.

— Tu peux vraiment abattre une oie en plein vol ? s'exclama Eleria. Avec ton arc, alors qu'elle est dans le ciel ?

— Ce n'est pas très difficile, ma petite... Les oies volent en droite ligne, donc il est simple de calculer où elles seront quand la flèche arrivera à leur hauteur. Rôties, elles font des repas délicieux. C'est pour ça que je les tue. Oter la vie sans raison est immoral.

— Vénérée, on devrait le garder ! s'écria Eleria. Si tu n'en veux pas, je pourrai l'avoir ?

Une déclaration qui désorienta quelque peu Arc-Long...

3

— Barbe-Rouge dort avec les Maags que Sorgan appelle son « équipage », dit Zelana à Arc-Long, un peu plus tard dans l'après-midi. C'est un homme très sociable, et qui n'a pas les yeux dans sa poche non plus. Nous devons en apprendre plus sur les Maags, et il s'en chargera pour nous. Toi, tu coucheras ici, avec Eleria et moi. J'ai raconté à nos hôtes que tu as mission de me protéger, histoire que personne ne tente de mettre à exécution des idées déplacées. La vraie raison, c'est que tu dois rester à l'écart de ces gens. Bientôt, tu accompliras des exploits avec ton arc, et il faut que les marins du *Cormoran* racontent ça à leurs compatriotes avec du respect et de l'émerveillement dans la voix.

— Comme vous voudrez, ma dame, fit Arc-Long, qui se fichait de ces détails. Combien de temps durera ce voyage ?

— Il ne sera pas trop long, rassure-toi… Quand Sorgan leur montrera les échantillons d'or, les autres Maags lui fondront dessus comme des vautours. (Zelana plissa le front.) Il ne faudrait pas que mon image soit trop réaliste, sinon, ça fichera tout par terre.

— Mais ça peut se produire, ma dame. Je surveillerai ces gens. S'ils sont trop voraces, je les persuaderai de dévorer quelqu'un d'autre…

Arc-Long s'éveilla à l'aube le lendemain, un peu surpris de découvrir que Zelana était déjà fraîche comme une rose.

— Vous ne dormez pas beaucoup, on dirait ?

— Je n'en ai pas besoin… Pourquoi un réveil si matinal ?

— Malgré ce que vous disiez hier, j'ai envie de connaître un peu mieux les Maags. Quand un chasseur en sait long sur ses proies, son efficacité augmente…

— Tu n'es pas là pour les tuer, Arc-Long. Ne l'oublie pas !

— C'est vrai, mais « capturer » est parfois plus difficile que « tuer ».

Sur ces mots, le Dhrall prit son arc et sortit.

Une brise légère soufflait sur le pont, telle une caresse. Sentant qu'elle venait de l'est, Arc-Long s'en étonna, car c'était très inhabituel à cette période de l'année. Mais Zelana perturbait un peu la donne, avec ses interventions…

Un étrange son montait de l'avant du *Cormoran*. Curieux, le Dhrall alla voir de quoi il retournait.

Un petit Maag, debout près de la proue, martelait un objet qui rougeoyait comme s'il brûlait de l'intérieur.

— Qu'est-ce que c'est ? demanda le Dhrall. Et pourquoi tapes-tu dessus ?

— C'est du fer, répondit le Maag. Avec ma masse, je lui donne la forme voulue. Marteau-Pilon a cassé son couteau et il veut que je lui en fabrique un autre. Ce type est d'une maladresse incroyable. Il démolit tout !

— Où as-tu trouvé ce fer ?

— Mon gars, je n'ai pas la moindre idée de son origine.

Mon boulot, c'est de le façonner, pas de le dénicher. Tu es Arc-Long, n'est-ce pas ?

— C'est comme ça qu'on m'appelle, oui... Ce fer rougeoie tout le temps ?

— Non, je dois d'abord le faire chauffer sur ma forge. Il devient moins dur, donc plus facile à travailler. Au fait, moi, les gens m'appellent Lièvre, sans doute à cause de ma taille et de ma vitesse, quand je cours. Pour en revenir au fer, c'est le matériau de base de nos armes et nos outils. Une de mes corvées, sur le *Cormoran*, est de fabriquer des hameçons avec ce métal... Le Cap'tain m'a suggéré de forger pour toi des pointes de flèches qui...

— Les pointes de flèches en pierre sont une tradition dans mon pays, coupa Arc-Long. Elles nous ont toujours bien servis, et je ne vois aucune raison d'en changer.

— Je peux voir un de tes projectiles ?

— Bien sûr...

Le Dhrall sortit une flèche de son carquois et la tendit au Maag.

— Tu les fabriques toi-même ? demanda Lièvre après un examen attentif.

— Evidemment. C'est le seul moyen de m'assurer que le travail a été bien fait.

— Les tailler doit te prendre du temps, mon gars. Et elles ne font pas toutes le même poids, pas vrai ?

— Les différences sont négligeables...

— J'ai une proposition pour toi, Arc-Long. Si je t'en fabriquais quelques-unes en fer, histoire que tu les examines ? Je crois que le résultat te surprendra. La bonne femme qui donne des ordres à tout le monde est venue me dire que tu aurais bientôt besoin de beaucoup de flèches. Sans me préciser la raison, mais ça ne m'étonne pas d'elle.

— Je vais tirer sur des oies pour divertir un peu l'équipage, révéla Arc-Long.

— Ça explique pourquoi il te faudra des réserves. Quand on tire en l'air, on perd la plupart de ses flèches.

— Tu te trompes, Lièvre. Les retrouver n'est pas difficile. Les oies mortes flotteront, et nous les repêcherons.

— Et les flèches qui auront manqué leur cible ?

— Ça n'arrivera pas…

— Tu prétends ne jamais rater ton coup ?

— Manquer sa cible est une perte de temps… Comment réussiras-tu à fabriquer des pointes de flèches avec du fer ?

— Comme je te l'ai dit, j'en ferai chauffer un morceau jusqu'à ce qu'il rougeoie. Quand il sera assez mou, je lui donnerai la forme voulue.

— Une pointe de flèche molle ne sert à rien, Lièvre.

— Le fer ne reste pas mou. Une fois façonné, je le plonge dans de l'eau froide, et il redevient dur.

Arc-Long tourna la tête vers la plage que le *Cormoran* longeait lentement.

— Pour faire des flèches, dit-il, il faut des pointes et des hampes. Bientôt, le bateau aura laissé derrière lui le Pays de Dhrall. Nous devrions aller à terre, toi et moi, et nous constituer une réserve de petites branches. Je vais en parler à Sorgan, qui nous donnera sûrement l'autorisation…

— C'est logique, dit Lièvre. En haute mer, nous aurons tout le temps de forger les pointes. Entre Dhrall et Maag, la traversée est sacrément longue, même si le Cap'tain ne semble pas s'en douter.

— Mais toi, tu le sais, je parie ?

Lièvre regarda autour de lui pour s'assurer que personne ne les écoutait.

— J'aimerais que tu ne répètes rien de tout ça au Cap'tain, Arc-Long. Notre chef ne prête jamais attention au ciel, après le coucher du soleil. Pourtant, si on sait bien regarder, on peut déterminer où on est en se fiant aux étoiles. Quand ce courant a emporté le *Cormoran*, il l'a poussé bien plus loin que Bec-Crochu et les autres marins ne le pensent.

— Tu es très intelligent, Lièvre, dit Arc-Long. Pourquoi te donnes-tu tant de peine pour le cacher ?

— Ça me facilite la vie, répondit le marin avec un petit sourire. Puisque le Cap'tain, Bovin et Marteau-Pilon me prennent pour un crétin, ils ne m'en demandent pas trop. S'ils découvrent que je sais distinguer la droite de la gauche, et ce genre de trucs, ils m'accableront de travaux difficiles. Et j'aime mieux me la couler douce, tant qu'à faire…

— Je ne trahirai pas ton secret, Lièvre. Pourtant, très bientôt, je le crains, nous devrons tous les deux passer aux « travaux difficiles ». Et nos vies dépendront de la façon dont nous nous en tirerons.

— Tu adores gâcher la journée des gens, hein, Arc-Long ? grogna Lièvre.

— Non. Je trouvais loyal de te prévenir, c'est tout.

Quelques jours plus tard, le *Cormoran* mit le cap sur l'ouest, et le Pays de Dhrall disparut derrière lui, comme englouti par l'horizon.

Le grand large perturbait Arc-Long. Habitué à sa chère forêt, l'infinité uniforme de Notre Mère l'Eau le troublait… Et s'être détourné de sa mission sacrée lui valait de fréquents accès de culpabilité.

Il aurait dû être dans les bois, à traquer les serviteurs du Vlagh. Ou devant la tombe d'Eau-Brumeuse…

Il se souvint de sa première conversation avec Zelana et Eleria. Normalement, il aurait dû obéir au doigt et à l'œil aux ordres de la maîtresse de l'Ouest. Pourtant, ce n'était pas le discours de Zelana qui l'avait décidé à partir, mais l'intervention si intelligente d'Eleria. L'idée que les Maags l'aident à tuer plus de monstres en moins de temps l'avait convaincu d'embarquer sur le *Cormoran*.

Plus il réfléchissait à cet événement, plus il lui semblait étrange. Si Zelana était venue à lui seule, il aurait sans doute refusé de l'accompagner. Mais Eleria avait tout changé. L'enfant pouvait se montrer plus persuasive que sa « Vénérée », et cela avait quelque chose de… fascinant. Désormais, Arc-Long s'intéresserait de près aux *deux*. Car leur relation était très spéciale…

— Gros-Bec ne la croit pas, Arc-Long, dit Eleria au Dhrall quelques jours plus tard, dans la cabine à l'odeur de goudron.

Comme de coutume, l'enfant s'était assise sur les genoux du chasseur. Elle n'avait pas encore tenté de le faire quand il était debout, mais il aurait juré que ça ne tarderait pas. Le contact physique était très important pour cette enfant…

— Quand ma Vénérée lui a dit que tu ne manquais jamais ta cible, il a répondu que personne ne pouvait réussir ça.

— Tu l'appelles Gros-Bec ?

— Il est vaniteux comme un paon, fit Eleria avec un méchant petit sourire. Ce surnom lui fait perdre pas mal de sa superbe…

— C'est un peu méchant, ma chérie.

— Je sais… Mais ça m'amuse tellement !

Arc-Long rit de bon cœur. Eleria était adorable et si charmante… Des qualités qui la rendaient encore plus dangereuse que Zelana.

— S'amuser n'est pas mal, fit-elle en frottant comme un chaton sa joue contre celle du chasseur.

— Tu devrais aller parler à Zelana, dit le Dhrall. Je ne détesterais pas qu'un vol d'oies passe au-dessus du

Cormoran… Dissipons les doutes de Gros-Bec, histoire qu'ils ne l'empêchent plus de dormir !

— Bonne idée ! approuva Eleria.

Avant de rire aux éclats.

Ce n'était pas un très grand vol, constata Arc-Long quand les oies surgirent du nord, juste avant que le soleil s'abîme à l'horizon dans une corolle de nuages blancs teintés de roses.

Le Dhrall compta une demi-douzaine d'oiseaux. Rien d'extraordinaire, mais ça suffirait à faire ravaler son incrédulité à Bec-Crochu.

Arc-Long prit dans son carquois une poignée de flèches à pointe de fer, saisit son arme et se dirigea vers la poupe, où Sorgan, Bovin et Marteau-Pilon passaient le plus clair de leur temps.

— Cap'tain, dit-il, j'en ai assez de manger du poisson. Seras-tu fâché si je me chargeais de varier notre ordinaire ?

— Et comment feras-tu ? demanda Bec-Crochu.

— Regarde en l'air, dit le Dhrall en désignant les oies. Jusqu'à présent, je n'ai pas contribué à notre approvisionnement, et ce n'est pas convenable. Un peu de viande nous fera du bien à tous.

— Ces oies volent fichtrement haut, souligna Marteau-Pilon, dubitatif.

— Pas assez pour m'échapper, assura Arc-Long.

— Le soleil se couche, mon gars, dit Bovin. Avec de la chance, tu toucheras un ou deux oiseaux, mais comment les repérerons-nous sur l'eau ?

— Je vous faciliterai le travail, assura le Dhrall.

Arc-Long allait devoir calculer, mais il avait sciemment choisi ce moment de la journée. Tuer les oies serait un jeu d'enfant. Les faire tomber toutes sur le pont lui compliquerait la tâche. Cela dit, ça n'avait rien d'impossible.

Peu après, des oiseaux morts s'écrasèrent aux pieds des marins ébahis.

Dès lors, Sorgan et son équipage traitèrent le Dhrall avec un respect mêlé de stupéfaction.

Rien de bien nouveau pour Arc-Long. Depuis son enfance, les hommes de sa tribu le regardaient avec l'air de ne pas en croire leurs yeux…

4

— Ce bateau est plus vieux qu'il n'y paraît, Arc-Long, dit Lièvre le lendemain matin. D'après ce que j'ai entendu, c'était une épave quand le Cap'tain l'a acheté à un vieux pirate. Avec Bovin et Marteau-Pilon, il a travaillé plus d'un an pour le remettre à flot. Ils ont commencé par ajouter ce pont. (Le marin tapa du pied sur les planches du sol.) Jusque-là, le *Cormoran* était une sorte de barque géante. Ils l'ont équipé d'un pont, puis ils ont aménagé dans la coque des ouvertures longues et étroites, pour les rames. L'idée était en partie de protéger les rameurs des intempéries. Mais leur objectif essentiel, à mon avis, était d'avoir une surface plane où courir en cas d'abordage. Pour sauter d'un bateau à un autre, quand la mer est démontée, il faut prendre pas mal d'élan. Sinon, on finit à la baille !

— C'est logique, admit Arc-Long. Au Pays de Dhrall, nous ne nous battons pas sur le visage de Notre Mère l'Eau. L'énerver n'est pas une bonne idée.

— Nous nous entendons très bien avec elle, assura Lièvre. Pour en revenir au *Cormoran*, l'idée d'ajouter un pont à un drakkar est très récente. Une vingtaine d'années, au maximum… Elle est née dans un chantier naval de Gaiso, sans doute parce qu'un cap'tain voulait avoir une cabine, histoire de ne pas dormir avec ses gars. Les officiers sont parfois bégueules, dans la marine…

— Les rameurs n'ont-ils pas du mal à se diriger ? demanda Arc-Long. Avec ce système, ils ne voient pas où ils vont…

— C'est là qu'intervient le barreur. Jette un coup d'œil à la poupe, mon gars… Tu vois Bovin ? Il tient un levier attaché à une perche qui court le long de la coque, à l'extérieur, et s'enfonce dans l'eau. Une grande planche plate est fixée au bout de cette perche. On l'appelle le « gouvernail », et c'est ça qui fait changer le bateau de cap, quand Bovin tire sur la barre. Bref, les rameurs propulsent le *Cormoran*, mais Bovin le dirige. (Lièvre eut un petit sourire.) Je n'écope pas souvent de cette corvée, mon gars. Pour tenir la barre d'un géant comme ce drakkar, il vaut mieux avoir de la force que de la cervelle. Bovin s'en sort à merveille. Une montagne de muscles, voilà ce qu'il est ! Le genre de type qui pourrait porter le monde sur ses épaules !

— Certaines de nos légendes, assez bizarres, prétendent que c'est une tortue montée sur le dos d'un éléphant qui le soutient.

— Je ne savais pas que Bovin avait de la famille chez les pachydermes !

— Nous pensons que le Pays de Maag est le plus beau du monde, déclara Lièvre quelques jours plus tard, alors qu'il conversait avec Arc-Long et Eleria, à la proue du *Cormoran*. Je suis d'accord avec ça, mais c'est là que j'ai grandi, et tous les gens croient que rien ne vaut leur terre natale.

— Je te félicite d'être fidèle à la patrie de tes ancêtres, Lièvre, dit Arc-Long. Un attachement sincère aux lieux et aux êtres est le premier pas sur le chemin de l'honneur. J'éprouve la même chose pour les forêts de Dhrall.

— Question honneur, je ne suis pas un champion, mon gars, avoua le Maag. Où que j'aille, et quels que soient mes compagnons, je reste le nabot de service. Les Maags aiment tout ce qui est grand, tu sais. Avec ma taille et ma maigreur, je les fais bien rire, et ils me méprisent royalement.

— Mais tu aimes ça, pas vrai, Lapinot ? lança Eleria. Tu les laisses croire que ton esprit est aussi rabougri que ton corps. C'est pour ça que tu parles comme un demeuré dès qu'il y a un Maag dans le coin ?

— *Lapinot ?* s'indigna Lièvre.

— C'est un surnom affectueux, affirma Eleria, assise comme d'habitude sur les genoux du Dhrall. Je t'aime bien, parce que tu es presque aussi petit que moi. Arc-Long est un géant, alors il ne peut pas nous comprendre. Je l'adore, mais il n'est pas parfait. D'ailleurs, personne ne l'est, à part ma Vénérée, bien entendu.

— Eleria est du genre précoce, dit Arc-Long au petit Maag. N'oublie jamais qu'elle peut, à l'occasion, te forcer à faire des choses qui ne te plaisent pas. Sans elle, je serais toujours dans ma forêt. Mais quand Zelana a lâché ce petit diable sur moi, plus moyen de dire « non ». Et depuis, ce mot ne parvient plus à sortir de mes lèvres.

Eleria tira la langue au Dhrall, puis elle sourit de toutes ses dents.

— Méfie-toi de lui aussi, Lapinot, dit-elle. Il est sans cesse à l'affût, et il voit tout ce que les autres aimeraient lui cacher. On a tous nos petits secrets, mais avec lui, inutile d'espérer les garder.

— J'avais remarqué, lâcha Lièvre. Je joue les simplets depuis mon enfance, et il m'a percé à jour dès notre première conversation. (Le marin marqua une pause, un sourcil levé.) Puisqu'on en parle, fillette, dis-toi bien qu'Arc-Long et moi ne sommes pas dupes de ton petit jeu. Tu souris et tu glousses à tout bout de champ, mais nous savons que tu es aussi dure que le fer, sous cette façade. Et que tu obtiens toujours ce que tu veux !

— Lapinot ! s'écria Eleria, faussement chagrinée. Ce ne sont pas des choses à dire ! Tu me déçois beaucoup…

— On ne va pas clamer ces vérités à tous les vents, pas vrai ? fit Lièvre en regardant ses deux amis. Nous avons tous les trois des… hum… spécificités que les autres passagers du *Cormoran* n'ont pas besoin de connaître…

— S'ils ne s'en aperçoivent pas tout seuls, renchérit Arc-Long, ils ne nous croiraient pas, même si nous nous confessions.

— Quelqu'un arrive, souffla soudain Eleria.

— Comment s'appelle l'endroit où tu as grandi, Lièvre ? demanda Arc-Long en haussant un peu le ton.

— Les habitants de Maag disent que c'est Weros, répondit le marin, revenant à sa manière de parler officielle. Ils sont tout excités à l'idée de venir y passer du bon temps. Un vrai Maag traverserait le monde pour se marrer un peu…

Lièvre jeta un coup d'œil par-dessus son épaule pour voir où en était le marin venu détacher des cordages. Quand il eut fini et se fut éloigné, le petit Maag baissa de nouveau la voix.

— Si j'ai bien interprété la position des étoiles, nous devrions entrer dans le port de Weros après-demain. En principe, ça devrait être impossible, parce que nous étions *beaucoup* plus loin de chez nous que ne le croient Bec-Crochu et l'équipage…

— N'en parle pas aux autres, Lapinot, conseilla

Eleria. Ils n'ont pas besoin de savoir que Maag est très loin de Dhrall. Ma Vénérée ne tient pas à ce qu'ils le découvrent. Il lui faut une armée, et la distance risquerait de décourager les bonnes volontés.

— Mais comment pouvons-nous voguer si vite ?

— Ma Vénérée, cher Lapinot, ne se laisse jamais arrêter par les détails pratiques. Et elle en a les moyens. Veux-tu vraiment savoir comment elle s'y prend ?

L'air troublé, Lièvre déglutit péniblement.

— Eh bien… hum… à la réflexion, est-ce bien nécessaire ?

— Il est mignon, hein ? dit Eleria à Arc-Long. (Puis elle se laissa glisser de ses genoux et approcha du petit Maag.) Un petit baiser, Lapinot ?

— Pardon ?

— Une de ses manies, expliqua le Dhrall. Ce n'est pas trop douloureux, et ça la rend heureuse. Alors, pourquoi l'en priver ?

— La ferme, Arc-Long ! (Eleria passa ses bras autour du cou de Lièvre, lui posa sur la joue un baiser sonore et plissa comiquement le nez.) Tu aurais besoin d'un bain, Lapinot.

— Je me suis lavé il n'y a pas un mois !

— Eh bien, il est temps de recommencer. Et tout de suite, s'il te plaît !

Le temps se détériora durant les deux derniers jours de la traversée. Du vent, de la pluie, une mer démontée… Bref, rien de réjouissant.

Les averses ne gênèrent pas Arc-Long, natif de la côte nord-ouest de Dhrall, qu'on prétendait être la terre natale des précipitations. Les marins du *Cormoran*, eux, réagirent mal aux intempéries. Maussades, ils tirèrent une tête d'enterrement jusqu'à ce que les côtes du Pays de Maag se découpent à l'horizon, masquées par un voile d'eau et de brume.

Le port de Weros se dressait à la pointe de la côte. Malgré le temps exécrable, les rameurs rejoignirent leur poste sans grommeler. Revenir au pays natal semblait un excellent remède contre la mauvaise humeur...

Weros était une agglomération d'importance. Pourtant, les maisons se serraient frileusement les unes contre les autres, à croire que leurs occupants avaient eu peur de la solitude. Les rues boueuses serpentaient au hasard à travers la cité, comme si les habitants les avaient laissées libres d'aller où elles voulaient. La plupart des bâtiments, en rondins, paraissaient beaucoup plus solides que les huttes de la tribu de Vieil-Ours. A l'évidence, les outils en fer permettaient de construire de bien meilleurs édifices. Une nappe de fumée, venue de la ville et poussée par le vent, planait au-dessus des champs environnants. Arrimés le long des jetées ou mouillant dans le port, des dizaines de drakkars maags attendaient de reprendre la mer.

A mesure que le *Cormoran* approchait de sa destination, des remugles rances charriés par le vent agressaient les narines d'Arc-Long. Doté d'un excellent odorat, comme tout bon chasseur, il espéra que son séjour à Weros ne se prolongerait pas trop.

Au moment où les marins jetaient d'énormes ancres en fer des deux côtés du navire, Eleria vint annoncer au Dhrall que Zelana le demandait.

— Gros-Bec veut nous expliquer comment il compte convaincre les autres capitaines de partir pour le Pays de Dhrall. Selon lui, ces hommes seront prêts à tout pour rapporter chez eux autant de lingots d'or que leurs drakkars pourront en emporter...

— Posséder des choses semble très important pour les Maags, fit Arc-Long, sans cacher son étonnement.

— Ça nous facilite les choses, tu sais… Pour avoir de l'or, ils feront tout ce que nous voudrons. Au fond, c'est nous qui les posséderons, sans mauvais jeu de mots. Allons écouter le discours de Gros-Bec, à présent. (Eleria tendit les bras au chasseur.) Tu peux me porter, si ça te fait plaisir.

— Pas de problème…, dit Arc-Long en soulevant l'enfant de terre.

Le contact physique, pensa-t-il, tenait un rôle important dans la stratégie de persuasion d'Eleria. Zelana donnait des ordres et la fillette jouait de son charme innocent. Aucune différence sur le plan de l'intention ou du résultat obtenu, mais l'approche de la gamine était plus agréable.

Arc-Long porta l'adorable petite séductrice jusque dans la cabine de poupe, où Zelana, Bovin, Marteau-Pilon et Barbe-Rouge écoutaient déjà l'exposé de Sorgan.

— La meilleure façon d'attirer l'attention des gens, c'est de leur montrer de l'or ! Donc, inutile de nous creuser la tête à trouver des idées originales. Bovin et Marteau-Pilon, je veux que vous alliez clamer partout que le *Cormoran* revient avec une cargaison de lingots d'or. Personne ne vous croira, et c'est justement la clé de mon plan. Dès qu'un capitaine vous traitera de menteurs, proposez-lui de venir voir ce trésor. N'en amenez pas plus de deux ou trois en même temps, et faites clairement savoir que nous n'accueillerons pas à bras ouverts les visiteurs indésirables. N'invitez aucun marin ordinaire, évitez les piliers de tavernes, et ne me faites pas perdre de temps avec les capitaines d'opérettes qui commandent des barques géantes et un équipage de quinze ou vingt types. Il nous faut des drakkars dignes de ce nom, les gars ! Un type qui a moins de quatre-vingts hommes sous ses ordres ne m'intéresse pas. Et n'oubliez pas, surtout ! Deux ou trois candidats à la fois, sinon, ça tournera à la foire d'empoigne.

— Bien compris, Cap'tain, dit Bovin. Nous n'amènerons pas à bord une foule qui risquerait de déborder l'équipage.

— Certains capitaines ont vraiment des petits bateaux ? demanda Eleria.

— Une bande de marins d'eau douce ! lâcha Sorgan, méprisant. Ils se bombardent « capitaines », mais ils voguent sur des coquilles de noix, avec des marins incapables de se battre contre leur grand-mère. Un vrai drakkar maag doit mesurer plus de trente mètres de long, et avoir un équipage d'au moins quatre-vingts hommes. Cinquante rameurs, vingt-cinq marins aptes à gérer une voilure, trois officiers, un cuisinier, un forgeron et un charpentier... (Bec-Crochu se tourna vers Zelana.) Quand voulez-vous que notre flotte rejoigne Dhrall ?

— Nous avons un peu de temps, répondit la maîtresse de l'Ouest. Les monstres du Vlagh ne sont pas encore prêts à nous attaquer.

— Alors, ça nous laisse jusqu'au printemps prochain. Aucun être sensé ne fait traverser des montagnes à une armée en plein hiver.

— Le Vlagh ne réfléchit pas comme nous, Sorgan, dit Zelana. Il se fiche du nombre de créatures qui périront en chemin, tant qu'il en restera assez pour réaliser ses plans. La flotte maag devra avoir atteint les côtes de Dhrall avant que la couche de neige ne soit trop haute.

— Dans un peu plus de deux mois ? s'étrangla Bec-Crochu. En si peu de temps, je ne lèverai pas une armada, voyons ! Tous les vaisseaux qui m'intéressent ne sont pas ici, et nous devrons écumer plusieurs ports. Avec votre délai, j'ai une chance de vous « livrer » une avant-garde pas trop ridicule. Le gros de l'armée arrivera plus tard. C'est une estimation, mais j'ai pensé que six cents drakkars sont un minimum. Avec quatre-vingts hommes à bord, ça vous fera un contingent d'environ cinquante mille soldats. Le problème le plus ardu est de contacter tous ces capitaines. Beaucoup écument la mer, à la recherche de vaisseaux trogites.

— Ça veut dire qu'ils naviguent entre notre position et les côtes de Dhrall ? demanda Barbe-Rouge.

— Logiquement, oui… Pourquoi cette question ?

— Parce que ça signifie que nous les rencontrerons en route…

— La mer n'est pas un bassin à poissons rouges ! S'ils ne croisent pas notre chemin, nous n'apercevrons même pas ces drakkars.

— Il y a des chemins sur Notre Mère l'Eau ? fit Barbe-Rouge, agacé. C'est la première fois que j'entends ça. Tous les vaisseaux de notre flotte devront-ils suivre le *Cormoran* comme des canetons collés aux fesses de leur mère ? S'ils se déploient largement, ils assureront le recrutement tout en voguant vers Dhrall. Je pêche depuis des années, et les prises sont bien meilleures quand on évite les eaux déjà écumées par les collègues…

— Eh bien…, commença Sorgan.

Il en resta là, ne sachant que dire.

— Pas d'inquiétude, Bec-Crochu, le consola Zelana. Ce sera *quand même* ta flotte. Tous les Maags sauront qui est le chef. Mais as-tu vraiment besoin que ces navires te collent aux fesses, comme le disait si joliment Barbe-Rouge ?

— Je n'ai jamais conduit une flotte à l'aventure, avoua Bec-Crochu, penaud. J'aurais adoré voir des centaines de bateaux prendre le vent derrière le *Cormoran*. *Mon* armada, vous comprenez. C'est infantile, je le reconnais…

— Il n'y a rien de mal à être un enfant, Gros-Bec,

assura Eleria. Tu as vu à quel point je m'amuse, ces derniers temps ?

— Eh bien, soupira Sorgan, d'accord pour une traversée en éventail, histoire d'achever le recrutement...

— En voilà un bon garçon ! conclut affectueusement Eleria.

— A quoi rime tout ça, Sorgan ? demanda un capitaine maag en gravissant l'échelle de corde pour prendre pied sur le pont du *Cormoran*.

Le type, plutôt maigrelet, faisait partie du premier groupe invité par Bovin et Marteau-Pilon.

— Viens dans ma cabine, et je t'expliquerai, répondit Bec-Crochu en jetant un coup d'œil aux deux Maags encore dans le canot que Bovin venait d'immobiliser contre la coque du *Cormoran*.

Arc-Long suivit les deux hommes quand ils se dirigèrent vers la poupe.

Zelana et Eleria étant campées à la proue pour admirer Weros, la cabine était opportunément vide.

— Qui est ce gaillard ? demanda le visiteur en désignant le Dhrall.

— Arc-Long sert la gente dame qui m'a engagé pour lever une flotte.

— Et on peut parler devant lui ?

— Cousin Torl, il est au courant de tout. Bovin a bien mentionné l'or que nous transportons ?

— Tu n'imagines pas que je l'ai cru, j'espère ?

— Nous irons bientôt voir, mon vieux... Une guerre se prépare dans un pays nommé Dhrall, et la dame qui... hum... est en quelque sorte en charge de tout... veut que des guerriers entraînés luttent aux côtés de son peuple. J'ai apporté une centaine de lingots, histoire de prouver que nous ne combattrons pas seulement pour la gloire.

— Serais-tu devenu fou, Sorgan ? A part un dément,

qui s'amuserait à agiter de l'or sous le nez des capitaines maags ? Un crétin, peut-être…

— C'est la raison de notre entretien privé, Torl, dit Sorgan sans relever l'insulte. Je me sentirais mieux si plusieurs parents à moi sont dans le coin quand des pirates viendront voir mon trésor.

— Présentée comme ça, l'idée tient la route. Où est ton Pays de Dhrall, Sorgan ?

— Très loin à l'est d'ici…

— Et ta gente dame, aussi riche soit-elle, n'a pas d'armée à sa disposition… C'est bien ça ?

— Ne tire pas de conclusions hâtives, Torl. Arc-Long est un archer extraordinaire, et je n'ai jamais vu personne qui lui arrive à la cheville. Mais dame Zelana n'a pas assez de soldats pour affronter ses ennemis. C'est là que nous entrons en scène. Pour le moment, je veux d'abord contacter des membres de notre famille. Tu sais où sont Malar et Skell ?

— Aux dernières nouvelles, Malar et son équipage faisaient la bringue à Gaiso. Ils ont eu une série de coups de chance, et c'est le genre d'événement qui se fête. Tu connais notre cousin… Quand il commence, il dépense jusqu'à sa dernière pièce d'or.

— Tu peux lui faire savoir que j'ai une proposition pour lui ?

— J'essaierai… Mais il faudra attendre qu'il dessoûle.

— Et Skell ?

— Il est au nord, à Kormos. Son drakkar est à quai suite à une rencontre malencontreuse avec un vaisseau trogite qui l'a malmené. Tu n'es peut-être pas au courant, cousin, mais ces foutus Trogites ont renforcé la proue de leurs navires. Et ils y ont ajouté ce qu'ils appellent un « éperon ». Un très gros poteau dont l'extrémité est revêtue de fer… Il est fixé à la proue, juste au niveau de notre ligne de flottaison. Quand on les attaque, les Trogites ne sautent plus à la mer. Ils foncent sur nos drakkars, et leurs éperons font dans nos coques des trous assez gros pour laisser passer un homme. Une demi-douzaine des nôtres ont été coulés par le fond, Sorgan…

— C'est affreux !

— Les Trogites *sont* des affreux, cousin. Je croyais que tu le savais. Et maintenant, si nous allions voir ton or ? Les deux autres capitaines que Bovin a invités doivent s'impatienter.

— D'accord, mais avec ce que tu m'as raconté, prévenir le reste de la famille est encore plus urgent. Je dormirais mieux si une dizaine de vaisseaux amis mouillaient autour du *Cormoran*. Quand tu auras vu ma cargaison, tu comprendras pourquoi…

Arc-Long réfléchit un moment à ce qu'il venait d'entendre. Les Maags appartenaient à une civilisation très primitive. Si leur technologie était avancée, leur organisation sociale laissait à désirer. Et pas qu'un peu !

A l'aube, quelques jours plus tard, Arc-Long sortit de la cabine de Sorgan pour voir à quelle sauce le temps allait les manger.

— Tu es bien matinal, Barbe-Rouge, lança-t-il à son compatriote, accoudé au bastingage.

— Une question d'habitude, je suppose… J'aime regarder le ciel juste avant le lever du soleil. Tu pêches beaucoup, Arc-Long ?

— De temps en temps… Mais je préfère la chasse. (Le Dhrall hésita.) J'ai remarqué quelque chose, le jour où Bec-Crochu a parlé à un de ses cousins. Tu passes beaucoup de temps avec les marins, Barbe-Rouge. Selon toi, la famille compte-t-elle plus pour eux que la tribu ?

— J'ai peur qu'ils n'aient pas de tribu, mon ami. D'après ce que j'ai appris, ils ignorent aussi les coutumes, les lois et l'autorité. Leurs armes sont meilleures que les nôtres, c'est vrai. A part ça, ce sont des sauvages.

— Je partage ton opinion… Si les coutumes sont parfois assommantes, elles assurent la cohésion d'une tribu.

— Tu l'ignores peut-être, Arc-Long, mais tu es très célèbre dans le Domaine de Zelana…

— Je ne vois pas grand monde, mon ami. Depuis vingt ans, je suis très occupé…

— C'est ce qu'on dit, oui… Ne réponds pas si tu me trouves indiscret, mais pourquoi passes-tu ton temps à tuer les monstres des Terres Ravagées ?

Arc-Long hésita. Mais Barbe-Rouge n'était-il pas devenu une sorte d'ami ? En admettant qu'il pût en avoir un…

— Je devais épouser Eau-Brumeuse, une jeune fille de mon village. Le jour de la cérémonie, elle est allée dans la forêt pour se baigner et revêtir sa robe traditionnelle. Un monstre l'a tuée pendant qu'elle était seule. Depuis, je vis pour la venger.

— Désolé, Arc-Long. Je ne voulais pas te blesser… Mais à présent, je comprends tout. Tu veux les massacrer jusqu'au dernier, c'est ça ?

— Si c'est possible, oui… Je ne m'endors jamais satisfait les jours où je n'ai pas abattu au moins une de ces créatures. Tu sais ce qui m'a convaincu de suivre Zelana ? L'idée, avancée par Eleria, que les Maags m'aideraient à tuer des *milliers* de monstres. Et peut-être tous…

— Tu auras du pain sur la planche, d'après ce que j'ai entendu dire sur les serviteurs du Vlagh. Seras-tu fâché si j'en étripe une dizaine ? Un petit massacre fraternel, en quelque sorte. Car il est courtois d'éliminer les ennemis de ses amis…

— Ça ne me dérangerait pas du tout, Barbe-Rouge !

Ne te gêne surtout pas ! Mais n'oublie jamais une chose : quand nous serons dans les Terres Ravagées, ne touche pas au Vlagh. Il est à moi, c'est compris ? Je suis sûr que l'esprit d'Eau-Brumeuse se réjouira quand je poserai la tête de ce monstre au pied de sa tombe. Et comment mieux lui prouver que je l'aime toujours ?

— Je ne m'en mêlerai pas, mon ami, c'est promis. Aimerais-tu que je te tienne ton manteau pendant que tu tailleras le Vlagh en pièces ?

— Ce serait un grand honneur pour moi, noble Barbe-Rouge, répondit Arc-Long avec une pompe volontairement exagérée.

Puis les deux hommes éclatèrent de rire.

5

Sorgan parvint à réunir autour du *Cormoran* plusieurs bateaux appartenant à des parents à lui. Rassuré, il continua à recruter d'autres capitaines dans le port de Weros.

Ses talents d'archer étant souvent mis à contribution, Arc-Long s'attira le respect admiratif de tous les Maags.

Puis le drakkar de Bec-Crochu et sa flotte naissante quittèrent Weros pour caboter vers le sud du Pays de Maag.

Le *Cormoran* jetait l'ancre devant chaque village dont le port abritait plus de deux ou trois navires.

— Des cousins à moi se chargent du recrutement au nord de Weros, annonça Sorgan à Zelana un soir, lors de la réunion quotidienne organisée dans ses anciens quartiers, après le souper. Dans tous les ports, on raconte que j'engage des navires et que la paie sera bonne. Du coup, tout va plus vite que prévu. Bref, la flotte sera très bientôt au complet.

— Je l'espère, répondit Zelana. Car j'ai peur que l'Ouest de Dhrall soit déjà en grand danger.

— L'avant-garde partira sous peu, assura Bec-Crochu. Je n'attends plus que l'arrivée de mon cousin Skell. Un gaillard bien plus fiable que mes autres parents.

— Comment trouvera-t-il Lattash, Cap'tain ? demanda Bovin. La côte s'étend sur des milles et des milles…

— Je pourrais l'accompagner, proposa Arc-Long, et lui montrer le chemin.

— Non, parce que j'ai besoin de toi ici, répondit Sorgan. Tu es le seul archer de ma connaissance capable de tirer une flèche à travers un nœud dans le bois, et ça m'aide beaucoup à convaincre mes compatriotes.

— Et si j'y allais ? proposa Barbe-Rouge. Je ne fais rien ici, à part regarder pousser ma barbe. Aussi belle soit-elle, je doute qu'elle persuade quiconque de se rallier à nous.

— Il a raison, Sorgan, dit Zelana. Et si ton cousin déploie sa petite flotte, comme Barbe-Rouge l'a suggéré, il rencontrera d'autres drakkars sur Notre Mère l'Eau. En utilisant judicieusement le mot magique en deux lettres, Skell atteindra Dhrall avec deux fois plus de navires qu'en quittant Maag…

— Faisons comme ça, puisque c'est vous qui payez ! Mais j'insiste pour que Skell commande l'avant-garde. Il a la tête sur les épaules. Si le cas se présente, il saura empêcher nos navires de piller vos villages au lieu de se préparer à affronter l'armée des Terres Ravagées. Des débordements risqueraient d'irriter les Dhralls, et s'ils sont à moitié aussi bons archers que notre ami Arc-Long, nous perdrons la moitié de nos forces avant d'engager la bataille…

Le lendemain matin, par un temps brumeux, Arc-Long se campa près de la proue du *Cormoran* pour entendre les conversations qui se tenaient sur les autres navires. Les sons, avait-il remarqué, portaient plus loin la nuit ou dans le brouillard. Une sorte de système de compensation entre les yeux et les oreilles ?

— Sacrée purée de pois ! lança Barbe-Rouge en approchant de son ami.

— Tu l'as dit ! approuva Arc-Long. Ce ne serait pas un bon jour pour chasser.

— Mais la pêche serait excellente… (Barbe-Rouge baissa le ton.) Zelana veut te parler. Il s'est passé cette nuit quelque chose qui l'inquiète.

— J'y vais…, souffla Arc-Long. (Puis il haussa le ton.) Tu veux bien surveiller le brouillard sans moi, mon ami ? Je vais voir si Zelana a une mission à me confier, aujourd'hui.

— Je crois que je m'en sortirai très bien, répondit Barbe-Rouge. Et si ce travail me dépasse, je t'enverrai chercher !

— Très drôle…, marmonna Arc-Long.

— Ravi de t'avoir diverti, fit son compatriote avec un grand sourire.

Arc-Long se dirigea vers la poupe. Même si Barbe-Rouge appartenait à une autre tribu, il l'aimait bien. La crise actuelle balayait beaucoup de ses préjugés. Une remise en question qui eût été impossible un an plus tôt…

Il frappa doucement à la porte de la cabine.

— Entre, Arc-Long ! lança Zelana.

Le Dhrall obéit et referma la porte derrière lui.

— Barbe-Rouge m'a dit de venir vous voir… Des problèmes ?

— C'est possible… (La maîtresse de l'Ouest plongea son regard dans celui du chasseur.) Assieds-toi, Arc-Long. Il est temps de mettre au clair certaines choses. As-tu jamais entendu parler des « Rêveurs » ?

Alors qu'Eleria sautait sur ses genoux, le Dhrall haussa les épaules.

— C'est une très vieille histoire... La venue des Rêveurs, dit-elle, annoncera que les anciens dieux s'endormiront bientôt.

— C'est beaucoup plus compliqué que ça, chasseur. D'abord, les notions d'« ancien » et de « nouveau » sont très relatives. De plus, le temps altère tout, et les vieilles histoires ne nous parviennent pas telles qu'elles étaient à l'origine. La légende des Rêveurs parle en réalité de notre temps, et ce sont eux, en fin de compte, qui affronteront le Vlagh.

— Et qui le vaincront ?

— Nous l'espérons, en tout cas... (Zelana sonda le regard impassible du Dhrall.) Tu as déjà compris où je voulais en venir, n'est-ce pas ? Oui, Eleria est un des Rêveurs, et elle t'a déjà volé à moi !

— Ce n'est pas vrai ! s'indigna la fillette.

— Ne me prends pas pour une idiote ! cria Zelana. C'est tellement évident...

— Je l'aime bien, Vénérée, ça ne va pas plus loin. Il n'est pas question de te voler quelque chose...

— Tu mens, et tu le sais ! rugit Zelana. Tu t'es approprié mes dauphins. A présent, tu tentes de me priver de mon serviteur le plus fidèle.

— Si tu étais plus gentille avec les gens, lâcha Eleria, perfide, ils ne se tourneraient pas tous vers moi. Tu es devenue dure et haineuse, Vénérée. Que t'arrive-t-il ?

Arc-Long prit la petite fille sous les aisselles, la posa sur le sol et se leva.

— Je reviendrai un autre jour, dit-il, toujours aussi impassible. Quand vous aurez réglé vos différends, faites-moi signe...

Il gagna placidement la porte.

— Reste ici ! hurla Zelana.

— Pas question. Je risque de vous empêcher de beugler en paix.

Le Dhrall sortit et referma la porte derrière lui – doucement, comme d'habitude.

Le silence qui tomba derrière le battant lui parut plus assourdissant que le tonnerre.

Eleria sortit de la cabine plus vite qu'il ne l'aurait cru.

— Tout va bien, dit-elle. Nous avons fini de nous chamailler.

— C'était rapide…

— Tu nous as fait peur. Ma Vénérée n'a pas l'habitude qu'on se détourne d'elle comme cela. Nous nous sommes réconciliées juste après ton départ. Nous avons pleuré dans les bras l'une de l'autre, et adieu la discorde ! Tu peux revenir sans crainte.

— Parfait… Tu veux que je te porte ?

— On devrait peut-être éviter, fit l'enfant à contrecœur. Ne lui donnons pas de grain à moudre.

Ils retournèrent dans la cabine.

— Nous parlions des Rêveurs, dit Zelana, très maîtresse d'elle-même. Sache que leurs songes sont très spéciaux. Ils leur permettent de voir le passé, et parfois l'avenir. C'est arrivé cette nuit. Eleria a rêvé du futur, et nous devons agir pour que sa vision ne se réalise pas.

— Est-ce possible ? demanda le Dhrall. J'ai entendu toutes les légendes au sujet des Rêveurs. Leurs songes, disent-elles, coulent l'avenir dans le bronze.

— Les légendes se trompent. Le rêve d'Eleria nous montre ce qui pourrait arriver, pas ce qui se produira. Une sorte d'avertissement, si tu veux. Parle-lui de ce songe, Eleria, et de ta perle.

— Si tel est ton désir, Vénérée.

Les hostilités semblaient bel et bien terminées. Eleria vint se camper devant Arc-Long et lui tendit les bras.

Sans hésiter, il la souleva de terre et la posa sur ses genoux.

— As-tu entendu parler de l'île de Thurn ? demanda-t-elle.

— Elle est située sur la côte ouest de Dhrall, je crois. Et nous n'avons pas le droit d'y aller.

— Sans doute par la volonté de ma Vénérée. Elle réside à Thurn, et l'idée d'avoir des voisins lui donne de l'urticaire. Passons... Des dauphins roses vivent autour de l'île. Ma Vénérée les aime beaucoup. Elle parle leur langage, et ils s'adressent souvent à elle. Quand j'étais plus petite, je jouais avec les jeunes dauphins...

— Et tu peux communiquer avec eux, je parie ?

— C'est la première langue que j'ai apprise. Ma Vénérée a bien voulu m'enseigner la sienne assez récemment...

— C'est bizarre. En principe, les mères apprennent d'abord leur langue à leurs enfants.

Eleria éclata de rire.

— Qui t'a fourré dans le crâne une idée aussi idiote ? Zelana et moi sommes parentes, c'est vrai, mais elle n'est certainement pas ma mère.

— Nous évoquerons ce sujet une autre fois, dit sèchement Zelana. Parle-lui de la perle, Eleria !

— J'y venais, Vénérée. C'est arrivé l'année dernière, alors que je jouais avec les jeunes dauphins. Une vieille baleine est venue me dire qu'elle voulait me montrer quelque chose. Nous avons nagé jusqu'à un rocher où s'accrochait une huître géante. Quand la baleine l'a caressée avec une nageoire, l'huître s'est ouverte.

Eleria sauta des genoux du Dhrall, approcha de sa couchette et fouilla sous les couvertures. Elle en sortit une boule d'environ la taille d'une pomme et tendit la main pour qu'Arc-Long la voie bien.

— Voilà ce que l'huître m'a donné. C'est une perle, et la baleine affirme qu'elle m'est destinée.

Arc-Long n'en crut pas ses yeux. Il avait déjà vu des perles, mais jamais aussi grosses.

— La perle contrôle les rêves d'Eleria, dit Zelana. Pour moi, celui qu'elle a eu cette nuit est un avertissement. Raconte-lui, Eleria.

— Avec plaisir, Vénérée. Je crois que les autres gens rêvent aussi, Arc-Long, et la plupart du temps, mes songes ressemblent sûrement aux leurs. Mais celui-là était très différent. Je flottais dans les airs, au-dessus du *Cormoran*. C'était la nuit, et le drakkar mouillait dans le port d'un petit village maag. Cinq autres navires l'entouraient, mais quelques-unes de ces minuscules embarcations que les Maags appellent des canots s'en approchèrent, et les drakkars prirent tous feu. Bien sûr, les marins tentèrent d'éteindre les incendies. Pendant qu'ils étaient occupés, cinq autres vaisseaux ont surgi de l'obscurité pour attaquer le *Cormoran*. Il y a eu un terrible combat, sur le pont, et aucun survivant parmi nous. Après, les inconnus sont descendus à l'endroit où Gros-Bec garde les lingots d'or qu'il aime tant. Ils les ont emportés, mais avant de partir, ils ont incendié le *Cormoran*. A ce moment-là, sur la plage, j'ai vu une silhouette qui portait un manteau à capuche. Cet homme – je crois que c'en était un – riait aux éclats. Ensuite, je me suis réveillée et j'ai tout raconté à ma Vénérée, qui a envoyé Barbe-Rouge te chercher.

— De quelle taille était cet homme ? demanda Arc-Long.

— Moins grand que les autres Maags. Un peu comme Lapinot…

— As-tu vu la couleur de la capuche ?

— Elle était grise, je crois… C'est important ?

— Probablement. Les serviteurs du Vlagh sont plutôt

petits, et ils portent tous des manteaux gris à capuche. Ton rêve est plus révélateur que tu ne l'imagines. On dirait bien que quelques monstres des Terres Ravagées nous ont suivis jusqu'ici pour nous empêcher de ramener des mercenaires maags au Pays de Dhrall. (Arc-Long se tourna vers Zelana.) Il y a un moyen d'empêcher ça ?

— Nous avons déjà commencé, chasseur. Savoir ce qui nous menaçait était la première étape.

Arc-Long en avait plus qu'assez des interminables processions de capitaines maags qui défilaient à bord pour jeter un coup d'œil aux lingots de Bec-Crochu. Incapables de se fier à la parole d'autrui, ces importuns tenaient à vérifier de leurs yeux…

Le rêve d'Eleria le fit immédiatement changer d'attitude. Car s'il l'avait bien interprété, cinq de ces officiers n'avaient eu – ou n'auraient – aucun intérêt véritable pour le Pays de Dhrall.

Arc-Long était un chasseur habitué depuis sa jeunesse à observer et à écouter sans se faire remarquer. La plupart des « visiteurs » du *Cormoran* semblaient emballés par la bonne occasion que Sorgan leur offrait sur un plateau. D'autres avaient affiché un enthousiasme similaire, mais quelque chose en eux sonnait faux.

Le Dhrall continua à ouvrir les yeux et les oreilles.

Dans le port de Kweta, un village côtier, Skell, un type maigre et revêche, rejoignit enfin la flotte de Bec-Crochu. Après un débat animé entre les deux cousins, ils convinrent d'envoyer au plus tôt une partie de leur armada sur le théâtre des opérations. Comme prévu, Barbe-Rouge les guiderait.

— Mon cousin est un homme fiable, dame Zelana, affirma de nouveau Sorgan pendant que les navires se préparaient au départ. Il s'en va avec cent vingt drakkars.

Cela lui fera environ dix mille hommes pour contenir les monstres, s'ils attaquent votre Domaine.

— Dans combien de temps le rejoindrons-nous ? demanda Zelana.

— Tout ira très vite… Bovin et Marteau-Pilon ont bien travaillé. Presque tous les capitaines veulent venir. L'ennui, c'est qu'ils exigent de voir l'or avant d'arrêter leur décision. (Sorgan fit la grimace.) Je déteste l'avouer, mais nous en avons peut-être rapporté trop. Tout bien réfléchi, dix lingots auraient suffi. Si j'avais parlé d'une telle quantité, on m'aurait cru sur parole. Quand j'en mentionne une centaine, mes compatriotes veulent vérifier. J'ai accroché un trop gros appât à mon hameçon…

— Personne n'est parfait, Gros-Bec, le consola Eleria.

— Bec-Crochu, corrigea machinalement Sorgan.

— Si ça peut te faire plaisir…

6

— Je t'ai déjà montré l'or, Kajak, dit Sorgan à un capitaine décharné, le lendemain. (Un nouveau groupe de visiteurs venait de monter à bord du *Cormoran*.) Tu ne te fies plus à tes yeux ?

— Je te donne un coup de main, Bec-Crochu, répondit Kajak. J'ai prévenu presque tous les membres de ma famille, et promis de te les présenter en personne quand tu mouillerais dans les ports de leurs villages. Si tout marche comme prévu, vingt navires supplémentaires se joindront à ta flotte.

— Excellent, Kajak ! Au moins, tu sais voir plus loin que le bout de ton nez. Certains capitaines ne comprennent pas qu'il nous faut autant de drakkars et d'hommes que possible. Ils ont peur de voir fondre leur part de la récompense, après la victoire. Ces idiots ne saisissent pas qu'il y aura des *montagnes* d'or à distribuer.

— Certains hommes ont la tête qui tourne quand on cite des chiffres trop élevés. Ça t'embêterait que j'aille montrer ton or à mes cousins ?

— Fais comme chez toi, Kajak !

Pendant cette conversation, dans la cabine du capitaine,

Arc-Long était resté assis dans un coin, l'air absent. Discret comme à son habitude, il avait remarqué combien les quatre cousins de Kajak, qui n'avaient rien dit, semblaient nerveux.

— Ce sont peut-être ceux que j'ai vus dans mon rêve, souffla Eleria au Dhrall, dont elle avait une fois de plus annexé les genoux.

— En tout cas, ils sont cinq… Mais ce n'est pas une preuve suffisante. Saute par terre, ma chérie. J'ai envie de les espionner pendant leur visite guidée.

Arc-Long fila discrètement Kajak et ses cousins. Leur nervosité augmenta, mais ça n'avait rien de bizarre, considérant le nombre de marins armés jusqu'aux dents qui les tenaient à l'œil. De quoi ne pas être très à l'aise…

Quand ils remontèrent de la cale, tous affichaient un sourire extatique – une réaction classique chez les « visiteurs ». Bien qu'ils n'eussent rien fait d'inhabituel, Arc-Long n'écarta pas la possibilité qu'ils soient les cinq félons du rêve d'Eleria.

— Cette famille n'a pas une très bonne réputation, répondit Lièvre un peu plus tard, le même jour, quand Arc-Long l'interrogea sur Kajak et ses parents. Il y a quelque temps, d'autres drakkars partaient encore à la chasse aux Trogites avec eux, et ils n'en revenaient jamais. Mais si ces chiens mijotent encore un mauvais coup, ils ne passeront pas à l'action tout de suite. Skell et son avant-garde n'ont pas encore levé l'ancre, faute d'en avoir fini avec l'approvisionnement. Ça fait trop de drakkars loyaux dans les environs.

— Skell ne tardera pas à partir, mon ami. Dans quelques jours, il cinglera vers Dhrall, et le *Cormoran* sera à court de protection.

— A partir de là, il faudra nous inquiéter. Les alliés

de Sorgan partis, ceux de Kajak continuant à arriver… Mauvais, ça ! Ce soir, j'irai faire la tournée des tavernes. Les marins boivent comme des trous, et ça leur délie la langue. En levant le coude avec eux, j'entendrai des choses qu'ils ne diraient pas à jeun. Quand ça m'arrange, j'ai l'air beaucoup plus soûl que je ne le suis. Du coup, les vrais poivrots ne se méfient pas de moi. En revenant, je te raconterai tout.

— Une très bonne idée, Lièvre, approuva Arc-Long. Je parlerai de tes soupçons à Zelana, mais inutile d'en informer Bec-Crochu pour le moment. Avant d'agir, il faut en savoir plus.

Sur ces mots, le Dhrall partit vers la cabine de la maîtresse de l'Ouest.

— Que faisais-tu sur le pont ? demanda Zelana dès qu'il fut entré.

— Je cherchais une piste…

— Des indices, tu veux dire ?

— Non… C'est en rapport avec la chasse. Le gibier laisse sur le sol, les arbres et buissons, des marques qu'un chasseur peut suivre, s'il sait les interpréter. Lièvre me donne un coup de main.

— Tu l'aimes bien, pas vrai ? lança Eleria.

— Il est malin, et il le cache bien. Il ira à terre ce soir pour traîner dans les tavernes où les Maags boivent cet étrange liquide qui les rend idiots. Avec un peu de chance, un des marins de Kajak lâchera une information importante. Si Kajak est le capitaine que tu as vu dans ton rêve, l'équipage de son vaisseau doit savoir ce qui se prépare. *Idem* pour les hommes de ses cousins… Lièvre fera semblant de cuver sa cuite dans un coin. Le croyant endormi, les complices de Kajak parleront entre eux sans se méfier.

— Tu as changé, Arc-Long, dit Zelana. Chez toi, tu n'aurais pas approuvé un plan pareil.

— Ce n'est pas si différent de ce que je faisais dans la forêt, la détrompa Arc-Long. Je continue à chasser, mais sur un autre terrain. Ma cible finale est toujours un monstre du Vlagh. Pour l'atteindre, je devrai peut-être tuer d'abord les complices de Kajak. Le moment venu, et quoi qu'il arrive, j'abattrai la seule proie qui m'intéresse vraiment. C'est tout l'art de la chasse, ma dame…

— Tu avais raison, Arc-Long, annonça Lièvre le lendemain matin, quand le Dhrall et lui se retrouvèrent près de la proue du *Cormoran*. Beaucoup d'hommes de Kajak étaient ivres morts, hier soir. Une vraie bande de pipelettes ! En tendant l'oreille au bon moment, j'ai rassemblé les pièces d'un puzzle fascinant…

— Tu es un bon chasseur, Lièvre, dit Arc-Long. Où mène la piste que tu as suivie ?

— On voit bien que tu vis dans la forêt, mon ami ! Mais la comparaison n'est pas si farfelue que ça… D'après ses marins, et ils sont unanimes, la seule idée qu'une once d'or puisse lui échapper brise le cœur de Kajak. Le Cap'tain lui a parlé du trésor qui nous attend au Pays de Dhrall, mais pour Kajak, ce ne sont que des mots. Préférant tenir que courir, il veut s'approprier les lingots qu'il a vus à bord du *Cormoran*. Et il s'occupera du reste après. Comme nous le pensions, Kajak et ses cousins ne tenteront rien avant le départ de Skell. Les ivrognes l'ont si souvent répété que ces seuls mots me donnent la nausée. Ils ignorent quand l'avant-garde lèvera l'ancre, mais ils espèrent que ce n'est pas pour tout de suite, car d'autres vaisseaux félons les rejoindront bientôt. Ces chiens n'ont pas *trop* peur d'attaquer le *Cormoran* quand les forces seront égales, mais tant qu'à faire, ils préféreraient être à trois contre un. Apparemment, ils prévoient de passer à l'action dès le soir du départ de Skell. C'est logique, puisque d'autres drakkars risquent d'arriver le lendemain, appâtés par la proposition de Bec-Crochu. S'ils attendent trop, adieu l'avantage numérique ! Et si Skell part avant l'arrivée de leurs amis, ils devront attaquer, que ça leur plaise ou non. Cela dit, ils ont eu une idée qui leur facilitera la tâche.

— Utiliser le feu ?

— Si tu sais déjà tout, pourquoi gaspiller ma salive ?

— C'était une supposition, rien de plus... J'avais besoin d'une confirmation avant d'échafauder un plan.

— A présent, il faudrait avertir le Cap'tain...

— Surtout pas ! Bec-Crochu et l'équipage nous encombreraient.

— Tu veux dire que nous allons, à deux, affronter cinq drakkars et quatre cents hommes ?

— Bien sûr que non, mon ami, fit Arc-Long avec un petit sourire. Zelana et Eleria nous aideront. Ce sera amplement suffisant.

— Tu as bu en cachette ? demanda Lièvre, perplexe.

— La tournée des tavernes de Lièvre a confirmé nos soupçons, annonça un peu plus tard Arc-Long à Zelana. C'est bien Kajak le porteur du feu ! Car les flammes seront notre premier ennemi. Pouvez-vous faire pleuvoir ?

— J'en toucherai un mot à Notre Mère l'Eau. Je parie qu'elle sera ravie de nous aider. Quelle idée as-tu derrière la tête ?

— Quand les canots approcheront des drakkars qui protègent le *Cormoran*, nos ennemis leur jetteront des torches... qu'une bonne averse éteindra. Alors, Kajak devra affronter plusieurs navires au lieu d'un. (Le Dhrall réfléchit un moment.) Il faudra le tuer, Zelana. Il y a beaucoup de capitaines dans les environs, et cet homme n'a pas le monopole de la cupidité. Il pourrait tenter de recommencer. S'il est mort, plus question de parler de son plan dans le royaume des vivants ! Je doute qu'il faille nous inquiéter de ce qu'il racontera dans celui des défunts, mais je ne suis pas un expert... Si vous pensez que c'est dangereux, vous devrez peut-être aller y faire un tour.

— Tu te moques de moi, chasseur ?

— Une idée pareille ne me traverserait pas l'esprit, très sainte Zelana ! assura le Dhrall, sérieux comme un chaman. J'ai beaucoup réfléchi, et conclu que Sorgan devait rester à l'écart de cette affaire. Lièvre et moi nous en sortirons très bien sans lui.

— A force de fréquenter les Maags, te voilà aussi fanfaron qu'eux ! Tu ne penses pas sérieusement pouvoir t'occuper de Kajak avec la seule aide d'un na... petit Maag ?

— Notre adversaire aura seulement cinq drakkars. Rien de bien terrible.

— On dirait qu'il le pense vraiment, Vénérée, fit Eleria.

— Je sais. Et ça commence à m'inquiéter.

Alors que Skell en terminait avec ses préparatifs, Arc-Long eut un entretien privé avec Barbe-Rouge.

— Je t'ai mis au courant, mon ami, mais ne va surtout pas t'inquiéter. Kajak ne survivra pas à l'attaque, tu peux me croire. Cela dit, un ou deux de ses cousins peuvent réussir à filer. S'ils tentent de se joindre à l'avant-garde, raconte à Skell ce qu'ils viendront de faire dans le port de Kweta. Le cousin de Sorgan ne voudra sûrement pas de voleurs dans sa flotte.

— Je ferai ce que tu dis, promit Barbe-Rouge. Dois-je prévenir Skell que les serviteurs du Vlagh sont venimeux ?

Arc-Long prit le temps de la réflexion.

— Pas avant qu'il n'arrive à Lattash, décida-t-il. Laissons-le être à pied d'œuvre avant de lui dévoiler la vérité. Les Maags sont bien plus grands que les monstres des Terres Ravagées. Avec leurs lances et leurs épées, ils réussiront à les tenir à distance.

— Encore une fois, je ferai ce que tu dis… Tu veux que je transmette un message à Vieil-Ours ?

— Si tu le vois, informe-le que je vais bien et que j'arriverai avant que la couche de neige ne soit très épaisse. Ajoute que nous sommes presque prêts à livrer une guerre.

— Je lui répéterai tout ça.

— Tu es un homme droit et fiable, ami Barbe-Rouge. Nous vivons des temps étranges. C'est la première fois que j'appelle « ami » un membre d'une autre tribu.

— Ce n'est pas fréquent, en effet, concéda Barbe-Rouge. (Il sourit de toutes ses dents.) Et amusant, aussi, ajouta-t-il, reprenant un des adjectifs préférés d'Eleria.

Arc-Long éclata de rire.

Puis les deux hommes échangèrent une poignée de main – une manifestation d'amitié vieille comme le monde.

7

— Comment sais-tu qu'il pleuvra ? demanda Lièvre à Arc-Long.

Les deux hommes, accroupis à la proue du *Cormoran*, regardaient approcher les canots ennemis.

— Si je te le disais, tu ne me croirais pas... Il pleuvra quand il le faudra, et nos drakkars ne brûleront pas. Maintenant, écoute ! Tu devras rester accroupi et me passer des flèches aussi vite que possible. Ma main droite ne s'éloignera jamais de la corde de mon arc, et tu glisseras chaque flèche entre mes doigts. Si tu t'en sors bien, nous tirerons deux fois plus de projectiles que si j'avais été seul.

— Nous aurons en face de nous cinq drakkars remplis d'adversaires, mon ami, rappela Lièvre. Aussi rapidement que tu décoches tes flèches, ça fait beaucoup de monde à tuer.

— Il ne sera pas nécessaire de les tuer tous... Pour aller où son capitaine le désire, un drakkar doit être dirigé par un barreur. Abattre cinq cibles suffira, et à nous deux nous pourrons tirer cinq flèches presque simultanément.

— C'est pour ça que tu crois depuis le début que nous réussirons ? Un vaisseau sans barreur dérivera dans le port toute la nuit. (Lièvre sonda l'obscurité.) Ce ne seront pas des tirs faciles...

— Abattre des oies en plein vol est plus compliqué, mon ami...

Soudain, le Dhrall s'avisa qu'il utilisait souvent le mot « ami », ces derniers temps. C'était logique, mais très bizarre, car il n'avait plus appelé personne ainsi depuis cinq ou six ans.

— Tu m'entends, Arc-Long ? demanda une voix qui semblait murmurer dans son oreille gauche.

— Très bien, oui...

— Je devrai savoir très exactement *quand* nos agresseurs jetteront leurs torches sur les drakkars de garde. Je ne veux pas t'inquiéter, mais sache que ces averses seront très localisées. Il pleuvra seulement sur nos navires, juste le temps nécessaire pour éteindre les torches. Sinon, nos équipages se protégeront de la pluie dans les cabines ou dans la soute. Et ils ne seront plus là pour défendre leurs navires.

— Si tu as prévu une danse de la pluie, ou un truc dans le genre, dit Lièvre, il faut te dépêcher. Les types des canots viennent d'allumer leurs torches.

— La pluie interviendra quand ils les auront *toutes* lancées, mon ami. Sinon, le plan risque d'échouer.

— Tu as calculé vraiment juste, mon gars...

— Fais-moi confiance !

— Je déteste qu'on me dise ça..., gémit Lièvre. Tu veux que j'aille éteindre la lanterne de proue ?

— Pourquoi ?

— Comme ça, tes flèches jailliront de l'obscurité. Je sais à quelle vitesse tu tires, et si tu la doubles avec mon aide, ces chiens croiront qu'une compagnie d'archers les canarde. Si ça leur fiche la frousse, ils décideront peut-être de battre en retraite.

— Bonne idée... S'ils filent, nous économiserons pas mal de flèches. Va éteindre la lanterne.

Lièvre obéit et revint aussi vite que possible pour un homme accroupi.

— Ils lancent les torches ! cria-t-il en prenant position à côté du Dhrall.

— La pluie, Zelana, la pluie !

— Je commençais à perdre patience !

Ponctué par un roulement de tonnerre, un éclair déchira le ciel, et des trombes d'eau s'abattirent sur leurs cibles.

L'averse cessa presque aussitôt. Mais, détrempés, les drakkars ne risquaient plus de prendre feu.

— On y va, Lièvre ! cria Arc-Long.

Il commença par abattre les marins des canots, puis se concentra sur les barreurs des drakkars adverses.

Des cris de douleur retentirent sur les cinq vaisseaux en approche. Arc-Long sourit de voir, et d'entendre, des marins préférer sauter à la mer plutôt que d'aller prendre la barre, ainsi que l'ordonnaient tous les capitaines.

Les rameurs ne quittèrent pas leur poste. Mais sans personne pour les diriger, les drakkars commencèrent à dériver dans le port comme des chiots perdus. Et chaque fois qu'un téméraire – ou un imbécile – tentait quand même d'approcher d'une barre, une flèche jaillie des ténèbres lui transperçait le crâne.

Terrorisés par les projectiles qui semaient la mort dans leurs rangs, presque tous les marins des cinq drakkars choisirent d'aller tenter leur chance dans les eaux glacées, avec l'espoir d'atteindre le rivage à la nage.

Arc-Long avait exacerbé cette terreur en plaçant ses flèches là où elles seraient le plus visibles. Un projectile en plein cœur tuait son homme, mais très peu de ses camarades voyaient la hampe dépasser de sa poitrine. Sur un front, l'effet était plus impressionnant. Et comme le Dhrall faisait mouche à chaque coup…

Accroupi dans le noir, Lièvre alimentait son ami en projectiles. Et chacun éclaircissait un peu plus les rangs ennemis.

Les derniers agresseurs perdirent toute volonté quand Kajak lui-même s'écroula, un dernier ordre coincé dans la gorge et une flèche entre les deux yeux.

— C'est la débandade ! jubila Lièvre. Nous avons gagné.

— Pas tout à fait, dit Arc-Long en encochant lentement un de ses vieux projectiles à tête de pierre.

Il se leva et sonda la plage.

— Là…, souffla-t-il.

Il arma son arc, visa à peine et tira.

La flèche survola les eaux noires pour fondre sur la créature à la capuche grise qui criait de rage depuis que la pluie avait noyé les flammes des torches.

Le monstre continua de crier – de douleur, cette fois – quand la pointe de flèche enduite de venin s'enfonça dans sa poitrine. Puis il s'écroula sur le sable, eut quelques spasmes et ne bougea plus.

— Tu peux m'expliquer ce qui vient de se passer ? demanda Lièvre.

— C'était notre véritable ennemi, répondit Arc-Long. A présent, inutile de nous en inquiéter davantage…

— Je n'avais pas vraiment besoin d'un adversaire de plus, mon gars ! On a réussi, et je n'arrive toujours pas à y croire. Si j'avais dû parier sur nous, je ne serais pas allé plus loin qu'un bouton de culotte. Deux hommes contre cinq vaisseaux, et ils gagnent…

— Ce n'était pas si épique que ça, Lièvre. Nos flèches jaillissaient de l'obscurité, empêchant quiconque de riposter. Et tant qu'il n'y avait personne à la barre du drakkar d'un type naguère appelé Kajak, le *Cormoran* ne risquait rien.

— Tu as une façon très spéciale de voir le monde, mon vieux. Si cet homme était naguère appelé Kajak, quel nom porte-t-il aujourd'hui ?

— Cadavre, évidemment…

— Le monstre de la plage ne rira plus jamais, annonça Arc-Long à Zelana et Eleria, qu'il venait de rejoindre.

— Parfait, jubila la maîtresse de l'Ouest. Je t'avais bien dit que les pointes de flèche en fer sont supérieures aux tiennes.

— Possible, mais j'en ai gardé quelques-unes pour les occasions spéciales.

— Que veux-tu dire ? demanda Eleria.

— Mes pointes de flèches ont été trempées dans du venin. Il me paraissait juste que le serviteur du Vlagh qui a organisé cette attaque soit l'objet de soins particuliers…

— Je suis sûre qu'il a apprécié l'attention, fit Zelana.

— Quand ma flèche l'a touché, il n'a pas vraiment crié de joie, rappela le Dhrall avec l'ombre d'un sourire.

Juste avant que Sorgan, Bovin et Marteau-Pilon ne fassent irruption dans la cabine.

— Pourquoi ne nous a-t-on pas prévenus que Kajak allait attaquer ? beugla Bec-Crochu.

— Parce que ça n'aurait servi à rien, répondit Arc-Long. Lièvre et moi n'avions pas besoin d'aide. Dans ce genre de cas, mieux vaut utiliser le moins de guerriers possible. Sinon, c'est vite la pagaille.

— Pourquoi avoir choisi Lièvre ? s'indigna Bovin. Ce bas du cul ne vaut rien au combat. Il est trop petit !

— Pourtant, il a fait ce qu'il fallait, souligna Arc-Long. Ses mains sont aussi vives que ses pieds, et aucun homme du *Cormoran* n'aurait pu me fournir aussi vite en flèches. Puisque tout s'est bien passé, pourquoi vous exciter comme ça ?

— Tu es froid comme l'acier, Arc-Long, dit Sorgan. Rien ne te perturbe…

— Je suis un chasseur, Bec-Crochu. Et s'il perd son calme au mauvais moment, un homme comme moi ne mange pas souvent.

— Sans la pluie, intervint Marteau-Pilon, nous ne serions pas là à parler de la victoire. Comment savais-tu qu'il y aurait une averse ?

— Je l'ai senti, mentit superbement le Dhrall en se tapotant le nez. Après des années en mer, tu n'as pas assez de flair pour prévoir un orage ?

— Zelana, fit Sorgan, avec une armée de types comme lui à votre service, pourquoi avez-vous besoin de nous ?

— Parce que je ne dispose pas d'une réserve d'hommes de cette trempe. Arc-Long est unique. Personne au monde ne lui arrive à la cheville. Il tire vite, mais il réfléchit encore plus rapidement. Un de ces jours, très prochain, je crois, il te fera certaines suggestions. Si tu tiens à la vie, capitaine, écoute-le et obéis.

Eleria approcha de l'endroit où le Dhrall s'était assis et lui tendit les bras. Arc-Long la hissa gentiment sur ses genoux.

— Si j'étais toi, Gros-Bec, dit la fillette, je suivrais le conseil de ma Vénérée.

— Bec-Crochu, soupira Sorgan.

— Si ça te fait plaisir… Arc-Long est le plus grand humain du monde, et ma Vénérée a dit qu'il m'appartenait. Alors, tu aurais intérêt à être très sympathique avec moi, Cap'tain.

— Dès que je fais un pas, gémit Sorgan, une nouvelle personne prétend me donner des ordres…

— On dirait bien que ça fonctionne comme ça, fit Eleria en bâillant à s'en décrocher les mâchoires. Si nous avons dit l'essentiel, je ferais volontiers une petite sieste. Avec tout ce boucan, j'ai très mal dormi, cette nuit. Gros-Bec, la prochaine fois, s'il te plaît, prévois un combat silencieux. Je suis vraiment épuisée.

Eleria embrassa Arc-Long, se blottit dans ses bras et s'endormit comme une masse.

LE VOYAGE DE VELTAN

Le voyage de Veltan

1

— La charité, mon seigneur ? implora le mendiant en haillons.

Par cette matinée maussade, Veltan du Sud venait de passer devant le malheureux posté dans une petite rue paisible, près du forum de Kaldacin, la capitale trogite.

— Bien sûr..., répondit Veltan en tentant de retrouver sa bourse.

Le concept d'« argent » lui posait toujours des problèmes. Bien plus pratique que le troc, il devait l'admettre, la monnaie avait néanmoins ses désavantages. Par exemple, la valeur de toutes ces pièces composées de métaux différents. Un vrai casse-tête !

Il donna quelques sous de cuivre au pauvre type et continua son chemin.

C'était l'hiver, une saison que le maître du Sud n'appréciait pas beaucoup. Par solidarité, car son Domaine, au Pays de Dhrall, vivait essentiellement de l'agriculture, et les fermiers préféraient de loin le printemps ou l'été. A la saison froide, le ciel était couvert en permanence, les arbres nus semblaient à l'agonie, et on n'apercevait pas l'ombre d'une fleur. Cela dit, les citadins semblaient insensibles à la mélancolie inhérente à l'hiver. Tous les

Trogites, où qu'ils résident dans l'Empire, avaient une haute opinion d'eux-mêmes. Ceux de Kaldacin tenaient visiblement leur ville pour le centre de l'univers. Vivre entre ses murs les élevait au-dessus des peuples extérieurs à l'Empire et leur conférait un statut supérieur à celui de leurs compatriotes assez malchanceux pour habiter ailleurs.

A vrai dire, la cité était magnifique. Sa construction, sans nul doute, avait exigé un labeur acharné. Mais pour quelle raison ? se demandait Veltan. Personne n'avait besoin de maisons aussi grandes. Si les murs d'enceinte géants pouvaient se justifier – en supposant que Kaldacin ait des ennemis dans les environs –, Veltan aurait parié qu'ils étaient surtout là pour la frime.

Les Trogites utilisaient la pierre plutôt que le bois, une option que le maître du Sud comprenait, considérant que l'un brûlait et l'autre pas. Quant aux revêtements en marbre... D'un bel effet, certes, mais ces quidams n'avaient-ils rien à faire d'autre de leur temps ?

A première vue, la notion d'« édifice public » n'avait guère de sens. Ayant appris à mieux connaître les Trogites, Veltan savait à présent qu'il leur fallait du « grandiose » pour prouver aux autres peuples – et se convaincre eux-mêmes – qu'ils étaient très importants. Tout signe de « médiocrité » ravageait l'âme du citoyen impérial moyen.

Du coup, d'énormes palais de marbre, des auditoriums, des temples et divers établissements commerciaux, perchés sur des collines, à l'intérieur du mur d'enceinte, célébraient la grandeur et la gloire de l'Empire.

Le plus beau de tous, bien entendu, était le palais du grand empereur Gacien. Le bâtiment grouillait de domestiques, de conseillers et de courtisans, tous avides d'attirer l'attention de leur génial seigneur et maître. En ne lésinant pas sur les pots-de-vin, Veltan avait réussi à obtenir une entrevue avec Gacien le Sublime. Pour découvrir un crétin incompétent qui ne comprenait rien à la stratégie et saisissait à peine le sens du mot « armée »...

— Vous perdez votre temps ici, avait affirmé à Veltan un vieux conseiller dont il était devenu l'ami. A Kaldacin, le véritable pouvoir est entre les mains des Palvanis. Ce sont eux qui édictent les lois et arrêtent la politique de l'Empire.

— Et où puis-je les voir ?

— Au forum, en plein centre de la cité. Si vous leur dites ce que vous voulez, en précisant que vous êtes prêt à payer, nul doute que vous trouverez un terrain d'entente avec eux.

Un pronostic erroné. Chaque Palvani s'empressa d'empocher l'argent de Veltan en échange de vagues promesses du genre : « J'attirerai l'attention de mes collègues sur votre problème. » Mais le sujet ne fut jamais évoqué dans l'auguste chambre, où la majorité des Palvanis profitaient des discours de leurs confrères pour s'offrir un petit somme.

Le maître du Sud gaspilla pourtant une journée de plus à chercher quelqu'un, parmi ces nobles dormeurs, qui eût assez d'autorité pour commander l'armée trogite.

Quand le coucher de soleil embrasa le ciel lourd de nuages, à l'est, le frère de Zelana abandonna et gagna rapidement la porte sud de la ville. On trouvait facilement à se loger à Kaldacin, mais Veltan, qui ne craignait pas les intempéries et ne dormait jamais, préférait passer ses nuits en rase campagne. Hors de la ville, l'air était plus doux et on voyait beaucoup mieux la lune.

Veltan adorait l'astre nocturne, qui lui manquait beaucoup.

Ses sentiments étaient très différents quand Notre Mère l'Eau l'y avait exilé, se souvint-il. Aujourd'hui encore, il en voulait à cette vieille grincheuse, beaucoup trop prompte à le punir à son goût. Tout ça parce qu'il avait suggéré, en plaisantant, qu'elle serait plus belle avec des rayures !

Notre Mère l'Eau, totalement dépourvue d'humour, prenait tout au premier degré. Comment avait-elle pu croire que Veltan était sérieux ? Avec une emphase qu'il pensait cocasse, le maître du Sud avait tenu un discours passionné sur la beauté des différentes nuances de bleu, affirmant que la mer serait bien plus belle si elle arborait des rayures allant du bleu azur au violet.

Désireux de divertir Notre Mère l'Eau, Veltan avait lamentablement raté son coup. Furieuse, elle avait désigné la lune et crié :

— Je te bannis, Veltan ! L'astre de la nuit sera ta prison !

— Mais…

— Va-t'en sur-le-champ !

Veltan avait passé dix mille ans à la surface grêlée de cratères de la sœur cadette du monde, à contempler mélancoliquement, en bas – ou en haut ? –, le joli globe bleu qu'il appelait jadis sa planète.

Pour se distraire, il s'était aventuré quelques fois dans les étoiles – une initiative malheureuse. Le vide glacial, entre les astres, avait aggravé son sentiment de solitude. Sur la lune, au moins, il pouvait contempler son ancien foyer. Ce spectacle lui donnait le mal du pays, évidemment, mais c'était moins accablant que de sonder en vain les infinies ténèbres de l'univers.

Veltan s'attacha peu à peu à la lune. Ravie d'être aimée, la dame de la nuit finit par lui adresser la parole.

— Tu as été stupide de dire ça, Veltan, déclara-t-elle sans ambages. Des rayures ? Estime-toi heureux qu'elle ne t'ait pas jeté en pâture à ses poissons.

— Je plaisantais…

— Je sais, mais l'Eau est incapable de rire, c'est bien connu. Bon, je vais essayer d'adoucir sa sentence…

— Elle ne vous écoutera jamais.

— Tu te trompes ! L'Eau m'écoute toujours. Je peux semer la pagaille dans ses marées quand ça m'amuse, et elle déteste ça.

Sur ces mots, à la grande surprise de Veltan, la lune avait gloussé comme une jeune fille. De ce jour, ils s'étaient entendus à merveille. Contrairement à Notre Mère l'Eau, ou à Notre Père le Sol, la lune avait le sens de l'humour. Veltan avait donc égayé son long exil en lui racontant des blagues de plus ou moins bon goût.

Même quand Notre Mère l'Eau, son courroux apaisé, lui eut permis de rentrer chez lui, le maître du Sud n'avait pas rompu le contact avec la lune. Et il continuait à lui rendre de fréquentes visites.

— La charité, mon seigneur ?

C'était le mendiant qui avait déjà abordé Veltan la veille.

— Tu travailles toujours au même endroit ?

— Ce coin est à l'abri du vent, et s'il pleut, je peux me réfugier sous l'arche que vous voyez là-bas. Vous semblez troublé, noble étranger. Qu'est-ce qui vous tracasse ?

Veltan s'assit sur le trottoir, à côté du mendiant.

— Je croyais que la capitale de l'Empire était un centre de pouvoir. Mais je n'ai trouvé personne qui ait une once d'autorité. Quand on cherche à louer une armée, à qui faut-il s'adresser ? Pas un notable n'a accepté d'en discuter…

— Avez-vous contacté les soldats ?

— Ce n'est pas interdit ? Ne doit-on pas passer par la voie hiérarchique ? C'est le gouvernement, je crois, qui donne ses ordres aux militaires.

Le mendiant éclata de rire.

— Ça ne marche plus comme ça depuis des années ! En temps de paix, nos maîtres jugent dispendieux de verser une solde complète à leurs soldats. En très peu de temps, les mendiants comme moi ont été mieux lotis que les hommes du rang. Alors, ils se sont en quelque sorte mis à leur compte. De petits conflits éclatent tout le temps entre les gouverneurs de nos provinces. Une garantie de trouver de l'emploi pour nos guerriers… Pourquoi voulez-vous engager une armée ?

— Des menaces pèsent sur mon pays, répondit évasivement Veltan. C'est trop long à expliquer, mais nous aurons besoin de soldats de métier pour nous en sortir.

A cet instant, un jeune Trogite vêtu de cuir noir s'engagea dans la ruelle. Un casque en métal sur la tête, il tenait une lance dans la main droite.

— Désolé de vous déranger, général Narasan, dit-il, mais il faut que je vous parle.

— Qu'y a-t-il encore, Keselo ? demanda le mendiant. Pour commencer, ne me donne plus ce grade. J'en ai fini avec ça le jour où j'ai cassé ma lame sur mon genou.

— Pour nous, messire, tout va de mal en pis. Ne voulez-vous pas revenir sur votre décision ? Plus personne ne sait que faire…

— Laisse un peu de temps à tes officiers, Keselo. Ils apprendront…

— Attendre est impossible, messire ! La septième cohorte sombre dans l'anarchie. Les hommes ont quitté la ville pour piller les manoirs des nobles ou détrousser les voyageurs. Nous avons envoyé des messagers leur ordonner de rentrer, mais ils s'en fichent.

— Eliminez-les, lâcha froidement le mendiant.

— Les tuer ? s'écria Keselo. Impossible ! Ce sont nos camarades, voyons !

— Ils violent le règlement, donc ce ne sont plus vos

frères d'armes. Ces déserteurs ont foulé aux pieds le serment prêté le jour de leur incorporation. Si vous ne les punissez pas, les autres cohortes les imiteront, et l'armée se désagrégera. Tu sais qu'il n'y a pas de meilleure solution, Keselo. Va faire ton devoir, et cesse de me soumettre des problèmes stupides. Tu as d'autres questions ?

— Non, messire, fit le jeune homme, décomposé. Accepteriez-vous de changer d'avis et de revenir au quartier général ?

— Non. Tu saisis le sens de ce mot, j'espère. Et quand je dis une chose, tu me connais assez pour savoir que je la pense. A présent, fiche le camp !

— A vos ordres, messire, soupira Keselo avant de tourner les talons.

— C'est un garçon de qualité, dit le mendiant. S'il survit, il ira loin.

— Mon ami, fit Veltan, tu n'es pas l'homme que tu sembles être…

— Ne tirez pas de conclusions hâtives, étranger. Les apparences ne sont pas trompeuses. Je suis un mendiant, et mon passé n'y change rien. Le général Narasan est devenu un traîne-misère.

— Pourquoi ce changement de carrière ?

— J'ai pris une décision stupide qui a provoqué la mort de milliers d'hommes. Vivre avec ça n'est pas facile, étranger. Alors, j'ai décidé de renoncer à mon commandement. De toute façon, le temps passe vite, et ce que je fais ou non n'aura bientôt plus d'importance.

— Tu n'es pas si vieux que ça, mon ami.

— Je ne parlais pas de moi, mais du monde, répondit Narasan d'une voix sinistre. Il approche de sa fin. Un jour pas très lointain, il aura disparu…

— J'en doute fort, dit Veltan. D'où tires-tu cette triste conclusion ? C'est une doctrine de la religion trogite ?

Narasan lâcha un grognement méprisant.

— La religion est un piège à gogos truffé de mensonges et de superstitions ! Les prêtres s'en servent pour détrousser de pauvres gens, histoire de mieux se goberger dans leurs superbes temples ! C'est *ma* doctrine, étranger, et je n'ai eu besoin de personne pour la trouver. Le flot du temps s'arrêtera bientôt, je le sais !

— Tu es plus perspicace que la plupart des gens, dit Veltan, mais ta réflexion s'est arrêtée trop tôt. Le monde approche de la fin d'un cycle, pas de sa destruction. Une ère sera révolue, mais le temps continuera de s'écouler, comme toujours. Ne désespère pas, Narasan. Le temps n'a pas de fin – et pas de commencement non plus, s'il faut tout te dire…

— Et comment le savez-vous ?

— J'ai vu les cycles se succéder. Les saisons s'enchaînent et les années défilent. Les jeunes vieillissent et aspirent au repos, alors les dormeurs s'éveillent et reprennent le flambeau. C'est l'ordre naturel des choses…

— Vous n'êtes pas de… hum… chez nous, n'est-ce pas ? Votre façon de voir le monde est si différente. A l'évidence vous venez *d'ailleurs*.

— Ça, il me semble l'avoir déjà dit… Je veux engager une armée, les moyens de la payer ne me manquent pas, mais personne ne veut en parler avec moi. (Veltan se rembrunit.) Mon cerveau n'est plus ce qu'il était. Je suis passé tous les jours devant l'interlocuteur idéal sans m'en apercevoir…

— Et de qui s'agit-il ?

— De toi, mon ami. Il est temps d'oublier ton désespoir et tes prédictions sur la fin du monde. Le temps est éternel et l'univers survivra, quoi que nous fassions pour le détruire.

— Tu n'es pas comme les autres hommes, fit le mendiant, ébahi. En fait, je doute que tu en sois un… Tu n'as rien à voir avec les pauvres mortels, pas vrai ?

— Les différences ne sont pas si grandes, mon ami. J'ai visité des endroits où tu ne pourrais pas aller, et vu des choses que tes yeux ne sauraient distinguer. A part ça, j'aime ma terre natale et je la sers fidèlement. C'est tout ce qui importe. Général Narasan, il me faut ton armée, et je la couvrirai d'or si elle combat pour moi. La guerre sera dure, mais nous gagnerons, à condition d'être prêts à temps. Sur un champ de bataille comme aux dés, la victoire est tout ce qui importe !

— Voilà un pragmatisme que j'apprécie ! (Narasan se leva.) On dirait que mes vacances sont terminées. Rester assis à ne rien faire n'est pas déplaisant, mais je ne me plaindrai pas de devoir reprendre du service. Le camp est à l'ouest de la ville. On y va ?

— Bonne idée, fit Veltan en se levant aussi.

La nuit tombait sur Kaldacin tandis que Veltan et Narasan avançaient dans les rues, croisant des ouvriers en tenue de travail, leurs outils sur l'épaule, qui se hâtaient de rentrer chez eux.

— Les seuls citadins honnêtes d'une ville corrompue jusqu'à la moelle, dit Narasan. Mais c'est pareil partout, n'est-ce pas ?

— J'ai peur de ne pas te suivre..., avoua Veltan.

— Ça ne m'étonne pas ! Un richard comme toi n'a pas besoin de se salir les mains !

— Tu as déjà travaillé dans une ferme, général ? demanda Veltan. Les paysans n'ont pas souvent les mains propres, tu sais. Les habitants de ma région vivent de l'agriculture, et j'ai peiné dans les champs avec eux un nombre incalculable de fois.

— Décidément, tu es un type à part. Dans l'Empire, les propriétaires terriens préféreraient mourir plutôt que mettre la main à la pâte. C'est pour ça que l'argent existe. Un homme riche emploie les autres pour qu'ils fassent le sale boulot à sa place.

— Chez moi, l'argent est inconnu, Narasan. Notre économie est fondée sur le troc, et ça marche très bien.

— Comment comptes-tu payer l'armée, dans ce cas ?

— Le mot « or » te dit quelque chose ?

— Et comment ! Chez nous, il est synonyme d'« argent ».

— J'avais cru remarquer... En arrivant ici, j'avais des lingots, et l'homme à qui je les ai montrés a failli avoir une syncope ! En échange, il m'a donné des sacs pleins de pièces composées de différents métaux, et dont je n'ai pas encore déterminé la valeur exacte.

— Tu t'es fait escroquer, étranger, ricana Narasan. Si ce type t'a refilé des pièces de cuivre, de bronze et d'argent contre tes lingots, il s'en est tiré pour environ le dixième de leur valeur.

— Aucune importance, Narasan, fit Veltan. Chez moi, nous avons des montagnes d'or. Il me suffira de piocher dans les réserves...

— A ta place, je ne le crierais pas sur tous les toits. L'or rend les Trogites fous à lier.

— Je garderai ça à l'esprit. Nous sommes encore loin du camp ?

— Non... Il est de l'autre côté du forum. De vieilles casernes impériales que nos prédécesseurs ont réquisitionnées au moment où l'armée s'est mise à son compte.

— Le gouvernement ne s'y est pas opposé ?

— Bien sûr que si, mais ça n'a pas servi à grand-chose, puisqu'il n'avait plus d'armée pour chasser les « intrus ».

— Pourquoi les militaires, une fois affranchis des politiciens, n'ont-ils pas pris le pouvoir dans l'Empire ?

— Gouverner est une infecte corvée, mon ami ! Au nom de quoi se compliquer la vie ? Les soldats gagnent de l'argent, et les notables qui dirigent l'Empire, ces sublimes crétins, se farcissent tous les ennuis. Que demander de plus ?

Le camp du général Narasan était un endroit absurde où la ligne droite régnait en maîtresse absolue. Tout était disposé au carré – sans doute une particularité de l'esprit militaire. Veltan préférait de loin les courbes, plus douces et moins strictes. Mais aucun soldat n'avait jamais contemplé Notre Père le Sol depuis la lune. Sans cette précieuse expérience, comment savoir que vénérer la ligne droite revenait à imposer un concept humain artificiel à une réalité infiniment plus complexe ?

Veltan sourit. Cette ferme conviction des humains – le monde devait se plier à leurs diktats ! – était parfaitement absurde. Par bonheur, le maître du Sud avait toujours trouvé un charme exotique à l'absurdité…

Bien qu'il fût vêtu de haillons et pas rasé, les soldats reconnurent immédiatement le général Narasan. Aussitôt, le camp entier sembla soupirer de soulagement. L'ordre rétabli, le monde redevenait normal.

— Si j'ai bien compris, dit Veltan, ce campement est réservé à *votre* armée, général.

Les deux hommes entrèrent dans un grand bâtiment de pierre, au centre du complexe.

— C'est la meilleure façon de procéder, répondit le général. Quand on cantonne deux corps d'armée dans le même camp, des bagarres éclatent immanquablement. Si on regarde la vérité en face, il faut admettre que ces troupes sont… hum… concurrentes. Nous travaillons pour toucher une solde, pas par idéalisme. Parfois, ces soldats ne combattent pas du même côté. Les hommes doivent s'entre-tuer, et les rancunes s'accumulent. C'est surtout pour ça que les camps sont fortifiés, histoire de pouvoir les défendre si nécessaire.

Ils passèrent dans une grande salle où des Trogites en uniforme de cuir noir, assis sur des sièges confortables, conversaient en sirotant des chopes de bière.

Notant les épais rideaux, devant les fenêtres, les armes accrochées aux murs et les fourrures qui couvraient le sol, Veltan fut frappé par l'impression de détente et de camaraderie de ce lieu. Un endroit, à l'évidence, réservé aux gradés momentanément oisifs.

Dès que Narasan eut franchi le seuil, tous les militaires se levèrent.

— Arrêtez ça ! bougonna le général. Ce n'est pas nécessaire ici, vous le savez. Ces trucs-là servent à impressionner les troufions et les civils...

— Le mauvais temps t'a décidé à abandonner ta ruelle, Narasan ? demanda en souriant un officier chauve d'âge mûr.

— Ce n'est pas la première fois qu'il pleut, Gunda, répondit Narasan. Je rentre au bercail pour une excellente raison. L'homme qui m'accompagne se nomme Veltan. Il vient du Pays de Dhrall et il a besoin d'une armée. Puisque nous n'avons aucune mission en cours, je suggère que nous examinions son offre. Posez vos chopes, messires, et gagnons ensemble la salle de guerre.

Narasan traversa la grande pièce. Tous les hommes lui emboîtèrent le pas.

Ils remontèrent un long couloir, à l'autre bout du bâtiment, et entrèrent dans une salle où régnait un beau désordre. Des lances à pointe d'acier et d'autres armes entassées dans tous les coins, les tables croulaient sous ce qui devait être des maquettes de nouveaux engins de guerre. Sur les murs blancs, des dessins au fusain montaient jusqu'au plafond. Ces étranges figures n'avaient rien de décoratif – et pas même un motif central pour mieux attirer l'œil d'un éventuel observateur.

— Que représentent ces croquis ? demanda Veltan.

— Des pays, répondit Narasan. Nous les appelons des cartes, et ils reproduisent aussi fidèlement que possible la configuration de diverses régions du monde. (Il désigna le plus grand dessin.) Voilà par exemple l'Empire Trogite.

Veltan approcha de la « carte ».

— Ce n'est pas très précis, mon ami… (Il tendit un index vers la partie supérieure du dessin.) Si c'est censé être la côte nord, ça n'a aucun rapport avec la réalité.

— Je ne vois rien à redire, intervint Gunda, l'officier chauve. Ma famille vit dans cette région, et je ne relève pas d'erreurs graves.

— Voilà qui explique beaucoup de choses… Nous avons tous tendance à idéaliser notre terre natale. (Veltan désigna une imposante péninsule.) C'est bien de là que vous venez, Gunda ?

— Comment le savez-vous ?

— Sur la carte, ce bout de terre est deux fois plus long, au moins, qu'en réalité.

— C'est du Gunda tout craché ! lança un autre officier, hilare. Il croit que tout ce qui dépasse, chez lui, est deux fois plus long que chez les autres !

— Et ça, c'est assez gros pour toi, Padan ? demanda le chauve en levant le poing.

— Assez plaisanté ! fit Narasan, agacé. Veltan, où est le Pays de Dhrall, exactement ?

Le maître du Sud regarda les cartes, autour de lui.

— Je ne le vois pas… Il est situé cinq cents bonnes lieues au nord de la péninsule de Gunda.

— Il n'y a que de la glace par là-bas, dit Jalkan, un vieil officier sec comme une trique.

— Dhrall est au-delà de la glace, précisa Veltan. Un

courant marin qui vient de l'extrême nord charrie des icebergs qui se sont détachés des banquises et forment une barrière naturelle. Les pêcheurs de la côte sud de mon pays les connaissent, et ils savent les éviter.

— Tu pourras nous dessiner une carte ? demanda Narasan à Veltan.

— Bien entendu…

— C'est trop risqué, général, dit Jalkan. Aucun vaisseau trogite n'a jamais réussi à traverser ces montagnes de glace flottantes.

— Les Maags le font pourtant sans problème, rappela Padan. Voilà des années qu'ils lancent des raids sur notre côte nord.

— Leurs navires sont plus petits et plus rapides que les nôtres, insista Jalkan. Si un iceberg dérive vers eux, ils peuvent changer de cap à temps. Nos vaisseaux ne sont pas assez maniables. La moitié de notre armée coulera par le fond si nous tentons cette folie !

— Nous allons devoir plancher sur pas mal de détails, dit Narasan à Veltan, et ça risque de prendre du temps. Si nous commencions par la solde ? Combien nous proposez-vous ?

— Combien voulez-vous ?

— Vous ne préférez pas nous faire une offre ?

— Non. J'aime mieux connaître vos prétentions.

— Que diriez-vous d'une couronne d'or par homme ?

— Rien, parce que j'ignore ce que c'est… Au Pays de Dhrall, la notion d'« argent » est inconnue. Je me suis procuré quelques pièces de bronze et de cuivre, en arrivant ici, et c'est tout ce que je sais de votre monnaie. Que représente une couronne d'or ?

— Une once de métal précieux, répondit Keselo, le jeune officier qui était venu relancer le général.

— Et que vaut une once ? demanda Veltan.

— Que quelqu'un lui montre une couronne ! implora Narasan.

Tous les officiers fouillèrent dans la bourse de cuir qu'ils portaient à la ceinture. Jalkan fut le premier à en extraire une pièce d'or.

— Elle s'appelle : « reviens ! », dit-il à Veltan en la lui tendant.

— Bien évidemment, fit le maître du Sud. (Il posa la pièce sur sa paume, évaluant son poids.) Parfait... (Il rendit la couronne à son propriétaire.) Nous avons de l'or chez nous, mais nous le stockons sous forme de lingots. A mon avis, chacun fait environ cinq cents fois le poids de votre pièce. De combien d'hommes disposes-tu, Narasan ?

— Je peux en réunir cent mille.

Veltan fit un rapide calcul mental.

— Cela nous fera environ deux cents lingots, annonça-t-il. C'est tout à fait raisonnable...

— Tu nous gâches le plaisir, ami Veltan, se plaignit Narasan. Tu ne veux pas négocier un peu ?

— A quel sujet ?

— Personne ne paie jamais le prix que nous demandons ! Tu devrais t'écrier que nous voulons t'égorger. Alors, nous marchanderions pendant des heures pour arriver au montant réel.

— Quelle perte de temps..., souffla Veltan. Je dois parler à mon frère aîné, et j'en profiterai pour vous rapporter des lingots. (Il étudia la carte de l'Empire.) De quelle ville côtière partirez-vous ?

— Ton avis, Gunda ? demanda Narasan.

— Castano... C'est la plus grande cité, et son port est le mieux défendu.

— Très bien, messires, conclut Veltan. Rendez-vous à Castano dans trois ou quatre semaines. Votre armée devra être à Dhrall au début du printemps, ou un peu plus tôt si c'est possible. Nous avons tous du pain sur la planche, donc je vais vous laisser travailler. Je peux avoir besoin de plus de temps que prévu, mais soyez prêts, je vous prie, à lever l'ancre dès mon retour. A ce moment-là, je devrais pouvoir vous dire quand la guerre commencera. Avec une petite marge d'erreur, bien entendu…

Sur ces mots, Veltan tourna les talons et sortit en trombe de la salle.

2

Les étoiles brillaient de tous leurs feux quand Veltan quitta Kaldacin. La lune n'était pas encore levée, mais le maître du Sud, qui la connaissait intimement, savait qu'elle se montrerait bientôt.

Une fois qu'il eut traversé les champs endormis semés çà et là de fermes au toit de chaume, il invoqua son éclair apprivoisé. Toujours de mauvaise humeur lorsqu'il la réveillait après le coucher du soleil, sa monture était encore plus bruyante que le jour. Même s'il doutait que le Vlagh ait des espions dans la capitale impériale, il avait jugé plus prudent de ne pas signaler sa présence en faisant un boucan d'enfer près des murs de la cité.

Il était donc très loin de Kaldacin quand il s'arrêta et leva les yeux vers le ciel.

— Désolé de te réveiller, très cher, mais je dois rentrer d'urgence à la maison.

Un roulement de tonnerre lui indiqua que l'éclair s'était réveillé.

— Ne commence pas à rouspéter ! le tança Veltan. Ce n'est pas si loin que ça, et tu pourras te rendormir dans quelques heures.

L'éclair grogna encore un peu, mais il le sentit s'étirer, et l'horizon, à l'est, crépita d'étincelles prometteuses.

Puis il y eut une explosion, et la monture de Veltan se matérialisa à ses côtés.

— Tu es très gentil, dit le maître du Sud en lui flattant l'« encolure ». (Il enfourcha l'éclair.) A la maison, mon petit !

Le fils de la foudre se dirigea docilement vers le nord. En un clin d'œil, il laissa l'Empire derrière lui et entreprit la traversée de l'océan. Bientôt, ils survolèrent la chaîne d'icebergs flottants qui séparait Trog du Pays de Dhrall. Veltan profita de l'occasion pour étudier cette frontière qui n'avait en réalité rien de naturel. C'était une idée d'Aracia, et elle l'avait mise en application pendant le long séjour sur la lune de son frère.

La maîtresse de l'Est avait pensé à cette solution quand elle s'était avisée que les Extérieurs construisaient des bateaux de plus en plus sophistiqués – sans rapport, en tout cas, avec les coquilles de noix utilisées partout dans le monde au début du cycle en cours. Eriger une barrière, histoire de garder ces intrus loin des côtes de Dhrall, semblait la mesure la plus simple et la plus radicale. Aujourd'hui, cet obstacle risquait de jouer contre les intérêts de Dhrall…

— Il faudra que je m'occupe de ça…, marmonna Veltan.

Son éclair émit un crépitement interrogateur.

— Je ne te parlais pas, mon petit… Je réfléchissais à voix haute, c'est tout.

Au moment où ils atteignaient la côte de Dhrall, la monture du maître du Sud marmonna quelque chose.

— Je n'ai pas compris, mon petit, dit Veltan alors que l'éclair le déposait sur le seuil de sa maison, un peu à l'intérieur des terres.

L'éclair répéta sa remarque, faisant trembler le sol sous les pieds de son cavalier.

— C'est très grossier ! s'indigna Veltan. Où as-tu appris des horreurs pareilles ?

L'éclair ajouta quelques imprécations plus colorées encore, puis il prit son envol pour aller bouder tranquille.

Veltan s'autorisa un petit sourire. Sa monture et lui pratiquaient ce petit jeu depuis l'aube des temps. L'éclair l'injuriait copieusement, et il faisait semblant d'être choqué. Charmé par cet innocent rituel, il ne se privait pas d'y sacrifier…

Le maître du Sud ouvrit l'énorme porte de sa demeure et entra. A l'inverse d'Aracia, il avait construit sa maison lui-même. Soudain, il lui vint à l'esprit qu'il ne serait pas judicieux d'y inviter des Trogites. A Kaldacin, la plupart des bâtiments avaient été érigés avec des blocs de pierre, comme le fichu temple d'Aracia. Pour sa demeure, Veltan s'était contenté d'une simple pensée, faisant jaillir du néant un immense rocher déjà taillé selon son désir. Un excellent moyen de barrer la route aux intempéries, certes, mais une architecture difficile à expliquer aux hommes de Narasan. La conversion de la pensée en matière, par le seul intermédiaire de la volonté, dépasserait l'entendement des Trogites, et ça risquait de compliquer les choses.

Veltan jubilait d'être de retour chez lui. Si voyager avait ses charmes, il ne se sentait pourtant jamais mieux que dans son foyer.

Il remonta le long couloir central et s'engagea dans l'escalier de la tour où Yaltar et lui passaient le plus clair de leur temps.

— Je suis de retour ! cria-t-il.

La porte de leur refuge s'ouvrit et Yaltar se campa sur le seuil. Petit et mince, les cheveux noirs, l'enfant vêtu d'une simple tenue de paysan baissa ses grands yeux vers le maître du Sud.

— Tout est allé comme tu voulais, mon oncle ? demanda-t-il.

— On peut le dire comme ça… Il m'a fallu un moment pour trouver un interlocuteur compétent, mais après, l'affaire a été conclue très vite. Du nouveau par chez nous ?

— Rien dont on m'ait informé… Ara, l'épouse d'Omago, m'a fait à manger pendant ton absence.

— C'est une vraie perle, assura Veltan. (Soudain, il remarqua un détail étrange.) Que portes-tu autour du cou, Yaltar ?

— Omago dit que c'est une opale, mon oncle. Je l'ai trouvée sur le sol, devant la porte, quelques jours après ton départ. (L'enfant défit la lanière de cuir où était accrochée l'opale et leva les mains pour que Veltan la voie mieux.) N'est-elle pas magnifique ?

— Superbe, Yaltar…, fit le maître du Sud d'un ton volontairement neutre.

Il sentait l'extraordinaire pouvoir de la pierre de là où il était ! A l'évidence, l'heure était à la prudence. Dans son Domaine, il le savait, on ne trouvait aucun gisement d'opales. Pour que le Rêveur en ait découvert une devant leur porte, il fallait que quelqu'un l'ait déposée là à son intention.

La pierre ovale aux reflets d'arc-en-ciel était un peu plus grosse qu'une orange. Pour compliquer les choses, Veltan captait sa *conscience* rien qu'en la regardant. Une sorte de conscience très spéciale, mais pourtant familière…

— Avant que j'oublie, dit Yaltar en remettant son pendentif, Omago veut te parler, et c'est assez urgent.

— J'irai le voir demain, fit Veltan en gravissant les dernières marches.

L'enfant et lui entrèrent dans la grande pièce circulaire. Bien que la demeure de Veltan fût immense, le petit garçon et son protecteur quittaient rarement cette salle. Assez grande pour ce qu'ils avaient à y faire, elle leur donnait l'impression d'être vraiment *chez eux*. Un bon feu brûlait dans la cheminée, comme toujours, et les ustensiles posés à côté laissaient penser que Yaltar avait tenté de cuisiner. La salle ne brillait pas par sa propreté, constata Veltan. Mais l'enfant y avait vécu seul des semaines, et le concept de « nettoyage » lui passait largement au-dessus de la tête.

— Tu m'as manqué, mon oncle, dit le petit garçon. Je me suis senti très seul, et j'ai fait un mauvais rêve qui revenait toutes les nuits.

D'un naturel plutôt grave, Yaltar souriait rarement...

— Vraiment ? demanda Veltan, cachant son inquiétude. Et que te montre-t-il, ce cauchemar ?

— Des gens qui s'entre-tuent... Je ne veux pas regarder, mais le rêve m'y oblige.

— Le décor est-il familier ?

— Cet endroit n'est pas près d'ici, mon oncle. Il y a des montagnes, à côté de Notre Mère l'Eau. Le soleil se lève derrière ses pics, et il se couche très loin au-delà de la mer.

— Donc, c'est quelque part dans le domaine de Zelana...

— C'est là que vit Balacenia ?

Veltan faillit s'étrangler de surprise.

— Où as-tu entendu ce nom, mon petit ?

— Je ne sais pas trop... Mais j'ai l'impression de connaître la personne qui le porte, et qui réside dans le Domaine de l'Ouest. Cela fait peut-être partie de mon fameux rêve.

— C'est possible..., éluda Veltan.

Comment Yaltar connaissait-il un nom qu'il ne pouvait *absolument* pas avoir entendu ?

— Dans ton rêve, quelqu'un a-t-il mentionné une

montagne, ou une rivière ? N'importe quoi qui pourrait nous donner un indice ?

— J'ai entendu des gens parler de « Maags », et d'autres qui insultaient le « Vlagh », mais ce ne sont sûrement pas des noms de lieux. (Yaltar plissa le front.) Attends, j'ai un autre mot : « Lattash ». C'est un endroit, je crois… Quand on dit : « Je suis venu de Lattash », on ne peut pas évoquer autre chose, non ?

— Il me semble que non, mon petit… As-tu une idée de la saison où se déroule ton rêve ?

— Eh bien… Il n'y avait pas de neige, donc ça exclut l'hiver. Ici, nous n'en avons pas beaucoup, et ce ne serait pas une preuve, mais en cette saison, les montagnes en sont couvertes, je pense…

— Tu penses bien, Yaltar… Sais-tu pourquoi les gens se massacrent, dans ton cauchemar ?

— Pas vraiment, mon oncle… Certains viennent de l'ouest, à travers les montagnes, et les autres tentent de les arrêter… Ça te paraît avoir un sens ?

— Les rêves n'en ont pas, en principe, mentit Veltan en se forçant à sourire. S'ils en avaient un, ils seraient moins amusants, non ?

— Celui-là n'a rien de drôle, mon oncle. Il revient sans cesse, et il me terrifie.

— Essaie de ne pas y penser. Si tu l'ignores, il te laissera peut-être en paix. Yaltar, je dois aller voir mon frère aîné. Te laisser seul m'attriste, mais nous devons faire face à une… hum… urgence familiale. Avec de la chance, ce sera bientôt fini, et tout redeviendra comme avant.

— Tu passeras voir Omago, mon oncle ? Ça a l'air important, et il a même dit que tu pourrais le déranger en pleine nuit.

— Eh bien, ça n'est pas banal ! Quand il dort, un

orage ne le réveillerait pas. As-tu autre chose à me raconter avant que je parte ?

— J'ai failli oublier, mon oncle ! fit Yaltar en claquant des doigts. La dernière fois que j'ai fait ce rêve, dès mon réveil, j'ai dessiné le canyon où les événements se déroulent. Tu veux que je te montre mon croquis ?

— Volontiers, répondit Veltan, impassible.

Mais il dut résister à l'envie de sauter sur la table pour y danser la gigue.

Omago, un solide paysan, était l'heureux propriétaire de champs fertiles et d'un immense verger. Les autres fermiers du Domaine venaient souvent lui demander conseil. Au cours de ces conversations, ils évoquaient naturellement les derniers ragots en date… et des nouvelles plus fiables. Si un chien errant traversait un village, disait-on, Omago en était informé le jour même. De fait, l'homme avait d'authentiques qualités d'écoute, et ses visiteurs lui confiaient souvent des choses qu'ils auraient été avisés de garder pour eux.

Veltan aimait bien le fermier et il se fiait aveuglément à ses informations.

Le soleil n'était pas encore levé quand le maître du Sud frappa à la porte de la demeure de son ami. La superbe femme d'Omago, Ara à la minceur de liane, vint lui ouvrir. Avec ses longs cheveux auburn, c'était sans conteste la plus belle femme du village. Comme d'habitude, elle ne portait pas de chaussures… et elle avait de fort jolis pieds.

Dans sa cuisine spacieuse et chaleureuse flottaient de délicieux arômes de nourriture. Même s'il ne mangeait jamais, Veltan adorait que ces senteurs lui chatouillent les narines.

— Bonjour, Ara, dit-il. Omago est réveillé ? Selon Yaltar, il voudrait me parler.

— Il a ouvert un œil, cher Veltan… Tu le connais : rien ne le réveille, à part l'odeur du petit déjeuner. Viens t'asseoir. Je t'offrirais à manger, si je ne connaissais pas d'avance la réponse.

— Le fumet de ta cuisine est tentant, Ara, mais je suis obligé de refuser… Merci quand même. (Veltan s'assit à la grande table.) Merci aussi de t'être occupée de Yaltar en mon absence. J'oublie souvent qu'il a besoin de repas réguliers. Sans doute parce que ce n'est pas mon cas.

— Tu rates un des grands plaisirs de la vie, Veltan. Je me suis toujours demandé si la lumière avait bon goût…

— Le terme n'est pas bien adapté, mon amie. Les différentes teintes de lumière ont chacune leur… hum… signature. Je savoure les choses avec mes yeux, pas avec ma langue. Peux-tu aller voir si ton mari est debout ? Je n'ai pas beaucoup de temps…

— Je vais le tirer du lit, cher Veltan.

Ara s'empara d'une épaisse tranche de pain frais et se dirigea vers la chambre, sa longue robe bleue ondulant sur ses chevilles.

Elle revint très vite, son mari sur les talons. Toujours en chemise de nuit, il suivait la tranche de pain comme un chien piste un os.

— Bonjour, Omago, dit Veltan. Je vois qu'Ara a su attirer ton attention.

— Elle me fait ce coup-là tous les matins… Avec son pain, elle réveillerait un mort !

Omago subtilisa la tranche à son épouse et l'engloutit en un clin d'œil.

— Ne mange pas si vite, tu vas t'étouffer !

— Selon Yaltar, dit Veltan, tu as des choses importantes à me raconter.

— Je crois que c'est intéressant, Veltan, répondit le

paysan. On m'a rapporté qu'un grand nombre d'étrangers rôdent dans ton Domaine, ces derniers temps. Ils prétendent être des colporteurs venus de celui d'Aracia, mais ils parlent à peine notre langage, contrairement à tous les autres vendeurs ambulants en provenance de cette région de Dhrall. En plus, ils n'ont rien d'intéressant à proposer. Mais ils posent sans cesse des questions...

— De quel genre, mon ami ?

— Ils veulent savoir combien de gens habitent près des Chutes de Vash. Pourquoi diantre quelqu'un s'y installerait-il ? Il n'y a que de la roche, sur un terrain si pentu qu'il faudrait s'arrimer à un arbre pour récolter les rares orties qui consentiraient à y pousser. Une autre chose excite encore plus la curiosité de nos visiteurs. Ils demandent si les gens de ton Domaine ont beaucoup de contacts avec les tribus de l'Ouest, et si Zelana et toi êtes très proches. Apparemment, ils seraient ravis si vous vous détestiez.

— C'est idiot !

— Je te répète ce que j'ai entendu, Veltan. Il me semblait que tu devais en être informé.

— Je ferai ma petite enquête dès mon retour... Il faut que je parle avec mon frère d'une affaire de famille. A présent, dévore ton petit déjeuner avant qu'il ne refroidisse.

— Je m'assurerai que Yaltar ait toujours le ventre plein, promit Ara. Il ne faudrait surtout pas qu'il dépérisse !

— N'est-elle pas adorable ? roucoula Omago.

— Positivement, approuva Veltan.

— Reviens-nous vite, dit Ara.

— Je n'y manquerai pas, précieuse amie, fit le maître du Sud avec un grand sourire.

— Ça te dit quelque chose ? demanda Veltan à Dahlaine, un peu plus tard dans la matinée.

Ayant rejoint son frère, dans la grotte du mont Shrak, il venait de lui montrer le dessin de Yaltar.

— Je crois que c'est quelque part dans le Domaine de Zelana, ajouta-t-il.

— Ton protégé est doué, Veltan. Et il a l'œil en matière de perspective.

— Tu remarques l'absence de neige ? Pour ne pas l'inquiéter, j'ai évité de le bombarder de questions, mais il m'a dit qu'il n'y en avait pas sur le sol dans son rêve. On ne peut pas en tirer des conclusions définitives, puisque la guerre est déjà commencée au début du cauchemar. Il a aussi mentionné un nom. Lattash. C'est un village du Domaine de Zelana, je crois ?

— Exact…, souffla Dahlaine en étudiant le dessin. Regarde ça ! Tu vois cet arbre calciné, à l'arrière-plan ? C'est l'œuvre de mon éclair, il y a une éternité, et Zelana m'en a rebattu les oreilles pendant des lustres. Tu vois comme le tronc, tout tordu, penche vers le canyon ? Je reconnais cet arbre. Ce canyon est situé dans les montagnes qui dominent Lattash.

— Bien vu ! fit Veltan en claquant des doigts. Tout se tient ! Yaltar rêve que la bataille a lieu dans ce canyon, et il entend le mot « Maags ». Or, Zelana est partie recruter des Maags pour l'aider à combattre les monstres du Vlagh !

— Ce sont des pirates, peu fiables par nature, dit Dahlaine. Mais le rêve de ton petit laisse penser que Zelana les a convaincus. Tu m'amènes des informations très utiles, mon frère.

— Peut-être… Mais comment savoir s'il s'agit de la première attaque ? Les rêves ne sont jamais explicites. Les monstres peuvent avoir agressé ton Domaine, le mien ou celui d'Aracia *avant* de s'en prendre à l'Ouest. Et si le songe prenait place longtemps après le début du conflit ?

— Ça n'aurait guère de sens, Veltan. Les Rêveurs sont là pour nous aider, pas pour ajouter à la confusion. Cela dit, tu viens de lever un lièvre. Nous ne savons pas grand-chose au sujet des Rêveurs. Leurs songes obéissent-ils à une logique ? Se suivent-ils dans le temps ? S'ils apparaissent au hasard, sans lien chronologique, ils risquent de nous valoir plus d'ennuis qu'autre chose…

— Avant que j'oublie… Quand j'ai dit à Yaltar que le Domaine de Zelana était le cadre de son rêve, il m'a demandé si Balacenia y vivait vraiment.

— Quoi ? rugit Dahlaine.

— Il a appelé Eleria par son vrai nom, mon frère.

— C'est impossible !

— Et pourtant vrai ! Vash et Balacenia ont toujours été très proches. Logiquement, il a conscience de sa présence, et il ne peut pas penser à elle sous le nom d'« Eleria ». Ces petits sont au moins aussi perceptifs que nous, et Vash – *alias* Yaltar – a réussi à contourner la *barrière* que tu as érigée avant de provoquer leur réveil prématuré. Nous devrions être plus prudents, à partir de maintenant. Notre cycle n'est pas encore révolu, et si nous brisons les règles, tout pourrait partir en quenouille.

— Me voilà avec un nouveau sujet d'inquiétude. Merci beaucoup, Veltan !

— De rien, mon vieux… Tu peux m'en dire plus sur les créatures que nous affronterons ?

— Je ne sais pas grand-chose, sinon que ce sont des horreurs. Le Vlagh multiplie les expériences, il altère tout, et il se fiche de ce que nous nommons l'« évolution ». Nous avons toujours permis aux êtres vivants – y compris les végétaux – de se développer en fonction de leur nature et des exigences de leur environnement. Dans nos Domaines, on trouve une relative harmonie. Un concept inconnu au sein des Terres Ravagées. Le Vlagh sélectionne des caractéristiques, puis il procède à des croisements pour les pousser à leur maximum. Encore une chose : il semble avoir une prédilection pour les reptiles venimeux et les insectes qui piquent.

— Il faut lui reconnaître un certain sens pratique, dit Veltan. Les créatures venimeuses n'ont pas besoin d'armes manufacturées. Elles en sont équipées d'origine…

— Bien vu, mon frère…

— Le seul inconvénient, c'est que les reptiles et les insectes ne sont pas actifs en hiver.

— Le Vlagh semble avoir résolu ce problème en utilisant des mammifères pour ses hybridations. Les insectes sont quasiment indestructibles, les serpents tuent avec leur venin, et les créatures à sang chaud sont fonctionnelles en hiver. Selon mes observations, les traits dominants de ces monstres sont empruntés à des insectes très spéciaux, essentiellement les abeilles et les fourmis. As-tu déjà étudié le comportement de ces bestioles ? En particulier leur façon de coloniser des territoires ?

— Ça ne m'a jamais fasciné… Au cas où tu ne l'aurais pas remarqué, les insectes sont très laids.

— Mais astucieusement conçus, petit frère. Leur exosquelette est en même temps une armure, et…

— D'accord, coupa Veltan. Cela dit, ils sont incroyablement stupides.

— Pris individuellement, c'est vrai. Mais certaines espèces ont une sorte de conscience collective. Le groupe devient alors beaucoup plus intelligent que chacun de ses membres.

Veltan dévisagea son frère.

— Que t'est-il arrivé pour que tu te piques d'entomologie, Dahlaine ?

— Je m'ennuyais… Tu ne t'en rappelles peut-être pas très bien, mais le temps s'est jadis étiré interminablement avant l'apparition de créatures vaguement intelligentes. N'ayant que des insectes à ma disposition, je m'y suis intéressé.

— Pourtant, je crois qu'il y a une faille dans ta théorie. On m'a appris que des hommes – ou des êtres humanoïdes – fouinent dans mon Domaine et posent des questions. S'ils peuvent communiquer avec mes gens, ces monstres sont sûrement plus malins que des abeilles…

— Que cherchent-ils à savoir ?

— Combien il y a d'habitants près des Chutes de Vash, si ma population et celle de Zelana ont beaucoup de contacts, et si notre sœur et moi nous nous détestons.

— Je n'avais pas prévu ça, admit Dahlaine. Le Vlagh est peut-être plus intelligent que nous le pensions. S'ils envoient des espions, c'est qu'il n'entend pas se fier uniquement à la force brute. On dirait que la guerre sera hautement intéressante, contrairement à nos pronostics. Tu as déniché des guerriers ?

— Oui, mais ça m'a pris un temps fou. A mon arrivée dans l'Empire Trogite, je croyais qu'il suffirait de montrer un peu d'or à un ou deux politiciens. Hélas, ça ne marche pas ainsi. Une fois que j'ai trouvé l'homme qu'il me fallait, tout est allé comme sur des roulettes. (Veltan claqua des doigts.) J'ai failli oublier quelque chose… Tu penses contacter Aracia dans un avenir proche ?

— Probablement. Pourquoi cette question ?

— Pourras-tu lui dire que je vais devoir ouvrir une brèche dans sa barrière de glace ? Engager une armée de Trogites ne servira à rien si elle n'arrive jamais au Pays de Dhrall. Aracia a érigé sa frontière pour tenir les Impériaux à l'écart, mais les temps ont changé. A présent, nous voulons qu'ils viennent.

— Pourquoi ne lui en parles-tu pas toi-même ?

— Elle ne m'écoutera pas, Dahlaine. Tu devrais le savoir. Dans ce cycle, elle est plus vieille que moi, et ça lui est monté à la tête. Pour elle, je suis une sorte de subalterne. Et Zelana aussi. Toi, elle t'écoutera, parce que tu es son aîné. Tu sais, je ne suis pas pressé d'en être à notre prochain cycle, où elle occupera ta position actuelle. Il se peut que j'aille me cacher sur la lune en attendant qu'elle soit hors jeu…

— Tu ne peux pas faire ça, Veltan. Et tu le sais.

— C'était juste une idée en l'air… Tu as trouvé une armée d'Extérieurs ?

— Non, mais j'y travaille… As-tu entendu parler des Malavis ?

— Ces types qui se déplacent sur le dos de je ne sais quels animaux d'élevage ?

— Les Malavis les appellent des « chevaux », et il ne leur viendrait pas à l'esprit de les consommer. Au Pays de Dhrall, ces animaux sont inconnus. Les monstres du Vlagh auront une sacrée surprise, s'ils s'aventurent dans le nord.

— Et où en est Aracia ?

— En pleines négociations avec je ne sais quel peuple oriental. Elle ne m'a pas donné de précisions.

— Je vais partir à la recherche de Zelana, annonça Veltan. La guerre approche, et son Domaine risque d'être le premier attaqué. Il faut qu'elle rentre chez elle ! Pourras-tu aller prévenir ses humains que l'invasion risque de commencer très bientôt ?

— Je m'en occuperai, Veltan. Ramène Zelana, je me chargerai d'avertir son peuple.

3

J'ai encore besoin de toi, mon petit, pensa Veltan en sortant de la grotte de Dahlaine, au pied du mont Shrak.

Comme toujours, l'éclair protesta un peu, des crépitements bleus et un lointain grondement, au sud, manifesta sa désapprobation.

— Arrête ça ! s'écria Veltan. Nous traversons un moment difficile, c'est tout. Les choses reviendront bientôt à la normale, alors inutile de râler à chaque fois.

Un éclair zébra le ciel, ponctué par un roulement de tonnerre qui fit trembler la terre.

— Brave garçon, dit Veltan en voyant apparaître sa monture. Il faut trouver Zelana. Selon Dahlaine, elle est quelque part à l'ouest. Je sais que c'est vague, mais je dois lui parler. Si tu es très gentil, on s'amusera un peu, après l'avoir vue. Tu sais qu'il y a une barrière de glace, devant la côte sud de Dhrall. Eh bien, j'aurai bientôt besoin d'y ménager un passage pour des bateaux. En se concentrant, on devrait réussir à le percer, toi et moi…

L'éclair crépita d'enthousiasme.

— Je savais que cette idée te plairait, mon petit. Pour

l'instant, allons chercher Zelana. Surtout, ne fais pas trop de vacarme pendant que nous survolerons Notre Mère l'Eau. Ce n'est pas le moment de l'énerver.

L'éclair manifesta son approbation en lâchant quelques étincelles. Veltan l'enfourcha et ils prirent leur envol.

Au cœur de l'hiver, le visage de Notre Mère l'Eau, que les nuages voilaient à demi, était ridé par les vents. Veltan ne put s'empêcher de frémir. Le jour où elle l'avait exilé sur la lune, la mer affichait cette expression coléreuse. Et sans l'intervention de son amie l'astre de la nuit, Veltan n'aurait sans doute pas fini de purger sa peine…

Quand l'éclair atteignit une terre, très loin de la côte ouest du Pays de Dhrall, il était beaucoup plus tôt dans la journée qu'au moment de leur départ. Un des avantages, quand on voyageait vers l'ouest. Plus on avançait, plus on récupérait du temps…

— Je ne serai pas long, mon petit, dit Veltan. Inutile de tempêter ! (Le maître du Sud sourit.) Quand j'aurai prévenu Zelana, nous irons briser un peu de glace. Tu adoreras ça !

L'éclair crépita joyeusement. La foudre, une force naturelle élémentaire, se réjouissait d'un rien.

Veltan se fit déposer sur le visage houleux de Notre Mère l'Eau, car il avait envie de marcher un peu. Non sans surprise, il s'avisa que la mer s'était aussitôt calmée pour lui faciliter la tâche. N'était-elle plus fâchée contre lui ? Ou mesurait-elle simplement la gravité de la situation ? Il progressa sans difficulté et atteignit rapidement le rivage rocheux.

— Merci, Mère, dit-il poliment à la source de toute vie.

De rien…, répondit une voix dans sa tête. *Zelana et Eleria sont plus loin au sud…*

— Vraiment ? Peux-tu être plus précise ? M'indiquer un point de repère, par exemple ?

La côte est désespérément plate, Veltan. Pratiquement rien ne dépasse de ce morne paysage. Va vers le sud jusqu'à l'endroit où sont réunis des dizaines d'arbres flottants. Les humains les appellent des « bateaux » et ils s'en servent pour me traverser...

— J'en ai parfois vu, dit Veltan, sondant du regard le pays inconnu qui s'étendait devant lui. Mère, je crois que je vais fouiner un peu. Ici, les humains ignorent que Zelana est ma sœur. Ils me révéleront peut-être des choses qu'ils préfèrent lui cacher. Si nous avons pu venir dans ce pays, elle et moi, les monstres du Vlagh en sont également capables. S'ils l'ont fait, je dois le savoir. (Le maître du Sud hésita, puis se lança :) Mère, j'ai une confession à te faire. Bientôt, je devrai ouvrir un passage à travers la barrière de glace d'Aracia. Ma sœur, j'en suis sûr, t'a demandé la permission avant de l'ériger. A présent, il faut y percer un canal, pour que mon armée puisse débarquer au Pays de Dhrall. Seras-tu fâchée ?

Pas vraiment, non... En fait, Aracia ne s'est pas donné la peine de s'enquérir de mon avis, avant de bâtir sa frontière. Si tu la démolis sans son autorisation, tant pis pour elle ! Je peux même m'en charger, si tu veux. Il suffit de demander.

— Mère, je ne voulais pas... hum... te déranger. J'ai appris un jour, à mes dépens, que te déplaire n'était pas malin...

Voilà des millénaires que j'ai oublié cette stupide histoire de « rayures », Veltan ! Pourquoi es-tu resté si longtemps sur la lune ?

— Elle me disait que tu étais toujours furieuse contre moi...

Et tu l'as crue ? Maître du Sud, tu devrais me connaître mieux que ça. Il fallait revenir après un ou deux mois. Cet exil de dix mille ans était inutile.

Un soupçon désagréable naquit dans l'esprit de Veltan.

— La lune devait se sentir seule, murmura-t-il. Alors, elle me racontait que tu me détestais toujours…

Des fadaises ! La lune ment comme elle respire. Tout le monde sait qu'on ne peut pas se fier à elle.

— Moi, je l'ignorais. Elle semblait tellement sincère.

Veltan, que dois-je faire pour que tu deviennes enfin adulte ? Tu es si crédule, mon enfant. La lune appréciait ta compagnie, alors elle a triché pour te garder. Mais tes responsabilités sont ici, pas dans le ciel.

— Quand nous en aurons terminé avec le Vlagh et ses monstres, j'aurai une longue conversation avec dame la lune, lâcha Veltan, les dents serrées.

Si tu y tiens, mon enfant… Elle ne t'écoutera pas, mais si lui passer un savon peut te réconforter, n'hésite pas. Cela dit, ne lui fais pas de mal, et ne la vexe pas trop. Je dépends d'elle pour mes marées, alors, vas-y doucement. Tu as cru que j'étais furieuse à cause de tes « rayures »… Si mes marées sont perturbées, tu sauras ce qu'est une vraie colère, mon pauvre petit.

— Je serai prudent, Mère, promit Veltan.

Il modifia sa tenue et se dota d'une barbe pour ressembler à un Maag moyen. Puis il partit pour le port baptisé Weros par les indigènes.

Il avança sans encombre dans les ruelles boueuses, près du front de mer, l'« oreille » tendue mais les lèvres closes. Ecoutant les pensées plutôt que les paroles, il captait les échos de conversations très lointaines.

— C'était un bon plan, je crois, dit quelqu'un à une bonne distance, sur sa gauche, mais il a mal tourné quand Kajak a tenté de mettre le feu aux drakkars qui protégeaient le *Cormoran* de Sorgan.

— Pourquoi cet échec ? demanda une autre personne.

Veltan en eut le sang glacé dans les veines. Cette voix grinçante ne pouvait pas sortir d'une gorge humaine...

— Je n'étais pas présent sur les lieux, mais mon frère d'essaim contrôlait Kajak depuis le début. Je crains que la perspective d'une belle tuerie ne l'ait trop excité. Il était sur la plage pour regarder – trop près de l'action, faut-il croire. Un humain a réussi à le tuer malgré la distance. Quand je suis arrivé, la plupart des survivants avaient détalé comme des lièvres. Mais j'ai récupéré la flèche qui a tué mon frère d'essaim. La pointe était en pierre, comme au Pays de Dhrall, et elle avait été trempée dans du venin. Le Dhrall qui nous massacre depuis des années est ici, et il continue à nous tuer.

La voix grinçante lâcha une bordée de jurons.

— C'est exactement le fond de ma pensée, approuva son interlocuteur. Tu devrais prévenir le Vlagh que notre plan n'a pas marché. La flotte maag vogue vers Dhrall, et nous ne pourrons pas l'en empêcher. La guerre sera moins facile que prévu, j'en ai peur.

— Tu me crois assez idiot pour aller annoncer ça au Vlagh ? Les mauvaises nouvelles l'énervent. Ceux qui les lui apportent survivent rarement jusqu'au coucher du soleil.

— Je sais... Tu es dans de sales draps, c'est vrai. Ton plan était rusé, mais choisir cet imbécile de Kajak fut une grave erreur...

Veltan passa lentement devant la ruelle boueuse où les deux créatures tenaient leur messe basse. Elles s'enfoncèrent dans les ombres, soucieuses de ne pas être vues, mais le maître du Sud eut le temps de noter ce qui l'intéressait. L'être qui avait fait son rapport ressemblait à un Maag lambda : manteau de fourrure, capuche, barbe, le tout crasseux au possible. Unique différence, il était beaucoup plus petit que la moyenne des Nordiques.

Le propriétaire de la voix grinçante portait aussi un manteau à capuche. En un éclair, Veltan avait pourtant aperçu ses énormes yeux globuleux, ses mandibules et les longues antennes qui se dressaient sur son crâne ovale.

Le maître du Sud continua son chemin comme s'il n'avait rien remarqué. Mais son cerveau fonctionnait à toute allure. Apparemment, dans les Terres Ravagées, les « insectes » commandaient les humains. Et les deux espèces étaient beaucoup plus futées qu'il ne le pensait. Les mots « frère d'essaim » témoignaient d'une mentalité très insectoïde. Le Vlagh était-il une sorte de « reine des abeilles » des Terres Ravagées ?

L'intelligence des deux comploteurs de la ruelle confirmait une théorie que Veltan avait eu le temps de développer pendant son séjour sur la lune. L'intelligence, postulait-elle, était une caractéristique induite par la nécessité. Quand on affrontait un ennemi très grand, la taille devenait vitale, et chaque génération culminait plus haut que la précédente. En toute logique, un adversaire intellectuellement avancé développait les aptitudes cérébrales d'une espèce. Sinon, son extinction était inévitable…

— J'en sais assez…, murmura Veltan en gagnant la sortie de la ville.

Il traversa les champs, à l'ouest de la cité. Une fois dans les bois, il appela son éclair.

— Filons d'ici, mon petit. J'ai des informations urgentes à communiquer à ma sœur.

Veltan n'eut pas de mal à trouver la flotte maag. Des bateaux mouillaient dans tous les ports que l'éclair et son cavalier survolèrent en longeant la côte vers le sud, mais Notre Mère l'Eau avait parlé de *beaucoup* de drakkars. Même si on pouvait interpréter assez librement la différence entre « quelques » et « beaucoup », la présence de deux ou trois navires ne laissait planer aucun doute.

Ils survolèrent enfin un village miteux, très au sud de Weros. Des dizaines de drakkars avaient jeté l'ancre dans le port ou attendaient au large…

— Nous y sommes, mon petit… Dépose-moi un peu à l'écart, et je finirai la route à pied. Tu es très beau, crois-moi, mais il vaut mieux ne pas attirer l'attention. Tu pourras crépiter et tonner tout ton soûl quand nous irons briser de la glace chez nous !

L'éclair frôla affectueusement la joue de son compagnon, puis le laissa à la lisière d'un bosquet, à l'ouest du village.

Zelana étant venu au Pays de Maag pour recruter une armée, Veltan déduisit qu'en trouvant Sorgan, l'homme dont avaient parlé les deux serviteurs du Vlagh, il dénicherait aussi Zelana. Qui serait sûrement à bord du *Cormoran*.

Le maître du Sud traversa un champ battu par un vent violent venu de l'est. Un rideau de pluie dansait devant le port. Tourbillonnant comme une colonne de brume, il dissimulait à demi les bâtiments délabrés.

En dépit du froid, les rues du village grouillaient de marins. Veltan en interrogea quelques-uns, qui lui désignèrent un groupe d'hommes membres de l'équipage du *Cormoran*. Sur les quais, ils embarquaient des tonneaux et de gros sacs pansus dans une kyrielle de canots. Un grand type au cou de taureau semblait superviser les opérations.

— Désolé de vous déranger, lui dit Veltan, mais je cherche une dame appelée Zelana. Savez-vous où je peux la trouver ?

— A bord du *Cormoran*, répondit le marin. C'est important ?

— Très important, oui. C'est ma sœur, et j'ai pour elle des informations cruciales. Au Pays de Dhrall, les événements se précipitent, et il est temps qu'elle revienne.

— Lièvre ! cria le colosse. Le frère de dame Zelana veut la voir. Prends un canot et conduis-le au *Cormoran*.

— Mais il pleut..., gémit un petit marin à l'air nerveux.

— Quel rapport avec cet ordre ?

— On ne peut pas attendre un peu ? Le temps s'éclaircira bientôt...

— Excellente prévision météorologique, Lièvre ! Mais pas question d'attendre. Tu pars sur-le-champ !

Le ton du costaud ne laissait pas de place à la contestation. Et son regard encore moins.

— D'accord, d'accord ! Inutile de t'énerver... J'y vais.

En grommelant, le petit marin guida Veltan jusqu'à un embarcadère. Sans cesser de râler, il le fit monter dans un canot.

— Comment va ma sœur ? demanda Veltan tandis que Lièvre ramait sous la pluie, l'air morose.

— Il y a quelques jours, elle était très inquiète. Mais c'est fini depuis qu'Arc-Long et moi avons tué les types qui nous cherchaient des ennuis.

— Arc-Long est un archer, c'est ça ?

— Le meilleur du monde ! Et nous sommes amis !

Lièvre arrêta de ramer. Du revers de la manche, il essuya son nez luisant de gouttes de pluie.

— Eleria est avec ma sœur ?

— Elles ne se lâchent pas d'un pouce... C'est une adorable petite fille, pas vrai ?

— Adorable, oui… C'est bien Arc-Long qui a criblé de flèches les marins qui vous ont trahis ?

— Les nouvelles vont vite, dirait-on. Où avez-vous entendu ça ?

— Dans une ville, assez loin d'ici. J'ai… hum… surpris une conversation entre deux individus désolés par l'échec de Kajak. Ils semblaient déçus, et rudement effrayés. Leur maître n'aime pas qu'on lui annonce des désastres, paraît-il.

— Les pauvres gars ! fit Lièvre avec un sourire espiègle. (Il jeta un coup d'œil derrière son épaule.) Nous approchons du *Cormoran*. Vous verrez bientôt votre sœur.

— Elle m'a menti, Zelana ! Tu te rends compte ?

Veltan avait rejoint sa sœur dans une petite cabine, à la poupe du drakkar. En râlant contre la pluie, Lièvre était reparti pour le village.

— Notre Mère l'Eau m'aurait laissé revenir après quelques mois, mais la lune m'a abusé, et j'en ai pris pour dix mille ans.

— Veltan, tout le monde sait qu'il ne faut pas se fier à l'astre de la nuit.

— Sauf moi ! Cela dit, ce n'était pas un supplice. La lune peut être de charmante compagnie, quand elle est bien… lunée. Mais revenons à nos moutons. Où est ce Sorgan dont tout le monde parle ?

— Au port, pour une réunion avec les autres capitaines. Il sera bientôt de retour.

— Espérons-le… Une armée trogite viendra combattre à nos côtés. Si tout se passe bien, elle arrivera dans mon Domaine à la fin de l'hiver ou au début du printemps.

— Une armée de quelle importance ?

— Environ cent mille hommes, chère sœur.

— Voilà qui devrait peser lourd dans la balance !

— C'est le but de la manœuvre... Mais ce n'est pas tout. A mon retour à la maison, Yaltar portait au cou une magnifique opale qu'il a trouvée un matin devant notre porte. Depuis, il a un cauchemar récurrent. Conclusion, la pierre lui fait le même effet que la perle d'Eleria.

— Bien raisonné... Si la perle est la voix de Notre Mère l'Eau, l'opale pourrait-elle parler au nom de Notre Père le Sol ?

— Je n'avais pas pensé à ça, avoua Veltan. On dirait que nous avons des amis très haut placés. Mais je n'ai pas fini, chère sœur. Une guerre se déroule dans le cauchemar de mon Rêveur, et si Dahlaine et moi avons raison, c'est dans ton Domaine qu'elle fait rage. Spécifiquement dans un canyon où une rivière coule jusqu'au village de Lattash.

— Une bonne nouvelle, en un sens, puisqu'une avant-garde de Maags est en route pour cet endroit.

— Tu savais déjà tout, bien sûr...

— Comment as-tu pu en douter ? Mais j'ignorais où et quand. La première question ne se posant plus, il reste à répondre à la seconde.

— Ça commencera au printemps, je crois... J'ai discrètement interrogé Yaltar, et il n'a pas vu de neige dans le canyon. Mais je ne graverais pas ce pronostic dans le marbre, parce que la guerre, au début de son rêve, avait déjà éclaté. Le Vlagh nous épie, et il peut tenter une attaque plus tôt que prévu, histoire de nous surprendre. Ma sœur, des espions rôdent dans mon Domaine. Ils veulent savoir combien de gens vivent dans les environs des Chutes de Vash... et si toi et moi nous nous entendons bien.

— Il doit se douter que nous sommes proches, Veltan. Un frère et une sœur, quand même...

— Le Vlagh ignore tout de ces choses-là. Il n'a pas de famille, et l'amour lui est inconnu. Au fait, il y a eu de l'action, dans le coin, si j'ai bien compris.

— Une belle bagarre, oui. Kajak, un capitaine maag, a voulu voler l'or que Sorgan utilise pour mettre l'eau à la bouche de ses compatriotes et les attirer chez nous.

— C'est plus complexe que ça… Le Vlagh a des agents – humains ou non – ici comme chez nous. Ils ont manipulé Kajak, comme je l'ai appris en captant une conversation, à Weros. Les sbires du Vlagh se lamentaient au sujet de leur échec. Ce sont de drôles de gens, tu peux me croire. Le premier ressemblait à un Maag – en deux fois plus petit –, et le deuxième était un insecte géant.

— Tu te fiches de moi ?

— Hélas, non. Selon Dahlaine, le Vlagh intervient dans l'ordre naturel des choses en croisant différentes espèces. L'insecte que j'ai vu à Weros, de la taille d'un humain, pouvait parler et réfléchir… D'après ce qu'on m'a raconté, leur plan a été ruiné par le Dhrall qui t'accompagne.

— C'est la vérité, fit Zelana, tout sourire. Arc-Long ne rate jamais sa cible !

— J'ai cru que le petit Maag qui m'a amené exagérait un peu. A l'évidence, je me trompais.

— C'était Lièvre ? Arc-Long et lui sont de très bons amis… Dis-moi, tu as dû être très occupé ?

— Je n'ai pas encore couru assez vite pour me croiser au coin d'une rue, mais à ce train-là, ça ne devrait pas tarder. Ma sœur, de quelle armée disposes-tu ?

— Une force d'environ cinquante mille hommes… J'espérais en rassembler plus, mais les Maags sont tout le temps en mer, à traquer les vaisseaux trogites.

— Je sais… Les Trogites détestent les Maags. Ça posera quelques problèmes, mais on devrait pouvoir faire avec. Quand je retournerai dans l'Empire pour rejoindre mon armée, je t'enverrai de l'aide. Les Trogites sont de bons soldats.

— Tu es si gentil, Veltan…, souffla Zelana.

— Solidarité familiale, ma sœur. Où est Eleria ?

— Sur le pont, pour jouer sous la pluie.

— Pardon ?

— Elle adore l'eau… Et Arc-Long la surveille.

— Tu dois savoir autre chose, petite sœur. Quand je parlais avec Yaltar, j'ai suggéré que la bataille de son rêve se déroulait chez toi. Sais-tu ce qu'il m'a répondu ? « C'est là que vit Balacenia ? » Même si ma vie en dépendait, je ne saurais dire comment, mais il connaît le vrai nom d'Eleria.

— C'est impossible !

— Dahlaine a crié la même chose, mais Yaltar appelle pourtant ta Rêveuse « Balacenia ». Notre aîné a érigé un mur entre les Rêveurs et leur passé. Hélas, il n'a pas fait attention aux fissures !

Eleria et Arc-Long revinrent quelques minutes plus tard. Si l'enfant était trempée comme une soupe, le Dhrall devait avoir trouvé un abri d'où la surveiller, car il n'avait pas un poil de mouillé.

— Tu t'es bien amusée, ma chérie ? demanda Zelana.

— C'était bien, oui… Pas autant que nager, mais les marins de Gros-Bec poussent des cris d'orfraie quand je plonge du bastingage. Et l'eau, ici, est très sale.

— Va te sécher et te changer… Tu mouilles le parquet.

— Oui, Vénérée.

La Rêveuse approcha de sa couchette et s'empara d'une serviette.

Veltan fut ébahi par la Rêveuse de Zelana. Il n'avait jamais vu de plus belle fillette, et il sentait en elle une fabuleuse intelligence – pas entièrement développée, cependant.

— Arc-Long, dit Zelana au grand Dhrall, je te présente mon frère, Veltan du Sud. Il est venu nous apporter des nouvelles du pays.

— Vous rencontrer est un honneur, Veltan… Le Domaine de l'Ouest a-t-il été attaqué ?

— Pas encore, mais ça ne tardera plus.

— Alors, nous devrions tous rentrer…

— Tu as raison, Arc-Long, dit Zelana. Le cousin de Sorgan atteindra bientôt Lattash, mais si le Vlagh lance l'assaut, une avant-garde ne suffira pas. Et même si nous avons plus de temps que ça devant nous, je ne veux prendre aucun risque. Dès le retour de Bec-Crochu, j'aurai une petite conversation avec lui.

— Il se peut que l'avant-garde trogite que je vais envoyer rallie Lattash avant le gros de votre flotte. En cas d'urgence, ça pourrait nous sauver la mise.

— Si les Maags et les Trogites ne s'étripent pas avant le début de la guerre !

— Nous sommes les chefs, Zelana, et c'est nous qui payons ! Je crains que tu ne mesures pas le pouvoir de l'or. Qu'ils aiment ou non nos ordres, ils les exécuteront. Et s'ils se révoltent, il suffira de fermer nos bourses. En plus, le canyon qui mène à Lattash a deux côtés, comme tous les autres. En déployant les Maags sur l'un et les Trogites sur l'autre, nous limiterons les effusions de sang…

Sorgan Bec-Crochu revint en fin d'après-midi, un peu avant les derniers canots qui apportaient des vivres pour le long voyage vers Dhrall. Zelana fit prévenir le capitaine qu'elle voulait lui parler. Elle ajouta qu'il devait amener deux autres marins, Bovin et Marteau-Pilon.

Décidément, nota Veltan, les Maags avaient de drôles de noms.

Comme presque tous leurs compatriotes, Sorgan et ses officiers étaient beaucoup plus grands que les autres humains. Et beaucoup plus sales aussi. A l'évidence, ils ne prenaient pas souvent de bains…

Mais si Zelana ne se trompait pas, ils n'étaient pas totalement abrutis.

Veltan eut un sourire en coin. Les Maags de sa sœur et ses Trogites n'allaient sûrement pas s'entendre comme larrons en foire !

— Je vous présente Veltan, mon frère, dit la maîtresse de l'Ouest aux trois marins. Il a des nouvelles de Dhrall…

— J'aime bien savoir ce qui se passe, approuva Sorgan. Alors, ces nouvelles ?

— Grâce à un coup de chance, nous savons où l'ennemi attaquera. En plus, c'est un endroit que vous connaissez, et une partie de votre flotte devrait y arriver bientôt.

— Lattash sera la cible de nos adversaires ? s'écria Sorgan. Alors, c'est de ça qu'il était question depuis le début ?

— J'ai peur de ne pas vous suivre, avoua Veltan.

— Zelana garde tout son or à Lattash, vous ne le saviez pas ? Voilà que je commence à trouver un sens à cette guerre…

— On devrait lever l'ancre et partir toutes voiles dehors, Cap'tain, dit Bovin. Si nous n'arrivons pas avant nos ennemis, nous finirons cette aventure les poches vides.

— Il a raison, Cap'tain, intervint Marteau-Pilon. Skell sera peut-être là à temps pour contenir nos adversaires. Mais c'est le « peut-être » que je déteste dans cette phrase. Dame Zelana, vous avez enrôlé les capitaines maags en leur faisant miroiter une montagne d'or. Si la grotte est vide quand ils seront sur place, votre popularité en prendra un rude coup.

— Nos ennemis savent que vous venez, Sorgan, dit Veltan, et ils font leur possible pour vous retarder. A Weros, il y a quelques jours, j'ai entendu une conversation entre deux individus qui ne vous portent pas dans leur cœur. En revanche, ils se désolaient de l'échec d'un certain Kajak. Ils auraient voulu vous voir mort, mais Arc-Long, dit-on, a ruiné tous leurs espoirs. Kajak voulait votre or. Les deux étrangers en avaient après votre vie. Et sans vous, Lattash ne pourra pas se défendre.

— Levons l'ancre, Cap'tain, répéta Bovin.

— J'aurais aimé enrôler plus d'hommes et affréter plus de bateaux, mais tu as raison, mon vieux.

— Ton cousin Torl n'est pas encore parti, que je sache, intervint Arc-Long. Il pourrait rester en arrière et continuer le recrutement.

— C'est possible, admit Sorgan, mais il aura du mal s'il ne montre pas d'or aux capitaines.

— Dans ce cas, laisse-le-lui, fit Arc-Long.

— Eh bien, c'est une décision qui ne se prend pas à la légère, et…

— Tu te méfies de ton cousin, Gros-Bec ? demanda Eleria, assise sur les genoux du Dhrall. Pourtant, cet or ne représente rien, comparé à celui qui t'attend dans la grotte.

— Elle a raison, Cap'tain, dit Marteau-Pilon. Torl aura plus besoin que nous de ces lingots. S'il n'a rien à leur montrer, les capitaines lui riront au nez. Au fond, cet or est un appât, et c'est Torl qui reprendra la canne à pêche.

— C'est tellement étrange…, fit Sorgan. Abandonner de l'or me semble contre-nature…

— Nous t'en donnerons plus, Gros-Bec, assura Eleria.

Tu t'inquiètes trop. (Elle bâilla.) J'ai sommeil… Si nous avons terminé, je ferais bien un somme. Et même dans le cas contraire, j'ai envie de me reposer.

Elle se blottit dans les bras d'Arc-Long et s'endormit dans un souffle.

4

L'éclair de Veltan s'amusa comme un petit fou quand il s'agit d'ouvrir un canal dans la barrière d'Aracia. La vapeur qui s'élevait de l'eau lui plut beaucoup, et il adora voir de gros fragments de glace voler dans les airs chaque fois qu'il s'attaquait à un iceberg géant. Veltan estima qu'il en faisait un peu trop, mais il n'eut pas le cœur de lui gâcher la fête.

Il se pencha en avant, comme sur l'encolure d'un cheval, et laissa son « petit » se régaler.

Après leur premier passage, une ouverture d'un demi-kilomètre de large béait dans la frontière érigée par la maîtresse de l'Est. Le suivant doubla la mise, et la vapeur ressembla furieusement à une nappe de brouillard.

Ça suffit, Veltan! cria Notre Mère l'Eau.

— Il ne fait de mal à personne, Mère…

Oh que oui! L'eau commence à bouillir, et tous les poissons vont mourir. Arrêtez ça!

— Bien, Mère… Mais peux-tu pousser sur le côté la glace à demi fondue? Pour une raison que j'ignore, sa vue perturbe les Trogites. Avec la lenteur de leurs vaisseaux, s'ils voguent prudemment par-dessus le marché, ils n'atteindront pas Dhrall avant le début de l'été.

Je vais le faire, Veltan, et je générerai un petit courant pour les stimuler un peu...

— C'est très gentil à toi, Mère... Seras-tu fâchée si mon éclair pulvérise quelques icebergs de plus ? Nous cesserons avant que l'eau entre en ébullition, mais il s'amuse tellement. Tu sais, il se fatiguera vite, et je l'enverrai au lit. Ces derniers temps, je lui mène la vie dure. Il a mérité une petite récréation.

Bon, d'accord... Mais je ne veux pas voir l'eau bouillir !

— Promis...

Le port de Castano, une ville côtière au nord de l'Empire Trogite, était rempli de bateaux pansus visiblement destinés à transporter du fret.

De hauts murs entouraient la cité, et ce que Veltan en voyait lui rappelait beaucoup Weros. Bizarrement, les peuples « civilisés » avaient la phobie des grands espaces, puisque leurs maisons se pressaient les unes contre les autres. Contrairement à Weros, la plupart de ces bâtiments-là étaient en pierre. Un bonus sur le plan de la solidité, mais une garantie, en hiver, de se geler dans une atmosphère humide.

Comme les Maags, les Trogites adoraient jeter leurs détritus dans les rues...

Veltan aperçut un grand camp au sud de la cité. Sans doute celui de Narasan. Il ne s'arrêta pourtant pas, certain que le général ne se mettrait pas en route avant d'avoir reçu un acompte, même symbolique.

Le maître du Sud dépassa donc Castano, et continua jusqu'à un minuscule hameau de pêcheurs, une dizaine de lieues plus loin à l'ouest. Là, il étudia attentivement les bateaux, histoire de voir comment ils étaient faits.

Ensuite, il se chercha une plage tranquille et se fabriqua une embarcation – par la pensée, une méthode beaucoup plus rapide que de dupliquer des pièces trogites et de passer sa soirée à marchander avec un vieux loup de mer à l'odeur douteuse.

Son chalutier ressemblant à s'y méprendre à ceux qu'il avait vus, il le poussa à l'eau. Il lui fallut un moment pour identifier les cordes qui servaient à lever, baisser ou orienter la voile, mais pour quelqu'un comme lui, ça n'était pas si compliqué que ça. Bientôt, le chalutier, voile gonflée, redescendit la côte en direction de Castano.

Veltan s'amusa beaucoup et se demanda pourquoi il n'avait pas essayé plus tôt. Cela dit, par beau temps, et avec un vent soufflant dans le bon sens, on ne mesurait peut-être pas toutes les difficultés de la voile…

Quand il atteignit Castano, le maître du Sud envoya une sonde mentale pour localiser Gunda, un soldat rencontré dans le camp de Narasan, à Kaldacin. Dès que ce fut fait, il dirigea son chalutier vers la jetée où l'humain s'entretenait avec d'autres officiers.

— Salut, Gunda ! cria-t-il.

— Veltan ? C'est vraiment vous ?

— En tout cas, ça l'était la dernière fois que j'ai regardé dans un miroir. Où est le général Narasan ?

— Dans le camp, au sud de la ville. Que faites-vous dans cette coquille de noix ?

— J'ai trouvé plus rapide de naviguer… Marcher depuis Dhrall aurait usé mes souliers.

— Très drôle. Vous avez traversé la mer dans ce truc ?

— C'était plutôt agréable… Nous avons eu un coup de chance, et il faut en tirer parti au plus vite. Un courant déchaîné a ouvert une brèche dans le mur de glace ! En se dépêchant, nous passerons avant qu'elle se referme.

Envoyez un messager à Narasan, et qu'il lui répète deux ou trois fois le mot « solde ». Ça devrait le persuader d'accourir.

— Dans ce chalutier mangé aux mites, vous avez embarqué suffisamment d'or pour nous payer ?

— Ai-je l'air d'un crétin, Gunda ? Mais j'en ai emporté assez pour retenir l'attention de Narasan. Vous aurez le reste quand nous atteindrons Dhrall. A présent, bougez-vous, mon ami ! La brèche ne sera pas éternelle, vous savez. Si nous ne partons pas demain à l'aube, adieu le coup de chance !

Dès que Gunda fut parti, Veltan arrima son chalutier à la jetée. Il plia les voiles au carré, enroula les cordages et briqua tout ce qui pouvait se briquer. Bref, un spectacle apte à dégoûter le badaud le plus curieux. Quand plus personne ne le regarda, il alla à la proue, s'accroupit, tendit une main derrière son épaule et sortit un lingot d'or du néant.

Le posant sur le pont, il en prit un autre et le plaça à côté. Quand il y en eut dix, il se releva et les couvrit avec un morceau de toile. Si ses calculs étaient exacts, il disposait de l'équivalent de cinq mille couronnes trogites. Narasan s'en contenterait sûrement. Et si ça ne suffisait pas, avec la brèche dans le mur de glace, l'emmener voir le reste ne poserait pas de problème.

Ses haillons remplacés par un bel uniforme de cuir, plus un casque et un plastron, le général en imposait. Une épée pendait à son ceinturon. A voir son énorme poignée, on devinait qu'elle n'était pas là pour parader, mais pour trancher des cous, des bras ou des jambes.

— Où as-tu déniché ce rafiot, Veltan ? demanda-t-il, debout sur la jetée.

— Je l'ai acheté à un pêcheur. Mon chalutier n'est pas très joli, mais il fend les flots.

— A condition de ne pas se fendre en deux ! C'est un bateau dhrall ?

— Non, trogite… Les Dhralls n'ont pas de bateau à voile, et je n'avais pas envie de ramer jusqu'ici dans une yole. J'ai quelque chose à te montrer, général. Après, nous parlerons.

— D'accord… Essaie d'empêcher ton épave de tanguer. Je nage mal, surtout en uniforme.

Pendant que Veltan en rapprochait le chalutier avec une gaffe, Narasan descendit souplement l'échelle fixée à la jetée.

— Que veux-tu me montrer ? demanda-t-il en sautant dans l'embarcation.

— C'est à la proue. Soulève ce morceau de toile.

Le général s'exécuta.

— Eh bien, eh bien… C'est joli, tout ça.

— Je savais que ça te plairait.

— Mais nous sommes loin des deux cents lingots promis…

— Tu aurais voulu que je coule à pic ? Appelons ça une « preuve de ma bonne foi », si tu veux bien. Le reste est chez moi. Ces échantillons devraient te donner une idée de la taille et du poids des lingots standard.

Narasan souleva un des « échantillons ».

— Fichtrement lourd… Et pas commode pour acheter quelque chose.

— L'or ne nous sert pas de monnaie, général, rappela Veltan. On l'utilise pour la décoration : les plafonds, les bijoux, les poignets de porte… Bien, passons aux choses sérieuses. Une partie de ton armée, au moins, doit lever immédiatement l'ancre, direction le Pays de Dhrall ! Nos ennemis attaqueront bientôt. D'autres soldats sont déjà sur place, mais il leur faudra des renforts. Ma sœur a recruté une armée, à l'ouest, et une avant-garde a sûrement déjà atteint son Domaine. D'autres drakkars suivent, mais ils risquent de ne pas arriver à temps.

— A ce que je sais, personne ne vit – et n'a de drakkar – au-delà de la mer de l'ouest. A part les Maags !

— Et alors ?

— Nos relations ne sont pas franchement cordiales.

— On me l'a déjà dit… Mais il s'agit d'une guerre, pas d'une fête entre amis. Personne ne te demande d'aimer les Maags, général. Te battre avec eux suffira. Le seul souci des Trogites, comme des Maags, sera de vivre assez longtemps pour dépenser l'or que nous leur donnerons.

— Crûment exprimé, mais droit dans le mille !

— Je n'ai pas le temps d'être diplomate… Je dois aider ma sœur à repousser une invasion. Bientôt, tu rencontreras un capitaine maag nommé Sorgan Bec-Crochu. Ma sœur le juge compétent, mais je t'invite à te faire une opinion après la première escarmouche…

— C'est toi qui paies la note, capitula Narasan. Tu n'as pas oublié la carte que tu devais nous dessiner ?

— Bien sûr que non ! mentit Veltan. Je vais la chercher.

Il gagna la poupe de son « rafiot », invoquant en chemin une représentation picturale de Dhrall. Puis il lui vint à l'esprit que cette carte ne devait pas être *trop* précise. Dans un avenir proche, il faudrait sans doute déplacer rapidement des troupes d'une région à une autre. Si les Trogites avaient une idée exacte des distances, ils se douteraient qu'il ne leur avait pas raconté toute la vérité. Certains peuples acceptaient les miracles sans s'affoler, mais ce n'était sûrement pas le cas des militaires impériaux.

La carte qu'il fit jaillir du néant ressemblait à Dhrall – dans une version miniature.

Veltan l'enroula et alla rejoindre Narasan, qui couvait les lingots du regard.

— J'ai fait de mon mieux, général, s'excusa-t-il en tendant la carte au militaire, mais les distances ne sont pas toujours à l'échelle.

— Ce n'est pas grave... Une image globale du théâtre des opérations me suffira. (Narasan étudia le document.) Avez-vous là-bas une armée locale en état de se battre ?

— Les miens ignorent jusqu'au sens du mot « armée », général. Les tribus de Zelana se cherchent souvent querelle, mais ce sont des tueries très rudimentaires. Tous les hommes prennent leurs armes, et les deux camps se jettent l'un sur l'autre. Après une dizaine de morts, ils concluent une trêve et se lancent dans de longues négociations. Leurs armes sont primitives et peu efficaces. Seuls les archers échappent à cette règle. Dans le Domaine de ma sœur, un certain Arc-Long n'est jamais parvenu, à ce jour, à rater sa cible. Et il peut envoyer quatre flèches voler en même temps dans les airs.

— J'aimerais voir ça...

— Vous le rencontrerez bientôt. Les habitants du Domaine du Nord, celui de Dahlaine, ressemblent beaucoup aux peuples de l'ouest. Quant à Aracia, mon autre sœur, et moi, nous régnons sur des terres essentiellement agricoles. Les paysans se battent contre le sol aride et le mauvais temps, pas avec leurs semblables. (Veltan se tut quelques secondes.) Combien d'hommes sont prêts à prendre la mer ?

— Environ vingt mille. Le gros de l'armée est encore en chemin. Tu nous as recrutés il y a seulement une semaine, souviens-toi...

— Ce sera un peu léger, mais il faudra faire avec. (Veltan se tourna vers les vaisseaux trogites.) Vos navires ne semblent pas très rapides… Tous les deux, nous partirons en avant-garde.

— Dans cette coquille de noix pourrie ?

— Mon chalutier n'a l'air de rien, mais il est rapide comme le vent. Gunda est bien ton second ?

— Oui.

— Allons lui parler. Il y a une brèche dans le mur de glace… Une curiosité saisonnière, en quelque sorte. Gunda n'aura aucun mal à atteindre les côtes de Dhrall. Mais il devra savoir exactement où poster ses hommes, une fois arrivé. Comme nous aurons plusieurs jours d'avance sur lui, ça te laissera le temps de peaufiner les détails avec Bec-Crochu. Les montagnes sont encore couvertes de neige, mais le temps peut tourner très vite. Alors, nos ennemis envahiront le Domaine de Zelana. Il faudra être prêts à les repousser.

— C'est toi qui tiens les cordons de la bourse, Veltan. Nous jouerons selon tes règles.

LATTASH

Lattash

1

Alors que la flotte de Sorgan quittait le port de Kweta, Lièvre repensait – avec des sentiments mitigés – à l'« affaire Kajak ». Sa soudaine célébrité dans le rôle du « petit type qui avait aidé Arc-Long » était indéniablement bonne pour son ego. Mais sortir de l'anonymat, voilà bien la dernière chose qu'il souhaitait ! Depuis son arrivée sur le *Cormoran*, il cherchait au contraire à passer inaperçu. Avec l'obsession des Maags pour la taille, cela avait été facile. Et son crétinisme feint avait vite convaincu Bec-Crochu et les autres qu'il fallait lui réserver des tâches pas trop compliquées. Du coup, il ne se fatiguait vraiment pas – l'essentiel à ses yeux.

Sa seule mission un rien complexe ? S'occuper de la forge, un travail qui lui convenait. Dès qu'ils le voyaient occupé à marteler des barres de fer chauffées au rouge, Bovin et Marteau-Pilon cherchaient d'autres victimes pour les corvées.

Evidemment, il devait assurer des tours de garde. Aucun matelot n'y échappait. Lièvre préférait les rotations de nuit, quand le capitaine dormait. Avec un peu de chance, il passait ainsi des semaines sans voir l'ombre de Bec-Crochu.

Et ça ne lui déplaisait pas…

En général, les marins détestaient les gardes nocturnes, qu'ils trouvaient assommantes. Lièvre, lui, se régalait de la compagnie des étoiles. Ayant constaté qu'elles n'étaient pas toujours à la même place dans le ciel, il s'était porté volontaire, histoire d'étudier le phénomène. Très vite, il avait constaté que le cœur du problème n'était pas les mouvements des astres. Le *Cormoran* se déplaçait, et leur position au-dessus de l'horizon, à des moments précis qui variaient en fonction des saisons, était une indication fiable de l'endroit où se trouvait le drakkar. Calculer les distances fut logiquement l'étape suivante…

Quand le courant marin avait propulsé le *Cormoran* jusqu'au Pays de Dhrall, le pauvre Lièvre n'était pas passé loin de jeter aux orties son système de mesures. Sachant désormais que Zelana pouvait modifier les forces naturelles au gré de ses besoins, il avait rayé de son vocabulaire le mot « impossible ». Avec elle, cette notion n'avait plus de sens.

La flotte sortit du port aux premières lueurs d'une aube venteuse. Dès qu'elle fut au large, les bourrasques cessèrent. Elles revinrent très vite, soufflant désormais de l'ouest.

Un formidable coup de chance, pensèrent les marins du *Cormoran*. A part Lièvre, qui ne fut pas dupe une seconde.

Malgré les rigueurs de l'hiver, l'armada avança vite et contourna la pointe nord de l'île de Thurn après un peu plus de deux semaines en mer. Avec un ciel moins chargé, Lièvre aurait pu évaluer quelle distance les drakkars avaient parcourue. Hélas, les nuages lui cachaient les étoiles.

Un mauvais coup qu'il n'apprécia pas du tout.

— Zelana est-elle obligée d'occulter ainsi les étoiles ?

demanda-t-il un soir à Arc-Long, tandis que la flotte cabotait le long de la côte ouest de Dhrall.

— Si tu allais lui poser la question ? suggéra le chasseur.

— Ce ne serait pas raisonnable. Je n'ai aucune envie de lui taper sur les nerfs.

— Bien vu ! approuva Arc-Long avec l'ombre d'un sourire.

Par un après-midi glacial et maussade, la flotte s'engagea dans le bras de mer qui conduisait à la baie de Lattash. Les drakkars de Skell y mouillaient déjà sous un ciel plombé. Dans la grisaille, Lièvre eut le sentiment que les huttes se blottissaient les unes contre les autres dans le froid, écrasées par les montagnes couvertes de neige qui les dominaient.

Lattash avait doublé de taille depuis la première visite du *Cormoran*. Cela dit, les nouvelles installations étaient à l'évidence provisoires. Les huttes supplémentaires se dressaient à la lisière du hameau d'origine, certaines trônant même sur la digue qui séparait Lattash de la rivière. La fumée des cheminées semblait en suspension dans l'air glacial. Les rares indigènes qui osaient mettre le nez dehors portaient d'épais manteaux de fourrure, et ils marchaient au pas de course. L'hiver était un moment désagréable de l'année sous toutes les latitudes, Lièvre le savait. Mais il paraissait pire encore au Pays de Dhrall…

Une yole quitta la rive et traversa la baie pour accueillir les nouveaux venus. Barbe-Rouge était assis à la poupe de l'embarcation, et le cousin de Sorgan, enveloppé dans un manteau, avait pris place à la proue. Lièvre posa son marteau sur l'enclume pour mieux observer et entendre.

— Le vent t'a fichtrement bien poussé, Sorgan ! cria Skell quand la yole fut à portée de voix.

— Un coup de chance, fit modestement Bec-Crochu. Où en êtes-vous ici ?

— Les choses ne vont pas très bien, cousin. Toi et moi, nous savons tenir nos gars, mais certains capitaines semblent ignorer le sens du mot « discipline ». Avec les dizaines de tonneaux de rhum qu'ils ont embarqués, beaucoup de marins se sont soûlés dès notre arrivée, puis comportés comme des sauvages. Ces crétins pensaient que toutes les huttes de Lattash avaient des cloisons en or ! Et je ne m'étendrai pas sur leur façon de traiter les villageoises. Il y a eu du grabuge, cousin. Les Dhralls ont tué une dizaine de salopards, et nous sommes passés près d'une catastrophe. J'ai fait fouetter quelques marins – plus deux ou trois capitaines – et tout est rentré dans l'ordre.

— Tu n'y es pas allé un peu fort ? s'inquiéta Sorgan.

— Nous étions au bord d'une guerre, cousin. Il fallait revenir en grâce auprès des Dhralls.

— As-tu aperçu nos ennemis ?

— Pas de mes yeux, répondit Skell pendant que Barbe-Rouge accolait la yole à la coque du *Cormoran*. Mais les Dhralls ont posté des guetteurs dans le canyon. Selon eux, les envahisseurs descendent déjà le long de la rivière, et ils sont beaucoup plus nombreux que nous. Mais le mauvais temps les a dissuadés de continuer. Pour le moment, ils sont coincés par près de trois mètres de neige.

— On dirait que la chance est avec nous, pour une fois…

— Je ne parierais pas que ça durera, dit Skell en commençant à gravir l'échelle de coupée. Dans ce coin, le temps peut tourner du jour au lendemain.

Quand son cousin fut sur le pont, Bec-Crochu lui serra la main par-dessus l'enclume de Lièvre.

— Les huttes ont poussé comme des champignons, depuis ma dernière visite…

— La tribu de Barbe-Rouge est venue s'installer ici après avoir appris que les guetteurs avaient vu les envahisseurs dans le canyon. Les deux plus grandes populations de l'ouest de Dhrall sont prêtes au combat, et d'autres clans les rejoindront bientôt.

— As-tu envoyé des hommes à toi dans ce canyon, avant que le temps se dégrade ?

— Quelques-uns, oui… Nous avons dû explorer le côté nord, parce qu'une avalanche a bloqué l'accès de la face sud. Mais j'ai repéré le point le plus étroit du passage, et j'ai chargé une dizaine d'équipages d'y construire des défenses. Hélas, les travaux n'étaient sûrement pas très avancés quand la tempête de neige s'est déchaînée. Il s'agit d'une supposition, car personne n'a pu aller voir sur place. La neige est trop épaisse… (Skell balaya du regard l'armada de son cousin.) Ce n'est pas bien terrible, Sorgan. Tu ne pouvais pas faire mieux ?

— Après ton départ de Kweta, il y a eu de l'action ! Tu te souviens de Kajak ?

Skell émit un grognement méprisant.

— Exactement le genre d'épitaphe qu'il mérite, approuva Sorgan. Ce chien voulait me voler mon or, mais Arc-Long et Lièvre se sont occupés de lui. Et ils ont fait un massacre, cousin, à deux contre des centaines de traîtres ! Après, j'ai continué le recrutement, mais le frère de Zelana est venu nous dire que ça chauffait par ici, et qu'elle devait rentrer au plus vite. J'ai laissé Torl au pays pour qu'il enrôle d'autres équipages. Il nous rejoindra dans deux ou trois semaines.

— Nous aurons bien besoin de mon frère, dit Skell,

mais ça pourra attendre un peu, car personne ne bougera avant la fonte des neiges.

— Nous devrions tirer des plans pour le moment où ça arrivera, dit Sorgan. La neige bloque nos ennemis, mais elle ne durera pas éternellement. Quand elle fondra, nous devrons être prêts à nous battre.

— C'est pour ça qu'on nous paie, approuva Skell.

— Où est Arc-Long ? demanda Barbe-Rouge à Lièvre pendant que les deux cousins continuaient leur conversation.

— Dans la cabine de dame Zelana. Tu veux lui parler ?

— J'ai deux ou trois choses importantes à lui dire. Accompagne-moi, l'ami. Comme ça, je n'aurai pas besoin de me répéter...

Ils gagnèrent la poupe et Lièvre frappa doucement à la porte de la cabine.

— Tu peux entrer, Lapinot ! lança Eleria. Mais n'oublie pas de t'essuyer les pieds.

Lièvre soupira et leva les yeux au ciel.

— Elle dit ça souvent ? demanda Barbe-Rouge.

— Tout le temps..., fit Lièvre en ouvrant la porte.

Comme toujours, Eleria était assise sur les genoux d'Arc-Long. Mais il la posa sur le sol et se leva d'un bond.

— Y a-t-il eu des problèmes entre nos tribus, Barbe-Rouge ?

— Au début, oui... Les jeunes hommes ne s'entendaient pas. Mais tu connais ça aussi bien que moi...

— Pour ça, oui, lâcha Arc-Long, résigné.

— Ça s'est calmé dès que je suis arrivé avec la flotte de Skell. Mon chef, Nattes-Blanches, et le tien, Vieil-Ours, ont parlé fermement aux jeunes trublions. Tout le monde se tient convenablement, désormais.

— Les querelles tribales sont fréquentes chez vous ? demanda Lièvre.

— Incessantes, répondit Barbe-Rouge, fataliste. Les jeunes gars aiment être le centre d'attention de leur peuple. Pour que les batailles commencent, il suffit que l'un d'eux dise : « Ma tribu est meilleure que la tienne. »

— Je vois très bien…, fit Lièvre avec un petit sourire. Chez moi, les rixes de taverne ont souvent la même cause. Le seul bon point de la jeunesse, c'est qu'elle finit par passer, un jour ou l'autre.

— Où vit Vieil-Ours ? demanda Arc-Long à Barbe-Rouge. Il faut que je lui parle.

— Sa hutte est près de la digue. Il passe beaucoup de temps avec le chaman de ta tribu.

— Ils s'entendent à merveille, c'est vrai. Celui-Qui-Guérit est très sage, et de bon conseil. Il m'a appris beaucoup de choses avant que je parte en chasse.

Arc-Long se tut. Lièvre devina qu'il venait d'aborder un sujet qui n'était pas pour des oreilles maags.

— Il y a beaucoup de neige, reprit le chasseur. Combien de temps a duré la tempête ?

— Une dizaine de jours, répondit Barbe-Rouge. Mais elle était très étrange. C'est la première fois que je vois tomber de la neige alors que le ciel est bleu…

— Ce n'est pas très commun, j'avoue…

— Les miracles climatiques se multiplient, ces derniers temps, souligna Lièvre.

Les trois hommes regardèrent Zelana, l'air soupçonneux.

— D'accord, j'ai triché un peu, de-ci, de-là… N'en faites pas toute une histoire ! Je voulais m'assurer que rien de grave ne se produise avant l'arrivée de Sorgan. La neige est moins froide que la glace, mais quand il y en a assez, elle gèle tout aussi bien les os des gens.

— Ne pourrions-nous pas en laisser à tout jamais dans le canyon ? proposa Eleria. Les monstres attendent qu'elle fonde. Si ça ne se passe pas, ils seront bloqués jusqu'à la fin des temps.

— Notre Père le Sol n'acceptera jamais ça, ma chérie. Une seule année sans été provoquerait la mort des plantes et des animaux, et il les aime autant que les humains. Dans quelques semaines, nous devrons laisser fondre la neige. Si Veltan nous rejoint avant, tout ira bien. S'il est en retard, les choses risquent de devenir… intéressantes.

— Ton frère nous amène des renforts ? demanda Barbe-Rouge.

— Des Trogites, oui…

— Des Trogites ? s'étrangla Lièvre. Vous espérez qu'ils aident des Maags ? Désolé, mais c'est impossible. Les Impériaux nous détestent comme si nous étions une maladie infectieuse !

— Veltan les paie pour qu'ils oublient leur haine, dit Zelana. Vous recommencerez vos bêtises après la guerre, une fois de retour dans vos pénates.

— C'est vous qui commandez, ma dame, et nous ne discuterons pas. Mais il y aura des problèmes avant la fin du conflit.

— Nos *vrais* problèmes, Lièvre, campent actuellement à l'autre bout du canyon, dit Barbe-Rouge.

— Les marins rebelles ont-ils découvert la grotte de dame Zelana ? demanda le petit Maag.

— Non, répondit Barbe-Rouge. Nattes-Blanches a ordonné à quelques jeunes guerriers de dissimuler l'entrée avec des buissons et des branches mortes. Puis ils ont érigé deux huttes devant. Une façon de monter discrètement la garde.

— Eleria et moi allons retourner dans la grotte, annonça Zelana.

— Je vous y conduirai, dit Barbe-Rouge.

— C'est très gentil. Lièvre, va prévenir Bec-Crochu qu'il peut récupérer sa cabine.

— Je dois sortir ma yole de la cale, dit Arc-Long à la maîtresse de l'Ouest. Tu veux que j'amène Lièvre dans la grotte ?

— Je crois, oui… Mais demande d'abord son avis à Sorgan. Inutile de le caresser à rebrousse-poil quand ce n'est pas nécessaire.

Lièvre fut étonné que Zelana l'inclue dans la population, triée sur le volet, de la grotte. Malgré ses exploits de Kweta, le petit Maag ne se voyait toujours pas comme un membre à part entière de l'« élite ». Il réfléchit à ce sujet en se dirigeant vers les quartiers que Sorgan partageait depuis la fin de l'été avec Bovin et Marteau-Pilon.

— Cap'tain, annonça-t-il, dame Zelana descend à terre. Vous pouvez réintégrer votre cabine.

— Ce n'est pas trop tôt… Tout revient à la normale, à ce que je vois. Est-elle déjà partie ?

— Quasiment, chef ! Barbe-Rouge la conduira dans sa yole. Avec Eleria, bien entendu. Arc-Long aussi s'en va avec son embarcation. Nous aurons enfin le *Cormoran* pour nous tout seuls !

— Lièvre, fit Sorgan, pensif, tu devrais aller dans cette caverne avec dame Zelana. Elle t'aime bien, alors ne lui gâchons pas son plaisir. N'oublions pas que son or sera bientôt à nous. Alors, assure-toi qu'il est bien gardé.

— Je ferai de mon mieux, Cap'tain, promit Lièvre.

Il sortit et alla aider Arc-Long à mettre sa yole à l'eau.

— Sorgan t'a fait des difficultés ? demanda le chasseur.

— Je n'ai même pas eu à lui poser la question ! Il veut qu'un de ses hommes garde un œil sur l'or.

Les deux amis sautèrent dans la yole et Arc-Long, d'un coup de pied, l'éloigna du *Cormoran*. Puis il s'assit et prit sa rame.

— Ce village est plus grand que le mien, dit-il alors qu'ils approchaient de Lattash.

— En grande partie parce que les gens de ta tribu sont venus s'y installer, pendant que nous recrutions des navires au Pays de Maag. (Une idée frappa soudain Lièvre.) Tu n'es jamais venu ici ?

— En général, nous évitons le territoire des autres tribus. Les chefs se rencontrent de temps en temps en terrain neutre et découvert, histoire d'éviter les surprises.

— Les Dhralls sont méfiants, on dirait…

— Nous sommes prudents, mon ami. D'une tribu à l'autre, on se fait rarement une confiance aveugle.

Arc-Long accosta. Ils tirèrent la yole au sec et se dirigèrent vers la caverne.

Eleria les attendait devant une des huttes construites spécialement pour dissimuler l'entrée du fief de Zelana.

— Qu'est-ce qui vous a retardés ? Nous avons de la compagnie… Le frère aîné de ma Vénérée est là, et ils sont en grande conversation.

— Veltan est ici ? demanda Lièvre.

— Non, Lapinot, c'est Dahlaine, l'aîné de la famille, celui qui se prend pour l'être le plus important de l'univers. Il voudrait donner des ordres à ma Vénérée, mais elle l'écoute d'une oreille distraite. (L'enfant éclata de rire.) Ça le rend dingue !

— Tu vis avec d'étranges personnes, bébé-sœur, dit Barbe-Rouge.

— Je sais… Et c'est tellement drôle !

Lièvre et Arc-Long suivirent l'enfant dans la hutte vide. Puis ils passèrent dans la grotte, où Zelana parlait avec un grand costaud vêtu de fourrure.

La barbe grisonnante, l'homme avait un regard perçant.

— Veltan m'a promis des renforts trogites, dit Zelana, mais tout dépend du moment où son armée arrivera.

— J'en parlerai avec lui, promit Dahlaine. Veltan est un idéaliste trop souvent… dans la lune. Les Dhralls de ton Domaine s'unissent pour affronter les envahisseurs ?

— Nattes-Blanches s'est occupé de ça pendant qu'Eleria et moi étions chez les Maags. Je déteste l'avouer, mon frère, mais j'aurais dû accorder plus d'attention à ce qui se passait chez moi. Les rancunes entre tribus seraient moins graves si j'avais joué les médiatrices au lieu de nager avec mes dauphins. Par bonheur, quand Nattes-Blanches et Vieil-Ours ont conclu un pacte, ils sont devenus très… intimidants. Certaines tribus ne veulent pas de l'union sacrée, mais elles n'ont pas été folles au point de le dire.

— As-tu parlé aux Maags de la vraie nature des serviteurs du Vlagh ?

— Est-il judicieux d'entrer dans les détails avant l'arrivée des Trogites ? Quand toutes nos armées seront là, nous pourrons contraindre les pirates à rester. Mais si la vérité se répand avant…

La maîtresse de l'Ouest ne jugea pas utile d'achever sa phrase.

— Tu as peut-être raison…, concéda Dahlaine. (Il jeta un regard noir à Lièvre.) On peut se fier à lui ?

— Je crois… Il est plus intelligent qu'il le paraît, et c'est un ami d'Arc-Long. Pourtant, nous lui cachons toujours quelques détails. A mon avis, c'est à Arc-Long de décider quand les Extérieurs devront tout connaître sur nos ennemis.

— Il faudrait laisser à Celui-Qui-Guérit le soin de décrire les monstres à nos alliés. Il en a capturé un quand j'étais encore adolescent. Après la mort de la créature, il l'a mise à bouillir pour détacher la chair de ses os. C'est lui qui m'a montré les particularités des sbires du Vlagh. Ils ne sont pas trop difficiles à tuer, mais il faut être prudent. Je demanderai à Vieil-Ours d'en parler avec Celui-Qui-Guérit.

— C'est une très bonne idée, Dahlaine, dit Zelana.

Lièvre regarda soupçonneusement ses compagnons. Il y avait dans cette affaire quelque chose d'inquiétant qui le mettait mal à l'aise.

— Tu voulais me parler, Zelana ? demanda Barbe-Rouge en entrant dans la grotte.

— Oui. Arc-Long et toi devriez montrer vos nouvelles pointes de flèches à vos frères d'armes. Quelques démonstrations ne seraient pas du luxe. Souvent, les gens ont peur des innovations. Alors, dissipez leurs craintes. Lièvre, tu diras à Bec-Crochu que je réquisitionne tout le fer présent sur ses drakkars, jusqu'au plus petit morceau. Il me faudra aussi des forgerons, même sans grande expérience. Des montagnes de pointes de flèches en métal, voilà ce que je veux !

— Je savais que ça me tomberait dessus..., soupira le Maag. Fabriquer en série des pointes de flèches devient vite une corvée.

— Mais c'est toi l'expert, Lapinot, rappela Eleria. Quand tu auras formé tes forgerons, tu passeras tes journées à leur crier dessus et à inspecter leur production.

— Présenté comme ça... Tant que nous y sommes, j'aimerais être nommé capitaine des forges.

L'idée de donner des ordres au lieu d'en recevoir réchauffait d'avance le cœur du Maag trop court sur pattes pour plaire aux siens.

— C'est d'accord, répondit Zelana. Mais ne va pas nous attraper la grosse tête, surtout !

2

Lièvre installa son atelier sur la plage, près de la grotte de Zelana. Et il y eut des problèmes dès le début...

Les forgerons des autres navires protestèrent quand « Lapinot » annonça qu'il réquisitionnait tout leur fer. Et l'idée de travailler de l'aube au crépuscule pendant des semaines ne les enthousiasma pas. En mer, un forgeron se la coulait douce. A part réparer quelques casseroles, et aiguiser les épées et les haches, il n'avait pas grand-chose à faire.

— C'est idiot, déclara Enclume, le forgeron aux muscles impressionnants du *Requin* – le drakkar de Skell. C'est nous qui combattrons, non ? Si ces indigènes ont besoin de mercenaires, c'est qu'ils ne valent rien sur le terrain.

— Je n'en suis pas si sûr, Enclume, objecta un des forgerons présents dans le port de Kweta lors de l'attaque lancée par Kajak. J'ai vu ce qu'Arc-Long pouvait faire avec un arc. Chaque ennemi que les Dhralls tueront à distance sera un adversaire de moins à étriper au corps à corps.

— Je maintiens que c'est une perte de temps et de métal, s'entêta Enclume.

Arc-Long sortant justement de la grotte, Lièvre vit une occasion de mettre un terme à ces polémiques.

— Tu es très occupé, chasseur ?

— Pas vraiment, pourquoi ?

— Mon collègue Enclume pense que notre travail est inutile. Il changerait d'avis si tu tirais quelques flèches pour son édification. Tu vois un inconvénient à lui prouver tes compétences ? Les autres sceptiques en profiteront aussi…

— Aucun problème…, répondit le Dhrall.

Il regarda autour de lui, approcha du bord de l'eau et ramassa un coquillage.

— Place-le où tu veux sur la plage, dit-il en revenant vers Enclume. (Il lui tendit sa trouvaille.) Tu verras ce que peut faire un bon archer.

— Une cible fichtrement petite…

— Ne t'inquiète pas, j'ai de bons yeux… Tiens le coquillage au-dessus de ta tête, en marchant, histoire que je le voie.

Enclume râla un peu, mais il obéit.

— C'est assez loin ? demanda-t-il après une centaine de pas.

— Non…

— Et là ? cria le forgeron, cent nouveaux pas plus loin.

— Non.

— C'est stupide ! beugla Enclume en s'éloignant encore.

— Lièvre, tu crois que la distance suffira à les impressionner ?

— Si tu fais mouche, ils ne nous casseront plus jamais les pieds.

— Voyons ça…, fit Arc-Long en armant son arc.

— Tu ne vas pas lui demander de poser la cible sur une souche ?

— Elle me paraît très bien où elle est…, souffla le chasseur avant de tirer.

La flèche monta dans les airs, au-dessus du sable, puis commença majestueusement sa descente.

Quand elle l'arracha de la main d'Enclume, le coquillage explosa en mille morceaux.

Le forgeron sautilla sur le sable en secouant frénétiquement sa main.

— Tu as failli m'arracher les doigts ! rugit-il.

— Tu serrais le coquillage trop fort, répondit simplement Arc-Long. On continue la démonstration, ou on fabrique des pointes de flèches ?

Après ça, tout alla beaucoup mieux. Les forgerons fabriquèrent des pointes à un rythme d'enfer, et les Dhralls de Lattash leur apportèrent des sacs entiers de hampes. Devant les piles de flèches qui se dressaient près de l'entrée de la grotte, Lièvre éprouva une fierté des plus légitimes.

L'atelier tourna à plein quelques jours, puis le temps se gâta de nouveau. Alors qu'il neigeait sur les montagnes, il plut tout au long de la côte, et le petit Maag dut suspendre la fabrication pendant que les Dhralls érigeaient des abris autour des enclumes et des forges, histoire que l'eau n'éteigne pas les feux.

Il pleuvait depuis trois jours, les abris n'étant pas terminés, quand Eleria sortit de la grotte et approcha de Lièvre, qui foudroyait le ciel maussade du regard.

— Bébé-sœur, combien de temps allons-nous être trempés ?

— Aussi longtemps que ma Vénérée le jugera nécessaire, Lapinot. (L'enfant tendit les bras au Maag.) Il me faut un câlin. Les gens sont trop occupés pour me consacrer une minute…

Lièvre serra l'enfant dans ses bras.

— Je me sens mieux, déclara-t-elle après lui avoir posé un baiser sonore sur la joue. Ne dis pas de mal de la pluie, Lapinot. Ici, c'est de l'eau, mais il neige sur les montagnes. Les méchants seront encore coincés ! Tu as un peu de temps libre ? Ma Vénérée voudrait que tu ailles chercher Gros-Bec. Quelqu'un va arriver, et elle désire qu'il soit là.

— J'y vais…

Lièvre courut vers la plage à la recherche d'un type capable de diriger une yole par gros temps.

Désœuvré, Barbe-Rouge accepta de ramer jusqu'au *Cormoran*.

Dans sa cabine, Sorgan regardait tomber la pluie derrière le hublot.

— C'est l'endroit le plus mouillé du monde…, grommela-t-il quand Lièvre entra.

— Rien d'étonnant, en cette saison, Cap'tain… Dame Zelana désire que vous rencontriez quelqu'un dans sa grotte.

— Elle ne peut pas venir ici ?

— Je veux bien aller le lui demander, chef, mais je doute que vous aimiez sa réponse…

Sorgan soupira et enfila son manteau de fourrure.

Lièvre eut un sourire discret. Sa position dans l'équipage avait bien changé. Bec-Crochu, Bovin et Marteau-Pilon ne le traitaient plus comme un crétin incurable. Avoir assisté Arc-Long, à Kweta, avait irrémédiablement modifié son statut…

Le petit Maag ne savait toujours pas qu'en penser. Sa nouvelle aura le flattait, mais il ne pourrait plus jamais se réfugier dans l'anonymat. Qu'il apprécie ou non, il était désormais un type important.

Sorgan sortit de sa cabine et avisa Barbe-Rouge, qui attendait sous des trombes d'eau.

— Il pleut comme ça tous les ans ? demanda le capitaine alors qu'il embarquait dans la yole avec Lièvre et le Dhrall.

— Ça n'a rien d'inhabituel... Sur la côte, il ne fait pas assez froid pour qu'il neige. Mais dans les montagnes, c'est différent. Nous aurions tort de nous en plaindre, puisque ça bloque nos ennemis.

— C'est au moins ça..., maugréa Sorgan. Qui suis-je censé rencontrer ?

— Eleria ne l'a pas dit, Cap'tain. Zelana doit vouloir vous faire une surprise...

— Je m'en passe très bien, d'habitude..., grogna Sorgan.

Barbe-Rouge accosta adroitement près de l'entrée de la grotte.

Au sud de la plage, un étrange navire mouillait au large. Interrogé, Lièvre affirma qu'il n'était pas là au moment de son départ pour le *Cormoran*.

— C'est quoi, ce rafiot, Cap'tain ?

— Un chalutier, Lièvre. Au sud de chez nous, ces coquilles de noix sillonnent la mer en période de pêche. Je n'aime pas le poisson séché, mais les Méridionaux en raffolent.

Ils tirèrent la yole au sec puis approchèrent de la hutte minable qui camouflait l'entrée de la grotte.

Arc-Long, Nattes-Blanches et Vieil-Ours les attendaient.

Ils entrèrent ensemble.

— Te voilà enfin, Sorgan ! s'écria Zelana. Bien, nous allons pouvoir commencer. Vous connaissez déjà tous mon frère Veltan. Le grand coincé, par là, est notre frère aîné Dahlaine. Et la fille habillée comme une courtisane est ma grande sœur, Aracia. Ils sont venus vous voir écraser nos ennemis.

— Je ne les décevrai pas, dame Zelana, dit Bec-Crochu.

Sur ces mots, il regarda avec insistance l'inconnu debout près de Veltan. Des cheveux bruns grisonnants sur les tempes, le type portait un uniforme de cuir noir. Une sorte de gilet de fer lui couvrait le torse, et il tenait sous un bras un casque rond en métal. L'épée accrochée à son ceinturon atteignait quasiment le niveau de ses chevilles. La garde de l'arme, massive et longue, devait être conçue pour un maniement à deux mains.

— Capitaine Bec-Crochu, dit Veltan, je vous présente le général Narasan, de l'Empire Trogite. Il a avec lui des troupes qui vous aideront bien, en ces temps hautement déplaisants.

— Capitaine…, salua le Trogite.

— Général… (Sorgan bomba le torse.) Je crois qu'il vaut mieux jouer cartes sur table. Jusqu'à très récemment, je gagnais ma vie en pillant des navires trogites. Sans forfanterie, je n'étais pas mauvais à ce jeu. Puis dame Zelana m'a convaincu que je me ferais plus d'or en venant ici. C'est bizarre, je sais, mais du coup, nous sommes dans le même camp. Hélas, les Maags et les Trogites ne se sont jamais entendus. Ça vous pose un problème ?

— Je suis un soldat, capitaine Bec-Crochu. Comme toi, je me bats pour l'or, pas par patriotisme. Jadis, j'ai affronté et tué des amis pour défendre des gens que je n'aimais pas. De plus, je n'ai pas beaucoup d'estime pour les Trogites cupides qui escroquent les indigènes de Shaan. Ignorant la valeur de l'or, ces pauvres sauvages l'échangent contre des babioles. Vole donc les voleurs, Bec-Crochu, si cela peut t'amuser ! Ça ne m'empêchera pas de dormir en paix. Le Pays de Dhrall regorge d'or, et nous gagnerons chaque once à la pointe de nos armes. Pas question d'essayer de nous jouer des mauvais tours les uns aux autres, ni de tromper les gens qui nous paient.

— Dans ce cas, nous sommes faits pour nous entendre, Narasan. Je n'ai pas encore vu l'ennemi, mais selon les Dhralls, mes hommes et moi serons submergés par le nombre quand les envahisseurs débouleront dans cette vallée. Combien de soldats amènes-tu, et quand seront-ils là ?

— Vingt mille hommes me suivent, Sorgan. Ils arriveront dans une semaine environ…

— Je tiendrai au moins jusque-là… Mon cousin m'a précédé avec une avant-garde, et ses gars bâtissent des défenses dans le canyon que l'ennemi empruntera sans doute. Hélas, la neige le bloque pour le moment… (Sorgan se gratta le menton.) J'aurais voulu recruter plus de navires, mais dame Zelana m'a ordonné de venir au plus vite. Un autre cousin à moi continue de recruter, au pays. J'ignore quand il nous rejoindra. Si ça se met à chauffer, tes soldats nous sauveront peut-être la mise. Pour l'heure, il neige toujours en montagne… Avec de la chance, nous n'aurons pas à nous battre sérieusement avant le solstice d'été.

— Cette guerre promet d'être intéressante…, dit Narasan. Si nous ne nous entre-tuons pas avant qu'elle commence.

— Nous préférerions que vous vous en absteniez, général, souffla Veltan.

— Un point me tracasse, capitaine, fit le Trogite, soudain pensif. Même si nous sommes tous les deux des vétérans, nos approches stratégiques sont sûrement très différentes. Puisque nous disposons d'un répit, que dirais-tu de le mettre à profit pour partager nos expériences et nous connaître mieux ? As-tu des besoins urgents ?

— Rien qui me vienne à l'esprit…

— Cap'tain, dit Lièvre, hésitant, il nous faudrait plus de fer…

— Tu as déjà épuisé toutes tes réserves ? s'étonna Bec-Crochu.

— Quasiment, chef… J'ai une sacrée équipe de forgerons. Si la pluie nous fiche la paix, nous serons très vite à court de métal.

— Sorgan, demanda Narasan, pourquoi faut-il tant de fer ?

— Nous fabriquons des pointes de flèches… Ce grand type, là, s'appelle Arc-Long. C'est le seul archer au monde capable de couper une épingle en deux à cinq cents pas. Mais les Dhralls utilisaient des pointes en pierre. Le fer étant un meilleur matériau, nous les fournissons en munitions… Narasan, j'ai parlé avec Arc-Long, et nous avons élaboré un plan. Le moment venu, mes hommes se battront au fond du canyon. Postés en hauteur, des deux côtés, les Dhralls arroseront de flèches les envahisseurs. Ça nous fera moins de salopards à étriper…

— Astucieux… Qui est ton forgeron en chef ?

— C'est lui, dit Sorgan en désignant Lièvre. Il est court sur pattes, mais il sait travailler le fer.

— Et les autres métaux, Lièvre ?

— Je me débrouille avec le cuivre, mais il est trop mou pour ce que nous voulons faire.

Narasan ouvrit la bourse accrochée à sa ceinture et en sortit une poignée de grosses pièces rondes.

— Tu pourrais fabriquer des pointes de flèches avec ça ?

Il tendit une pièce au petit Maag, qui la soupesa. Ce métal était plus léger que le fer, mais plus dur et plus dense que le cuivre.

— C'est faisable, oui… Comment appelez-vous ce matériau ?

— Du bronze… Dans l'Empire, ces pièces servent aux menues dépenses. Tous mes soldats en ont dans leur bourse, sans parler des outils et des objets décoratifs recyclables. Ma flotte arrivera bientôt. Alors, tu auras tout le bronze qu'il te faudra.

— A quelle température fond ce métal ? demanda Lièvre en tapotant la pièce du bout d'un index.

— Je n'en ai pas la moindre idée… Pourquoi cette question ?

— Nous avons des forges, des marteaux et des enclumes… Si nos feux peuvent chauffer assez pour faire fondre le bronze, nous fabriquerons des moules en argile en attendant l'arrivée de vos soldats. Nous cuirons ces moules, pour les rendre plus durs, puis nous y verserons du bronze fondu. Ce sera beaucoup plus rapide que de travailler le fer au marteau. Notre production ne se chiffrera plus en centaines mais en *milliers* de pointes de flèches.

— Général, demanda soudain Veltan, corrige-moi si je me trompe, mais il me semble que les ancres de tes navires sont en bronze.

Narasan sursauta, puis s'autorisa un petit rire.

— Je crains d'avoir oublié ce détail… Mais je ne suis pas le seul. Si ma mémoire est bonne, c'est également le cas de l'ancre de ton rafiot. Avec ça, notre ami le forgeron pourra se livrer à de fascinantes expériences…

3

La pluie ne cessant pas, Lièvre installa sa forge dans la grotte de Zelana, où il commença à travailler sur l'ancre de Veltan. Très vite, il découvrit que la casser en morceaux était plus rapide que de la faire fondre d'un seul coup.

Les premières pointes de flèches qu'il fabriqua étant trop légères au goût d'Arc-Long, le petit Maag agrandit progressivement son moule de base. Quand il eut enfin produit une pointe validée par l'archer dhrall, il la confia aux potiers du village pour qu'ils confectionnent une série de moules de production. Après bien des tâtonnements, le protocole fut au point, et des centaines de pièces en argile sortirent des fours.

Lièvre en soupira de soulagement. Quand la flotte de Narasan arriverait avec un stock de bronze, il serait fin prêt…

Arc-Long alla montrer à Vieil-Ours quelques échantillons satisfaisants. L'archer et le vieux chef, apparemment très proches, passaient beaucoup de temps avec un vieillard décharné qu'ils appelaient leur « chaman ».

Lièvre aurait été en peine de dire ce que signifiait ce

titre. Celui-Qui-Guérit était un mélange de prêtre, de guérisseur et de chirurgien militaire.

Narasan avait pris ses quartiers dans la grotte de Zelana. En attendant l'arrivée de la flotte trogite, Sorgan Bec-Crochu venait tous les jours s'entretenir avec lui. Non loin de la forge de Lièvre, ils passèrent des heures à étudier le croquis du canyon que leur avait remis Veltan.

— Il n'y a pas assez de détails, soupira Narasan un matin, avant de repousser nerveusement le dessin.

— C'est tout ce que nous avons, rappela Sorgan. Donc, il faudra faire avec.

A cet instant, Barbe-Rouge et Arc-Long entrèrent dans la grotte, flanquant leurs chefs.

— Barbe-Rouge, dit Narasan, tu es l'homme qu'il nous faut. (Il désigna la carte.) Voilà un dessin du canyon où se déroulera la bataille. Etudie-le et dis-nous ce que tu en penses. C'est proche de la réalité ?

Le Dhrall examina rapidement le croquis.

— Ça ne vous aidera pas beaucoup, déclara-t-il. J'ai participé à quelques conflits tribaux, dans le temps... La guerre ressemble à la chasse, sauf que la proie qu'on traque vous traque aussi. Pour bien pister, il faut connaître le terrain. Un dessin à plat ne suffit pas.

— Possible, mais le canyon est bloqué par la neige, rappela Sorgan.

— Cette image ne montre pas la position des collines et des crevasses. Et on ne sait rien de la végétation. Où est-elle dense ? A quels endroits n'y en a-t-il pas ? Si vous vous battez dans ce canyon, vos vies dépendront de ces détails.

— A ta place, j'écouterais attentivement, Sorgan Bec-Crochu, dit Nattes-Blanches sur le ton pompeux que les chefs, selon Arc-Long, aimaient adopter. Barbe-Rouge chasse dans ce canyon depuis son enfance, et il connaît chaque arbre et chaque rocher par son prénom, si j'ose dire. Et nous devons gagner cette guerre, parce qu'en cas de défaite, nos ennemis ne feront pas de quartier.

— Au moins, vous êtes franc et direct, dit Sorgan. Mais comment faire un dessin en relief?

Lièvre posa sa pierre à aiguiser et passa prudemment un doigt sur la pointe de flèche qu'il venait d'affûter. Elle était assez tranchante pour qu'on se rase avec, constata-t-il, satisfait. Ses moules étaient parfaitement au point.

A cet instant, une idée lui traversa l'esprit.

— Je crois qu'on peut faire un « dessin » en relief, Cap'tain, dit-il.

— Avec une encre grumeleuse, peut-être ? ironisa Sorgan.

— Non, chef… Mais pourquoi ne pas utiliser de l'argile ? Barbe-Rouge connaît le canyon comme le dos de sa main. Les potiers qui fabriquent mes moules utilisent depuis des générations un grand gisement d'argile, près de la rivière. S'ils nous en apportent quelques paniers dans la grotte, Barbe-Rouge pourra nous faire un dessin en relief, à l'abri de la pluie.

— Qu'en penses-tu, Barbe-Rouge? demanda Bec-Crochu.

— Je n'ai jamais été très doué pour la poterie, et mes gros doigts ne sont pas adaptés aux petits détails.

— Les potiers ont des outils spéciaux, intervint Lièvre. Tu devras simplement leur dire quelle forme tu désires. Ils ajouteront de l'argile ou l'araseront selon tes indications.

— Le principe de la sculpture…, dit Narasan. C'est intéressant, Sorgan. Même si nous n'obtenons pas un résultat parfait, ce sera toujours mieux que ce croquis.

— Ça vaut le coup d'essayer, admit Sorgan. (Il se tourna vers Nattes-Blanches.) Dans combien de temps commencera la fonte ? Mes hommes doivent terminer les fortifications, mais on ne peut pas travailler sous des mètres de neige.

Le vieux chef aux cheveux argentés eut l'air surpris.

— Il ne neige pas au Pays de Maag ?

— Bien sûr que si, mais nous n'avons pas de tempêtes aussi longues que les vôtres. En général, la neige a le temps de fondre entre deux chutes.

— Je vois..., fit Nattes-Blanches. Ça explique pourquoi vous minimisez certains dangers inhérents au Pays de Dhrall. L'hiver est un vieux bonhomme qui construit patiemment ses montagnes de neige au fil de très longues nuits. Le printemps, lui, est un adolescent plein d'enthousiasme. Son souffle chaud et puissant fera vite disparaître les couches de neige que l'hiver a laborieusement accumulées. Or, mon ami, en fondant, la neige devient de l'eau, et celle-ci désire ardemment rejoindre la mer. Etre dans le canyon au moment où elle déferlera n'est pas conseillé. La rivière en crue balaiera tout sur son passage dans sa hâte de rejoindre Notre Mère l'Eau...

— Ecoute bien ce qu'il te dit, Sorgan Bec-Crochu, intervint Vieil-Ours. Cette année, il y a plus de neige que d'habitude dans le canyon, et le torrent sera plus dévastateur que jamais. Seul un crétin s'aventurerait dans le coin à ce moment-là.

— C'est pour ça qu'une digue protège le village ? demanda Narasan. En arrivant, je n'ai pas compris à quoi elle servait, mais tout s'éclaire. Elle parvient vraiment à contenir les eaux ?

— Oui, répondit Nattes-Blanches. La digue les canalise vers la mer. Comme l'a dit Vieil-Ours, n'allez surtout pas dans le canyon quand les vents chauds commenceront à souffler. Sinon, vous serez emportés.

— Une description claire et précise, approuva Sorgan. Mon cousin devrait aller prévenir ses hommes. Il est temps pour eux d'abandonner leur chantier et de trouver un refuge où ils garderont les pieds au sec.

— Chef Nattes-Blanches, demanda Narasan, ce type de phénomène se produit-il tout au long de la côte ? Près de vingt mille Trogites vont arriver du sud dans des bateaux, et je ne voudrais pas qu'ils se retrouvent à cent milles marins d'ici.

— Je crois que nous perdons de vue quelque chose, dit Arc-Long, qui avait jusque-là écouté sans émettre de commentaires. Nos ennemis vivent dans les Terres Ravagées, où il y a très peu de cours d'eau. Donc, ils ne savent probablement rien des crues printanières. Je traque ces créatures depuis des années, et la chasse n'est jamais très bonne en hiver. Il est difficile de traverser des montagnes enneigées. Même si le Vlagh envoie des agents, beaucoup doivent mourir de froid en chemin ou être noyés par les crues, au printemps. On peut en conclure que leur maître aussi ignore ces phénomènes climatiques.

— Sans doute…, fit Sorgan. Où veux-tu en venir, ami Arc-Long ?

— Selon les éclaireurs de Barbe-Rouge, les envahisseurs campent parmi les congères, sur les berges de la rivière qui dévale le canyon. Au printemps, ce sont des endroits très dangereux. Si le Vlagh ne sait rien des crues saisonnières, ses sbires doivent être dans le même cas. Donc, ils risquent d'être surpris, et de descendre le canyon beaucoup plus vite que prévu. De plus, ils ne s'arrêteront pas en atteignant Lattash, mais finiront tout droit dans les bras de Notre Mère l'Eau. En principe, les gens qui vivent dans un désert ne sont pas de très bons nageurs… Avec de la chance, nous gagnerons cette guerre sans avoir à lever le petit doigt. Les saisons et Notre Mère l'Eau s'en chargeront pour nous…

— Nous serons quand même payés ? demanda Bec-Crochu, soudain inquiet.

— Tu devrais aller jeter un coup d'œil au « dessin en relief » que Barbe-Rouge et les potiers fabriquent, dit Sorgan à son cousin.

Les deux hommes traversaient la plage, sous la pluie, en direction de l'atelier de Lièvre.

— Bientôt, continua Sorgan, tu devras faire sortir tes hommes du canyon. Si Nattes-Blanches a raison, l'équivalent d'un raz de marée devrait déferler sur eux sans crier gare.

— Tu aurais dû demander davantage d'or, cousin, maugréa Skell. Les événements ne tournent pas comme je l'attendais.

Dès qu'ils entrèrent dans la grotte, Lièvre se colla à leurs basques.

— Ma Vénérée est occupée, leur annonça Eleria.

— Nous ne la dérangerons pas, répondit Sorgan. Je voulais simplement montrer à mon cousin la maquette du canyon que fabrique Barbe-Rouge. Où en est-il ?

— Ce matin, il en a parlé avec Arc-Long, dit Eleria. Les choses s'accélèrent et les potiers devraient en avoir fini demain. Ils n'ont déjà plus besoin de beaucoup d'argile…

— Vraiment ? s'étonna Sorgan. Je pensais qu'il leur en faudrait de plus en plus, à mesure qu'ils grimperaient en « altitude ».

— Barbe-Rouge s'inquiétait de ça aussi, dit Eleria. Grâce à une petite suggestion de ma part, les potiers auront besoin de *moins* d'argile.

— Quelle suggestion, bébé-sœur ? demanda Lièvre.

— Il n'était pas indispensable de faire de gros tas pour représenter les pics. Je leur ai conseillé d'utiliser les lingots jaunes stockés dans le tunnel, en les enduisant d'argile pour modeler la surface. On dirait que ça marche très bien…

— Vous couvrez les lingots de boue ! s'étrangla Sorgan.

— On les nettoiera après la guerre, Gros-Bec, le rassura Eleria. Ils ne servaient à rien, alors j'ai pensé qu'on pouvait les mettre à contribution.

Sorgan marmonna un moment, puis il leva les yeux au ciel.

— J'abandonne, soupira-t-il.

— Il est mignon, pas vrai, Lapinot ? susurra Eleria.

Penché sur sa carte en relief, Barbe-Rouge enfonçait soigneusement des brindilles dans l'argile encore humide qui représentait la face sud du canyon.

— La forêt est aussi dense que ça ? demanda Narasan.

— Plus dense encore, répondit le Dhrall. Elle s'éclaircit en hauteur, mais à la base, elle est si épaisse qu'il faut, pour la traverser, suivre les pistes ouvertes par le gibier.

— Ça n'aidera pas mes hommes… Nous n'avons pas l'habitude de nous battre dans les broussailles. Les terrains découverts où on voit l'ennemi, voilà ce que nous préférons !

— Si nous ne les voyons pas, les monstres ne nous verront pas non plus. A condition qu'Arc-Long ait raison, à propos de leur stupidité, nous ne rencontrerons pas beaucoup de shires du Vlagh au pied du canyon. L'eau nous en aura débarrassés, général ! Nous en apercevrons peut-être quelques-uns plus en hauteur, là où les arbres sont davantage espacés.

— Comment avancent les choses, Narasan ? demanda Sorgan.

— Mieux que nous l'espérions… La cartographie ne sera plus jamais comme avant ! La maquette de Barbe-Rouge est révolutionnaire. A côté, toutes les « cartes plates » que j'ai vues ressemblent à des gribouillis d'enfant…

— Skell, fit Bec-Crochu, peux-tu nous montrer l'endroit où tes hommes construisaient des défenses, avant la tempête de neige ?

Le Maag étudia le canyon miniature.

— C'est là, je crois, dit-il en désignant un point, assez loin en amont de Lattash. La rivière est étroite, et ça facilite les opérations. Mais ça n'est pas la principale raison de mon choix. A cet endroit, les parois du canyon sont parfaitement droites et lisses. Avec des murs appuyés à ces surfaces planes, on peut interdire tout passage. Personne ne submergera ma position, Sorgan.

— Où en étaient tes gars avant la neige ?

— La rive nord était bloquée… Pour la rive sud, ce sera encore plus simple, car quatre ou cinq gros rochers feront l'affaire. Ensuite, nous construirons une sorte de barrage sur la rivière.

— Et tu crois que tout ça tiendra en place au moment des crues ?

— Cousin, nous n'avons pas érigé ces défenses avec des cailloux, mais en faisant tomber de gros rochers de la corniche qui court tout au long des deux berges de la rivière. C'était la méthode la plus rapide, et quand il faut cent hommes armés de leviers pour déplacer un rocher, je parie qu'il restera là où il est, quelle que soit la puissance des crues. Mais au moment de choisir l'endroit, je ne pensais pas à ce point particulier. Mon seul souci était d'avoir une position facile à défendre.

— Où as-tu appris tout ça sur les combats terrestres, Skell ? demanda Narasan. Je croyais que les Maags se battaient uniquement en mer.

— Dans notre jeunesse, Sorgan et moi avons servi sur le drakkar du capitaine Dalto Grand-Nez. Ce gaillard traquait l'or où qu'il soit, en mer comme à terre. Avec lui, nous avons appris sur le tas, et dans les pires conditions. Mon cousin et moi sommes calés en matière de barricades parce que nous avons dû en franchir des dizaines, toutes différentes, pour satisfaire la cupidité de Grand-Nez. Défendre des fortifications est très instructif. Les attaquer est encore plus formateur…

— Exact, dit Narasan. Il s'agit d'une *formation* très enrichissante…

D'un pas majestueux, Zelana avança sous la lumière des torches et jeta un coup d'œil sur le petit chef-d'œuvre de Barbe-Rouge.

— Très réussi, dit-elle.

— Bonjour, dame Zelana, la salua Sorgan. J'espérais que tu viendrais nous voir. Sais-tu si la rivière était jadis plus large qu'aujourd'hui ? On dirait que ces corniches, à mi-hauteur des parois du canyon, ont été creusées par l'eau.

— Tu as raison, répondit la maîtresse de l'Ouest. Il fut un temps où une mer intérieure s'étendait à la place des Terres Ravagées. Mais Notre Père le Sol a tremblé très fort, et cette mer, libérée, s'est frayée un chemin au milieu des montagnes…

— Narasan, dit Sorgan, nous devrions utiliser ces corniches, quand nous remonterons la rivière. Nous irons plus vite qu'en empruntant les berges. Regarde la maquette : les corniches sont plus larges, et moins encombrées de rochers et de broussailles. Mais c'est la phase de l'opération qui viendra *après* les crues. Pour l'heure, l'important est d'évacuer les hommes de Skell – sans alerter nos ennemis. Je parie que des guetteurs nous surveillent. Si nos soldats plient simplement bagage et s'en vont, nos adversaires comprendront qu'il est dangereux de rester dans le canyon. Nous espérons que les crues les prendront par surprise. Un départ précipité risque de leur mettre la puce à l'oreille.

— Tu as raison, j'en ai peur, dit le général. Mais je ne vois pas de solution…

Lièvre se pencha et examina attentivement la maquette.

— Il y a des petites saignées, sur les parois. Toutes partent du sommet… De quoi s'agit-il ?

— De cascades, répondit Barbe-Rouge. Asséchées pendant la plus grande partie de l'année, elles sont alimentées par les fontes. Au fil du temps, elles se sont creusé des lits qui descendent jusqu'à la rivière.

— S'il en remonte une, un homme peut-il atteindre le sommet d'une paroi ?

— J'ai suivi plus d'un daim dans ces fissures… Elles sont étroites et escarpées, mais c'est faisable.

— Donc, si nous prévenons les hommes de Skell que les crues arrivent, ils pourront sortir très vite du canyon en empruntant ce chemin. En sortir *par le haut*, je veux dire…

— C'est possible, fit Barbe-Rouge. Mais comment les prévenir à temps ?

— De quelle direction souffle en général le vent chaud ? demanda Lièvre.

— De la mer, et de l'ouest. Et il n'y a pas d'« en général » dans cette affaire. Le printemps arrive *toujours* de l'ouest !

— Donc, le vent balaie Lattash avant de s'engouffrer dans le canyon ?

— Où veux-tu en venir, Lièvre ? demanda Sorgan.

— Si ce vent déclenche la fonte des neiges, les hommes de Skell peuvent rester où ils sont tant que la brise chaude ne soufflera pas de l'ouest. Cela dit, s'ils attendent qu'elle soit dans le canyon, ils risquent de manquer de temps pour fuir. Mais rien ne les oblige à en arriver là. Beaucoup de drakkars mouillent dans la baie. Si nous en envoyons quelques-uns jeter l'ancre devant le bras de mer, ils sentiront le vent des heures *avant* qu'il n'atteigne leur position.

— Et alors ? lâcha Sorgan.

— Sur chaque vaisseau maag, un marin au moins possède une corne de brume. Et si ma mémoire ne me trompe pas, les Dhralls en ont aussi. Si Barbe-Rouge et Arc-Long placent des souffleurs d'ici jusqu'à l'entrée du canyon, puis au sommet de ses parois, une série de sonneries, déclenchée par celles de nos vaisseaux, gagnera très rapidement les fortifications. Ainsi, nous préviendrons Skell à temps, et il pourra organiser l'évacuation de ses hommes, qu'il aura rejoints entre-temps.

Le cousin de Bec-Crochu foudroya du regard le petit Maag.

— Moi, je trouve l'idée excellente, dit Sorgan.

— Tu aimerais patauger dans la neige pendant des heures pour aller dire à des soldats d'écouter sonner des cornes ?

— J'adorerais ça, cousin, répondit le capitaine, sérieux comme un chaman. Hélas, ça ne serait pas convenable… Ce sont tes hommes, et ce n'est pas à moi de leur donner des ordres !

Le temps s'améliora deux jours plus tard, une légère mais indéniable odeur de printemps planant dans l'air.

Lièvre et ses forgerons continuaient à fabriquer des pointes de flèches avec les derniers morceaux de fer récupérés sur les navires de Sorgan. Très régulièrement, le petit Maag posait son marteau, s'éloignait de l'atelier bruyant et tendait l'oreille, en quête des sonneries qui annonceraient l'approche de la brise.

Dans le village, tout le monde guettait ce signal.

Les gens se languissaient du printemps. En même temps, ils le redoutaient, car ils étaient loin d'en avoir terminé avec tous les préparatifs…

Ce jour-là, aucune corne ne sonna. En revanche, au milieu de l'après-midi, une flotte de navires trogites entra dans la baie. Un grand moment pour Lièvre, puisque sa cargaison de bronze arrivait enfin…

Narasan alla accueillir son armée sur la plage. Après une brève conversation, il en revint accompagné par quatre officiers. Plus petits que le Maag moyen, ils portaient le même uniforme en cuir que leur général, plus un casque et un plastron identiques. De lourdes épées au ceinturon, ils avaient aux pieds des bottes de très bonne facture.

Narasan s'arrêta quand la délégation impériale passa devant l'atelier.

— Tu nous accompagnes, Lièvre ? demanda-t-il. Nous allons parler stratégie avec Sorgan et les autres. Si tu as des suggestions, elles seront bienvenues.

— Je viens, si vous y tenez, mais je ne suis pas très calé en stratégie…

— C'est bien ce que j'espère, mon ami. Les professionnels ont des idées très arrêtées. Parfois, ils ratent des choses qui n'échappent pas à un profane intelligent dans ton genre.

Un peu dubitatif, Lièvre emboîta quand même le pas aux Trogites.

— Ne te vexe pas, dit un jeune officier, mais n'es-tu pas un peu petit pour un Maag ? Je n'en ai jamais vu, mais il paraît qu'ils mesurent tous près de deux mètres.

— Tu es très observateur, soldat, grogna Lièvre. Personne ne s'en était jamais aperçu…

— Je m'appelle Keselo. Et toi, ton nom est vraiment Lièvre ?

— C'est celui qu'on me donne… Il ne me ravit pas, mais jusqu'à ces derniers temps, il m'allait comme un gant. Mon but, dans la vie, était de détaler dès qu'un danger se profilait. Hélas, Arc-Long a tout fichu par terre.

— Qui est-ce ?

— Un archer dhrall si doué qu'il pourrait gagner la guerre seul, si on lui donnait assez de flèches.

— Tu plaisantes, bien sûr ?

— A ta place, je n'en serais pas si sûr…

Lièvre et Keselo suivirent Narasan et les autres dans la grotte où les attendaient Bec-Crochu, Bovin et Marteau-Pilon.

— Sorgan, mes hommes sont arrivés, annonça le général. Le costaud chauve s'appelle Gunda. Le grand type mince est Padan, le vieux maigrichon se nomme Jalkan, et le gamin, Keselo. Padan sert sous mes ordres depuis longtemps, et Keselo fait en quelque sorte ses classes.

— Je vous salue, messires, dit Sorgan. Voilà mon second, Bovin, et mon quartier-maître, Marteau-Pilon.

— Drôles de patronymes…, fit Padan.

— C'est une particularité des Maags, précisa Narasan. Leurs noms sont descriptifs…

— Vraiment ? Eh bien, Boule-de-Billard Gunda, Vieux-Croûton Jalkan et moi sommes ravis de vous connaître, messires.

— Padan, si tu fermais ta grande gueule ? grogna Gunda.

— Je suis content que tes hommes soient là, général, dit Sorgan. Le temps peut tourner très vite, et avec la fonte des neiges, ça risque de chauffer dans le canyon. Je n'aurais pas voulu qu'ils ratent ça.

— Ton cousin a-t-il rejoint ses soldats, près des fortifications ?

— Je n'ai pas encore de nouvelles, mais il doit y être… Quand Skell a une idée dans le crâne, rien ne le décourage. Ce type est têtu comme une mule et il a un caractère de cochon. Mais je peux toujours compter sur lui. Hier soir, général, j'ai pensé à un problème… Toi et moi, nous sommes des professionnels. Quand il y a de l'or en jeu, nous laissons de côté les vieilles rancunes. Nos hommes risquent de s'énerver en rencontrant leurs ennemis ancestraux. Surtout les jeunes… L'impulsivité, voilà bien une chose qui passe avec le temps ! Bref, si nous devons nous enfoncer dans le canyon, il vaudrait mieux que je prenne une berge et toi l'autre. Avec la rivière entre eux, nos jeunes chiens fous pourront s'insulter, mais rien de plus.

— Bien raisonné, Sorgan. Quel côté veux-tu ? Le nord ou le sud ?

— Eh bien… Pour la raison que je viens de mentionner, j'éloignerai mes vaisseaux des tiens. Comme je serai plus près de la berge nord, je la prendrai, si ça ne te gêne pas.

— Très bon choix, mon ami. Les Maags sont des Nordiques et les Trogites des Méridionaux…

— Tiens, tu l'avais remarqué aussi ?

4

Par une journée nuageuse mais paisible, les forgerons s'affairaient à faire fondre le bronze trogite pour fabriquer davantage de pointes de flèches. Au milieu de l'après-midi, Arc-Long sortit de la grotte et appela Lièvre.

— Entre un moment, mon ami. Tu dois être présent à une réunion…

— C'est important ? Je suis occupé…

— Tes amis connaissent leur métier. Inutile de les surveiller en permanence. Et c'est assez grave…

— Enclume, dit Lièvre, je te laisse le commandement. Dame Zelana veut me parler.

— A vos ordres, chef !

L'obéissance d'Enclume fit chaud au cœur du petit Maag. C'était enfantin, il le savait, mais la récente amélioration de son statut le comblait d'aise.

— Que se passe-t-il ? demanda-t-il à Arc-Long pendant qu'ils se dirigeaient vers la grotte.

— Je ne voudrais pas te gâcher la surprise, mon ami.

— Pourquoi fais-tu toujours autant de mystères ?

— Parce que ça m'amuse, je suppose…

— Tu passes trop de temps avec Eleria, chasseur !

La grotte était bondée de gens, pour la plupart importants. Sans doute parce qu'une crise se préparait.

Nattes-Blanches et Vieil-Ours se tenaient un peu à l'écart, près du vieillard décharné qui avait tant d'autorité sur la tribu d'Arc-Long. Sorgan, Narasan et une foule d'officiers maags et trogites faisaient face à Zelana, flanquée de ses deux frères et de sa sœur. Eleria était là aussi, avec trois nouveaux enfants – deux garçons et une fille.

— Je crois que nous devrions commencer, dit Zelana. Il serait sans doute poli de m'excuser de cette convocation abrupte, mais ça n'est pas ma tasse de thé, donc je m'en passerai. La crue qui se produira bientôt surprendra sûrement les sbires de Ce-Qu'On-Nomme-Le-Vlagh. La plupart d'entre eux ne survivront pas, j'en suis certaine. Mais le Vlagh a des hordes de serviteurs, et il en enverra d'autres. Tôt ou tard, nos amis maags et trogites devront affronter des créatures qui… hum… ont certaines caractéristiques. C'est pour vous les exposer que nous sommes là.

— Entre dans le vif du sujet, Zelana, souffla Dahlaine.

— Tu veux prendre ma place ?

— C'est ton Domaine… Joue la partie à ta façon.

— Merci, répondit sans aménité la maîtresse de l'Ouest. (A l'évidence, l'harmonie ne régnait pas dans la famille.) Quand Veltan et moi avons contacté nos futurs alliés, il se peut que nous ayons passé sous silence quelques détails qu'il est temps de leur révéler.

— Bonne idée, dit Sorgan. Nous savons que nos ennemis sont assez primitifs, mais en apprendre plus long ne nous fera pas de mal. Ont-ils des armes étranges, par exemple ?

— Eh bien, oui, en un sens… (Zelana tourna la tête

vers Arc-Long.) Tu devrais peut-être leur présenter Celui-Qui-Guérit.

— Comme tu voudras… (Le chasseur désigna le vieillard debout près de Vieil-Ours.) C'est notre chaman, messires… Comme certains d'entre vous le savent, je piste et je tue les serviteurs du Vlagh depuis vingt ans. Quand j'ai commencé, Celui-Qui-Guérit m'a donné des informations précieuses sur mes proies.

Le ton neutre et morne de son ami fit frissonner Lièvre, qui ne l'avait jamais entendu s'exprimer ainsi.

— J'ai parlé à notre chaman, et il veut bien vous transmettre ses connaissances *avant* la bataille.

— Je ferai de mon mieux, Arc-Long, dit le vieil homme. (Le front plissé, il regarda dubitativement les Maags et les Trogites.) Ce que je vais dire vous paraîtra étrange, mais vous feriez bien de le prendre au sérieux. Le Vlagh tyrannise les Terres Ravagées, et il… altère… ses serviteurs pour qu'ils soient plus efficaces. Ceux qui règnent légitimement sur le Pays de Dhrall, avec ses quatre Domaines, ne modifient pas les créatures vivantes, les laissant évoluer en fonction du monde qui les entoure. La vie prend beaucoup de formes, et chez nous, chacune reste fidèle à ses racines. Le Vlagh croise sans vergogne les espèces. Il mélange des caractéristiques pour générer des créatures souvent dotées d'aptitudes non naturelles. Quand vous verrez un de ces monstres, il ressemblera à un petit homme vêtu d'un manteau à capuche. Mais ce sera une illusion. Ces êtres sont à demi humains, et leur « manteau » est en réalité une partie de leur corps. En fait, celui-ci le produit, comme une araignée qui tisse sa toile.

— Ce sont des sortes d'insectes ? s'exclama Gunda.

— Oui, mais ils ont aussi une composante humaine, et une part reptiloïde. Le Vlagh se fiche de la barrière des espèces, et ses hybrides défient toutes les lois de la nature. Les monstres que nous avons vus dans le Domaine de Zelana ont des crocs de serpent et des dards d'insecte sur les avant-bras. Ils ne portent pas d'armes, parce qu'ils n'en ont pas besoin. Leurs corps suffisent, puisque leurs crocs et leurs dards sécrètent un venin mortel. Instantanément mortel, dois-je préciser…

— Tu as oublié de nous dire ça, Veltan, lâcha Narasan d'une voix glaciale.

— Si on est prudent, ce n'est pas très dangereux, intervint Arc-Long. Depuis vingt ans, j'en ai abattu des centaines.

— Possible, grogna Bec-Crochu, mais très peu d'entre nous sont capables de loger une flèche dans le cœur de quelqu'un, surtout à cinq cents pas !

— Ne t'en fais pas une montagne, Sorgan… Leur poison est mortel pour tout le monde, y compris leurs semblables. Je m'en suis très bien tiré en trempant mes pointes de flèches dans la poche à venin de mes victimes. Les monstres doivent être assez près pour mordre ou piquer. En brandissant une lance à la pointe enduite de venin, vous ne risquerez pas grand-chose.

— C'est très malin, chasseur, dit Bec-Crochu, mais où trouverons-nous la quantité suffisante de venin ?

— Dans quelques jours, la rivière sera en crue. Alors, elle charriera des troncs d'arbres, des branches coupées, de vieilles souches et des cadavres d'ennemis. En les repêchant, nous aurons assez de poison pour enduire nos lances, nos épées et nos pointes de flèches.

— Ça, c'est toi qui le dis…

— Le petit être que tu as tué sur la plage, à Kweta, intervint soudain Lièvre, c'était un de ces monstres, pas vrai ?

— Oui… C'est pour ça que j'ai utilisé une de mes anciennes flèches, déjà trempée dans le venin.

— Nous devrions bâtir plusieurs barricades, général,

proposa Gunda. Notre but est de ne pas trop approcher de ces monstres. S'ils doivent escalader une muraille, il sera facile de les larder de coups de lance aux pointes empoisonnées. Au bout d'un moment, ils comprendront, et iront voir ailleurs si nous y sommes.

— Ne comptez pas là-dessus, dit Celui-Qui-Guérit. Quand le Vlagh leur ordonne d'attaquer, ils continuent jusqu'à ce qu'ils aient vaincu. Ou qu'ils soient tous morts. Ces êtres ne sont pas assez intelligents pour avoir peur…

— Ça change pas mal de choses, Sorgan, déclara Narasan, l'air maussade. Il faudra revoir sérieusement nos plans. Si la crue noie vraiment nos ennemis, il serait judicieux de remonter jusqu'à l'entrée du canyon pour y construire une sorte de fortin…

— Et s'ils ne crèvent pas tous ?

— Nous gagnerons les défenses de ton cousin, et nous tiendrons la position. Dans des corps à corps, nous risquons de perdre la moitié de nos hommes, et personne ne veut que ça arrive.

— Moi le dernier, renchérit Bec-Crochu. Bien, à présent que j'ai eu le temps d'assimiler cette histoire d'hommes-serpents, je ne vois pas ce que ça change, sinon qu'il vaudra mieux éviter les contacts rapprochés. Si nous utilisons bien nos lances, ces monstres à la noix ne pourront ni piquer ni mordre. Comme ils n'ont pas d'autres armes que leurs crocs et leurs dards, ils seront vite vaincus.

— Brillamment raisonné, Sorgan, admit Narasan. Et si nous avons assez de venin pour toutes nos lances, les hommes devront simplement blesser, ou même égratigner, un ennemi pour qu'il tombe raide mort. Finalement, cette guerre ne devrait pas être si difficile à gagner…

— En plus, nos adversaires nous fourniront le poison qui les conduira à la défaite ! souligna Sorgan.

— Eh oui, fit Narasan en souriant. Très obligeant de leur part, pas vrai ?

— Debout, Lapinot ! C'est l'heure de souffler dans ta corne !

Lièvre s'arracha aux brumes du sommeil pour regarder la petite fille qui venait de le réveiller en fanfare.

— Tu es Lillabeth, c'est ça ? L'enfant qui accompagne Aracia…

— C'est bien moi, oui, répondit la fillette aux cheveux noirs. Zelana m'a chargée de te réveiller. Tu dois sortir et souffler dans ta corne.

— Je ne comprends pas très bien…, marmonna Lièvre, le cerveau encore embrumé.

— C'est pourtant simple, Lapinot. Tu prends ta corne, tu sors, tu la portes à tes lèvres et tu souffles. (Elle désigna l'issue de la grotte.) Exécution ! Et que ça saute !

Bien qu'il n'appréciât pas les manières de l'enfant, le petit Maag se leva, prit son instrument et obéit.

Dehors, il faisait encore nuit. Un vent chaud soufflait de la baie, et, sur les drakkars, tous les marins munis d'une corne relayaient le signal venu du large.

Lièvre monta sur la colline, au-dessus de la grotte, histoire de s'assurer que sa sonnerie porterait jusqu'à l'entrée du canyon.

Il souffla, émettant une longue note plaintive.

L'oreille tendue, il guetta une réponse. Elle lui parvint quelques instants plus tard, distordue par l'écho des montagnes.

Puis il entendit une *série* de notes, qui allaient en s'éloignant, toujours plus profondément dans le canyon.

— C'est bon…, murmura le petit Maag. J'espère que quelqu'un est réveillé parmi les hommes de Skell.

Il descendit de son perchoir et revint dans la grotte, où l'attendaient Zelana, sa famille et les enfants. Keselo, le jeune Trogite, était là aussi, debout derrière Veltan. Et il semblait stupéfait.

Tout le monde regardait Eleria, endormie sur un manteau de fourrure, une étrange boule rose dans la main.

— L'avertissement a atteint les hommes de Skell ? demanda Dahlaine.

— La transmission s'est faite, répondit Lièvre. Je pense que le cousin de Sorgan sera bientôt prévenu qu'il doit évacuer le canyon.

— Et le vent ? demanda Aracia. Il est vraiment chaud ?

— Assez pour faire fondre la neige dans le canyon et les montagnes, s'il ne se refroidit pas en chemin. Pourquoi regardez-vous Eleria comme ça ? Elle est malade ?

— Elle rêve, Lapinot, dit Lillabeth.

— Comme tout le monde ! Ça n'a rien d'extraordinaire.

— Que sait au juste ce Maag, Zelana ? intervint Dahlaine.

— Un peu trop de choses à mon goût, répondit la maîtresse de l'Ouest. Il appartient à l'équipage de Sorgan, et Arc-Long le trouve très précieux. Il s'est aperçu que… hum… j'influençais parfois les événements. Je crains qu'il soit impossible de le garder dans l'ignorance. Eleria l'adore et Arc-Long lui a donné son amitié.

— En sait-il assez pour ne pas clamer aux quatre vents qui nous sommes ?

— Je crois, oui…

— Et le Trogite ? demanda Dahlaine en désignant Keselo.

— Il est jeune et sans expérience, répondit Veltan,

mais le général Narasan croit beaucoup en son potentiel. A condition qu'il se sorte vivant de cette histoire…

Lièvre frémit d'angoisse. A l'évidence, Dahlaine s'apprêtait à lui révéler, ainsi qu'au jeune Trogite, des informations qu'il n'avait pas vraiment envie de connaître.

— Alors, allons-y, fit Dahlaine, le regard rivé sur les deux hommes. Nous serions touchés, messires, que vous gardiez pour vous ce que je vais dire. Même si vos camarades n'en croiraient pas un mot, je préfère éviter que les rumeurs et les affabulations se multiplient. Comme vous le savez, il se prépare du vilain dans le Domaine de l'Ouest, et Eleria est en train de s'en occuper…

— Bébé-sœur ? s'exclama Lièvre ? Pourquoi dame Zelana ne s'en charge-t-elle pas ? Ou vous-même ?

— Parce que c'est interdit.

— Dame Zelana se mêle sans cesse de tout, objecta Lièvre. Elle peut tout faire.

— Pas quand il s'agit de tuer des gens, répondit Dahlaine. Nous n'en avons pas le droit.

— Et Eleria l'aurait ? C'est absurde !

— La petite ne *fait* rien. C'est son rêve qui tue, en mobilisant des forces naturelles. Dans le cas présent, nous parlons d'un vent chaud – très chaud, même, surtout en cette saison. Notre Mère l'Eau contrôle le climat, mais le rêve d'Eleria peut la forcer pour un temps à oublier ses préférences. C'est un peu compliqué, je sais… Pour simplifier, disons que Notre Mère l'Eau tient à préserver toutes les vies, y compris celles des serviteurs du Vlagh. Le rêve d'Eleria génère un vent très chaud qui provoquera une crue beaucoup plus violente que d'habitude au printemps. Ainsi, la nature aura accompli une bonne partie de notre travail. Presque tous les monstres présents dans le canyon mourront. Le Vlagh sera obligé de lever une autre armée qui se lancera de nouveau à l'attaque.

Mais ça lui prendra du temps, et nous espérons, d'ici là, que les Maags et les Trogites auront fortifié le canyon. Bref, qu'ils bloqueront la deuxième vague d'assaut.

— Messire, dit Keselo, vous devriez parler de ça avec le général Narasan. Je n'ai pas assez d'expérience pour faire bon usage de ces informations.

— Désolé, jeune homme, fit Dahlaine, mais il faut, dans chaque armée de mercenaires, qu'une personne soit au courant de ce qui se passe vraiment. Et elle doit être assez proche de son chef pour le convaincre d'agir comme il faut. Narasan a confiance en toi, et Lièvre a l'oreille de Bec-Crochu.

— Pourquoi faut-il toujours que j'écope des corvées ? gémit le petit Maag.

— Parce que tu es vif, intelligent et astucieux, répondit Zelana. Et parce qu'Eleria et Arc-Long t'aiment beaucoup. Un jour ou l'autre, ça pourrait avoir son importance. Arrête de pleurnicher, Lapinot. Contente-toi de sourire et d'obéir…

— Si on pouvait au moins m'épargner le « Lapinot »…

— Eleria adore t'appeler comme ça… C'est un signe d'affection.

— Si vous voulez continuer à jacasser, dit sèchement Aracia, vous devriez sortir. Réveillez Eleria, et tous nos plans seront fichus !

— Nous avons presque fini, assura Dahlaine. (Il se tourna vers Lièvre et Keselo.) C'est seulement la première guerre, et il y en aura trois autres. Vous participerez aux quatre, messires. Comme je connais Narasan et Sorgan, il suffira de leur proposer plus d'or pour qu'ils continuent à se battre. Les cavaliers Malavis et les amazones de l'île d'Akala se joindront bientôt à nous. Au bout du compte, nous devrons entrer dans les Terres Ravagées et en finir avec le Vlagh. A présent que vous savez tout, je vous crois assez intelligents pour convaincre vos chefs de suivre le bon chemin. Si les Rêveurs déclenchent une autre catastrophe naturelle, nous vous avertirons pour que vous puissiez prévenir le général et le capitaine.

— Sorgan et Narasan approchent, souffla Zelana. Lièvre et Keselo, restez où vous êtes. Les autres, enfoncez-vous dans la grotte. Ne leur mettons pas la puce à l'oreille…

Dahlaine, Veltan, Aracia et les trois Rêveurs allèrent se cacher dans le tunnel où Zelana conservait son or. Quelques instants plus tard, Sorgan et Narasan entrèrent, flanqués de Bovin, Marteau-Pilon, Gunda, Jalkan et Padan. Arc-Long, Barbe-Rouge et les deux chefs de tribus les suivaient de près. Tous avaient l'air préoccupé. Des professionnels face à un problème…

— Ce vent est très violent, dit Bec-Crochu, et il est aussi chaud qu'en plein été. Selon Nattes-Blanches, le niveau de la rivière commencera à monter dès le matin, et nous aurons droit à une inondation avant midi. Il affirme que la digue protégera le village. Nous pensons que les Maags et les Trogites devraient embarquer et sortir de la baie pour affronter la crue. Ainsi, les soldats ne seront pas dispersés. Quand la crue refluera, nous reviendrons à terre et nous investirons le canyon.

— Un bon plan, Bec-Crochu, dit Zelana. Lièvre et Keselo resteront ici, au cas où je devrais vous envoyer des messages. Les Dhralls postés au sommet des falaises garderont un œil sur la rivière. Dès qu'elle reviendra dans son lit, ils joueront de la corne. Lièvre et Keselo vous transmettront la nouvelle.

— Les choses évoluent mieux que je l'espérais, dit Narasan. La fonte des neiges se chargera de l'essentiel de notre travail…

— Ce n'est pas encore gagné…, fit Sorgan. Pour ça, il faut que les envahisseurs soient vraiment au fond du canyon. S'ils mesurent le danger et se réfugient en hauteur, nous devrons affronter une horde de monstres venimeux. Et pour l'instant, nous ne sommes pas assez nombreux pour ça…

5

Le lendemain matin, le vent chaud soufflait toujours de la mer quand Lièvre et Keselo montèrent sur la colline de la grotte pour observer de loin la rivière.

— Je ne vois pas beaucoup de différence, dit le jeune Trogite. Et toi ?

— L'eau aura intérêt à monter plus que ça, si on veut qu'elle fasse le travail à notre place. (Lièvre regarda son compagnon, l'air intrigué.) Je sais que ça ne me regarde pas, mais pourquoi es-tu entré dans l'armée ? La paie est si bonne que ça ?

— Non, mais on a trois repas par jour et un toit sur la tête. La politique ne m'intéressant pas plus que le commerce, mon père m'a acheté un brevet dans l'armée de Narasan.

— Un brevet ?

— Un grade, si tu préfères… Etant officier, je peux donner des ordres, du genre : « creusez un fossé », « construisez un mur » ou « tuez les types d'en face ». Tu vois ce que je veux dire…

— Tu es comme Bovin et Marteau-Pilon, en somme. Sur le *Cormoran*, ils sont respectivement officier en second et quartier-maître. Le Cap'tain leur explique ce qu'il veut, et ils nous ordonnent de le faire en vitesse. Finalement, il n'y a pas beaucoup de différences entre les soldats et les marins. Nous obéissons tous à des ordres.

— Je n'y avais jamais réfléchi sous cet angle, reconnut Keselo. Comment les Maags se sont-ils embarqués dans cette guerre ?

— Dame Zelana a fait voir au Cap'tain une montagne de lingots d'or. Il en a rapporté cent au pays, pour appâter les capitaines de drakkars. Comme tu l'imagines, il fut assez facile de lever une flotte et de l'amener ici.

— Veltan s'y est pris de la même manière pour nous recruter. Mais lui, il a d'abord dû trouver le général.

— Pourquoi ? Il était perdu ?

— Pas vraiment… On savait où il était, mais il ne voulait plus être militaire. Nous avons livré une guerre qui a mal tourné, et Narasan s'est senti coupable. Il a jeté son uniforme aux orties, puis s'est reconverti dans la mendicité. Après son départ, notre armée a failli se désagréger. Malgré tous nos efforts, il refusait de revenir. Alors, Veltan est arrivé, et il l'a convaincu en un rien de temps. Peut-être en lui promettant de l'or, mais je crois qu'il y a autre chose. Pour une raison que j'ignore, il est très difficile de dire « non » aux membres de cette étrange famille.

— Bien observé, mon ami ! Et si on résiste, ils nous lâchent les enfants dessus. Avec eux, on est fichus. Arc-Long est un homme de fer et il ne voulait pas se mêler de tout ça. Zelana lui a fourré Eleria dans les pattes. Elle l'a embobiné en un clin d'œil !

— Arc-Long est un aussi bon archer qu'on le dit ?

— Il n'a jamais appris à rater sa cible, mon gars !

— Les autres Dhralls sont aussi doués ?

— Certains sont très forts, mais personne au monde n'égale Arc-Long.

Les deux hommes se turent en apercevant Veltan, qui gravissait la pente pour les rejoindre.

— Quelque chose à signaler ? demanda-t-il.

— Pas pour le moment…, répondit Keselo.

— Mais ça ne tardera plus, croyez-moi !

— J'espère bien…, dit Lièvre. Nous avons beaucoup misé sur cette crue. Bébé-sœur dort toujours ?

— Pourquoi l'appelles-tu comme ça ? s'étonna Veltan.

— C'est idiot, je sais… Ça m'est venu à cause de son « Lapinot ». Un jour, je lui ai répondu en la surnommant « bébé-sœur ». Un jeu enfantin, d'accord, mais c'est une gamine, et elle adore ça. Attendez un peu qu'elle vienne s'asseoir sur *vos* genoux !

— Tu l'aimes bien, pas vrai ?

— Tout le monde l'adore. On ne peut pas s'en empêcher.

— C'est pareil avec Zelana… Je parie qu'elle a appris tous ses trucs à Eleria.

— La rivière commence à monter, annonça Keselo.

Lièvre jeta un coup d'œil à l'entrée du canyon. Les eaux, plus hautes, charriaient des branches et d'autres débris…

— Je m'attendais à quelque chose de plus spectaculaire, Veltan. A ce rythme-là, les hommes-serpents auront tout le temps de s'enlever du milieu…

— C'est le début, Lièvre. Eleria rêve toujours, et elle est loin d'en avoir terminé.

Le soleil était haut dans le ciel. Bien que le vent chaud soufflât toujours très fort, la rivière ne semblait pas disposée à déborder de son lit.

Puis Lièvre entendit un grondement lointain en provenance du canyon.

— Quel est ce bruit, Veltan ?

— L'annonce de ce que nous attendons, mon ami,

répondit le maître du Sud avec un petit sourire. La neige fondue dévale les montagnes et elle vient d'envahir le canyon…

Le grondement, de plus en plus fort, évoqua bientôt un roulement de tonnerre. Puis une muraille d'eau se déversa de l'entrée du canyon. Haute d'environ quinze mètres, elle déboula dans la vallée et déracina impitoyablement les arbres. Dans un vacarme de fin du monde, elle continua son chemin, faisant trembler la terre sous les pieds des trois compagnons.

— Qu'est-ce qui retenait cette eau jusque-là ? demanda Keselo.

— C'est une affaire de pression… Le vent a fait fondre la neige à demi, et cette « bouillasse » a glissé sur le flanc des montagnes pour atteindre la rivière. Là, elle a formé un barrage très provisoire. L'eau s'est accumulée derrière et il a cédé d'un coup. Un joli torrent, non ?

— Je trouve aussi, approuva Lièvre. Combien de temps faudra-t-il à la rivière pour se cantonner de nouveau dans son lit ?

— Quatre ou cinq jours… Peut-être une semaine…

Des troncs énormes dévalaient à présent la pente. Au milieu des débris flottaient des cadavres d'animaux – des daims, des buffles, de moins grandes créatures et des petits humains étrangement vêtus.

— La crue remplit sa mission, dit Keselo. Il ne doit pas rester beaucoup d'envahisseurs vivants dans le canyon.

— Un vrai drame…, ironisa Veltan.

Toute la journée, l'eau continua de se déverser du canyon, inondant les basses-terres situées sur la rive nord de la rivière. Le village était bâti sur l'autre berge, où le sol s'élevait un peu plus. Mais sans la protection construite par les Dhralls de Nattes-Blanches, les habitations n'auraient pas échappé à la fureur des eaux.

Lièvre et Keselo descendirent de la colline et allèrent rejoindre Arc-Long et Barbe-Rouge sur la digue.

— L'eau a-t-elle déjà submergé votre protection ? demanda le Trogite au Dhrall roux.

— Ça arrive parfois, mais il ne s'en déverse jamais beaucoup de notre côté. Patauger dans la boue est désagréable, rien de plus… On dit que le torrent a jadis détruit le village après avoir brisé la digue. Quand ils l'ont reconstruite, nos ancêtres ont utilisé des pierres comme fondations, et pas de la terre. Depuis, il n'est plus rien arrivé de tel…

— Nous devrions aller parler à nos chefs, Barbe-Rouge, suggéra Arc-Long. Il faut poster sur la digue des hommes chargés de repêcher les monstres noyés. Il y a dans leurs cadavres une substance dont nous aurons bientôt besoin.

— Tu as raison, mon ami… J'ai essayé d'oublier cette histoire de venin, parce qu'elle me faisait froid dans le dos.

— Les morts repêchés ici seront empilés sur la digue. Avec nos yoles, nous irons récupérer les autres dans la baie, et nous les entreposerons sur la plage.

— Comment extrairas-tu le poison des cadavres ? demanda Barbe-Rouge.

— Je ne suis pas sûr de la méthode à employer, avoua Arc-Long. Jusque-là, je me contentais d'enfoncer mes flèches dans la poche à venin de mes victimes. Puis j'abandonnais ces charognes aux vautours…

— Impossible de procéder comme ça ici ! Avec des milliers de cadavres sur la plage et sur la digue, l'air de Lattash deviendra irrespirable à la bonne saison.

— Il faudra les brûler, dit Lièvre. Le vent d'Eleria

poussera la fumée dans le canyon, et ça compliquera la vie des hommes-serpents qui ont échappé au torrent.

— L'idéal serait de conserver le venin dans des jarres, intervint Keselo. Ainsi, nous pourrons régulièrement y tremper nos pointes de flèches et de lances.

— Une bonne idée, dit Barbe-Rouge. Les potiers fabriqueront autant de jarres que nous voudrons. Mais comment transporter un liquide aussi dangereux ? Qu'une seule goutte tombe sur une plaie, voire une égratignure, et c'est la mort assurée !

— Je vais aller voir Celui-Qui-Guérit, annonça Arc-Long. Il trouvera une solution pratique et sûre, comme toujours…

— Une excellente initiative, mon ami, conclut Barbe-Rouge.

La rivière continua de monter jusqu'au lendemain. Dans l'après-midi, elle atteignit un pic, puis commença lentement sa décrue.

A midi, le jour suivant, Torl arriva avec soixante-dix drakkars de plus. Lièvre aurait juré que Bec-Crochu s'attendait à des renforts plus conséquents. Mais Torl était aussi peu avenant que son frère Skell, un défaut gênant pour un sergent recruteur.

Les nouveaux navires jetèrent l'ancre près de la flotte de Sorgan, remplissant le port.

Il ne restait plus qu'à attendre la décrue…

Arc-Long eut une grande conversation avec Celui-Qui-Guérit. Dès qu'ils en eurent fini, le chaman convoqua une horde de jeunes hommes des deux tribus et les entraîna à extraire le venin des cadavres entassés sur la digue et la plage. Bien que l'opération n'eût rien de ragoûtant, elle permit la collecte de dizaines de jarres de venin. Le vieil homme ayant ordonné à ses assistants de s'enduire les mains de saindoux, il n'y eut pas d'accidents à déplorer.

Les bûchers érigés sur la plage envoyèrent une épaisse colonne de fumée noire dans le canyon. Vu son odeur, Lièvre se félicita de ne pas être en poste avec les hommes de Skell.

Keselo et lui restèrent plusieurs jours dans la grotte de Zelana, dont ils sortaient régulièrement pour aller évaluer le niveau de l'eau. Une timide amitié naquit entre les deux hommes. Comprenant un peu mieux les Trogites, Lièvre ne les trouvait plus si minables que ça. Ils étaient un peu moins bagarreurs que les Maags, mais qui pouvait se vanter d'être leur égal sur ce point-là ?

Arc-Long partit en éclaireur au sommet des parois du canyon, histoire de surveiller la décrue. En l'attente d'un retour à la normale, le temps parut s'arrêter.

Un calme qui ne durerait pas…

— Je dois parler au Cap'tain ! cria Lièvre à Marteau-Pilon.

Quelques jours s'étaient écoulés depuis que la rivière avait noyé les sbires du Vlagh. A la pâle lueur de l'aube, le petit Maag poussa la yole de Barbe-Rouge contre la coque du *Cormoran*.

— Il dort encore, Lièvre…

— Tant pis pour lui ! On vient de me donner l'ordre de passer à l'action. Envoie-moi une échelle, Marteau-Pilon ! Il vaut mieux que j'aille le réveiller moi-même. Arc-Long m'a communiqué quelques informations que Bec-Crochu doit connaître.

Le quartier-maître lança l'échelle par-dessus le bastingage.

— J'espère que ton ami ne raconte pas n'importe quoi, dit-il. Si une nouvelle muraille d'eau dévale le canyon et vient se jeter dans la mer, nous risquons de couler, ou de nous retrouver à des milles d'ici.

— Les Dhralls en savent plus long que nous sur ces phénomènes, assura Lièvre en gravissant souplement l'échelle. Avec ce qui est en jeu, Arc-Long ne prendra aucun risque. Accompagne-moi, ça te concerne aussi.

— D'accord…

Les deux Maags entrèrent dans la cabine du capitaine. Prenant son courage à deux mains, Marteau-Pilon tapota l'épaule de Bec-Crochu.

— Lièvre est ici, chef. Il a des nouvelles pour vous.

Sorgan s'assit en bâillant.

— Que se passe-t-il ?

— Arc-Long est revenu de sa mission de surveillance, Cap'tain. L'eau descend et les corniches sont dégagées des deux côtés. Nous allons pouvoir entrer dans le canyon. Avant, il faudra récupérer nos lances et nos épées. Les Dhralls les ont toutes trempées dans le venin, donc plus rien ne nous empêche de partir.

— Je déteste cette histoire de poison, gémit Marteau-Pilon. Je ne me suis pas engagé dans la marine pour me battre avec du venin…

— Marteau-Pilon, rappela Sorgan, ce n'est pas notre idée, ne l'oublie pas. Mais si nos ennemis veulent jouer à ce jeu-là, nous sommes obligés de suivre. (Il se tourna vers Lièvre.) L'eau a assez baissé pour que Skell et ses hommes reprennent position sur leurs fortifications ?

— Selon Arc-Long, il faudra un jour ou deux pour que la rivière revienne entièrement dans son lit. Mais il veut que nous nous engagions sur les corniches, au cas où les monstres du Vlagh tentent de les emprunter pour aller plus vite. Zelana doute qu'ils soient aussi intelligents, mais mon ami est décidé à ne rien laisser au hasard.

— Je l'approuve sur ce point, dit Sorgan en enfilant ses bottes. Il faut prévenir Narasan, Marteau-Pilon.

— Keselo s'en charge déjà, Cap'tain. Il est sur la plage, où il agite un drapeau. Les Trogites ont imaginé ce système de communication il y a très longtemps. Dès que deux d'entre eux peuvent se voir, ces drapeaux leur servent à converser, quelle que soit la distance. Keselo viendra avec nous sur la corniche nord quand nous entrerons dans le canyon. Le général veut rester en contact avec vous pendant toute l'opération.

— Les Trogites sont sacrément malins, on dirait, fit Marteau-Pilon.

— Ils font souvent la guerre, répondit Lièvre, et tout ce qui la rend moins difficile les intéresse. Nos cornes ont à peu près le même usage, mais leur système paraît beaucoup plus complexe.

— Tu t'entends bien avec Keselo ? demanda Bec-Crochu, une lueur calculatrice dans le regard.

— Très bien, Cap'tain ! C'est un jeunot, mais il a la tête sur les épaules. Comme il est bavard, j'apprends beaucoup de choses sur l'Empire. Bien plus qu'il ne veut m'en révéler, je crois…

— Colle-lui aux basques, ordonna Sorgan. Et vois si tu peux apprendre ce langage à base de drapeaux. Même si nous ne l'utilisons jamais, ça nous servira quand nous recommencerons à piller les vaisseaux trogites. Marteau-Pilon, va dire à Bovin de réveiller l'équipage, et passe le mot aux autres drakkars. Nous devrons être sur la plage au lever du soleil.

— Compris, chef !

Le quartier-maître sortit de la cabine.

— Arc-Long t'a parlé de nos ennemis ? demanda Sorgan à Lièvre.

— A l'entendre, ils sont plongés dans la confusion, et il n'en reste pas beaucoup. La crue les a surpris, comme nous l'avions prévu. Selon Arc-Long, il leur faudra un moment pour remplacer leurs camarades noyés…

— Il est sûr qu'ils n'abandonneront pas ?

— Il a peut-être des doutes, mais Zelana est catégorique. Je glane sans cesse des bribes d'informations… A mon avis, le Vlagh a une sacrée dent contre la dame et sa famille. Cette créature de malheur enverra ses hordes contre nous jusqu'à ce qu'il ne lui reste plus un monstre valide.

— Tu aimes rassurer les gens, Lièvre, ça se voit… Bon sang, j'aurais dû demander plus d'or ! Pourquoi appelles-tu le Vlagh comme ça ? Une créature, je veux dire… « Chef » ou « roi » ne conviendrait pas ?

— Zelana et les siens utilisent souvent ce mot… Comme s'ils ne connaissaient pas bien leur ennemi. Pour ce que j'en sais, il s'agit peut-être d'un animal, voire d'un insecte. En tout cas, tant qu'il se tapira dans les Terres Ravagées, les Dhralls ne seront pas en sécurité.

— Et c'est là que nous intervenons, conclut Sorgan.

LE CANYON

1

Fils d'une famille trogite très distinguée, Keselo de Kaldacin savait que son choix de carrière, s'enrôler dans l'armée de Narasan, avait profondément déçu ses parents. Son frère aîné était membre du Palvanum, le centre du pouvoir exécutif dans l'Empire. Le puîné, qui s'était lancé dans le commerce, serait bientôt l'homme le plus riche de la capitale.

Keselo avait préféré fréquenter l'université de Kaldacin, même si la quête de la connaissance ne l'enthousiasmait pas vraiment. Pour être franc, ses années d'études lui avaient surtout servi à différer le moment d'opter pour un métier. Ses deux frères, bien entendu, n'avaient jamais été dupes, et leur condescendance – quelque peu ricanante – avait joué un rôle non négligeable dans sa décision. Après avoir copieusement maugréé, son père lui avait acheté un brevet dans l'armée de Narasan.

Son enfance lui avait appris à garder pour lui ses pensées et ses opinions. Une qualité précieuse lors de ses premières années de vie militaire… Beaucoup de jeunes officiers, anxieux de s'affirmer, montaient en épingle leurs plus insignifiantes actions. Keselo obéissait aux ordres et n'émettait jamais l'ombre d'un commentaire.

Comme il le découvrit vite, le général Narasan appréciait cette attitude. Apparemment, un aspirant capable de tenir sa langue était une perle rare dans l'armée trogite.

Dès le début de son service, Keselo avait pris part à quelques campagnes. Sans doute par chance, il s'y était distingué – modestement, comme il se doit. Puisqu'il ne prenait jamais de risques inutiles, peu de ses hommes avaient été gravement blessés, et sa section déplorait un minimum de pertes. Narasan s'en était félicité. Un officier qui ne se vantait pas et ne faisait pas massacrer ses soldats, quelle aubaine ! Logiquement, les « petits gars » du jeune homme s'étaient très vite attachés à lui.

Les choses s'étaient gâtées pour tout le monde lors d'une désastreuse campagne, dans le sud de l'Empire. Le général ayant dramatiquement sous-estimé les forces ennemies, douze cohortes avaient péri. Et ce jusqu'au dernier homme ! Désespéré, Narasan avait jeté son uniforme aux orties pour se recycler dans la mendicité. Selon Keselo, c'était une faute pire que l'erreur d'appréciation qui avait coûté la vie à tant de braves types. Sans chef compétent, l'armée s'était rapidement désagrégée.

Alors, presque par miracle, le Dhrall nommé Veltan avait chassé la honte et la culpabilité, ramenant indirectement l'ordre là où ne régnait plus que le chaos.

A présent, Keselo et les autres, associés à de sinistres pirates maags, étaient engagés dans une guerre sans espoir contre un ennemi mystérieux que les Dhralls nommaient le Vlagh. Le jeune officier était prêt à accomplir son devoir jusqu'au bout. Mais il avait peu d'espoir de survivre, et n'en accordait guère non plus à ses frères d'armes.

Comme toujours, il garda ses pensées pour lui-même.

S'il n'était pas ravi de sa nouvelle affectation – sémaphoriste détaché auprès de Bec-Crochu –, Keselo ne s'étonnait pas que ce « cadeau » lui soit tombé dessus. Pour une raison connue de lui seul, le général aimait lui confier des missions inhabituelles. Peut-être afin de mettre à l'épreuve ses compétences. Un comportement certes flatteur, mais le jeune homme, dans le secret de son âme, aurait aimé que son chef se trouve un autre cobaye.

Il faisait une chaleur agréable. Sans rapport avec celle de l'été, et de loin, mais il semblait douteux qu'il neige de nouveau sur les montagnes qui se dressaient à l'est de Lattash.

Alors que les Maags s'engageaient sur la corniche nord, Keselo s'avisa qu'ils n'étaient guère organisés. Chaque capitaine continuait à commander son équipage – en gros, l'équivalent d'un peloton – et il n'y avait pas l'ombre d'une chaîne de commandement. Apparemment, les pirates ignoraient jusqu'à l'existence d'une telle structure. Prudent, le Trogite s'abstint donc de tout commentaire.

Il trouva le canyon très intimidant. Non qu'il n'y eût pas de montagnes dans l'Empire, bien sûr. Mais elles étaient bien plus petites et on ne voyait pas pousser sur leurs flancs des arbres aussi gros que ceux du Pays de Dhrall. Des troncs de près de neuf mètres de diamètre, les premières branches n'en jaillissant pas avant une bonne cinquantaine de mètres de haut ! De quoi, pour Keselo, passer la journée en allant de surprise en surprise.

Un peu avant le coucher du soleil, Sorgan leva une main pour arrêter la colonne.

— Nous allons camper ici, annonça-t-il. Si des hommes-serpents ont survécu à la crue, ils doivent rôder dans le coin. Donc, nous devrons ériger des protections. Keselo, préviens ton chef que nous n'irons pas plus loin aujourd'hui. A mon avis, il a intérêt à nous imiter.

— A vos ordres, messire ! répondit le Trogite.

Il bomba le torse et se tapa du poing sur la poitrine. Il aurait juré que Bec-Crochu détestait son sens pointilleux du protocole militaire. Et il s'en fichait ! Pour ce qui serait sans doute sa dernière guerre, il tenait à agir dans les règles.

Il approcha du bord de la corniche, déploya son drapeau rouge et transmit la nouvelle à Narasan, sur l'autre rive.

Les Trogites firent halte et commencèrent à dresser un camp. Enroulant son drapeau, Keselo alla faire son rapport au capitaine.

— Ils ont compris le message ?

— Oui, messire. Et ils s'arrêtent aussi pour la nuit.

— Parfait... Marteau-Pilon, charge des hommes d'ériger une solide barricade devant notre position, et désigne des sentinelles. Pas question d'avoir de mauvaises surprises cette nuit.

Lièvre approcha du gouffre et jeta un coup d'œil au fond.

— La rivière est revenue dans son lit, Cap'tain. Skell et ses hommes ont dû regagner leur position.

— Il faudra nous en assurer... Avant de remonter davantage la rivière, je dois être certain que Skell et Torl tiennent solidement cette position. Arc-Long pense que nos lances empoisonnées nous garantiront la victoire... S'il se trompe, je veux pouvoir me replier sur des défenses solides.

Pendant que les « volontaires » désignés par Marteau-Pilon érigeaient une barricade rudimentaire, le gros de la troupe s'installa pour la nuit.

Le lendemain, dès l'aube, la colonne se remit en marche.

Le canyon, nota Keselo, devenait de plus en plus étroit, avec des parois très abruptes. Vers midi, au sortir d'un lacet, Skell apparut soudain devant eux.

— Qu'est-ce qui t'a retenu, cousin ? lança-t-il à Sorgan.

— Epargne-moi ton humour douteux… Tes gars travaillent de nouveau sur les défenses ? Je n'irai pas plus loin tant qu'ils n'en auront pas terminé. (Bec-Crochu hésita, puis se lança :) J'ai de mauvaises nouvelles, cousin. Nos ennemis sont beaucoup moins désarmés que dame Zelana nous l'a laissé entendre au début. Elle a oublié de nous préciser qu'ils étaient des hybrides d'humains, de serpents et d'insectes.

— Pardon ? grogna Skell.

— Ces soldats n'ont pas d'armes, parce qu'elles ne leur serviraient à rien. Ils sont dotés de crocs et de dards empoisonnés.

— Je crois que l'heure de rentrer au pays a sonné pour moi, Sorgan…

— N'en fais pas toute une affaire, mon vieux. Arc-Long nous a fourni un moyen facile de bousiller ces monstres. En les tuant avec leur propre venin ! Ce sacré Dhrall en enduisait les pointes de ses flèches. A présent, nos lances sont traitées de la même manière. Nous ferons un massacre en restant hors de portée de nos adversaires.

— Et comment enduirai-je de venin les armes de mes gars ?

— J'en ai des réserves largement suffisantes, cousin. Des jarres et des jarres, pleines à ras bord. Et par amitié, je veux bien t'en céder une dizaine à moitié prix.

— Epargne-moi *ton* humour minable, Sorgan. Torl est arrivé ?

— Il est entré dans la baie juste après la crue. Ses

marins et lui devraient te rejoindre vers dix heures, demain.

— Parfait… Je le chargerai de fortifier la corniche sud. Combien d'équipages peux-tu me laisser ?

— Une trentaine… Si nous rencontrons une force importante, je ne veux pas être en infériorité numérique.

— Ça devrait suffire… Demain soir, le travail sera terminé sur les berges de la rivière. Ensuite, nous empilerons des rochers pour bloquer les corniches. Dans dix jours, nous aurons érigé un mur infranchissable. Si les monstres vous forcent à battre en retraite, nous serons là pour les arrêter, et tu auras un endroit où te cacher après avoir perdu la moitié de tes hommes.

— Tu es drôle à mourir, Skell…

— Je veille sur ma famille, Sorgan… Quand Torl et moi aurons terminé le travail, personne ne pourra plus passer sans ma permission.

— Alors, tu auras gagné ta solde, cousin. Tu seras le point d'ancrage de cette campagne, donc soigne le boulot, et tiens ta position à n'importe quel prix. (Sorgan regarda autour de lui.) Nous allons camper ici, et je dois mettre au point quelques détails avec Narasan. Tu as déjà construit une passerelle.

— Non, on traverse à la nage ! C'est un jeu d'enfant, sauf quand on tente de transporter des rochers de plus d'une tonne.

— Skell, si tu pouvais arrêter de prendre cette affaire pour une farce…

— Je veux bien, à condition que tu ne poses plus de questions stupides. Bien sûr que nous avons construit une passerelle ! Sinon, comment Torl et ses hommes pourraient-ils aller travailler sur la corniche sud ?

Sorgan ne releva pas, pour une fois…

— Nous repartirons demain à l'aube, dit-il. Les Trogites et moi retiendrons les monstres jusqu'à ce que tu aies fini. Dès que ce sera fait, envoie-nous des messagers. Si tout se passe comme je l'espère, nous contrôlerons la situation, et l'ennemi devra danser au son de *nos* cornes de brume. (Il se tourna vers Keselo.) Va dire à Narasan que je veux lui parler, demain, avant le départ.

— A vos ordres, messire ! répondit le Trogite en saluant, comme toujours.

Le raffinement du plan de Bec-Crochu lui en bouchait un coin. Malgré leurs allures de sauvages abrutis, les Maags n'avaient pas un pois chiche à la place du cerveau…

Bec-Crochu et Narasan se rencontrèrent un peu en amont des défenses de Skell. L'aube pointait à peine, et les deux colonnes étaient déjà prêtes au départ.

— Du beau travail, admit le général. Mais la rivière en elle-même risque d'être le point faible de ces défenses.

— Skell a tout prévu, Narasan. Nous aurons un mélange entre une barricade et un barrage. Les hommes-serpents, tu le sais, ne sont pas bons nageurs. S'il y a trois mètres d'eau devant les fortifications, ils ne pourront pas attaquer. Torl arrivera demain, et le rythme de travail s'accélérera. Pour le moment, seule la corniche nord est défendue. Une chance, car la crue aurait emporté l'ouvrage, s'il avait été achevé. Quand mes hommes en auront fini avec les berges de la rivière, ils monteront deux murailles pour bloquer les corniches. Alors, si les choses tournent mal, nous saurons où nous réfugier. Pour l'heure, notre mission est de contenir l'ennemi jusqu'à ce que Skell en ait terminé.

— Non, Sorgan… Notre travail est d'atteindre l'entrée

de ce canyon *avant* que le Vlagh envoie des monstres remplacer ceux qui se sont noyés. Et si nous tenons notre position, aucun ennemi n'arrivera jamais jusqu'ici.

— Tu as peut-être raison, mais nos adversaires nous réservent encore beaucoup de surprises. Nous dormirons tous mieux en sachant que des défenses inexpugnables nous attendent sur nos arrières.

— Messires, osa intervenir Keselo, puis-je vous proposer un compromis stratégique ?

— Nous t'écoutons, dit Narasan.

— Sur la maquette de Barbe-Rouge, on voit un défilé très étroit, à l'entrée du canyon. Si nous envoyons une avant-garde, et qu'elle avance au pas de course, nous serons en mesure de contrôler cette position dans trois ou quatre jours. Pendant ce temps, nos hommes construiront une barricade provisoire, à travers le canyon, deux kilomètres devant nos véritables défenses. Juste au cas où des monstres marcheraient déjà vers nous. Bien entendu, dans cette hypothèse, notre avant-garde risque de ne pas atteindre l'entrée du canyon. Mais elle pourra battre en retraite derrière un semblant de fortification.

— Ce gamin nous gâche le plaisir…, dit Sorgan. Nous aurions pu nous disputer pendant une heure, et il lui a fallu cinq minutes pour trouver la solution. Quel enquiquineur !

— Eh bien, fit Narasan, personne n'est parfait…

— Je vais affecter une grande partie de mes hommes à la construction de la barricade. Les troncs d'arbres ne sont pas aussi solides que les rochers, mais ils tiendront l'ennemi à distance. Surtout si nous plantons devant des pieux trempés dans du venin. J'ai remarqué, à Lattash, que les monstres noyés ne portaient pas de chaussures.

Marcher pieds nus dans un champ de pieux empoisonnés n'est sûrement pas un moyen de vivre très vieux.

— Je te promets de ne pas essayer, Sorgan, jura Narasan, sans esquisser un sourire.

Vers dix heures, le lendemain, alors que Lièvre et Keselo jouaient les éclaireurs pour le gros de la colonne, le petit Maag s'arrêta net.

— C'est un village que je vois là-bas, sur l'autre rive ?

— Où ça ?

— Devant nous, sous cette saillie rocheuse.

Keselo plissa les yeux. Il semblait bien y avoir des bâtiments nichés sous un éperon rocheux.

— Un hameau abandonné…, dit-il. Dans l'Empire, il y a beaucoup d'endroits de ce genre. Il y avait des habitants, et personne ne sait pourquoi ils ont plié bagage pour ne jamais revenir.

— Ces gens ne sont peut-être pas partis, mon ami. Une guerre ou une épidémie a pu les exterminer.

— C'est possible… Ces ruines, pour ce qu'on en voit encore, semblent beaucoup plus sophistiquées que vos huttes, à Lattash. Si nous avions le temps, j'aurais aimé les explorer.

— Eh bien, moi, lâcha Lièvre, ça ne m'intéresse pas assez pour traverser la rivière à la nage.

Après une excursion au sommet des falaises, Arc-Long revint sur la corniche nord en fin d'après-midi.

— A première vue, dit-il à Sorgan, tous les sbires du Vlagh ont été emportés par la crue. Nous n'en avons pas encore aperçu un…

— Ils se cachent peut-être dans les fourrés.

Le Dhrall secoua la tête.

— Ça ne m'empêcherait pas de les voir… S'il y en

avait, je les aurais repérés. J'ai aperçu quelques daims, mais rien d'autre.

— Nos ennemis ne brillent pas par leur intelligence, constata Lièvre. Ils auraient dû avoir conscience du danger…

— Ils vivent dans un désert. L'eau est très rare dans les Terres Ravagées. (Arc-Long se tourna vers Bec-Crochu.) Prendre des précautions ne fait jamais de mal, mais je suis sûr qu'il n'y a pas de danger. Nous continuerons à patrouiller au sommet des falaises. A la première alerte, tu seras prévenu, Sorgan. Mais ton armée et celle de Narasan devraient atteindre sans encombre l'entrée du canyon.

— C'était le seul point délicat du plan… Si Narasan et moi tenons cette position, nous aurons gagné la guerre pour vous.

— C'est exactement ce que je voulais dire, fit Arc-Long, un peu agacé.

Alors que la nuit tombait sur le camp improvisé et anarchique des Maags, Keselo s'éloigna des feux de camp, désireux d'être à l'écart de ces brutes de pirates.

— Quel est ton problème, ami ? lança soudain la voix d'Arc-Long.

D'instinct, la main du Trogite vola vers la garde de son épée.

— A ta place, je ne ferais pas ça…, grogna le Dhrall.

— Tu m'as surpris, c'est tout, s'excusa Keselo.

— Quelque chose te tracasse, n'est-ce pas ?

— Tout ça me désoriente… Je ne suis pas habitué à me battre dans ce genre d'environnement. Il n'y a pas de routes, et avec les arbres, on ne voit rien à trois mètres devant soi.

— Nos ennemis sont aussi aveugles que toi, Keselo. Quand la nuit tombe, *tout le monde* est invisible. Mais il n'y a pas que ça, mon ami. J'en suis sûr…

— J'ai peur..., avoua le Trogite. Depuis toujours, les serpents me terrorisent, et voilà que je dois affronter des créatures mi-homme mi-reptile ! Quelles armes utiliser pour me défendre ?

— Tu possèdes déjà l'arme absolue. Ton esprit, jeune officier ! Les sbires du Vlagh sont des abrutis. C'est voulu par leur maître, qui tient à se réserver le privilège de l'intelligence. Voilà longtemps que je les traque, et leur crétinisme continue de me surprendre. Leurs armes étant intégrées à leur corps, ils n'ont aucune idée de ce qu'est une épée, une lance ou un arc. Un jour, j'en ai tué treize de suite au même endroit. J'aurais pu faire mieux, mais je n'avais pas assez de flèches. Les survivants regardaient tomber leurs compagnons sans réagir, comme s'ils se demandaient ce qui leur arrivait.

— Bon sang, ce n'est pas possible !

— Oh que si ! N'oublie jamais ce que nous a dit Celui-Qui-Guérit, dans la grotte de Zelana. Les serviteurs du Vlagh ne sont pas assez malins pour avoir peur. Si leur maître en envoie mille à l'assaut, le dernier survivant continuera à charger jusqu'à ce qu'il tombe raide mort. Pour lui, voir crever les autres n'aura aucun sens. Ces monstres n'ont pas conscience que toute créature est promise à disparaître. Persuadés qu'ils vivront éternellement, ils lâchent leur dernier soupir avec une infinie surprise.

— Ils ne sont pas très grands, je crois...

— Des nabots... Encore plus bas du cul que Lièvre ! Mais ils sont rapides... (Arc-Long eut un petit sourire.) Ne gaspille pas le poison, sur la pointe de ton épée. Une égratignure, n'importe où sur leur corps, suffit à les tuer. Inutile de leur enfoncer ton épée dans le corps.

— Et voilà que je vais devoir réapprendre l'escrime, grogna Keselo, morose.

Arc-Long tendit un bras et, du bout de l'index, tapota le plastron du Trogite.

— Cet équipement te sera très utile, dit-il. Quand un monstre s'y sera brisé les crocs et les dards, il deviendra inoffensif comme un agneau…

Les jours suivants, ils continuèrent de remonter le canyon. Promu porte-parole de Bec-Crochu, Keselo contacta régulièrement le général Narasan en son nom.

Les deux chefs jugeaient inquiétant qu'il n'y ait pas encore eu de contact avec les forces ennemies. Le jeune Trogite remarqua que Sorgan avançait à présent épée au poing. Très vite, tous les hommes d'équipage du *Cormoran* l'imitèrent…

Désormais, les arbres étaient moins imposants et la végétation se raréfiait. Keselo s'en félicita. Encore un petit effort de la nature, et il aurait l'impression d'évoluer dans un environnement normal. L'idée que des monstres venimeux se tapissent dans les fourrés l'avait rendu nerveux. A présent qu'il allait mieux, sa curiosité naturelle reprenait le dessus.

— Arc-Long, le paysage a beaucoup changé, dit-il au Dhrall un après-midi. Qu'est-il arrivé aux arbres et à la végétation ?

— C'est le feu, je pense… Par un été très sec, une étincelle suffit à tout embraser. De plus, nous sommes un peu plus haut dans les montagnes. En altitude, le printemps est très court. Ça limite la croissance des arbres et des buissons.

— Je sais que tu te sens chez toi dans la forêt, mon ami. Moi, je préfère les terrains découverts. Maintenant que je vois loin devant moi, mes angoisses disparaissent…

— J'en suis ravi pour toi, fit Arc-Long avec l'ombre d'un sourire.

Au matin du sixième jour de marche, Bec-Crochu envoya des éclaireurs explorer le défilé, à l'entrée du canyon.

— Tous les hommes-serpents ont dû mourir noyés, Cap'tain, annonça Bovin vers midi. Arc-Long n'a pas repéré de survivants.

— Si ça devait s'arrêter là, dame Zelana ne se serait pas donné tant de mal pour nous engager. Il y a sûrement d'autres ennemis quelque part.

Keselo sonda la corniche, loin devant lui. Il vit Lièvre courir vers eux de toute la vitesse – considérable – de ses petites jambes.

— On les a vus, Cap'tain..., haleta-t-il quand il arriva.

— Où ?

— Un bon bout de chemin devant vous, chef. Arc-Long patrouillait en haut de la falaise, et il nous a fait signe de le rejoindre. Une grande plaine s'étend de l'autre côté du canyon. Beaucoup plus bas, après une longue pente. Les monstres sont massés au pied de ce qui est pour eux une montée.

— Combien sont-ils ? demanda Bovin en serrant le manche de sa hache à s'en faire blanchir les phalanges.

— Je ne sais pas compter jusque-là, avoua Lièvre. Mais je crois que nous ne sommes pas bien partis...

2

— Bovin, les hommes ne doivent plus avancer pour le moment. Inutile d'alerter l'ennemi…

— Compris, chef !

Sorgan et Keselo suivirent Lièvre jusqu'aux abords du défilé. A cet endroit, la rivière n'était plus qu'un minuscule cours d'eau qui ruisselait entre les rochers. Des petits paquets de neige sale s'accrochaient encore aux branches des arbres rabougris. L'horizon étant dégagé, on voyait à des lieues devant soi, très loin au-delà des montagnes.

Le général Narasan venait aussi d'arriver. Son casque sous le bras, il parlait avec Arc-Long devant l'entrée du défilé.

— Lièvre vient de me dire qu'on a enfin repéré quelques monstres, fit Sorgan.

— Beaucoup plus que ça, mon ami. Nous allons mériter notre argent, tu peux me croire. Et même une petite rallonge…

— C'est ce que j'ai cru comprendre. Ils sont si nombreux ?

— Viens voir par toi-même, dit Arc-Long.

Il ouvrit la marche, guidant ses compagnons dans le défilé, entre deux immenses pics. Keselo nota que le général ne s'était pas trompé. Cet endroit serait idéal pour contenir l'ennemi. Avec si peu de place, les monstres perdraient l'avantage du nombre.

Ils sortirent du défilé. Ebahi, le jeune Trogite sonda l'interminable bande de sable semée de rochers qui s'étendait devant eux aussi loin qu'ils pouvaient voir. Sur ce terrain désolé, des hordes de petites silhouettes avançaient pour rejoindre celles qui se massaient au pied de la pente. L'horizon était noir de monstres !

— On comprend pourquoi les habitants de cette région rêvent de conquêtes territoriales, dit Narasan. Comment peuvent-ils survivre dans un endroit pareil ?

— C'est un peu sinistre, concéda Bec-Crochu, mais ne pleurons pas sur leur sort. Notre boulot consiste à les empêcher d'annexer le Domaine de Zelana. Hélas, je ne vois pas comment nous y prendre !

— Pas de défaitisme, dit Narasan. Je réfléchis...

Keselo étudia la pente et repéra des dénivellations qui semblaient trop régulièrement disposées pour être le fruit du passage du temps et des intempéries. Du bout d'une botte, il déblaya le sable, à ses pieds, et découvrit que le sol rocheux était parfaitement plat. Eliminant davantage de sable, il mit au jour un interstice, entre deux blocs de pierre. Intrigué, il tomba à genoux, continua à déblayer et en découvrit un autre, un peu plus loin, puis un nouveau...

— Bon sang, c'est impossible ! s'exclama-t-il en se relevant.

— De quoi parles-tu ? lui demanda Narasan.

— Cette pente n'est pas naturelle, messire. Je parierais que c'est un escalier géant !

— Tu délires, jeune homme ?

— Voyez par vous-même, général.

Ils s'accroupirent tous, écartèrent le sable et découvrirent plusieurs marches de pierre.

— Si c'est la même chose jusqu'en bas, souffla Narasan, stupéfait, il aura fallu des siècles à l'ennemi pour bâtir cet ouvrage.

— Le Vlagh est très patient, dit Arc-Long. C'est le point le plus bas de la muraille de montagnes qui séparent les Terres Ravagées du Domaine de Zelana. Pour attaquer, le Vlagh devait trouver un moyen de conduire son armée à l'entrée du canyon. Un passage que les intempéries et le temps ne risqueraient pas de détruire… Mes amis, le maître des Terres Ravagées prépare son invasion depuis très longtemps…

— Pas de chance pour lui ! ricana Sorgan. Ces foutues créatures ont bâti un escalier géant, et nous allons le démolir. Les fous qui tenteront de gravir les marches ne goûteront pas la plaisanterie, quand nous ferons rouler des blocs de pierre vers eux.

— Ne nous précipitons pas, Sorgan, dit Narasan.

Il s'engagea sur la pente, continua à déblayer le sable en chemin, et s'arrêta très souvent pour regarder derrière lui.

— Il serait dommage de gaspiller du matériel d'aussi bonne qualité, non ? Cet escalier est quatre ou cinq fois plus large que le défilé. Nous aurons assez de blocs de pierre pour ériger un fortin bien plus haut que prévu. Jusque-là, je pensais à une barricade. Avec tous ces blocs, pourquoi ne pas obstruer complètement le défilé ? En gravissant ce qui restera des marches, nos adversaires auront une vue imprenable sur un grand mur de pierre. A mon avis, ils comprendront le message.

— Il y a des chances, dit Sorgan. Surtout si nous laissons dans le mur des meurtrières qui nous permettront de larder de coups de lance les monstres téméraires. Narasan, tes hommes sont-ils doués pour le bâtiment ? Skell a réquisitionné tous les Maags qui s'y connaissaient un peu.

Le général remonta jusqu'à l'entrée du défilé.

— Les soldats trogites passent plus de temps à construire qu'à se battre. Si tes marins descellent les blocs de pierre et se chargent du transport jusqu'au chantier, les miens bâtiront le fortin en un clin d'œil. Nos avant-gardes n'arriveront pas avant quelques heures. Voilà qui nous laissera le temps de peaufiner les détails.

— Excusez-moi, intervint Keselo, mais ne serait-il pas préférable que nos ennemis ne voient pas ce que nous faisons ?

— Tu suggères que nous travaillions de nuit ? demanda Sorgan.

— Pas vraiment, non… Le vent dominant souffle de l'ouest, et la fumée va où il l'emporte. Quelques bons feux, avec des branches d'arbres à feuilles persistantes, et nous aurons un écran assez opaque pour que les monstres ne nous distinguent plus. Qu'en pensez-vous ?

— Ça peut marcher…, souffla Sorgan. Ce jeune homme est rudement malin, Narasan !

— Il ne vole pas sa solde…, approuva le général.

— C'est normal pour des marins…, expliqua Lièvre à Keselo, le lendemain matin, lorsque le jeune Trogite s'étonna de la coordination des Maags, lors du démontage de l'escalier géant. Les membres d'un équipage apprennent très vite à coopérer. Quand le vent ne suffit pas, les drakkars avancent à la rame. Si les rameurs ne sont pas synchronisés, le navire ne va nulle part. *Idem* quand nous levons la voile. Tout le monde doit tirer en même temps…

Lièvre jeta un coup d'œil aux Maags qui travaillaient

devant le défilé, un peu en contrebas. Puis il admira la pile régulière de blocs déjà constituée à l'entrée du passage.

— Au lieu de faire la chaîne, si chaque marin soulevait un bloc et le portait jusqu'à la pile, ils se gêneraient les uns les autres et ce serait la pagaille.

— C'est très probable, acquiesça Keselo.

En milieu d'après-midi, Bovin gravit les marches que les Maags n'avaient pas démontées, au centre de l'escalier, histoire de transporter plus facilement les blocs de pierre.

— Cap'tain, dit l'officier en second, une équipe reposée pourrait prendre le relais et continuer toute la nuit. Les feux nous fourniront assez de lumière pour voir ce que nous ferons…

— Une bonne idée, Bovin, approuva Bec-Crochu. Dès que nous aurons fini de monter les blocs, les Trogites construiront le fortin.

— Vous travaillez vraiment après la tombée de la nuit ? s'étonna Gunda, le Trogite chauve.

— En mer, on ne se tourne jamais les pouces, même dans le noir, répondit Sorgan. Le vent et la marée ne s'arrêtent pas sous prétexte que le soleil s'est couché. (Il se tourna vers Narasan.) C'est une méthode à envisager, sais-tu… Demain, le gros de tes troupes, et des miennes, nous rejoindra. Ça nous fera autant d'ouvriers frais et dispos en plus ! Si nous instituons tous les deux des équipes de nuit, le travail prendra la moitié du temps prévu.

— Bien raisonné, admit le général. Selon toi, quand tes hommes en auront-ils terminé ?

— S'ils ne mollissent pas, la première cinquantaine de mètres d'escalier devrait être déblayée autour de midi, demain. Le reste te regarde. Mes gars démontent, et les tiens bâtissent.

— Très gentil à toi, Sorgan, fit Narasan, sarcastique.

Conscient de gêner les marins en restant campé devant l'escalier pour les regarder travailler, Keselo remonta le court défilé et gagna la petite clairière qui s'étendait derrière. Près du ruisseau qui semblait être la source de la rivière, elle-même à l'origine du canyon, Barbe-Rouge était assis près d'un petit feu.

— Je crois que tu pourrais m'expliquer quelque chose, mon ami, dit le jeune Trogite.

— Je veux bien essayer, si c'est une question que j'arrive à comprendre...

— Ta tribu a-t-elle vécu jadis dans le canyon ? En chemin, Lièvre et moi avons vu plusieurs villages abandonnés, de votre côté de la rivière.

— Oublie ça... Autant qu'on le sache, ils sont déserts depuis très longtemps. Bien avant que notre tribu s'installe dans cette région du Domaine de Zelana.

— C'est pour ça que tu ne les as pas représentés sur ta maquette ?

— Pas seulement..., avoua Barbe-Rouge. Les anciens de la tribu sont mal à l'aise dès qu'on en parle. Je ne sais pas trop pourquoi... Nattes-Blanches ne m'a pas interdit de les inclure dans la maquette, mais j'ai deviné qu'il serait content que j'en prenne l'initiative.

— Ces lieux lui font peur ?

— Ce mot est trop fort, Keselo. Il s'agit plutôt d'une vieille superstition. Ici, ça n'est pas une petite affaire... Par exemple, nous fuyons les cimetières et nous demandons toujours pardon aux proies que nous chassons. J'ignore si c'est utile, mais ça paraît convenable, et ça ne coûte rien. Les villages étaient là à notre arrivée dans cette région. Ceux qui les ont construits n'ont rien à voir avec nous. Nos huttes ne sont pas en pierre, et nous choisissons, pour les installer, des endroits plus commodes. Mais pourquoi cet intérêt soudain ?

— La curiosité, voilà tout... Il y a beaucoup de ruines de ce genre dans l'Empire, mais sur des terrains plus favorables à l'agriculture. As-tu exploré un de ces villages ?

— Pour quoi faire ? Je suis un chasseur chargé de nourrir sa tribu en tuant des animaux ou en pêchant. A quoi bon rôder dans des ruines, ou explorer les grottes dont ces montagnes sont truffées ? Ce serait une perte de temps.

— Il y a des grottes chez vous aussi ? s'étonna Keselo.

— On en trouve dans toutes les montagnes, mon ami. C'est bien connu. J'ai même une théorie, si ça t'amuse de l'entendre...

— Je t'en prie !

— Les montagnes apparaissent quand Notre Père le Sol mange quelque chose qu'il ne digère pas. Il rote, et les pics jaillissent des entrailles de la terre.

— C'est idiot ! s'écria Keselo en tentant de ne pas éclater de rire.

— Si tu as une meilleure hypothèse, je serais ravi de la connaître, grogna Barbe-Rouge. Mais écoute plutôt la suite. Un rot n'est jamais que de l'air qui remonte d'un estomac. Du coup, les montagnes sont farcies de bulles d'air. Les rots qui ne sont jamais arrivés à l'air libre, en quelque sorte.

— Tu ne voudrais pas être un peu sérieux, mon ami ?

— C'est tellement ennuyeux... Mais si tu y tiens ! Selon les anciens, ces villages sont maudits et nous ne devons pas nous en approcher, ni même en parler. Les vieux ont parfois des idées bizarres, tu sais... Les gens qui ont construit ces huttes de pierre, et ceux qui les habitaient, ne sont plus là. Peut-être morts, peut-être partis. Dans le premier cas, les villages doivent être hantés. Dans le second, quelque chose d'affreux a dû les faire fuir. Quoi qu'il en soit, nos anciens jugent plus prudent d'éviter ces ruines. (Barbe-Rouge haussa les épaules.) Comme on n'y trouve sûrement rien de valeur, je n'ai pas perdu mon temps à les explorer. En général, nous obéissons aux anciens. De temps en temps, un téméraire se sent pourtant obligé d'aller fouiner dans les ruines. Le plus souvent, on ne le revoit jamais.

— N'est-ce pas une preuve de la sagesse des anciens ?

— Oui et non... Notre tribu vit à Lattash depuis des centaines d'années. Avec le temps, même les constructions en pierre finissent par s'écrouler. Et si un plafond te tombe dessus... Il se peut aussi que des villages entiers aient sombré dans une des bulles d'air dont je parlais tout à l'heure. Les fouineurs ne sont pas toujours victimes de fantômes ou de malédictions. Souvent, une cause naturelle suffit.

— On dirait que tous ces hameaux sont sur le flanc sud du canyon. Lièvre et moi n'en avons pas vu sur le flanc nord.

— C'est normal... D'après mes observations, d'une corniche, il est impossible de voir les villages nichés sur le même flanc. Et c'était sûrement voulu. En ces temps-là, il devait déjà exister des gens très inamicaux, parce que la méchanceté est aussi vieille que le monde. En partant d'ici, le village le plus proche est à quelques kilomètres, sur la face nord du canyon. Juste au-dessus, au sommet de la falaise, se dresse un vieil arbre calciné, tellement incliné vers le gouffre qu'on le voit même de la corniche nord.

— Dès que la guerre m'en laissera le temps, j'irai jeter un coup d'œil.

— A quoi bon risquer ta vie pour quelques ruines branlantes ?

— La curiosité... C'est mon péché mignon.

Au matin d'une longue nuit de travail, les Maags eurent presque fini de retirer du sol les plus hautes marches du grand escalier – sauf celle de la section centrale, désormais très étroite.

Se tenant à l'écart pour ne pas gêner les travailleurs, Keselo et Lièvre regardèrent approcher Narasan et Bec-Crochu.

— Je crois que ça suffit, dit le général au capitaine. Il est temps de bâtir le fortin.

— Tout à fait d'accord... Si les hommes-serpents s'engageaient maintenant dans l'escalier, nous serions très mal. Mettons donc tes hommes au travail ! (A travers la fumée, Sorgan aperçut quelqu'un, en contrebas.) Bovin ! (Le colosse, responsable des diverses équipes, gravit une des nombreuses échelles qui évitaient aux Maags de faire la queue sur l'escalier central embouteillé.) Oui, Cap'tain ? lança-t-il quand il fut à mi-chemin de l'échelle de corde.

— Les Trogites ont assez de blocs de pierre. Rappelle les sentinelles et le plus d'hommes possible. Ensuite, avec les autres, détruisez la plus grande partie de l'escalier, et faites rouler les marches jusqu'au pied de la pente. Si des monstres essaient d'approcher à la faveur de la fumée, ça les découragera.

— Compris, chef, fit Bovin avec un sourire mauvais.

— Narasan, demanda Bec-Crochu, et les feux ? On les laisse mourir ?

— Je préférerais qu'ils brûlent jusqu'à la fin des travaux. Comme le dit un vieux proverbe trogite : « Ne jamais montrer au client un objet en cours de fabrication. »

— J'espère que nos « clients » n'aimeront pas le produit fini, Narasan. Comme ça, ils iront faire leurs courses ailleurs.

— Allons rejoindre Arc-Long, souffla Lièvre à Keselo. Il sera content d'apprendre les dernières nouvelles.

— Bonne idée, mon ami…

Le Dhrall étant en train de descendre le long du flanc nord, le Maag et le Trogite grimpèrent à sa rencontre.

— Les marins en ont terminé, annonça Lièvre. Les hommes de Narasan vont se mettre au travail.

— Excellent ! Pourquoi n'ont-ils pas éteint les feux ?

— Le général veut dissimuler nos activités, répondit Keselo. Nos ennemis ne doivent pas savoir ce que…

— Ça marche dans les deux sens, coupa Arc-Long. S'ils ne peuvent pas nous voir, nous ne les verrons pas non plus.

— Nous le savons, dit Lièvre, mais Bec-Crochu n'a pas voulu s'opposer à Narasan sur ce point. Quand des Maags et des Trogites vivent dans le même campement, la diplomatie s'impose. Oh, j'ai failli oublier ! Le Cap'tain a envoyé un messager à ses cousins. Skell et Torl nous rejoindront dans quelques jours.

— Ce n'est peut-être pas une bonne idée, fit le Dhrall. Si les monstres nous contournent, le Domaine de Zelana sera sans défense.

— Cette femme est très importante pour toi, on dirait, avança le Trogite.

— Je vis pour la servir… Avant de la connaître, j'aurais voulu chasser les sbires du Vlagh jusqu'à la fin de mes jours. Depuis qu'elle est entrée dans ma vie, je ne peux rien lui refuser.

— Et tu n'es pas le seul…, renchérit Keselo.

— Certains chefs s'imposent par la force, dit Arc-Long. Zelana règne grâce à l'amour. La séduction peut être plus cruelle que la brutalité, mais elle marche dix fois mieux.

— J'ai remarqué, soupira Lièvre. Et la petite fille est encore pire !

— Et comment ! lança Arc-Long. Mais elle est si mignonne… Dans combien de temps le fortin sera-t-il terminé ?

— Sans doute demain soir, répondit Keselo, si on travaille aussi de nuit. Alors, nous laisserons les feux s'éteindre… Au matin, nos ennemis verront ce que nous avons fait. Je doute que ça leur plaise…

Gunda, Jalkan et Padan supervisaient la construction du fortin. Comme toujours, Jalkan menait ses hommes à la cravache. Et ce n'était pas une image, car il n'était pas avare de coups de gueule… et de badine.

— Ce type ne survivrait pas une semaine sur un drakkar, dit Lièvre à Keselo. L'équipage s'unirait pour le jeter aux requins.

— Manque de chance, les requins sont rares dans les canyons, répondit Keselo.

— Pourquoi est-il si dur ? Ses gars travaillent aussi bien que les autres.

— Avant d'intégrer l'armée, il était dans les ordres. Les prêtres d'Amar adorent maltraiter leurs inférieurs…

— S'il s'amusait autant, pourquoi avoir changé de carrière ?

— C'est une longue histoire…, éluda Keselo.

— Tant mieux, parce que nous avons du temps devant nous ! insista Lièvre. Ce Jalkan me tape sur les nerfs. S'il s'amuse à me caresser les côtes avec sa badine, il finira avec un couteau dans le ventre. Pourquoi le général ne le rappelle-t-il pas à l'ordre ?

— Cette brute ne restera plus longtemps avec nous… Narasan ne s'est pas privé de lui souffler dans les bronches. La famille de Jalkan était jadis très respectée à Kaldacin, mais elle a sombré dans la corruption. Révulsé par l'idée d'exercer une profession honnête, Jalkan a intégré le clergé d'Amar – l'ultime refuge pour les vauriens. Il ne parle jamais de ces années-là, mais j'ai entendu des rumeurs. Si elles sont vraies, même à moitié, il aurait dû finir en prison, ou sur l'échafaud. S'étant acoquiné avec des criminels professionnels, cette crapule se remplissait les poches. Quand sa hiérarchie a découvert ses malversations, dont il ne partageait pas les bénéfices avec elle, le « saint le plus sacré » l'a chassé de son église, et lui a même infligé une Cérémonie de la Damnation. Jeté à la rue, Jalkan s'est servi de ses derniers sous pour se payer un brevet dans notre armée. Tout le monde serait content qu'il s'en aille. Hélas, il n'en manifeste pas l'intention.

— Si ça vous ennuie autant, pourquoi ne pas en parler à Arc-Long ? proposa Lièvre. Nous ne manquons pas de flèches, alors, une de plus ou de moins. Jalkan serait très beau avec un projectile dhrall planté entre les deux yeux…

— Maintenant que tu le dis, je crois que ça lui irait très bien, admit Keselo. Nous en aurions le cœur brisé, évidemment, mais nous lui ferions de superbes funérailles. Et si la cérémonie avait lieu dans une demi-heure, personne ne s'en plaindrait.

— Une demi-heure me paraîtrait un délai raisonnable, fit Lièvre avec un sourire cruel.

Imitant les marins de Sorgan, les Trogites travaillèrent toute la nuit à la lueur des feux.

Au lever du soleil, Narasan les fit relever par une nouvelle équipe. Confirmant le pronostic de Keselo, la construction fut terminée au coucher du soleil.

— Va prévenir Sorgan, dit le général au jeune officier. Il voudra sûrement jeter un coup d'œil.

— A vos ordres, chef !

Keselo descendit l'escalier arrière du fortin et dénicha Sorgan dans le camp des Maags.

— Le travail est terminé, capitaine Bec-Crochu, annonça-t-il.

— Vous n'avez pas traîné, je vois… Où est Narasan ?

— Sur les créneaux. Et il a l'air très content.

— En principe, je devrais aller le féliciter.

— Je suppose qu'il apprécierait, messire…

— Détends-toi un peu, Keselo ! Inutile de me donner du « messire » toutes les cinq minutes.

— La force de l'habitude, messi…

Sorgan ne put s'empêcher de sourire.

Les deux hommes gravirent l'escalier et rejoignirent le général sur les créneaux. Le fortin faisait quinze mètres de haut, six mètres de large, et on n'aurait pas glissé une épingle entre ses murs et les parois du défilé.

— Du bon travail, Narasan, dit Bec-Crochu. Je suis content d'être derrière cet ouvrage, et pas devant. L'attaquer ne me dirait rien qui vaille.

— Le fruit de l'expérience, fit Narasan, modeste. Mes hommes ont construit beaucoup de murs et de fortins au fil des ans. Pour cet ouvrage-là, nous avons manqué de temps, mais il devrait tenir le coup.

— Pas d'inquiétude, mon ami. Les meurtrières nous permettront de blesser les monstres avec nos épées et nos lances. Si Arc-Long n'a pas exagéré, avec ce poison, les hommes-serpents tomberont comme des mouches. Et vu qu'ils sont aussi stupides que des insectes, ils continueront à jouer à « pique-pique crève-crève » jusqu'à ce que le dernier y laisse sa peau.

— « Pique-pique crève-crève » ? Il faut que je note ça. Ce serait parfait dans un manuel militaire, entre « parade » et « prisonnier ».

Au matin, les feux agonisaient. La fumée ayant disparu, les défenseurs aperçurent les hordes du Vlagh, au pied de la pente. Apparemment, les guerriers attendaient un ordre pour bouger.

Sur les créneaux, Keselo, Lièvre et Arc-Long observaient leurs adversaires.

— Je doute qu'ils apprécient le spectacle, dit le Trogite. Il leur a fallu des siècles pour construire leur escalier, et nous l'avons démonté en moins d'une semaine. Aussi vite qu'ils grimpent, ils arriveront devant un mur infranchissable, et feront des cibles parfaites pour les archers dhralls.

— Il faudra être aveugle pour les rater, approuva Arc-Long. Pendant ce temps, nos amis les Extérieurs les bombarderont de pierres. Un jour dont ils se souviendront longtemps, et pas en bien…

— Je les plains de tout mon cœur, ironisa Lièvre. Cela dit, la guerre est loin d'être finie. Nous allons passer l'été ici, et à l'automne, les monstres survivants continueront d'attaquer.

— C'est à peu près ça, oui, confirma Arc-Long.

De très loin en contrebas monta un rugissement de taureau furieux. Après un concert de hurlements – une réponse sortie de milliers de gorges –, les hommes-serpents déferlèrent comme un raz de marée.

— Ils attaquent ! cria Keselo.

Oubliant leurs anciennes querelles, les Maags et les Trogites se précipitèrent vers le mur avant du fortin.

— Tu ne devrais pas alerter tes archers ? demanda Keselo à Arc-Long, qui regardait les monstres gravir la partie intacte de l'escalier.

— Ils sont déjà prêts à tirer… Mais l'ennemi est encore trop loin. Pas question de gaspiller nos nouvelles flèches, fabriquées avec tant de soin.

— J'apprécie cette délicate attention, mon ami, dit Lièvre.

Les monstres continuaient à gravir les marches. Dans

un silence absolu – un détail qui parut très étrange à Keselo…

— Les premiers sont à portée de tir…, souffla Arc-Long.

Il leva une main et siffla une longue note plaintive.

Des deux côtés du défilé, un essaim de flèches fondit sur les hommes-serpents. Quand les projectiles semblèrent s'immobiliser un instant dans l'air, Keselo vit une certaine beauté dans la parfaite symétrie des deux volées.

Les premiers rangs de monstres, fauchés par les projectiles empoisonnés, basculèrent en arrière, ralentissant la charge.

— Nos adversaires ont devant eux une journée de chien ! jubila Lièvre. Et le soleil vient à peine de se lever.

Le front plissé, Arc-Long paraissait beaucoup moins enthousiaste.

— Quelque chose cloche, dit-il. Des milliers ont couru jusqu'au pied de l'escalier, mais quelques centaines seulement s'y sont engagées. Que font les autres ?

— Vraiment bizarre, renchérit Lièvre en sondant le bas de la pente. De si haut, c'est difficile à voir, mais on dirait qu'une bonne partie de leur armée s'est volatilisée en atteignant le pied de l'escalier. Où sont allés ces monstres ?

— L'escalier était-il une diversion ? demanda Keselo, soudain glacé jusqu'au sang.

— Une quoi ? s'écria Lièvre.

— Une manœuvre conçue pour détourner notre attention de la véritable attaque, expliqua Keselo.

— Mais d'où viendrait ta « véritable attaque » ? objecta Lièvre. Les monstres sont en bas, et nous sommes en haut. Pour nous atteindre, ils doivent gravir les marches. Et pourtant, la moitié de cette horde a disparu en chemin… Ces créatures soulèvent de sacrées colonnes de poussière, d'accord, mais ça ne devrait rien changer à leur nombre.

— Les bulles d'air ? souffla Keselo, se souvenant de la description cocasse de Barbe-Rouge.

— Là, je suis largué, avoua Lièvre.

— Une histoire que Barbe-Rouge m'a racontée… Je lui parlais des ruines, sur les flancs du canyon, et il a dit que ces montagnes étaient truffées de grottes. S'il a raison, les monstres empruntent peut-être ces cavernes pour atteindre Lattash.

— Quel rapport avec ce qui se passe au pied de l'escalier, Keselo ?

— Imaginons qu'il y ait l'entrée d'une grotte quelque part sur la pente, voire à son pied. Et si un réseau de tunnels traversait la montagne pour déboucher beaucoup plus loin dans le canyon ? Si nos ennemis avaient voulu nous dissimuler ce passage, l'escalier géant était parfait. Il aurait suffi de ménager une sorte de corridor menant à la grotte, puis de le recouvrir de blocs de pierre.

— Keselo, dit Lièvre, pour construire ça, il aurait fallu des siècles.

— Ne l'interromps pas, Lièvre, fit Arc-Long. Le temps n'a aucune importance pour les créatures des Terres Ravagées. L'hypothèse de Keselo se tient et expliquerait tout. Continue, mon ami.

— D'accord… L'escalier cache donc le corridor, ou plus précisément le tunnel, qui conduit à l'entrée de la grotte. Mais où débouche le réseau de cavernes, s'il y en a un ?

— Pourquoi pas dans un des villages en ruine ? avança Lièvre.

— Bien vu ! s'exclama Keselo. Barbe-Rouge m'a dit que des membres de sa tribu osent parfois en explorer un. Mais ces aventuriers en reviennent rarement…

— Il faut aller voir, déclara Arc-Long. Où est le village le plus proche ?

— A quelques kilomètres d'ici, sur le flanc nord du canyon, répondit Keselo. Au sommet de la falaise, un arbre calciné se penche tellement vers le gouffre qu'on le voit de la corniche nord. C'est une indication précieuse, puisqu'on ne peut pas, normalement, repérer des ruines si on est directement dessous.

— Allons-y ! trancha Arc-Long, le visage fermé et la voix vibrant de tension. Les hypothèses de Keselo sont fascinantes, mais il faut les vérifier. Voyons si notre ami impérial ne s'est pas trompé…

— Barbe-Rouge t'a parlé de la profondeur de ces grottes ? demanda l'archer dhrall au jeune officier trogite alors que Lièvre et eux longeaient la corniche nord sous la caresse du soleil printanier.

— Il a été avare de détails, répondit Keselo. Les grottes ne doivent pas l'intéresser assez pour qu'il les explore. A moins qu'elles ne le rendent nerveux. Il paraît que certaines personnes n'aiment pas les lieux clos. Mais je parierais que ces cavernes interconnectées s'enfoncent très loin dans le canyon. Un moyen, pour nos ennemis, de nous contourner et de nous prendre à revers.

— Notre seule certitude, c'est que beaucoup de monstres s'évaporent dès qu'ils atteignent le pied de l'escalier. Ce village est une possibilité, mais il y en a d'autres… Commençons donc par là !

— Je crois que j'ai repéré l'arbre calciné ! lança Keselo, un bras tendu vers le sommet de la paroi.

— On s'arrête ici ! ordonna Arc-Long. Monter directement à l'aplomb des ruines serait un suicide si elles abritent vraiment des monstres.

La paroi du canyon, bien qu'abrupte, n'avait rien à voir avec l'à-pic vertigineux qui plongeait vers le désert.

Le petit groupe monta lentement, histoire de faire le moins de bruit possible.

Les trois hommes avancèrent en diagonale jusqu'à l'arête rocheuse qui dominait le village.

Arc-Long s'arrêta et plissa le front.

— Là..., souffla-t-il, désignant un tertre couvert de hautes herbes qui conduisait aux ruines. Les herbes nous cacheront. Si nous sommes silencieux, personne ne nous repérera.

Ils se hissèrent sur le tertre, par sa face arrière, puis ils s'immobilisèrent, obéissant à Keselo, qui se faufila seul entre les hautes herbes.

Il revint très vite sur ses pas.

— Nous sommes un peu au-dessus du village, sur le côté gauche. Si des ennemis sortent à découvert, nous les verrons.

— Allons surveiller le coin, répondit Arc-Long. Si tes soupçons sont exacts, ces ruines grouilleront bientôt de monstres...

Ils se frayèrent un chemin dans les hautes herbes jusqu'au point d'observation déniché par le Trogite.

— On dirait un fort, plutôt qu'un village, souffla Lièvre. Le mur d'enceinte est très lisse, à part bien sûr cette grande brèche, là... Les blocs de pierre manquants ont dû rouler jusqu'au fond du canyon. C'était peut-être un fort, tout compte fait, et cette muraille a dû être criblée de boulets pendant un siège. Mais quand elle était intacte, comment les villageois descendaient-ils chercher de l'eau à la rivière ?

— Si je ne me trompe pas, dit Keselo, il n'y a jamais eu de villageois ! Ces ruines servent uniquement à dissimuler la sortie d'une grotte. Selon Barbe-Rouge, les Dhralls les croient frappées d'une malédiction, ou même hantées. Si le village est un leurre, aucun besoin d'approvisionnement en eau ou d'un terrain plat pour les cultures ! (Le Trogite capta un mouvement furtif, entre les maisons délabrées.) Regardez ! Du côté ouest des ruines…

Des dizaines de silhouettes émergèrent des ombres entre deux bâtiments. Vêtues de manteaux à capuche, très petites, elles se déplaçaient presque toutes maladroitement, comme si la station debout ne leur était pas familière.

Un monstre aboya un ordre d'une voix grinçante qui fit frissonner Keselo. Aussitôt, ses compagnons s'arrêtèrent. Le chef et trois autres créatures se hissèrent sur le toit d'une maison décrépite.

Le chef abaissa sa capuche du bout d'un appendice blanchâtre qui ressemblait aux pinces d'un crabe. Le crâne rond au sommet, deux antennes sur le front, la créature avait de gros yeux globuleux.

— C'est un insecte ! souffla Lièvre.

— On dirait bien…, lâcha Arc-Long, très tendu.

Un autre monstre abaissa sa capuche pour révéler un visage humain étrangement pâle. Sans trop s'approcher, il s'entretint avec l'insecte géant. La troisième créature se joignit à la conversation. La peau couverte d'écailles, elle dardait entre ses lèvres minces une langue fourchue. La quatrième, la gueule couverte de fourrure et garnie de longs crocs aiguisés, n'était pas beaucoup plus grosse qu'un chien.

— Une armée de cauchemar…, souffla Keselo. Des insectes, des serpents, des animaux et des humains qui combattent ensemble et se parlent ?

— On dirait que les légendes ne sont pas si fantaisistes que ça, murmura Arc-Long. Cette guerre promet d'être passionnante…

D'autres monstres encapuchonnés sortirent des ombres et remplirent peu à peu le village.

— Tu avais raison, Keselo, souffla Lièvre. Ces créatures sortent sûrement d'un réseau de grottes. Elles n'auraient jamais pu se cacher dans ces ruines. On ne devrait pas aller alerter nos chefs ?

— Encore une minute…, dit Arc-Long en étudiant le village et la pente qui l'entourait. Oui, c'est une possibilité.

— De quoi parles-tu ?

— Nous savons que les monstres sont dans le canyon, tapis au cœur de ce faux village, et sans doute de tous les autres. Nous pouvons les attaquer les premiers et les coincer dans leur tanière le temps que nos forces battent en retraite en remontant les corniches ou en longeant le sommet des falaises. Sorgan et Narasan devront abandonner leur fortin. Sinon, ils sont condamnés.

3

Ils redescendirent en silence sur la corniche nord, puis coururent jusqu'au défilé. Quand ils arrivèrent, au crépuscule, Keselo et Lièvre haletaient. Arc-Long, lui, respirait à peine plus rapidement que d'habitude.

— Où étiez-vous ? demanda Bovin, debout près du mur arrière du fortin. Je vous cherchais partout. Le Cap'tain veut vous parler.

— Où est-il ? demanda Arc-Long.

— Sur les créneaux. Le frère de dame Zelana est là aussi, et il désire également vous parler.

— Sa présence nous facilitera les choses, dit Lièvre. Ce que nous venons de voir n'est pas simple à expliquer. Quel frère de Zelana est ici ?

— Le plus jeune… Tu devrais te dépêcher, Lièvre ! Le Cap'tain est furieux contre toi.

— Ce que nous allons lui raconter n'améliorera pas son humeur, grommela le petit Maag en emboîtant le pas à ses deux amis.

— Que fichais-tu, Lièvre ? brailla Sorgan, qui sondait le désert en compagnie de Veltan et Narasan.

— Keselo et moi avions repéré quelque chose d'étrange en venant ici. Nous en avons parlé à Arc-Long, qui a proposé d'aller voir. Vous n'aimerez pas du tout ça, chef.

— De quoi s'agit-il, Keselo ? demanda Narasan.

— Il y a des ennemis sur nos arrières, général. La charge dans l'escalier était une diversion. Le gros des forces ennemies est dans notre dos.

— Quelle mouche t'a piqué, jeune homme ? grogna Sorgan. En chemin, nous n'avons pas vu l'ombre d'un homme-serpent.

— Capitaine, puis-je intervenir ? demanda Veltan. Comment es-tu arrivé à cette conclusion, Keselo ?

— Lors de la charge, ce matin, Arc-Long a remarqué que beaucoup de nos adversaires disparaissaient en atteignant le pied de l'escalier. C'était incompréhensible... Jusqu'à ce que je pense aux propos de Barbe-Rouge. Selon lui, ces montagnes sont truffées de grottes et de tunnels. Arc-Long, Lièvre et moi avons réfléchi, et trouvé une réponse qui ne nous a pas plu. Cet escalier est un leurre. La charge visait à détourner notre attention du véritable objectif des monstres : l'entrée des grottes.

— Et elles mènent où, tes fameuses grottes ? demanda Sorgan.

— J'y venais, messire... En chemin, Lièvre et moi avons repéré plusieurs villages en ruine, sur les flancs du canyon. En interrogeant Barbe-Rouge, j'ai appris que les habitants de Lattash évitent ces endroits à cause de vieilles superstitions. Soit dit en passant, ces croyances sont peut-être bien fondées... Bref, Arc-Long, Lièvre et moi sommes allés jeter un coup d'œil aux ruines les plus proches. En principe, nous n'aurions pas dû les voir de là où nous étions, mais un vieil arbre calciné nous a servi de point de repère.

Sans crier gare, Veltan éclata de rire.

— En quoi est-ce drôle ? lui demanda Narasan.

— Cet arbre me poursuit, voilà ce qui m'amuse ! Quand Dahlaine et moi tentions de localiser ce canyon, il m'en a parlé. C'est son éclair qui a foudroyé le pauvre végétal, et Zelana en était folle de rage. Désolé, Keselo. Continue ton histoire…

— Nous nous sommes cachés dans des hautes herbes, près des ruines, et il n'a pas fallu longtemps pour que des ennemis se montrent. A mon avis, il y en a dans tous ces villages, et ils nous ont coupé la retraite. Si nous essayons de rallier Lattash, ils nous harcèleront tout du long, et peu de survivants arriveront à destination.

— Nous aurions dû y penser, Narasan, dit Sorgan, qui transpirait à grosses gouttes. A Lattash, nous sommes souvent allés dans la caverne de dame Zelana. S'il y en avait une dans cette colline, pourquoi n'y en aurait-il pas eu dans les montagnes ? Nous nous sommes fait avoir, général. L'ennemi nous a laissés venir jusqu'ici, puis il nous a claqué la porte dans le dos…

— Une porte, mais pas toutes, dit Arc-Long. Le sommet des falaises reste dégagé des deux côtés du canyon. Là-haut, il n'y a pas de village. Contournons l'ennemi, et laissons-le attendre jusqu'à la fin des temps de nous voir passer sur les corniches. (Le Dhrall se gratta pensivement le menton.) Cela posé, si la stratégie subtile de nos adversaires vous énerve autant que moi, il existe un moyen de leur empoisonner la vie. Barbe-Rouge connaît la position de tous ces villages. Postons des archers sur les flancs des ruines, puis envoyons deux détachements sur les corniches. Quand les monstres attaqueront, mes archers se feront un plaisir de leur trouer la couenne. Qu'en pensez-vous ?

— Un plan séduisant, pas vrai, Sorgan ? s'enthousiasma Narasan. Je déteste qu'un adversaire soit plus malin que moi. L'idée d'Arc-Long est un bon moyen de laver cet affront.

— Et tout vaut mieux qu'attendre la mort ici, conclut Sorgan.

— Là, là, là et là, dit Barbe-Rouge en posant un index sur quatre points du flanc nord du canyon.

Le dessin de Narasan, une reproduction fidèle de la maquette, était bien plus précis qu'une carte classique.

— Sur le flanc sud, les cinq villages sont là… (Il recommença son manège.) J'ai un doute sur celui qui surplombe un lacet de la rivière. La paroi s'est à demi écroulée, il y a très longtemps, et l'éboulis a emporté une grande partie des maisons.

— Huit unités, peut-être neuf…, dit Narasan. Barbe-Rouge, tu es sûr qu'il n'y en a pas d'autres ?

— Certain, général. Voilà plus de vingt ans que je chasse dans ce canyon.

— C'est moins grave que je le redoutais, fit Bec-Crochu, soulagé. Arc-Long, tu prétends avoir un moyen d'empêcher les monstres d'intervenir pendant que nous ficherons le camp ?

— Battre en retraite, Sorgan, corrigea Narasan. On dit : « pendant que nous battrons en retraite ».

— C'est du pareil au même ! Parle-nous de ton plan, archer !

— Vos armées sont venues ici en empruntant les corniches, dit le Dhrall. Les faux villages sont idéalement placés pour qu'on surveille tout mouvement, au fond du canyon. Mais pas au sommet des parois ! Apparemment, nos ennemis n'y ont pas pensé. Il est vrai que les corniches sont plus praticables. Si le chemin que je propose est difficile, il n'en reste pas moins plus sûr.

— Tu es bien placé pour le savoir, Arc-Long, souligna Narasan, puisque tes hommes et toi êtes passés par là.

— A présent, je suis certain que des espions du Vlagh cachés dans les ruines ont suivi votre progression sur les corniches. Si quelques-uns de vos hommes repartent par le même chemin, les monstres croiront que toutes vos forces repasseront par là.

— C'est logique, dit Narasan.

— Les villages sont tous bâtis sous des saillies rocheuses, reprit Arc-Long. Quand on avance le long d'une corniche, on ne voit pas ceux qui se nichent dans la paroi correspondante. Mais on repère sans peine ceux de la paroi *opposée* !

— Je vois où tu veux en venir, archer, dit Narasan. A l'évidence, nos ennemis ignorent que nous pouvons communiquer à distance. Quand nous serons en haut des falaises sud, nous verrons les ruines de la paroi nord, et nous les signalerons à Keselo. Et inversement dès que les hommes de Bec-Crochu repéreront *nos* ruines. Ainsi, même sans les voir, nous connaîtrons leurs positions.

— Exactement, dit Arc-Long. Lors de notre petite mission d'espionnage, Keselo, Lièvre et moi nous sommes postés sur un tertre, un peu au-dessus du village, et décalés sur un côté. Un perchoir idéal pour couvrir presque tout le terrain. J'ai remarqué un tertre similaire, de l'autre côté des ruines. Les archers cachés à droite et à gauche du village arroseront les monstres de flèches quand ils dévaleront la pente pour attaquer les soldats engagés sur la corniche nord. Quelques créatures rouleront peut-être jusqu'à vos hommes, mais elles seront déjà mortes… (Le Dhrall se tut et se tordit pensivement le lobe d'une oreille.) Il faudra prévoir des guerriers armés de lances empoisonnées pour protéger les archers. Sinon, les monstres risqueront de les déranger en plein travail ! Quand les flèches auront fait leur œuvre, ces fantassins investiront le village pour massacrer les survivants. Ensuite, nous obstruerons la bouche de la caverne avec des blocs de pierre, histoire que des renforts ne puissent plus en sortir.

— Arc-Long, dit Narasan, rappelle-moi de ne jamais livrer une guerre si tu es dans l'autre camp…

— Ce n'est pas si compliqué que ça, dit Keselo à Lièvre alors que les deux hommes avançaient au sommet de la falaise nord, très en avant des forces de Bec-Crochu. Il y a une vingtaine de signaux, presque tous pour signaler une menace. Si j'agite mon drapeau de droite à gauche, au-dessus de ma tête, cela indique un danger. Le mouvement suivant précise d'où il vient. Un drapeau abattu de haut en bas sur ma droite signifie que l'ennemi est à droite. Même principe pour la gauche…

— Assez logique, souffla Lièvre.

— Si je veux que mes alliés s'immobilisent, j'agite le drapeau d'avant en arrière, à peu près au niveau de mes genoux. Plus on est loin, plus il faut exagérer ses gestes. Au-delà de huit cents mètres, tout devient difficile à voir…

— C'est bien beau quand il fait jour, dit le petit Maag. La nuit, votre système ne sert plus à rien.

— Au contraire, il marche encore mieux ! Après le coucher du soleil, nous utilisons des torches dont la lumière se voit de très loin. Aujourd'hui, nous communiquerons beaucoup avec les forces de Narasan. Je te « traduirai » les signaux au fur et à mesure…

— En temps de guerre, ce code n'est-il pas dangereux ? Si un ennemi le connaît, il risque d'apprendre des informations précieuses.

— Ce n'est pas un problème, mon ami… En réalité, il existe des centaines de signaux, mais chaque armée trogite utilise une série donnée, dont elle est seule à connaître le sens. Je peux voir un soldat ennemi jouer du drapeau et ne rien comprendre à son message. Pour plus de sécurité, on change de code pratiquement toutes les semaines…

— Les Trogites aiment se compliquer la vie, on dirait.

— Ça la rend plus intéressante, mon ami ! A la longue, la routine devient aussi ennuyeuse que la pluie.

4

Un Maag encore plus grand que ses compatriotes attendait devant l'arbre calciné qui se dressait au-dessus du premier village ennemi.

— Que fiches-tu ici, Cime-d'Arbre ? lui demanda Lièvre.

— Le Cap'tain m'a envoyé en éclaireur. Je dois surveiller les signaux des Trogites, sur le flanc d'en face. Un type est en train d'agiter son drapeau d'avant en arrière en direction de je ne sais quoi. Ton jeune ami sait-il ce que ça veut dire ?

Keselo mit une main en visière et suivit les mouvements du soldat impérial.

— Il nous signale que les ruines sont juste au-dessous de nous.

— On le savait déjà grâce à l'arbre..., lâcha Lièvre.

— C'est vrai, mais nous devons aussi connaître les limites du village.

Il leva son drapeau et tendit le bras vers l'ouest.

L'Impérial, de l'autre côté du canyon, se tourna vers le couchant et agita de nouveau son drapeau.

Keselo s'éloigna de quelques pas vers l'ouest, sans

quitter son compatriote des yeux. Quand celui-ci frappa le sol avec la hampe de son drapeau, le jeune Trogite s'arrêta.

— Marque cet endroit, Lièvre, dit-il.

Puis il retourna près de l'arbre et répéta l'opération en se dirigeant vers l'est.

— Marque cet endroit-là aussi, fit-il en s'immobilisant.

Il agita son drapeau d'avant en arrière, au niveau de son front.

— Que lui as-tu dit ? demanda Lièvre.

— Je l'ai remercié. Ainsi, il sait que j'ai compris son message et qu'il peut passer à la suite, s'il y en a une.

— Je n'aurais pas cru qu'on pouvait dire autant de choses avec ce système, avoua le petit Maag.

— Tout dépend de l'interlocuteur. Cet homme, en face, est mon instructeur, le sergent Grolt. Un type bourru, mais efficace. Quelques bonnes baffes, et on n'oublie jamais ses enseignements !

— Je suppose que ça aide, admit Lièvre. Voilà Arc-Long et le capitaine…

Keselo tourna la tête et vit aussi les deux hommes.

— C'est là ? demanda Bec-Crochu.

— Oui. Nous avons marqué les limites des ruines. Voyez vous-même…

— Tu es sûr de ces repères ?

— L'homme qui me les a indiqués est de l'autre côté de la rivière, et il voit le village.

Sorgan approcha du bord du canyon et se pencha.

— Arc-Long, dit-il, nous n'arriverons pas à descendre. La pente est trop raide. Il faudra trouver un endroit plus praticable…

— Bien vu… Keselo, demande son avis à ton ami trogite.

Le jeune officier décrivit des arabesques avec son drapeau et les conclut par un large mouvement circulaire.

— Que voulait dire ton dernier signal ? demanda Lièvre.

— Il signifie que je lui pose une question… Mon instructeur a inventé ce mouvement, et je me débrouille toujours pour le placer dans une « conversation ». Ça ne coûte rien, et il s'en rengorge…

Keselo regarda attentivement les signaux du sergent Grolt.

— Messire Bec-Crochu, il a repéré un passage plus facile, cent pas à l'est de notre position. Nous devrions atteindre le tertre sans alarmer nos adversaires.

— Essaie de trouver la même chose à l'ouest, dit Sorgan.

— Je m'en occupe, messire.

— Lièvre, ordonna Bec-Crochu, recule un peu et redescends sur la corniche. Dis à Bovin de ne plus avancer. Il ne faut pas qu'il se montre avant que nous soyons prêts. Ensuite, reviens ici, et en vitesse.

— A vos ordres, chef !

Le capitaine Bec-Crochu précéda ses hommes sur le chemin étroit qu'Arc-Long et ses archers avaient emprunté pour gagner leur position. Sans quitter des yeux le drapeau du sergent Grolt, Keselo suivait le pirate.

En avançant, il pensa que le mot « pirate » ne convenait pas à la situation. Mais depuis son enfance, il l'avait toujours associé aux Maags. Bec-Crochu n'était pas un ange, loin de là, mais il se souciait de ses marins, et il était prêt à tout pour eux. Selon le général Narasan, c'était la marque d'un vrai chef.

— On attend ici, souffla le capitaine. Laissons les archers se mettre en position. Puis nous chercherons le meilleur endroit d'où les protéger. Notre mission est de défendre les Dhralls, qui commenceront le massacre. Keselo et Lièvre, je veux que vous restiez près d'Arc-Long. Nous allons devoir échanger beaucoup de messages entre nous, et sans doute aussi avec les Trogites, sur la falaise d'en face. Alors, ne vous séparez pas, que je puisse vous trouver vite, en cas de besoin. Marteau-Pilon dirige l'équipe qui se charge de l'autre côté du village, et il faut que toutes les flèches partent en même temps. Quand nous serons prêts, Keselo préviendra son sergent, et quelqu'un, là-bas, sonnera de la corne pour avertir Bovin qu'il peut se remettre en marche. Narasan et moi avons mis tout ça au point avant notre départ. Sur ce flanc du canyon, personne ne doit sonner de la corne. Au signal, Bovin avancera sur la corniche comme s'il ne se doutait pas du danger. Dès qu'ils l'apercevront, les monstres se lanceront à l'attaque. Arc-Long décidera du moment de tirer. Si les Trogites voient des adversaires nous charger, ils nous préviendront, et nous les accueillerons en fanfare. Vous avez tout bien compris ?

— Oui, Cap'tain, dit Keselo, imitant à la perfection une des réponses rituelles de Lièvre.

Sorgan le gratifia d'un grand sourire.

Tous les marins semblaient avoir oublié leurs angoisses, au sujet des serviteurs du Vlagh. Leurs lances empoisonnées les protégeraient à la perfection, et la découverte des aptitudes intellectuelles limitées des monstres leur avait donné confiance. A l'évidence, ils pensaient que cette guerre serait facile à gagner.

Keselo ne partageait pas cet optimisme, certain que des surprises désagréables les attendaient encore.

Keselo et Lièvre rejoignirent Arc-Long en tête de la colonne d'archers qui avançait lentement dans le lit asséché d'une cascade. Tous s'arrêtèrent quand un sémaphoriste, sur l'autre falaise, baissa vivement son drapeau.

— Nous y sommes…, souffla Keselo.

Arc-Long leva une main puis regarda autour de lui.

— C'est bien là que nous étions…, dit-il.

— Quand nous avons espionné les monstres ? demanda Lièvre.

— Oui… Je vais poster mes archers sur le tertre. Sorgan et ses hommes se cacheront ici, d'où ils pourront intervenir très vite. Que personne ne se montre jusqu'à l'arrivée de Bovin. Ensuite, nos ennemis auront la *dernière* surprise de leur vie ! Pressons-nous, à présent…

Dans le lointain, une corne sonna pour signaler à Bovin de se remettre en route.

Sorgan fit signe à ses hommes de le suivre dans la cascade asséchée.

— Il ne reste plus qu'à prendre position, Cap'tain, dit Lièvre. Dès que Bovin sera en vue, les monstres dévaleront la pente pour tailler son détachement en pièces. Mais les archers d'Arc-Long ne les laisseront pas aller très loin. Quand ils auront repéré les Dhralls, les sbires du Vlagh changeront sûrement d'objectif. Alors, nous interviendrons. Pour atteindre le tertre, il faut traverser notre position…

— Nous sommes idéalement placés, souligna Bec-Crochu. Keselo, ton frère d'armes, en face, a un œil d'aigle.

— Le sergent Grolt est un vétéran aguerri, capitaine, répondit le jeune Trogite. Il a participé à trop de campagnes pour pouvoir les compter…

Sorgan fit signe à ses hommes de ralentir.

— Plus un bruit, souffla-t-il au capitaine de drakkar qui commandait la première escouade. Le village n'est pas très loin, et il ne faut pas trahir notre présence.

— Je sais ce que je fais, Bec-Crochu ! Inutile de me traiter comme un gamin.

— Alors exécute les ordres et arrête de pleurnicher !

Keselo eut quelque peine à ne pas éclater de rire. Chez les Maags, le protocole et la courtoisie étaient inconnus au bataillon !

— Keselo, dit Sorgan, Lièvre et toi devez trouver une meilleure position... Je veux que tu ne perdes pas de vue le sergent Grolt, et ton nabot de copain doit suivre la progression des ennemis. Dès qu'ils changeront de direction, Lièvre, préviens-moi en donnant de la voix.

— A vos ordres, Cap'tain, répondit le petit Maag. (Il étudia le tertre.) Vous voyez cette saillie rocheuse, à mi-chemin du sommet ? Nous ne serons pas visibles, mais nous suivrons très bien le spectacle, et vous entendrez sans problème ma voix.

— Si tu le dis...

Lièvre guida Keselo jusqu'au point d'observation qu'il avait choisi, à mi-distance entre les Dhralls et les marins.

— Qu'en dis-tu ? Le champ de vision te convient ?

Keselo jeta un rapide coup d'œil par-dessus les hautes herbes.

— C'est parfait... Si je dois utiliser mon drapeau, j'irai derrière les rochers pour ne pas être vu par l'ennemi.

— On reste ici, donc. Et on attend...

— L'attente est le lot quotidien du soldat..., répondit Keselo, fataliste.

En contrebas du faux village, la rivière décrivait une courbe qui n'était sûrement pas étrangère au choix de la position des ruines. Quand Bovin s'y engagea, Keselo nota que ses hommes étaient tous des Maags géants – rien que ça ! – armés de lances de six mètres de long.

Une sélection assez logique, même si le jeune Trogite doutait que les serviteurs du Vlagh soient assez intelligents pour s'en inquiéter.

Dans le village, on ne voyait pas l'ombre d'un monstre. Bien qu'ayant sans nul doute repéré le détachement de Bovin, l'ennemi ne bronchait toujours pas.

— Pourquoi n'attaquent-ils pas ? s'inquiéta Lièvre.

— Ils attendent qu'il y ait davantage de Maags dans la courbe de la corniche, répondit Keselo. Ainsi, très peu d'hommes échapperont à la mort.

— Alors, nous n'allons plus patienter longtemps...

Un rugissement assourdissant monta du fond du village. Une horde de monstres courts sur pattes et encapuchonnés jaillit des ombres, traversa les ruines et s'engouffra dans la brèche du mur d'enceinte pour dévaler la pente.

— Arc-Long ! cria Lièvre.

— Je les ai vus, répondit le Dhrall en se levant lentement.

— Donne l'ordre de tirer !

— Pas encore ! Il faut attendre qu'il y en ait plus en terrain découvert.

— Il est comme ça tout le temps, dit Lièvre à Keselo. Parfois, je jurerais que ce type a de l'eau glacée à la place du sang.

Arc-Long suivit un moment des yeux la charge des monstres.

— On peut y aller, maintenant, dit-il avant de souffler dans sa corne.

Une note mélodieuse s'éleva, répercutée dans tout le canyon par l'écho. Comme un seul homme, les Dhralls se redressèrent, armèrent leurs arcs et attendirent que leur chef souffle une deuxième fois.

Quand retentit une note plus aiguë, ils lâchèrent leurs projectiles avec une synchronisation parfaite. Leur volée de flèches s'éleva en même temps que celles des archers de Marteau-Pilon, postés sur l'autre flanc du village.

Les tirs se succédèrent à une cadence folle qui coupa le souffle à Keselo.

Les premiers monstres tombèrent comme des mouches. Mais leurs compagnons, sans hésiter, continuèrent à se ruer hors du village pour servir de cibles aux Dhralls.

— C'est idiot ! s'écria Lièvre. Ils n'ont pas de cerveau, ces imbéciles ?

— Tu le sais bien, dit Keselo. Le chaman nous l'a expliqué dans la grotte. Ces soldats ne sont pas vraiment humains, donc ils ignorent la peur. Le dernier survivant chargera comme si rien n'était.

— Une manière radicale de perdre toute une armée, dit Lièvre. J'espère que nous aurons fabriqué assez de flèches…

— Un autre point m'étonne, continua Keselo. Ils semblent ignorer comment les Dhralls s'y prennent pour les tuer. A croire qu'ils ne reconnaissent pas nos armes, et qu'ils ne mesurent pas le danger.

— Comme le dit un vieux proverbe, lâcha Lièvre, un ennemi stupide est un don des dieux.

La charge aveugle dura presque une heure. Puis, de derrière le village, monta le cri impérieux d'une voix caverneuse.

Aussitôt, les monstres changèrent de direction et se ruèrent vers le tertre d'Arc-Long. De l'autre côté, supposa Keselo, ils devaient également avoir pris pour objectif la position de Marteau-Pilon.

— On dirait que quelqu'un a eu une illumination, ricana Lièvre.

Les archers se tournèrent et criblèrent de flèches les rangs ennemis, qui s'éclaircirent aussitôt. Piétinant leurs camarades morts, les serviteurs du Vlagh ralentirent à peine. Quelques-uns atteignirent la cascade asséchée où Bec-Crochu et ses hommes se dissimulaient.

Les Maags se levèrent d'un bond et brisèrent l'assaut avec leurs lances empoisonnées.

Au bout d'un quart d'heure, Keselo remarqua que le flux d'ennemis se tarissait.

— Notre adversaire doit être à court de chair à flèches, dit le jeune Trogite au petit Maag.

— J'ai de la peine pour lui, ricana Lièvre.

— C'est impossible ! s'exclama Arc-Long.

— Ils sont à bout de ressources, fit Keselo. Le Vlagh a sûrement des réserves, mais elles sont toujours dans les Terres Ravagées.

— Je ne parlais pas de ça, grogna le Dhrall. Regarde en bas, juste au-dessus de la corniche. Une des créatures bouge…

— Je ne vois rien, souffla Keselo, les yeux plissés.

— A gauche de l'arbre déraciné…

Le Trogite capta l'ombre d'un mouvement… Oui, un des monstres encapuchonnés rampait sur les cadavres de ses semblables.

— Je l'aperçois aussi ! annonça Lièvre. La dose de poison, sur la flèche, ne devait pas être suffisante.

— Ça ne fonctionne pas comme ça, mon ami, le détrompa Arc-Long.

— Alors, ce monstre aura fait le mort, histoire de se glisser en douce jusqu'à Bovin.

— Nos ennemis ne sont pas assez intelligents pour penser à ça…

— Il y en a un autre ! s'écria Keselo. Un peu sur la droite du premier. On dirait qu'il émerge d'un trou, dans le flanc de la colline…

— Encore un ! annonça Lièvre. Ils sortent de terre comme des champignons !

Une des créatures sauta sur la corniche, s'accroupit pour éviter un coup de lance et mordit un des Maags géants que commandait Bovin. Alors que le monstre entaillait la peau d'un autre marin avec ses dards, le premier tomba raide mort.

D'un coup de hache précis, un troisième pirate fendit le crâne de l'assaillant.

— Il en sort de partout ! cria Lièvre.

Arc-Long décocha des flèches à une vitesse incroyable, mais ça ne suffit pas. Des centaines de créatures émergèrent de leurs terriers pour fondre sur les hommes de Bovin. Les « hommes-serpents » – le surnom inventé par Bec-Crochu – se comportaient bel et bien comme des reptiles. Rampant aussi près que possible de la corniche, ils attaquaient si vite que leurs proies n'avaient pas le temps de réagir. Tandis que les Maags touchés agonisaient dans d'horribles convulsions, leurs agresseurs continuaient à faire de nouvelles victimes.

Bovin brailla des ordres. Reprenant leurs esprits, les Maags se mirent en formation, d'abord par petits groupes, et se défendirent avec leurs longues lances. Quand le détachement fut enfin réorganisé, la moitié de ses membres gisaient morts sur le sol.

Alors que Bovin et ses pirates en finissaient avec leurs adversaires, un nouveau cri monta de derrière le village. Sans crier gare, les hommes-serpents rompirent l'attaque et battirent en retraite vers les ruines.

Fou de rage, Sorgan déboula sur le tertre en jurant comme un charretier.

— Pourquoi ne nous as-tu pas parlé de ces foutues taupinières ! cria-t-il à Keselo.

— Nous ne les avons pas vues, Cap'tain. Elles sont

très bien dissimulées, et nous nous concentrions sur le village. Pour nous, les monstres y étaient tous. Et nous n'avons jamais pensé à des terriers.

— C'est ma faute, Sorgan, intervint Arc-Long. Les indices étaient là, et j'aurais dû les remarquer.

— Ça commence à être une habitude..., dit Lièvre. D'abord un escalier qui dissimule l'entrée d'un réseau de grottes. Ensuite, un faux village qui détourne notre attention des taupinières dont jaillissent les hommes-serpents... A chaque fois, le Vlagh a un coup d'avance sur nous !

— Pour ne rien arranger, grogna Sorgan, ces foutues créatures sont restées tapies dans leurs trous pendant que nous remontions le canyon. Du coup, nous sommes coincés ici, coupés du Domaine de dame Zelana. Keselo, tu devrais monter en haut de la falaise et jouer du drapeau. Je dois parler à Narasan. Nous sommes dans la mouise, les amis !

— Faut-il poursuivre les monstres, Cap'tain ? demanda Lièvre.

— Inutile..., répondit Sorgan. Comme tu l'as si bien dit, ce village n'est qu'un leurre. Narasan et moi devons trouver un moyen de ramener nos hommes à l'autre bout du canyon, et ça ne sera pas du gâteau.

Keselo et Lièvre remontèrent prudemment au sommet de la falaise. Echaudés, ils contournèrent tous les monticules de terre qu'ils aperçurent. La démonstration de vitesse des monstres, sur la corniche, justifiait amplement ces précautions.

Le sergent Grolt était toujours sur le flanc sud, et son premier signal, peu amène, signifiait en gros : « Vous aviez vos yeux dans la poche, ou quoi ? » Des arabesques inédites montrèrent que le vétéran avait ajouté quelques jurons bien sentis à son répertoire. Par bonheur, la présence du général Narasan à ses côtés devait calmer un peu ses ardeurs…

Keselo signala une urgence, puis demanda une réunion en désignant le fond du canyon avec son drapeau. C'était sans doute inutile, car Narasan, qui avait suivi les événements, sur le flanc nord, devait avoir ordonné à Grolt de transmettre le même message.

Le sergent fit plusieurs fois le signal « sur-le-champ », puis enroula son drapeau pour mettre un terme à la conversation.

— Alors ? demanda Lièvre.

— Le général a eu la même idée que le capitaine, dit Keselo. Allons voir Sorgan. Narasan veut lui parler le plus vite possible.

— J'espère que nos chefs trouveront une solution, gémit le petit Maag. Parce que nous sommes dans la mélasse.

— Jusqu'au cou ! renchérit Keselo.

5

Les hommes de Sorgan s'affairaient à ériger une barricade devant leur position.

— Au moins, ça les occupe..., marmonna le capitaine. A part ça, je doute que ça serve à grand-chose. C'est mon premier combat contre des adversaires qui sortent de terre. Qu'a dit Narasan ?

— Il veut aussi vous parler, Cap'tain, répondit Keselo.

— Je me doutais qu'il analyserait les choses comme moi... Allons voir s'il a une idée pour nous tirer de là.

— Regarde bien où tu mets les pieds, conseilla Arc-Long. Il ne faut surtout pas marcher sur un terrier...

— Tu peux compter sur moi, assura Sorgan.

La prudence n'étant pas synonyme de rapidité, l'après-midi touchait à sa fin quand ils atteignirent la corniche, où les hommes de Bovin s'occupaient de récupérer le venin des monstres morts.

— Je vous ai volé une idée, Cap'tain, avoua l'officier en second. Près des défenses de Skell, vous avez parlé de planter dans le sol des pieux enduits de poison. Je m'en suis souvenu quand j'ai compris que mes hommes n'auraient pas le temps de bâtir une barricade décente. Mes pieux ralentiront un peu les monstres.

— C'est un bon moyen d'égaliser les chances, convint Sorgan. Dis à tes gars de continuer, puis accompagne-nous. Narasan et moi allons tenir un conseil de guerre, et tu as vu ces taupinières de malheur de beaucoup plus près que nous. J'espère que tu nous donneras des indications précises, parce que je nous vois mal avancer vite s'il faut sonder sans cesse la terre avec nos lances.

— Vous parlez d'or, chef !

Sorgan, Bovin, Keselo, Arc-Long et Lièvre s'engagèrent sur la pente qui menait aux berges de la rivière. A cet instant, un grondement comme le jeune Trogite n'en avait jamais entendu monta des entrailles de la terre, et le sol trembla sous leurs pieds.

— Que se passe-t-il ? demanda Lièvre, affolé.

Arc-Long se laissa tomber à genoux et plaqua une oreille contre le sol.

— Les choses se compliquent pour nos adversaires, jubila-t-il en se relevant. Je crois que quelqu'un vient à notre secours.

— Tu pourrais être plus clair ? demanda Keselo.

— C'était une secousse sismique, expliqua le Dhrall. Pas très forte, mais ce n'est qu'un début. Au fil des heures, il y en aura de plus en plus. Elles ne nous gêneront pas beaucoup, puisque nous sommes à la surface. Mais pour nos ennemis, tapis dans des grottes, des tunnels ou des terriers, ce sera une autre paire de manches.

— Une nouvelle intervention d'Eleria ? avança Keselo.

— J'en doute, fit Arc-Long. D'après le peu qu'a dit Zelana, Eleria et Lillabeth ont plutôt une influence sur le climat. A mon avis, c'est l'œuvre de Yaltar ou d'Ashad.

— Je peux savoir de quoi vous parlez ? demanda Bec-Crochu.

— Il semble que nous ayons de l'aide, éluda Arc-Long.

— Toute assistance sera bienvenue, soupira Sorgan. Allons près du petit ruisseau, à présent. Je dois parler à Narasan, et la nuit tombera bientôt. En plein jour, les serpents me fichent déjà la trouille. Alors, l'idée de les affronter dans le noir…

Ils descendirent par un sentier relativement dégagé, sondant chaque buisson avec leurs lances et leurs épées. Sans faire détaler d'ennemis, cependant…

— Je suis bien content d'être arrivé, chef, dit Bovin quand ils atteignirent le ruisseau. Ces hommes-serpents commencent à me rendre nerveux…

— Sorgan, appela Narasan, sur l'autre rive du ruisseau, qu'est-ce qui t'a retardé ?

— La prudence, lâcha Bec-Crochu. (Il se tourna vers Arc-Long.) Les hommes-serpents savent-ils nager, ou rester immergés sous l'eau ?

— Ce sont des reptiles, Sorgan, pas des poissons.

— Alors, traversons tant qu'il fait jour. Narasan, dis à tes hommes d'allumer un grand feu, histoire que nous ayons de la lumière après le coucher du soleil.

Sur ces mots, Sorgan traversa le cours d'eau à grands pas, sans se soucier des éclaboussures qu'il produisait sur son passage.

— De notre position, dit Narasan, au sommet de la falaise, nous n'avons pas bien suivi l'action. Pour nous, beaucoup de monstres ont fait semblant d'être touchés, puis ils ont rampé jusqu'à la corniche.

Les deux groupes étaient réunis autour du feu allumé par Barbe-Rouge, Gunda et Jalkan.

— Selon Arc-Long, ils ne sont pas assez intelligents

pour ça, dit Sorgan. Mais mon second était aux premières loges. Raconte-nous, Bovin.

— A vos ordres, chef. Mes hommes et moi étions ravis de voir les monstres tomber sous les flèches des Dhralls. En fait, nous pensions la victoire acquise. Alors, d'*autres* assaillants sont sortis de leurs terriers, tout autour de nous, et ils ont attaqué à la vitesse de l'éclair. J'ai perdu la moitié de mes hommes avant de reprendre mes esprits et d'organiser une défense. Nous avons massacré ces créatures, mais au prix de lourdes pertes.

— Ils ont jailli du sol ? demanda Gunda, incrédule. Ce n'est pas une façon de se battre. Aucun soldat ne ferait ça…

— Les prendre pour des soldats fut notre plus grave erreur, intervint Arc-Long. Les guerriers ont un esprit de groupe. Ces créatures se fichent de leurs alliés. Elles ne sont pas assez fortes pour affronter un humain bien armé, mais ça ne les gêne pas, parce que la rapidité est leur principal atout. L'ennui, c'est qu'elles doivent être très près de leurs cibles. Sans l'effet de surprise, elles n'ont pas une chance de gagner.

— Barbe-Rouge, dit Sorgan, tu connais le terrain mieux que nous tous réunis. Y a-t-il dans les montagnes des cols qui nous ramèneraient à Lattash sans passer par ce maudit canyon ?

— Je crains que non, répondit le Dhrall roux. En tout cas, pas à cette période de l'année. Il y a bien des cols, mais encore obstrués par la neige.

— Alors, les choses sont claires. Nous allons devoir slalomer entre les serpents pour atteindre Lattash.

— Jusque-là, la tactique de nos ennemis a toujours reposé sur la ruse, fit Narasan. D'abord l'escalier-leurre, puis les faux villages… Mes amis, il est possible que les deux flancs du canyon soient truffés de terriers. Où que nous allions, nous risquons de voir des monstres jaillir à nos pieds tous les deux mètres. Bref nous sommes dans un piège mortel.

— S'enfouir est un comportement naturel pour les reptiles, dit Arc-Long. Un terrier est à la fois un abri et une cachette d'où attaquer. Il s'agit d'une réaction instinctive, pas d'une démarche réfléchie.

— S'ils sont abrutis, objecta Narasan, comment ont-ils eu l'idée de l'escalier et des faux villages ?

— Elle a dû germer dans l'esprit du Vlagh, avança Barbe-Rouge. A sa façon, il se comporte comme un pêcheur. L'escalier et les ruines étaient les appâts accrochés à son hameçon.

— Et c'est nous qui avons mordu, dit Lièvre. A présent, il faut briser la ligne de cette créature.

— La solution est peut-être de chasser les monstres de leurs terriers, déclara Gunda. En les inondant, ou en les enfumant…

— Une idée à creuser, admit Narasan. La fumée me paraît préférable. Même si ça ne les tue pas, nous connaîtrons la position de leurs cachettes.

Il y eut un autre grondement, venu des entrailles de la terre, et le sol trembla plus violemment que la première fois. Des gros rochers, délogés par la secousse, dévalèrent les flancs du canyon.

Annoncé par un coup de tonnerre assourdissant, un éclair aveugla les participants du conseil de guerre. Quand leur vision s'éclaircit, Veltan était devant eux, les yeux fous et le visage d'une pâleur mortelle.

— Fichez le camp de ce canyon ! cria-t-il. Vous êtes en danger de mort.

— Que se passe-t-il ? demanda le général.

— Obéis, Narasan ! Si tu restes ici, tu mourras. Cours ! Une fois en haut de la falaise, tes hommes et toi devrez vous enfoncer dans les montagnes. N'arrêtez pas de fuir avant d'être à dix bons kilomètres d'ici. Bon sang, vous êtes à l'endroit le plus dangereux du monde ! Partez aussi vite que possible !

D'autres grondements montèrent du sol, qui trembla de nouveau. Si fort, cette fois, qu'il devenait difficile de tenir sur ses jambes.

Un bruit de fin du monde retentit, venu de l'est, et une colonne de fumée et de débris s'éleva à des kilomètres dans les cieux.

— Une montagne de feu ! cria Barbe-Rouge. Sauve qui peut !

Il joignit aussitôt le geste à la parole.

— Maintenant ! lança Arc-Long alors que le sol se stabilisait un peu. Courez avant que ça ne recommence.

Bec-Crochu à leur tête, ils traversèrent le cours d'eau, en direction du flanc nord, tandis que Narasan et Barbe-Rouge gravissaient les berges sud de la rivière pour gagner leur corniche.

— Lièvre, dit Sorgan quand ils eurent atteint les berges nord, grimpe sur la corniche à toute vitesse et dis aux gars de Bovin de monter au sommet de la falaise avant que des tonnes de roche ne les ensevelissent.

— J'y vais, chef, répondit le petit Maag.

Bec-Crochu, Keselo et Arc-Long prirent pied sur la corniche au moment où la terre recommençait à trembler.

Le Dhrall étudia la pente.

— Par là ! dit-il à ses compagnons.

Il courut vers un gros rocher.

Les blocs de pierre qui dévalaient le flanc nord pour venir rebondir sur la corniche écrasaient tout sur leur passage. Les trois hommes se cachèrent derrière leur rocher, qui leur épargnerait le pire de l'avalanche.

— De quoi parlaient Veltan et Barbe-Rouge, Arc-

Long ? demanda Bec-Crochu. Qu'est-ce qu'une montagne de feu ?

— Un pic qui crache de la roche fondue, répondit le Dhrall. J'en ai vu un ou deux sur le territoire de Vieil-Ours.

— La roche ne fond pas, fit Sorgan, méprisant.

— Tu te trompes ! Si on la porte à la température voulue, elle devient liquide et coule sur les flancs d'une montagne aussi bien que de l'eau. C'est pour ça que Veltan nous a fait évacuer le canyon.

Pour gagner le sommet de la falaise, les trois hommes durent zigzaguer d'un gros rocher à un autre, et s'arrêter chaque fois que la terre tremblait assez pour déclencher une grande avalanche.

Quand ils eurent atteint leur destination, Keselo marqua une courte pause pour reprendre son souffle.

— Par tous les dieux ! s'écria Sorgan quand il tourna la tête vers l'est.

Keselo l'imita et vit des colonnes de fumées noires jaillir des pics jumeaux que traversait le défilé. Après une autre explosion, des geysers de flammes rouges fusèrent dans le ciel et lâchèrent une pluie de roche fondue sur les pentes de toutes les falaises environnantes.

— Courez ! cria Sorgan à ses hommes. Eloignez-vous du bord du gouffre !

Tous les Maags avaient les yeux rivés sur les fleuves verticaux de feu, au bout du canyon.

— Courez ! brailla le capitaine. Ou vous crèverez tous !

Keselo se pencha dans le vide pour jeter un coup d'œil sur les ruines, en contrebas. Un torrent de feu, craché par la gueule du réseau de grottes, emportait les bâtiments comme des fétus de paille. La roche en fusion dévalait ensuite la pente. Un gros nuage de vapeur signalait, tout en bas, l'endroit où elle entrait en contact avec l'eau.

Keselo se détourna et courut comme s'il avait l'enfer à ses trousses.

Les éruptions continuèrent jusqu'au matin. Sorgan et ses hommes se réfugièrent sur la face nord de la première montagne qu'ils rencontrèrent, espérant qu'elle les protégerait des projections de roche liquide.

Au lever du soleil, Bovin revint avec les Maags survivants que Sorgan l'avait chargé de rallier après la débandade.

— Voilà tous les hommes que j'ai trouvés, Cap'tain, annonça-t-il. Je suis sûr qu'il y en a d'autres, mais ils doivent s'être enfoncés très loin dans ces montagnes.

— Tu as croisé des hommes-serpents ? demanda Sorgan.

— Pas le moindre, chef… Vu leur crétinisme, je parie qu'ils se sont cachés dans les grottes, les tunnels et les terriers. Bref, les derniers endroits que choisirait une personne saine d'esprit en ce moment. A mon avis, la guerre est finie. Tous nos ennemis sont cuits à point ! (Bovin plissa le front.) Je n'aime pas penser à toute cette viande gaspillée. Je me demande si j'aurais apprécié le serpent rôti…

— Voilà une dégustation dont je me passerai sans problème, dit Sorgan. Console-toi, mon vieux Bovin. Avec la température de cette roche fondue, ces reptiles morts sont sûrement beaucoup trop cuits !

— Vous marquez un point, chef…

Un peu à l'écart du groupe, Arc-Long fit signe à Lièvre et à Keselo de le rejoindre. Puis il les entraîna hors de portée d'oreille des deux officiers maags.

— Zelana veut vous parler, annonça le Dhrall.

— Nous sommes encore loin de Lattash, rappela Lièvre.

— La dame est ici. Elle nous attend dans la forêt…

— Comment t'a-t-elle prévenu ? demanda Keselo. Depuis que nous sommes sortis du canyon, je ne t'ai pas perdu de vue, et…

— Arc-Long et Zelana, coupa Lièvre, peuvent communiquer sans que personne ne les entende. Ils m'ont fait ce coup-là dans le port de Kweta, quand notre ami et moi avons tué les saligauds qui voulaient voler l'or du capitaine. Une sacrée nuit, tu peux me croire ! (Le petit Maag se tourna vers Arc-Long.) Jusqu'où iront ces coulées de roche fondue ?

— Sans doute jusqu'à Notre Mère l'eau. Pourquoi cette question ?

— Lattash a une chance de résister ?

— A peu près aucune… La tribu de Nattes-Blanches devra se trouver un autre endroit où vivre.

— C'est bien triste, mais il y a pire. Dame Zelana garde son or dans une grotte, près du village. Si la roche en fusion y entre, elle fera fondre l'or, et le Cap'tain ne sera jamais payé.

— Ne t'inquiète pas, Lièvre, Zelana a sûrement mis son trésor à l'abri. (Arc-Long regarda autour de lui.) Elle est dans ce bosquet. Voyons ce qu'elle nous veut…

Assise sur une souche couverte de mousse, la maîtresse de l'Ouest et Eleria attendaient les trois hommes au milieu d'une petite clairière.

— Tout le monde s'en est tiré ? demanda Zelana.

— Je crois, oui, répondit Arc-Long. Veltan a-t-il pensé à prévenir Skell ? Bec-Crochu se ronge les sangs au sujet de son cousin.

— Mon frère a fait ce qu'il fallait… Arc-Long, dis au capitaine qu'il s'inquiète trop.

— Ma dame, ton frère a calculé un peu juste, déclara le Dhrall. Il aurait dû nous avertir plus tôt.

— C'est la faute de Yaltar, précisa Eleria. Il a mal contrôlé le volcan. Vash a toujours eu tendance à en faire un peu trop.

— Qui est Vash, bébé-sœur ? demanda Lièvre.

— J'ai dit « Vash » ? Etrange… Il fallait entendre « Yaltar », bien sûr.

— Yaltar était furieux, Eleria, intervint Zelana, prenant la défense du jeune garçon. Les grottes et les terriers nous ont surpris, et il déteste ça. D'où sa réaction excessive…

— Si je comprends bien, fit Lièvre, les secousses et la roche fondue sont l'équivalent du vent chaud d'Eleria ?

— Ma brise était moins méchante que le volcan de Yaltar, Lapinot. Les garçons sont des frimeurs. Il faut toujours qu'ils en rajoutent.

— Sa roche fondue, rappela Lièvre, a bel et bien scellé les grottes et rôti tous les monstres dans leurs terriers. Avant son intervention, nous étions dans de sales draps.

— Ma dame Zelana, dit Keselo, quelque chose m'échappe. Si votre famille peut déclencher ce genre de catastrophes naturelles, pourquoi vous être donné la peine d'engager des armées ? Vous auriez pu régler ça sans nous.

— Ce n'est pas si simple, Keselo. Le Vlagh s'est créé des milliers de serviteurs. Plus nombreux que les habitants des quatre Domaines, ces monstres sont bien plus sauvages qu'eux. Au fond, nos humains sont gentils… Quand nous avons su que le Vlagh allait attaquer, nous avons cru que recruter de l'aide s'imposait. D'où votre venue. A l'époque, nous ignorions l'étendue des pouvoirs de nos Rêveurs. Mes frères, ma sœur et moi sommes soumis à des contraintes. Aucun d'entre nous n'aurait pu réveiller les volcans ou faire fondre aussi vite la neige. Nos esprits n'ont pas ce type de puissance. A l'inverse des rêves, qui ne connaissent pas de limites. Parce qu'ils sont liés à l'imagination, pas à la réalité. (Zelana se tut un moment.) Tu comprends ce que je veux dire, Keselo ?

— Pas vraiment, ma dame…

— Frérot, ma Vénérée aime parfois compliquer les choses les plus simples, dit Eleria en jouant distraitement avec sa boule rose.

— *Frérot* ? répéta Keselo.

— Eleria adore donner des surnoms aux gens, expliqua Lièvre. C'est comme ça que je suis devenu « Lapinot ».

— Silence, Lapinot ! ordonna Eleria. Frérot, assieds-toi et ouvre bien tes oreilles. Tu dois apprendre certaines choses, et je suis plus douée pour les explications que ma Vénérée. Nous l'aimons tous, cela va sans dire, mais elle a tendance à aller trop vite et à tout embrouiller. Dès que je ne passe pas derrière elle, c'est une catastrophe.

— Si tu pouvais t'abstenir de faire ça, Eleria…, gémit Zelana.

— Ne t'en fais pas, Vénérée, loin de moi l'idée de te manquer de respect. Mais je veux éclairer la lanterne de Frérot assez délicatement pour que ses yeux ne jaillissent pas de leurs orbites. (Eleria posa son jouet, sauta sur les genoux du Trogite et lui passa les bras autour du cou.) Bisou-bisou, Frérot, implora-t-elle.

— Tu ferais mieux de céder, Keselo, conseilla Lièvre. Sinon, elle te cassera les pieds jusqu'à ce que tu capitules.

Le jeune officier posa un baiser hésitant sur la joue de l'enfant.

— Tu devras t'améliorer, mais ce sera pour plus tard. Voilà comment se présentent les choses, Frérot. Le méchant monstre tapi dans les Terres Ravagées déteste ma Vénérée et sa famille. Un jour, Dahlaine a eu l'idée de nous amener ici pour ruiner les plans de l'ennemi avec nos rêves. Ces songes sont parfois affreux, tu sais. La crue que j'ai déclenchée m'a fait beaucoup de peine, et ce pauvre petit Vash sera sans doute hanté des années par son volcan. Mais nous devions agir, pour éviter la mort des gens que nous aimons.

— Tu parles des habitants de Lattash ? demanda Keselo.

— Mais non, idiot ! D'Arc-Long, de Lapinot et de toi !

— Moi ?

— Evidemment ? Tu m'as écouté, ou quoi ? Nous t'aimons, Frérot, et c'est pour ça que Vash a fait exploser la montagne. A présent, tout est simple et clair dans ton esprit ?

— J'imagine, oui, fit Keselo, complètement largué.

— Très bien. Alors, embrasse-moi encore.

— D'accord, bébé-sœur… Tu l'as bien mérité.

Keselo s'exécuta de bon cœur.

— C'est un peu mieux… Tu vois, il suffit de s'entraîner ! Lapinot est assez doué, mais Arc-Long reste le meilleur.

Sur ces mots, la fillette se blottit dans les bras du Trogite et s'endormit comme une masse.

Eleria dormait toujours dans les bras de Keselo. Les « métamorphoses » de l'enfant désorientaient le pauvre Trogite. La plupart du temps, la Rêveuse avait tout d'une gamine. Puis, sans crier gare, elle laissait entrevoir une personnalité radicalement différente. Toute douceur en apparence, elle cachait sous la surface une dureté qui n'avait rien à envier à celle du fer. Le jeune officier avait rencontré des gens qui se comportaient de cette façon. Comparés à Eleria, c'était une bande d'amateurs !

Comme Dahlaine l'avait dit à Lièvre et à Keselo, les enfants n'étaient pas vraiment ce qu'ils semblaient être. Mais qui abusaient-ils le plus ? Les mercenaires, ou les maîtres des Domaines ? Veltan avait été ébahi par la réaction de Yaltar à l'invasion de l'Ouest, et Zelana semblait tout ignorer de la profonde maturité d'Eleria. Keselo aurait juré que les rêves des enfants n'échappaient pas vraiment à leur contrôle. En dernière analyse, les Rêveurs savaient parfaitement ce qu'ils faisaient.

— Il y a eu de l'action dans le coin, expliquait Lièvre à Zelana. Au début, nous pensions avoir affaire à des abrutis complets, mais c'était une erreur. Sans la montagne de feu, nous aurions mal fini.

— Sous-estimer l'intelligence des monstres est facile, petit homme. Individuellement, ils sont débiles. En groupe, ils font montre d'une étonnante intelligence. Et ils ont plusieurs façons de communiquer. Certains utilisent la parole, et d'autres des moyens plus rudimentaires. A l'inverse des humains, ils partagent les informations qu'ils collectent. Tout ce que l'un d'eux a vu ou vécu devient le patrimoine du groupe, dont l'intelligence est bien supérieure à la somme de celle de ses membres. Le Vlagh prend les décisions capitales, pourtant, je jurerais qu'il est influencé par cette conscience de masse. Tu n'es pas au bout de tes surprises, petit pirate. Je suis déjà tombée dans leurs panneaux, et j'ai détesté ça.

— Dans ce cas, la priorité est de perturber leur communication, dit Keselo. En faisant du bruit, ou avec de la fumée… Peut-être même des odeurs.

— Ta troisième proposition est intéressante, déclara Zelana. Quelque chose de vraiment puant pourrait les empêcher de communiquer. J'en parlerai à Dahlaine et aux autres. (Elle réfléchit un instant.) Les sbires du Vlagh sont en déroute dans mon Domaine, mais il en reste trois autres à protéger. Malgré les apparences,

Dahlaine et Aracia auront autant besoin d'aide, voire plus, que Veltan et moi. Bref, mes amis, Bec-Crochu et Narasan ne sont sans doute pas prêts de partir.

— Je doute que le Cap'tain s'engage dans une interminable campagne, dit Lièvre. Il aidera peut-être le général parce que les Trogites nous ont assistés, mais ça n'ira pas plus loin. Une fois gagnée la guerre de Narasan, Bec-Crochu voudra repartir avec son or. Vous savez, les Maags ne sont pas si bons que ça pour les opérations terrestres. Marcher dans la boue, dormir à la belle étoile et bouffer du rata froid ne nous remplit pas de joie. Nous aimons les guerres simples, violentes et… terminées à l'heure du dîner.

— La perspective de gagner plus d'or convaincra Sorgan que les conflits terrestres ont du bon.

— J'adore l'or, à condition de vivre assez longtemps pour le dépenser. C'est peut-être différent pour Keselo, mais nos mésaventures, dans le canyon, m'ont fichu la trouille de ma vie.

— J'en avais tous les poils hérissés, avoua le Trogite. Comme j'accompagnais les Maags, j'ignore ce qu'en pense le général, mais il commence sûrement à se poser des questions. Les hommes-serpents, eux, ne sont pas assez malins pour avoir peur. D'habitude, nous nous félicitons du crétinisme de nos ennemis. Sauf quand il les rend insensibles à l'angoisse. Et ce seul point peut suffire à modifier la position de Narasan. Dans toute guerre, le but est de miner le moral des gars d'en face. Un homme effrayé finit toujours par baisser les bras et fuir. Contre des reptiles ou des insectes, beaucoup de nos tactiques ne servent à rien.

— Messires, dit Zelana d'un ton sans réplique, je vous invite tous les deux à méditer sur ce thème. Vous devez persuader vos chefs de continuer le combat. Si vous échouez, je serai contrainte d'incendier leurs navires afin qu'ils n'aient plus le choix.

— On devrait y aller, dit Arc-Long à ses deux amis. Bec-Crochu a peut-être besoin de nous, et nous détesterions qu'il envoie un marin à notre recherche. Vous ne voudriez pas que quelqu'un ait vent de cette conversation, n'est-ce pas ?

— Surtout si on continue à parler d'incendier les navires, renchérit Lièvre.

Enroulé dans sa couverture, à l'écart du camp des Maags, Keselo ne parvenait pas à trouver le sommeil. Au loin, les montagnes continuaient à cracher du feu, et l'humeur des hommes semblait au beau fixe. Ils parlaient sans cesse du « formidable coup de chance » qui leur avait sauvé la peau, comme si l'éruption était un phénomène naturel.

Keselo n'était pas dupe… et il le regrettait profondément. La froide analyse de Zelana lui avait glacé les sangs. Aussi belle que fût cette femme, elle avait un cœur de pierre qu'Eleria seule parvenait à adoucir.

Mais la fillette, quand il le fallait, était encore plus dure.

Les Rêveurs pouvaient déclencher des désastres naturels beaucoup plus inquiétants que toutes les menaces de Zelana. Y compris celle de brûler les bateaux…

Et les pirates, dans leur inconscience, se réjouissaient.

Keselo en était incapable. A présent, il cernait mieux la nature du Vlagh, et cela lui ruinait le moral. Avide de régner sur le Pays de Dhrall, et fort d'une multitude de sbires non-humains, le maître des Terres Ravagées n'abandonnerait pas, même après une série de défaites. Car il se fichait comme d'une guigne du destin de ses serviteurs.

Pire encore, le Vlagh n'obéissait pas seulement à ses instincts. Il y avait en lui une intelligence perverse qui, au bout du compte, risquait de conduire à leur perte tous les défenseurs de Dhrall.

Humains ou divins !

Les Maags et les Trogites, piégés en terre étrangère, étaient condamnés à livrer jusqu'au bout une guerre qu'ils ne gagneraient pas. Et Keselo n'avait aucun moyen de mettre en garde son chef contre la réalité tapie dans les ombres.

LA GROTTE ROSE

1

Jugeant le chaos insupportable, Zelana de l'Ouest prit sa petite Rêveuse dans ses bras et s'envola sans même dire un mot à ses frères ou à sa sœur.

— Que faisons-nous, Vénérée ? cria Eleria en s'accrochant à sa protectrice tandis qu'elles s'élevaient dans les cieux, dépassant très vite la fumée pour foncer vers la lune.

— Silence ! ordonna Zelana.

Mobilisant son esprit et ses sens, elle chercha un vent qui la conduirait vers l'est.

Loin au-dessous d'elle, la maîtresse de l'Ouest aperçut le maudit volcan de Yaltar, qui crachait toujours des flots de lave dans les airs. Une marée rouge dévalait le canyon en direction de Lattash.

— C'est débile ! grinça Zelana en prenant davantage d'altitude.

— Vénérée, je t'en prie, j'ai peur !

— Tout va bien, ma chérie, dit la maîtresse de l'Ouest, se forçant au calme.

— Où allons-nous ?

— A la maison. J'en avais assez de tout ça. Pas toi ?

— Tu es obligée de monter si haut ?

— Tais-toi, Eleria. Je tente de me concentrer.

Quand elle repéra une brise légère, mais bien orientée, Zelana s'en saisit et elles fendirent l'air nocturne, fuyant les horreurs qui se déroulaient sous leurs pieds.

Lorsqu'elles eurent dépassé la côte ouest du continent, la brise gagna de la puissance et les amena très vite en vue de l'île de Thurn. Après que Zelana eut remercié le vent, elle l'abandonna et plana jusqu'aux falaises qui s'élevaient au sud de l'île.

— D'ici, le monde semble très différent, Vénérée, dit Eleria, beaucoup plus calme. C'est un peu comme nager, pas vrai ?

— A peu près, oui… Tu sais pourquoi nous devions absolument partir, je parie ?

— Pas tout à fait, Vénérée… Quelque chose n'allait pas ?

— Tout clochait, ma chérie. Les événements n'étaient pas censés se dérouler ainsi.

— Nous avons gagné, c'est tout ce qui compte.

— Non, ma chérie, murmura Zelana en serrant plus fort sa protégée. Nous avons plus perdu que gagné… Le Vlagh nous a volé notre innocence. Nous avons commis des actes interdits, et rien ne sera plus jamais comme avant. (Elle baissa les yeux et sonda la côte sud de Thurn.) Nous y voilà ! Rentrons à la maison.

Elles planèrent vers le beau visage de Notre Mère l'Eau, plongèrent et nagèrent jusqu'à l'entrée de leur grotte.

Sous la pleine lune, la lumière rose du quartz semblait plus pâle et plus douce. Zelana savoura cette beauté paisible qui bannissait les horribles images de la journée.

— Je suis contente d'être chez nous, Vénérée, dit Eleria. Nous avons eu de l'action, à Lattash, mais je commençais à m'en lasser. Pas toi ?

— Et comment, ma chérie ! Tu as faim ?

— Non. Je voudrais surtout dormir. Là-bas, mon sommeil n'était pas vraiment reposant, et j'ai besoin de me rattraper.

— Va au lit. Ici, nous sommes chez nous, et le monde ne peut pas nous faire de mal.

— Bisou…, fit l'enfant en tendant les bras.

Zelana étreignit la fillette et l'embrassa.

— Va te coucher, Eleria. Dans cette grotte, rien ne peut t'atteindre, et je veillerai sur toi.

La fillette soupira d'aise. Elle alla s'étendre sur son lit, la perle rose dans une main. La voyant s'endormir dans un souffle, Zelana l'envia, même si le sommeil n'était pour elle qu'un vague souvenir. Comment était-ce, se demanda-t-elle, de se coucher tous les soirs et de se lever tous les matins ? Et se nourrir normalement, au lieu de consommer de la lumière ? Placés dans une situation exceptionnelle, les Rêveurs expérimentaient des choses que Zelana et sa fratrie n'avaient jamais connues. Et qu'ils ne connaîtraient jamais.

Les pensées de la maîtresse de l'Ouest vagabondèrent tandis qu'elle admirait la belle lumière rose de sa grotte. Hélas, elles revinrent très vite aux horreurs qui avaient eu lieu dans le canyon.

Pourquoi le Rêveur de Veltan s'était-il laissé aller à de telles extrémités ? Yaltar était un garçon équilibré et intelligent. Pourtant, la première menace sérieuse contre le Domaine de l'Ouest l'avait rendu fou furieux.

En réalité, comprit Zelana, il n'avait pas défendu *son* Domaine, mais celui de sa propre sœur, Balacenia.

Cette idée la bouleversait. Dahlaine avait affirmé que les Rêveurs n'auraient aucun souvenir de leurs existences passées. Pourtant, Yaltar et Eleria s'appelaient de temps en temps par leurs anciens noms. Dahlaine avait-il froidement menti pour s'éviter des critiques ? A l'évidence, ça n'était pas impossible. Zelana l'avait souvent surpris en flagrant délit de dissimulation. Aracia ou Veltan auraient sûrement pu en dire autant.

A ce point du raisonnement, une question troublante se posait. Puisque Yaltar savait qu'Eleria était en réalité Balacenia, avait-il conscience d'être Vash ? Les quatre Rêveurs abusaient-ils leurs protecteurs ? Si Vash et Balacenia jouaient la comédie, il se pouvait que les deux autres…

Mais comment s'appelaient-ils ? Zelana connaissait les véritables noms d'Ashad et de Lillabeth. Pourtant, quand elle fouilla dans sa mémoire multimillénaire, il lui fut impossible de s'en souvenir. De quoi devenir folle ! Elle avait ces noms sur le bout de la langue, et ils refusaient de franchir ses lèvres.

Elle se détourna de ce problème. Ça lui reviendrait sûrement quand elle s'y attendrait le moins.

Avoir choisi Arc-Long pour diriger ses Dhralls avait été une bonne idée. Les Extérieurs l'admiraient à cause de son adresse à l'arc, bien sûr, mais surtout pour son aptitude à résoudre des problèmes apparemment insolubles. Sans lui, les Maags et les Trogites auraient sans doute tenu les Dhralls pour des sauvages tout juste bons à être pillés, voire réduits en esclavage.

Cette idée fit dévier le cours des pensées de Zelana. Sans avoir jamais fréquenté les Extérieurs, elle savait que les cultures les plus avancées, très loin de Dhrall, jugeaient normal de capturer les membres des sociétés plus primitives pour les vendre sur des marchés aux esclaves.

La maîtresse de l'Ouest plissa les yeux. Qu'ils essaient seulement, dans son Domaine ! Ils n'imaginaient pas ce qu'elle gardait en réserve pour les en dissuader.

Cela dit, tous les Extérieurs n'étaient pas maléfiques. La preuve, Eleria en avait trouvé deux qu'elle estimait dignes de confiance. Après avoir élu Lièvre et Keselo, elle avait même convaincu Dahlaine qu'ils méritaient de savoir toute la vérité sur la situation du Pays de Dhrall.

Eleria dépassait souvent les limites des Rêveurs telles que les avait définies Dahlaine. L'enfant faisait mine d'être adorable et simple, mais ses histoires de bisous et de sieste sur les genoux des gens étaient bien plus que de simples démonstrations d'affection. L'éruption volcanique qui avait si efficacement détruit les monstres était-elle vraiment une réaction désespérée de Yaltar ? Ou lui avait-elle été suggérée par Eleria ?

Cette impensable idée fit frissonner Zelana.

Aussi horrible fût-elle, cette tactique, il fallait l'admettre, avait résolu un problème dramatique. Les secousses sismiques auraient pu tuer tous les envahisseurs, mais il y aurait toujours eu un doute. Avec la lave, les choses étaient claires et nettes. Tous les sbires du Vlagh morts, le Domaine de l'Ouest ne courait plus aucun danger.

Pas le Domaine de Zelana. Celui de Balacenia. Toute la différence était là…

Les Trogites et les Maags reprendraient bientôt leurs navires pour gagner les côtes du Domaine de Veltan. Zelana l'aurait parié, même si rien ne prouvait qu'une attaque était imminente. Si le volcan de Yaltar avait quasiment exterminé les monstres, il faudrait des générations pour les remplacer. Encore que… Le Vlagh pouvait se doter d'une innombrable progéniture en un rien de temps, et Veltan le savait aussi bien que n'importe qui. Tous les Domaines subiraient un jour ou l'autre une invasion. S'il voulait étendre son pouvoir, le maître des Terres Ravagées devait dominer tout le continent.

Mais comment s'appelaient Lillabeth et Ashad ? C'était enrageant ! Les noms dansaient dans sa mémoire. Pourquoi ne pouvait-elle pas s'en souvenir ?

Zelana aurait voulu s'endormir. Les innombrables

millénaires de son cycle pesaient sur ses épaules, et elle se réjouissait d'en avoir bientôt terminé.

Hélas, Eleria n'était pas encore prête à reprendre le flambeau. Elle avait beaucoup de choses à apprendre, et il restait si peu de temps... Par le passé, les « rotations » n'avaient jamais posé de problèmes. Lors du précédent cycle de Balacenia, les humains étaient à peine plus que des animaux. Aujourd'hui, ils avaient évolué, et ils semblaient progresser de plus en plus vite chaque année.

La maîtresse de l'Ouest frissonna en pensant à ce qui l'attendrait lors de son prochain réveil, quand elle prendrait le relais de Balacenia.

Elle eut un pâle sourire. Au fond, Veltan avait peut-être opté pour la meilleure solution, et la lune serait toujours là...

Zelana étouffa cette idée irrévérencieuse.

A cause des bêtises de Yaltar, Lattash serait rayé de la surface de Dhrall. En ce moment même, la lave dévalait le canyon, consumant tout sur son passage. Le peuple de Nattes-Blanches devrait s'exiler et se construire un nouveau village...

La perte de Lattash infligeait une souffrance quasiment physique à Zelana. Comme si on lui déchirait les entrailles.

— L'or ! s'écria-t-elle soudain. J'ai oublié qu'il était caché dans la grotte. Il faut que j'y retourne, pour le mettre en sécurité. Mais comment ai-je pu oublier une chose pareille ? Je dois me faire plus vieille que je ne le croyais... D'abord je ne pense pas à l'or, puis des noms familiers m'échappent... (Zelana regarda l'enfant endormie.) Balacenia, réveille-toi, je t'en prie. Je ne peux plus porter mon fardeau. Et je suis si fatiguée...

Puisque Yaltar connaissait la véritable identité d'Eleria, et vice versa, pouvaient-ils savoir d'autres choses ? Fouillant dans sa mémoire, Zelana chercha à déterminer si les enfants – même brièvement – avaient utilisé leurs pouvoirs assoupis pour altérer la réalité – aussi peu que ce fût. Avec leurs rêves, c'était acquis. Mais s'ils avaient agi consciemment, la trame même de la réalité était en danger.

Zelana ne découvrit rien de flagrant. La seule caractéristique étrange d'Eleria était son besoin pressant d'affection de la part des mortels. Son petit jeu avec Arc-Long, puis Lièvre, et enfin le jeune Trogite coincé, semblait un caprice d'enfant. Mais s'il y avait autre chose derrière ?

Pour des raisons évidentes, Zelana ignorait tout des méthodes employées par Balacenia afin de contrôler les humains du Domaine. Les embrassait-elle pour qu'ils se soumettent ? En tout cas, cette technique avait marché avec les dauphins, alors qu'elle était encore bébé.

Zelana faillit éclater de rire. Quelle manière intelligente de régner, en effet ! De plus, ça pouvait expliquer pourquoi Yaltar était allé si loin pour défendre le Domaine de sa sœur. Quelques séances de « bisou-bisou », et le pauvre Vash aurait été un jouet entre les mains de Balacenia. Ce frère-là subjugué, elle serait alors passée à…

Mais comment s'appelaient les deux autres ? Bon sang, il y avait de quoi devenir dingue. Pourquoi ne se souvenait-elle pas de leurs noms ?

LE TEMPS DE LA TRISTESSE

1

L'été commençait dans le Domaine de Zelana. Hélas, celui-là ne ressemblait à aucun autre qu'eût vécu Barbe-Rouge. D'habitude, cette saison était le royaume d'élection de la beauté. Mais les pics jumeaux continuaient à cracher du feu, colorant de rouge chaque lever de soleil. Au-dessus de Lattash, un nuage de fumée et de cendres obscurcissait le ciel.

Quelques femmes de la tribu s'étaient attelées aux semailles. Mais à quoi bon ? Le village, condamné, aurait sûrement disparu avant les prochaines moissons.

Lattash n'avait pourtant pas changé. L'eau de la baie restait bleue, le sable de la plage était toujours aussi blanc, et la forêt, à l'est, évoquait comme à l'accoutumée un tapis vert sombre qui montait lentement à l'assaut des pics couverts de neiges éternelles. Les marées, inlassables, continuaient d'affluer et de refluer avec une régularité de métronome. L'unique différence ? La rivière, qui ne dévalait plus le canyon pour venir se jeter dans la baie. Désormais, un triste ruisselet coulait dans le lit rocheux. A l'évidence, les maudites montagnes de feu avaient obstrué la source de la rivière. Avant le milieu de l'été, il n'y aurait sûrement plus une goutte d'eau.

Cela signerait la fin du village. Sans eau, les cultures des femmes mourraient, et il n'y aurait pas de réserves de nourriture pour l'hiver.

A Lattash, l'humeur était à la mélancolie – presque aussi noire, en fait, que la fumée qui occultait le ciel.

Barbe-Rouge soupira. Indéniablement, il était temps, pour la tribu de Nattes-Blanches, de se trouver un nouvel endroit où vivre. Hélas, il y avait un problème. Désespéré par la perte du village où les siens vivaient depuis des siècles, l'oncle de Barbe-Rouge n'était plus en état de prendre une décision. Avant le prochain hiver, la tribu devait avoir choisi un nouveau territoire, bâti des huttes et ensemencé des carrés de terre. Mais le vieux chef refusait d'évoquer la question. Et autant qu'il se torturât les méninges, Barbe-Rouge ne parvenait pas à imaginer un moyen de le tirer de sa léthargie.

Jurant dans sa barbe, le Dhrall décida d'aller consulter Arc-Long.

— Tu n'as pas le choix, mon ami, assura l'archer alors que les deux hommes, debout sur la digue, regardaient couler le filet d'eau boueuse qu'était devenue la rivière. Les montagnes de feu ont tué les monstres et condamné ton village à mort. Privé d'irrigation, ton peuple devra s'en aller ou périr.

— Je le sais aussi bien que toi, Arc-Long. Mais comment faire entrer cette idée dans le crâne de mon oncle ? Chaque fois que j'aborde le sujet, son regard se voile et il parle d'autre chose. Il ne veut même pas *envisager* l'exil de la tribu. Lattash est une part de lui-même qu'il refuse d'abandonner.

— Alors, tu dois outrepasser son autorité et décider à sa place.

— Impossible ! Arc-Long, c'est notre chef. Si j'agissais

ainsi, tous les miens se détourneraient de moi. Jamais ils n'obéiront à mes ordres.

— Sauf si ton oncle te le demande… (Arc-Long regarda les huttes, puis les filets de pêche pendus sur des poteaux, tout au long de la plage.) Cet endroit était jadis un paradis, je n'en doute pas, mais ce temps-là est révolu. L'avenir, pour ta tribu, commencera le jour où aura coulé la dernière goutte d'eau. Et c'est pour bientôt, tu le sais. Si vous ne réagissez pas, vous crèverez de faim et de soif. Présente les choses comme ça, et les tiens t'écouteront. Et si ton chef refuse d'assumer ses responsabilités à cause de sa tristesse, il devra transmettre son autorité à quelqu'un. Toi, je suppose… (Arc-Long eut un petit sourire.) Chef Barbe-Rouge, ça sonne bien, non ?

— Pas à mes oreilles… Tu sais à quel point la vie d'un chef est ennuyeuse ? Je dépérirais à vue d'œil.

— Sois courageux, chef Barbe-Rouge, fit Arc-Long avec une révérence moqueuse. Si ton sacrifice peut servir la tribu, tu n'as pas le droit de te dérober.

— Il fallait que tu me serves ces âneries-là, pas vrai ?

— Regarde la réalité en face, mon ami. Tôt ou tard, si ton oncle ne se remet pas, tu devras prendre sa place. Alors, tu apprendras à devenir un vieux barbon moralisant qui s'ennuie à mourir. Pour le moment, nous avons un problème plus urgent.

— Le ciel menace de nous tomber sur la tête ?

— Pas aujourd'hui, je pense… Mais les navires, dans la baie, sont pleins de gens très mécontents. Dans son infinie sagesse, Zelana de l'Ouest a cru bon de s'éclipser sans avoir payé Sorgan et ses hommes.

— L'or est entreposé dans la grotte où vivaient Zelana et Eleria, près d'ici, rappela Barbe-Rouge. Pourquoi les Maags ne vont-ils pas se servir ?

— Ils ont essayé, mon ami. Sans pouvoir entrer dans le tunnel où sont les lingots.

— Zelana a fait s'écrouler la voûte ?

— Non, rien de ce genre... Mais un mur bloque l'entrée du tunnel. Une étrange muraille, pour tout te dire. Les Maags voient à travers, mais elle est plus solide que n'importe quelle roche. Les pirates peuvent regarder, mais pas toucher. Bovin s'est acharné toute la journée, et tu imagines ce que vaut un coup de hache de ce type. Il n'a pas fait sauter un seul éclat du matériau. En revanche, sa hache est fichue. A présent, Sorgan est sûr que Zelana tente de l'arnaquer.

— Elle ne ferait jamais ça !

— Nous le savons, mais Bec-Crochu ne la connaît pas si bien que ça... Le mensonge, la tricherie et le vol sont les piliers de la culture maag. Pour les pirates, l'honnêteté est un concept inconnu. Si Zelana ne revient pas très vite, nous aurons une nouvelle guerre sur les bras.

— Au moins, ça me change de mes problèmes, grogna Barbe-Rouge. (Il parut soudain se souvenir de quelque chose.) Lièvre m'a dit que Zelana et toi saviez communiquer par la pensée. Il en a été témoin dans le port de Kweta. Tu crois pouvoir la contacter d'ici ?

— J'ai essayé... Mais la distance est trop grande. A moins qu'elle refuse de m'écouter.

— Et Eleria ? Je suis sûr qu'elle pourrait raisonner Zelana. Ou la forcer à obéir, en lui faisant le coup des bisous. Lièvre, Keselo et toi êtes tombés sous son charme en un clin d'œil.

— Au fait, mon ami, a-t-elle essayé cette méthode avec toi ?

Barbe-Rouge éclata de rire.

— Une fois, oui. Comme ma barbe l'a chatouillée, elle n'a jamais remis ça. Tu aurais vu sa tête, ce jour-là.

Son truc favori s'était retourné contre elle, et ça ne lui plaisait pas du tout.

— Nous devrions aller parler à Sorgan, sur le *Cormoran*, proposa Arc-Long. S'il apprend que nous tentons de ramener Zelana ici, histoire qu'elle le paie, il renoncera peut-être à mettre Lattash à feu et à sang.

— Pas de précipitation, mon ami ! fit Barbe-Rouge, sérieux comme un chaman. Si les Maags rasent Lattash, mon oncle comprendra qu'il est temps de plier bagage et d'aller ailleurs. Dans ce cas, je pourrai me contenter d'obéir à ses ordres, ou de me cacher quelque part où il ne me trouvera pas. Bref, il sera de nouveau le chef, et je n'aurai pas besoin de devenir adulte.

— Ne rêve pas, Barbe-Rouge ! Et allons voir Sorgan Bec-Crochu.

A travers le nuage de fumée, le soleil parvenait presque à briller comme à l'accoutumée. En approchant du *Cormoran*, Barbe-Rouge ne put s'empêcher de penser que la pêche serait bonne, avec ce beau temps. Hélas, il était inutile de rêver. Conditions idéales ou pas, il n'y aurait pas de partie de pêche aujourd'hui. A coup sûr, Arc-Long et lui allaient gaspiller une journée prometteuse à écouter les récriminations de Bec-Crochu.

— Ta yole fend bien les flots, dit Arc-Long.

— J'ai eu de la chance quand je l'ai fabriquée, répondit modestement Barbe-Rouge. Tout est une question de courbure adéquate de la coque. La précédente était capricieuse. Au moindre éternuement, elle se renversait et me flanquait à l'eau.

— J'ai connu ça, avoua Arc-Long. Parfois, les yoles ont un curieux sens de l'humour.

— Mon ami, as-tu une idée pour amadouer Sorgan ?

— Oui. Un truc dans le genre « urgence ».

— Pardon ?

— Zelana est partie précipitamment. N'est-ce pas la preuve qu'une nouvelle crise exigeait sa présence ailleurs ?

— Ça vaut le coup d'essayer... Mais persuader Sorgan qu'il y a des choses plus importantes que lui ne sera pas de la tarte.

— Nous verrons bien, fit Arc-Long tandis que son compagnon collait la yole contre le bastingage du *Cormoran*.

— Zelana a décidé de revenir ? demanda Lièvre en se penchant vers ses amis. Si le capitaine n'est pas bientôt payé, il fera un carnage.

— Nous préférerions éviter ça ! cria Arc-Long. Barbe-Rouge et moi allons essayer de le calmer...

Lièvre lança l'échelle de corde, qui se déroula le long de la coque.

— Il est temps de nous démener, chef Barbe-Rouge, dit Arc-Long avant de commencer l'ascension.

— Lâche-moi un peu avec ça, l'ami !

— Je fais de mon mieux pour que tu t'habitues à cette idée, c'est tout, mentit l'archer avec une innocence parfaitement feinte.

Quand les deux Dhralls entrèrent dans sa cabine, Sorgan Bec-Crochu avait la fumée qui lui sortait des naseaux.

— Où est-elle ? beugla-t-il. Si je ne commence pas à distribuer de l'or aux Maags que j'ai embarqués dans cette galère, ça sentira le roussi d'ici peu de temps ! Nous avons rempli notre part du contrat, il est temps d'en finir.

— Nous ne savons pas où joindre Zelana, dit Arc-Long. Son Domaine est très grand, et une urgence a pu l'appeler très loin d'ici. Tu connais ça, Sorgan. Quand un incendie éclate, on n'a pas le temps de faire des politesses avant de courir l'éteindre. Dès que son problème sera réglé, la dame reviendra.

— Ton raisonnement se tient, admit le pirate à contrecœur. Tu ignores vraiment où se passe cette nouvelle crise ?

— Elle n'a pas daigné me le dire. Mais tu la connais…

— Pour ça, oui ! Dès qu'il s'agit de cacher aux gens des choses qu'ils devraient savoir, c'est une championne !

— Une analyse très perspicace…, murmura Arc-Long. Crois-moi, elle reviendra dès qu'elle en aura fini avec… je ne sais quoi. Mais nous avons un problème plus urgent.

— Sans blague ?

— Les montagnes de feu sont toujours en activité, et Lattash deviendra un endroit très désagréable quand de la roche en fusion déboulera du canyon. Les crues sont déjà dévastatrices, mais là…

— … Ce sera la fin du monde en miniature, acheva Sorgan. Que devons-nous faire ?

— Que penserais-tu de « ficher le camp » ?

— Selon Narasan, on dit « battre en retraite ». Moi, les deux me conviennent.

— L'ennui, c'est que Nattes-Blanches, l'oncle de Barbe-Rouge, refuse de voir la réalité en face. Mon ami et moi tentons d'outrepasser son autorité. Si tu devais parler avec lui, j'aimerais autant que tu ne le lui dises pas.

— Les vieux ont parfois des idées bizarres, convint Sorgan. Ne t'inquiète pas, Barbe-Rouge, ton secret est en sécurité avec moi. Quand déclencherez-vous la mutinerie ?

— La mutinerie ? C'est la première fois que j'entends ce mot.

— Il y en a parfois sur les vaisseaux quand l'équipage

est mécontent du capitaine. Alors, il finit pendu ou abandonné dans un canot. Bien entendu, le chef de la révolte prend sa place.

— On ne fait pas ça chez nous, Sorgan, dit Barbe-Rouge.

— Vous devriez quand même y penser. Si votre chef déraille, quelqu'un doit s'arroger le pouvoir avant que la roche fondue ne commence à vous brûler les pieds.

— Espérons que ça n'en arrive jamais là, dit Arc-Long. Pour le moment, Barbe-Rouge et moi devons trouver un endroit où construire le nouveau village. Quelque part plus bas dans la baie, voire en dehors. Il nous faut de l'eau fraîche, des terres cultivables et des protections naturelles contre les vents et les marées.

— L'endroit idéal déniché, je parie que vous voudrez m'emprunter mes bateaux pour déplacer la tribu ?

— En supposant que ça ne te dérange pas...

— Si je les occupe un peu, les autres capitaines ne passeront plus leur temps sur le *Cormoran*, à me casser les oreilles avec leur or. Arc-Long, tes archers nous ont sauvé la mise, dans le canyon, donc nous vous devons bien un coup de main... (Le pirate se tut, frappé par une idée.) L'or ! Bon sang, il est toujours dans la grotte. Si la roche en fusion submerge Lattash, elle inondera aussi la caverne.

— C'est peu probable, Sorgan, dit Arc-Long. Bovin a cassé sa hache en essayant de briser le mur de protection érigé par Zelana.

— C'est donc pour ça qu'elle l'a placé là ? Nous pensions que c'était contre nous, mais en réalité, elle voulait isoler les lingots de la roche fondue.

— C'est bien le style de Zelana, confirma Barbe-Rouge. N'aie pas d'inquiétude, Bec-Crochu, l'or est en sécurité. Et Zelana honorera sa dette dès son retour. Dis-le aux capitaines qui passent leur temps à se plaindre. Ils seront payés quand Zelana en aura fini avec son nouveau problème.

— Voilà qui pourrait aussi résoudre *ton* problème, Barbe-Rouge, avança Sorgan. A son retour, dis-lui que ton oncle n'a plus toute sa tête, et elle se chargera de le destituer pour te confier son poste. Ce serait bien mieux qu'une mutinerie, non ?

— Une proposition digne d'intérêt, chef Barbe-Rouge, dit Arc-Long.

Son ami le foudroya du regard.

— Quelle mouche te pique ? s'étonna Sorgan. A mes oreilles, le mot « chef » sonne comme « capitaine », et j'ai toujours aimé l'entendre.

— Eh bien, pas moi, grogna Barbe-Rouge.

2

Le vent violent qui soufflait de la mer ne facilitait pas le plan de Barbe-Rouge, au sujet du « déménagement ». Lattash étant bien abrité des intempéries, il entendait déjà les récriminations sans fin des villageois, chaque fois qu'il les croiserait, s'il les obligeait à vivre dans un endroit exposé aux bourrasques.

A l'ouest, le soleil sombrait déjà à l'horizon. Ralentis par le vent, Arc-Long et Barbe-Rouge étaient seulement à mi-chemin du côté nord de la baie.

— Il fera bientôt nuit, annonça Arc-Long. (Il sonda la côte du regard.) Ce n'est pas une rivière, là-bas ?

Barbe-Rouge tourna la tête.

— Tu dois avoir raison, mon ami. Les broussailles nous bloquent la vue, mais leur présence laisse penser qu'il y a de l'eau pas loin.

D'un seul coup de rame, le Dhrall orienta sa yole vers la plage.

— Tu as déjà exploré le terrain, de ce côté de la baie ? demanda Arc-Long.

— Non. La pêche est si bonne, au large de Lattash, que je ne me suis jamais aventuré aussi loin. Et je ne voudrais pas vexer les poissons locaux en allant jeter mon hameçon ailleurs. Tu sais, les résidents des fonds marins sont très susceptibles. Ils boudent quand on les ignore, et un poisson maussade ne mord pas. Tout le monde sait ça.

— Tu as un sens de l'humour sacrément tordu, mon ami.

— Comment oses-tu dire ça, compagnon ? Je suis choqué. Oui, choqué !

— Arrête un peu tes âneries… (Arc-Long sonda de nouveau la plage.) La rivière est plus grande que je le pensais. Nous devrions aller voir de plus près.

— Mon peuple n'appréciera pas beaucoup le vent, fit Barbe-Rouge, songeur. Lattash était bien abrité. Ici, nous serons en terrain découvert.

— Quelques bourrasques valent mieux qu'un bain de roche en fusion, rappela Arc-Long tandis qu'ils tiraient la yole sur le sable. Allons voir la rivière. Si l'eau est saumâtre, il faudra chercher ailleurs. Si elle est potable, nous explorerons les environs.

— Je te suis, dit Barbe-Rouge. N'est-il pas bizarre que le soleil se soit couché au moment où nous atteignions cet endroit ?

— Une coïncidence, je suppose.

— Le hasard n'existe pas, mon ami. C'est pour ça que les dieux existent. Tout arrive par leur volonté ! Quand tu te tords une cheville sur un caillou, n'en doute pas : un dieu savait que tu emprunterais un jour ce chemin… Alors, histoire de s'amuser, dès le commencement des temps, il a jeté une pierre juste au milieu de la route. Les dieux sont comme ça. Ils adorent nous jouer des mauvais tours.

— Si tu arrêtais de délirer, mon ami ?

— Ne compte pas trop là-dessus. J'aime dire des bêtises, ça rend la vie plus amusante. (Barbe-Rouge se pencha pour éviter la grosse branche qui jaillissait d'un énorme buisson.) Si on s'installe ici, dit-il, il faudra débroussailler. Sinon, les femmes râleront chaque fois qu'elles devront aller puiser de l'eau.

Quand ils furent au bord de la paisible rivière, Arc-Long se pencha, recueillit un peu d'eau dans sa paume et la goûta.

— Elle est moins mauvaise qu'elle en a l'air, annonça-t-il. Un peu trouble, mais elle s'éclaircira au fil de l'été. Demain matin, nous remonterons le courant. S'il y a une prairie pas trop loin, cet endroit pourrait bien être idéal.

— Possible, dit Barbe-Rouge, mais nous devrons en dénicher un ou deux autres. Comme ça, la tribu pourra choisir – et se disputer sans fin. Les querelles font beaucoup de bien aux gens, tu l'ignorais ? La colère fait circuler le sang… (Il regarda autour de lui.) Je vais aller poser une ou deux lignes. Si nous devons dormir ici, il nous faut quelque chose à manger.

— Bien raisonné, approuva Arc-Long.

Le matin, le soleil levant incendia de rouge le nuage de fumée qui planait au-dessus de Lattash. On eût dit que l'astre du jour voulait rappeler à Barbe-Rouge que le village vivait ses derniers instants.

Le Dhrall se fraya un chemin dans les broussailles pour relever les lignes qu'il avait posées la veille. La taille du poisson qui avait mordu ne manqua pas de l'étonner.

— Pas mal du tout, dit Arc-Long quand son ami revint au camp avec sa prise. Il faudra en parler quand nous serons de retour à Lattash. Si la pêche est bonne, par ici, ça rendra le départ moins amer pour les tiens.

— Possible… Attise donc le feu pendant que je prépare le poisson. Nous allons nous régaler, mon ami. Un petit déjeuner de roi !

— J'en salive déjà, fit Arc-Long en ajoutant du bois mort dans les flammes. Le vent semble être un peu moins fort, on dirait…

— Une bonne chose, marmonna Barbe-Rouge. (Il brandit le couteau à lame de fer que Lièvre lui avait fabriqué.) Avec ça, vider les poissons et les écailler est un jeu d'enfant. Les outils en fer sont très efficaces. J'espère que Zelana nous permettra de les garder quand nous aurons gagné toutes ces guerres. Après le départ des Maags, je veux dire.

— Pourquoi nous ordonnerait-elle de les jeter ?

— Par purisme, peut-être… Pour que nous ne soyons pas « contaminés ». Les dieux sont parfois bizarres.

— Ça, je l'avais remarqué, approuva Arc-Long sans une once d'ironie.

Le poisson, différent de ceux qu'on trouvait dans la baie de Lattash, se révéla succulent. Avec un peu de chance, pensa Barbe-Rouge, ça convaincrait la tribu que cet endroit, malgré de nombreux défauts, serait un site acceptable pour le nouveau village. Même si le coin n'égalait pas la beauté de Lattash. Sans parler du vent, des broussailles et de la rivière trouble, qui taperaient vite sur les nerfs des villageois.

Le repas terminé, Arc-Long se leva souplement.

— Allons jeter un coup d'œil sur les environs, dit-il. Jusque-là, nous avons trouvé de l'eau potable et un bon point de pêche. Et il y a sans doute d'autres merveilles…

Sous la lumière légèrement bleutée du matin, les deux Dhralls entrèrent dans la forêt qui se dressait à la lisière de la plage. Les grands arbres bloquèrent aussitôt le vent qui balayait sans cesse le rivage.

— Des daims, souffla Arc-Long en tendant un bras sur la droite.

Barbe-Rouge se tourna lentement, car les mouvements brusques effrayaient les cervidés.

Il s'agissait d'une assez grosse harde. Une bonne vingtaine de têtes, au minimum. Quelques petits broutaient en compagnie des adultes.

— Ils semblent en très bonne santé, dit Barbe-Rouge.

— J'ai la même impression… Eloignons-nous, mon ami. Inutile de les déranger pendant qu'ils mangent.

Les deux hommes s'enfoncèrent en silence dans la touffeur de la forêt. Après environ un kilomètre, la lumière devint plus vive devant eux. A coup sûr, ils allaient déboucher dans une clairière.

Quand ils sortirent du couvert des arbres, Barbe-Rouge constata qu'il s'agissait de bien plus que ça. Traversée par la rivière qu'il avait découverte la veille, une superbe prairie s'étendait devant eux.

Dans les hautes herbes, un troupeau de bisons paissait paisiblement.

— Encore un point positif, dit Arc-Long. Il y a au bas mot cinq fois plus de terres cultivables qu'il n'en faut aux femmes de ta tribu.

— Et encore, acquiesça Barbe-Rouge, tu n'es pas généreux. Les bisons peuvent menacer nos cultures, mais nous imaginerons bien un moyen de les tenir à l'écart. (Il regarda autour de lui avec une satisfaction évidente.) Retournons à Lattash, mon ami. Finalement, je crois que nous ne trouverons pas de meilleur endroit.

— N'oublie quand même pas le vent…

— Mon peuple s'y habituera. Du poisson, du gibier, des champs… Voilà l'essentiel. C'est là que nous vivrons !

— Tu vas trop vite, mon ami. L'endroit parfait est peut-être à quelques kilomètres d'ici.

— Je ne suis pas d'humeur à chercher la perfection. Ce lieu me suffit.

— Au fond, tu n'es qu'un rabat-joie…, dit Arc-Long, à moitié sérieux.

Il était environ dix heures quand ils remirent la yole à l'eau. Le vent qui les avait ralentis la veille soufflant dans leur dos, ils progressèrent beaucoup plus vite.

Barbe-Rouge était ravi. Les bourrasques et les broussailles présentaient quelques inconvénients, mais largement compensés par les points forts du site. Et l'absence de montagnes, dans les environs immédiats, aiderait peut-être à faire émerger Nattes-Blanches de sa mélancolie. A part des collines, plutôt arrondies, Barbe-Rouge n'avait repéré aucun pic à une distance dangereuse de la plage. Peu vulnérables aux incendies, les collines de ce type, aux pentes douces, n'aggraveraient pas les effets des fontes printanières, comme à Lattash, où elles étaient un véritable fléau. Bref, l'endroit semblait parfait. Si son neveu parvenait à l'en convaincre, Nattes-Blanches cesserait sans doute de broyer du noir, et il recommencerait à prendre des décisions.

Pour l'heure, c'était le souci essentiel de Barbe-Rouge. A l'idée d'accepter les assommantes responsabilités associées au pouvoir, il se sentait gelé jusqu'à la moelle des os. Quand on aimait la liberté, la puissance perdait beaucoup de sa séduction.

En fin d'après-midi, les deux Dhralls atteignirent la baie de Lattash.

— Au point où nous en sommes, dit Arc-Long, assis à la proue de la yole, nous devrions continuer un peu vers le sud, et aller dire un petit bonjour à Narasan.

— Bonne idée, approuva Barbe-Rouge.

Il orienta aussitôt l'embarcation en direction de la flotte trogite.

Quand ils atteignirent le navire du général, le soleil couchant colorait de rose l'horizon occidental.

Keselo était accoudé au bastingage, l'air inquiet. Très brillant, le jeune officier, avait remarqué Barbe-Rouge, prenait souvent les choses trop au sérieux.

— Des ennuis ? cria le jeune officier alors que le Dhrall collait sa yole contre la coque du vaisseau trogite.

— Rien de bien important, fit Barbe-Rouge d'un ton faussement détaché. Les montagnes de feu sont toujours en colère, mon village est condamné, et il n'a pas plu depuis dix jours. A part ça, tout baigne dans l'huile.

— J'aimerais vraiment que tu ne te fiches plus de moi, ami, fit Keselo, l'air chagriné.

— Nous voulons parler à ton chef, Keselo, intervint Arc-Long. Nous avons un problème, et il pourrait lui trouver une solution.

— Du grabuge dans le canyon ?

— Non, tout va bien dans ce coin-là, répondit Barbe-Rouge. Notre problème est bien plus proche de nous – et de vous.

— Sorgan et ses Maags n'ont pas été payés, dit Arc-Long, et ça leur tape sur les nerfs. Ton chef aura peut-être une idée pour les calmer.

— Tu as pensé à de la bière ? demanda Keselo avec un petit sourire. Des flots de bière ?

— Pas idiote, cette idée…, dit Barbe-Rouge. Mais ils finiront par dessoûler, et négocier avec un Maag qui a la gueule de bois ne me dit rien qui vaille.

— C'était juste une idée en l'air, fit le jeune Trogite. Montez à bord, messires. Je vous conduirai au général.

Barbe-Rouge passa le premier sur l'échelle de coupée.

Puis, Arc-Long sur les talons, il emboîta le pas à Keselo.

— Oui ? lança la voix de Narasan quand le jeune officier eut poliment gratté à la porte de sa cabine.

Dans le canyon, Barbe-Rouge avait noté le goût immodéré des Trogites pour le protocole. Aux yeux des Impériaux, l'humour était une notion inconnue… ou quelque peu suspecte.

— Vous avez des visiteurs, général, annonça Keselo.

Narasan vint ouvrir la porte de ses quartiers, plutôt spacieux.

— Bonsoir, messires… Puis-je faire quelque chose pour vous ?

— C'est bien possible, répondit Arc-Long. Tu t'entends plutôt bien avec Sorgan Bec-Crochu, je crois ?

— Disons qu'il ne sort pas systématiquement son épée quand il me voit. Il t'ennuie ?

— Il n'arrête pas de râler, grommela Barbe-Rouge. Zelana est partie sans le payer, et ça le met hors de lui.

— Il m'en a touché un mot une bonne cinquantaine de fois, dit Narasan avec un sourire. C'est même son unique sujet de conversation. A l'en croire, dame Zelana essaie de l'escroquer.

— Ce n'est pas son genre, affirma Arc-Long.

— Dans ce cas, où est-elle ?

— Nous n'en savons rien, avoua Barbe-Rouge. Ce n'est qu'une supposition, mais je doute qu'elle ait clairement mesuré les implications du mot « guerre ». Les tueries l'ont perturbée. Entendre le verbe « tuer » et assister à un massacre sont deux choses bien différentes.

— Elle serait innocente à ce point ? s'étonna Narasan.

— Zelana a vécu seule très longtemps, répondit Arc-Long, passant très vite sur une réalité que Narasan, selon Barbe-Rouge, n'était pas encore prêt à accepter.

— Nous avons un problème, messires, dit le général, visiblement tracassé. Sorgan m'a donné sa parole de nous accompagner dans le sud de Dhrall, pour m'aider à gagner la guerre qui *me* rapportera de l'or. L'ennui, c'est qu'il refuse de quitter le Domaine de Zelana sans son dû. J'aurai besoin de lui, chez Veltan, mais si rien ne change, il ne bougera pas.

— Pourquoi ne te contentes-tu pas d'attendre ici, les bras croisés ? proposa Arc-Long.

— Désolé, mais je ne te suis pas…

— Il faut que quelqu'un convainque Zelana de revenir et de payer Sorgan. Le fond du problème est là, non ?

— On ne peut pas mieux l'énoncer.

— Le frère de Zelana veut que tu ailles te battre dans son Domaine, pas vrai ?

— C'est pour ça qu'il me paiera, oui.

— Si tu ne te montres pas, il viendra voir ce qui t'a retardé.

— Logiquement…

— Veltan est la seule personne susceptible de forcer Zelana à agir. Si les Maags et les Trogites refusent toujours de partir, il ira à la recherche de Zelana et il la ramènera ici. Une fois qu'elle leur aura versé leur or, les Maags feront un peu la fête. Dès qu'ils auront dessoûlé, ils se joindront à ta flotte et vous pourrez appareiller pour le sud. Ainsi, tous nos problèmes seront résolus d'un coup.

— Quand tu t'y mets, Arc-Long, tu as un esprit fichtrement retors, dit Narasan.

— Nécessité fait loi, général…

— Donc, résuma Barbe-Rouge, il ne nous reste plus qu'à nous tourner les pouces le temps qu'il faudra.

— Après avoir déplacé ta tribu, mon ami, rappela Arc-Long. Nous devrions retourner à Lattash et voir si ton oncle a retrouvé ses esprits. Dans le cas contraire, nous prendrons quelques mesures… discutables.

— Nattes-Blanches est malade ? demanda Narasan.

— Je ne sais pas si ce mot convient, répondit Barbe-

Rouge. Les montagnes de feu ont asséché la rivière. Si elles continuent à cracher de la roche en fusion, ma tribu finira grillée sur pieds. Arc-Long et moi avons trouvé un nouveau site pour les miens, mais nous devons obtenir l'aval de mon oncle avant d'agir. Et je doute qu'il nous le donne.

— Puis-je vous aider, mes amis ?

— Non, mais merci d'y avoir pensé, répondit Arc-Long. Le chef Barbe-Rouge s'en sortira très bien tout seul.

— Tu vas arrêter de m'appeler comme ça, par tous les dieux ?

— Sûrement pas. Il faut que tu t'y habitues, mon vieux. Cette fois, tu ne réussiras pas à te défiler.

3

Celui-Qui-Guérit, le chaman de la tribu d'Arc-Long, avait toujours mis mal à l'aise Barbe-Rouge. D'habitude, ces hommes-médecine se limitaient à réduire les fractures et à traiter les affections mineures avec des décoctions d'herbes. Celui-Qui-Guérit semblait posséder plus de connaissances que la moyenne de ses confrères, et il ne reculait pas devant des expériences franchement bizarres.

La nuit était tombée sur Lattash quand Barbe-Rouge tira sa yole sur la plage. En compagnie d'Arc-Long, il gagna le village et entra directement dans la hutte de Nattes-Blanches.

Assis au milieu de l'unique pièce, près d'un brasero, le chaman regardait attentivement le vieux chef endormi.

— Ne le réveillez pas, souffla-t-il, posant un doigt sur ses lèvres.

— Il est malade ? demanda Barbe-Rouge à voix basse.

— Pas vraiment… (Le vieil homme se leva.) Allons dehors… J'ai à vous parler.

Ils sortirent de la hutte et s'en éloignèrent un peu.

— Ton chef a des problèmes, Barbe-Rouge, dit Celui-Qui-Guérit.

— J'avais remarqué, merci… Vous pouvez le soigner ?

— Avec du temps, oui, mais ce sera très long. La guerre a causé des ravages qu'il ne peut pas accepter. Lattash était une part de lui-même. A un point tel qu'il ressent un vide qui le dépasse…

— Je sais… Avez-vous un remède ?

— Je lui ai fait boire une potion très puissante. Cette décoction de racines, de feuilles et d'un champignon très rare obscurcit la conscience et apaise les émotions trop violentes. Je l'utilise rarement, mais c'était nécessaire. Avant qu'il s'endorme, je lui… ai suggéré… certaines choses. Et d'autres encore après qu'il eut sombré dans le sommeil. A son réveil, le fardeau du pouvoir lui semblera trop lourd, et il voudra le transmettre à une personne de confiance. Toi, Barbe-Rouge ! Il se fie à toi plus qu'à quiconque…

— Tu as manigancé tout ça, Arc-Long ? Je comprends pourquoi tu n'arrêtais pas de me donner du « chef Barbe-Rouge ».

— C'était la seule solution, mon ami. Et il est temps que tu deviennes adulte. Tu ne manques pas de qualités, mais tu les caches pour rester tranquille dans ton coin. Les tiens ont besoin de toi, et tu ne peux pas les abandonner !

— C'est un coup bas, Arc-Long ! Tu m'enfonces le mot « devoir » dans le crâne à grands coups de marteau.

— Fais en sorte qu'il y reste, mon vieux. Sinon, je recommencerai jusqu'à ce que ta foutue tête éclate.

— Je te hais, espèce de salopard !

— Foutaises ! Tu râles parce que ton enfance vient de se terminer d'un coup. Il te faudra du temps pour t'y habituer, mais tu t'en sortiras comme un… chef. Et si ça peut t'aider, je resterai derrière toi, mon marteau prêt à frapper chaque fois que tu ne te comporteras pas bien.

— Et si je fais des erreurs ?

— Tout le monde en commet, chef Barbe-Rouge, dit le chaman. C'est une façon comme une autre d'apprendre. Sans doute pas la meilleure, mais elle est à ta disposition, si tu en as besoin.

Il se faisait tard, et Barbe-Rouge mourait de fatigue. Il se força pourtant à ne pas dormir et s'assit en tailleur près de la couche de son chef. Nattes-Blanches sommeillait paisiblement. Le veiller semblait inutile, mais la présence dans la hutte des anciens de la tribu ne lui laissait pas le choix.

Ses pensées vagabondant, il s'obligea à les focaliser sur les événements en cours. Les paupières lourdes, il aurait donné cher pour s'allonger et ronfler comme un sonneur.

Cette veillée collective n'avait rien de classique. Bien que Nattes-Blanches ne fût pas à l'article de la mort, les anciens – que personne n'avait invités – étaient entrés un par un sous la hutte pour s'asseoir en rond sans dire un mot.

Nattes-Blanches ouvrit soudain les yeux.

— As-tu bien dormi, mon oncle ?

— Pas vraiment, neveu… Même au réveil, je me sens épuisé. Avec tout ce qui a mal tourné ici, comment pourrais-je me reposer ? Les soucis m'accablent, et je ne suis plus en mesure de les affronter. (Il s'assit et eut un pâle sourire.) J'ai cru que le sommeil m'aiderait à oublier mes tracas, et à revenir à l'époque où Lattash était un petit paradis. Hélas, cela n'a pas marché. Les montagnes de feu me hantent même quand je dors.

Le vieil homme soupira et secoua la tête. Puis il se

redressa, les yeux plus vifs, et parla d'une voix moins chevrotante.

— L'heure du changement a sonné, mon neveu. Tout ce qui est ancien disparaît et l'avenir approche à toute vitesse. Je n'aime pas ce qui est nouveau, Barbe-Rouge. Comme moi, Lattash appartient au passé. Tu incarnes le futur. Ce sera donc à toi de trouver un nouveau foyer à notre tribu.

Barbe-Rouge fit la grimace. Jusqu'à la dernière seconde, il avait espéré un miracle.

— Arc-Long et moi avons repéré un endroit, mon oncle. Moins beau que Lattash, mais beaucoup plus sûr. La rivière coule lentement, car elle traverse des collines, pas des pics. Là-bas, les crues ne font pas de dégâts, et c'est une bonne chose. Certaines années, le torrent de Lattash a failli tout emporter avec lui. Je l'aimais autant que toi, mais le printemps le mettait trop en colère. Là où nous irons, le poisson et le gibier abondent, et les terres cultivables ne manquent pas.

— Tu as bien choisi, mon neveu. Avec le temps, le souvenir de Lattash s'estompera, et la tribu sera heureuse dans son nouveau foyer.

— C'est un lieu très prometteur, mon oncle, dit Barbe-Rouge, qui préféra ne pas mentionner les bourrasques. Les collines me rassurent beaucoup. Les pics sont beaux et majestueux, c'est vrai, mais trop capricieux à mon goût. Surtout quand ils crachent du feu.

— Tu as raison. Les montagnes sont jeunes et impétueuses. Les collines, bien plus âgées, ont acquis une grande sagesse. (Nattes-Blanches se leva.) Anciens de la tribu, il semble que la vieillesse ne soit plus une valeur aussi sûre que jadis. Aujourd'hui, je décide que c'est à la jeunesse de guider notre tribu vers sa nouvelle vie.

Tous les sages acquiescèrent.

— Je me réjouis que nous soyons tous d'accord,

dit le vieux chef. Après une dernière suggestion, je ne m'exprimerai plus sur ce sujet. Barbe-Rouge est le fils de mon frère cadet, mort il y a bien longtemps. Vous savez tous que mon neveu rit souvent et qu'il adore la vie. S'il accepte de me succéder, je crains qu'il n'ait plus beaucoup l'occasion de s'amuser.

Nattes-Blanches n'eut pas l'ombre d'un sourire.

A l'inverse des anciens, qui rayonnaient.

Barbe-Rouge ne se dérida pas. Dans cette histoire, Arc-Long avait toujours eu un coup d'avance sur lui.

Au matin, Barbe-Rouge réunit les hommes et leur annonça qu'Arc-Long et lui avaient *peut-être* découvert un nouvel endroit où installer la tribu. Son statut avait changé, mais il ne tenait pas pour autant à jouer les dictateurs en annonçant abruptement sa décision. Les hommes de la tribu furent intéressés par la description du nouveau site. Certains émirent pourtant des objections, et leur nouveau chef admit que l'endroit n'était pas et ne serait jamais la copie conforme de Lattash. La notion même de changement, pour certains esprits, semblait décidément troublante.

Barbe-Rouge rappela patiemment que la roche en fusion, si les montagnes de feu ne se calmaient pas, finirait par détruire les huttes et tuer tous leurs habitants.

En réponse, il reçut un feu d'artifice de « peut-être ».

« Les montagnes de feu s'apaiseraient peut-être. »

« Zelana reviendrait et éteindrait peut-être les feux. »

Et, le plus absurde de tous : « Il y aurait peut-être une bonne averse qui noierait peut-être les colonnes de flammes. » A l'évidence, les simples d'esprit pensaient qu'il suffisait de parler assez longtemps d'un problème pour qu'il disparaisse.

Face à certaines objections, Barbe-Rouge dut se retenir de crier.

Vers midi, Arc-Long vola à la rescousse de son ami.

— Tu t'y prends de la mauvaise façon, mon vieux. Ne pose pas de questions. Contente-toi d'*annoncer*.

— J'ai peur de ne pas comprendre, Arc-Long.

— Il ne faut jamais demander à un imbécile son opinion sur une décision déjà prise. Tu sais pourquoi ? Parce qu'il te la donne, et que ça dure des heures !

— Je débute dans le métier de chef, ne l'oublie pas. Tâtonner me paraît normal. Il semblait impoli de me mettre à donner des ordres à tout le monde sans rien expliquer.

— Une erreur d'appréciation. Tu n'as pas le temps d'être poli. La saison avance, et les femmes devraient déjà s'occuper des semailles. Sinon, vous n'aurez rien à manger en hiver.

— J'avais oublié ce détail, avoua Barbe-Rouge, déconfit.

— La viande et le poisson ne suffisent pas à nourrir une tribu. Les chasseurs et les pêcheurs n'y pensent pas toujours. A ta place, j'irais parler aux femmes. Ne vexe jamais les personnes qui tiennent le bon bout de la casserole. Sinon, elles risquent de te servir une soupe à la poussière…

— Je veux voir la prairie, dit Planteuse, une femme d'âge moyen étonnamment robuste.

Barbe-Rouge avait fait sa petite enquête et appris que les villageoises de Lattash exposaient tous leurs problèmes à Planteuse, qui les résolvait neuf fois sur dix. En somme, elle était le chef des femmes de la tribu, essentiellement à cause de son savoir phénoménal sur l'agriculture.

Comme elle était connue pour son sale caractère,

dès qu'on la contrariait, Barbe-Rouge avait adopté une approche prudente.

— Nous allons en parler avec mon ami Arc-Long. Il a sans doute remarqué des détails qui m'ont échappé. Je ne vais pas te mentir, Planteuse. Cet endroit est moins joli que Lattash, mais la sécurité passe avant la beauté. Si nous ne partons pas d'ici, nous boirons bientôt de la roche liquide, plus de l'eau.

— Tu parles franchement, Barbe-Rouge. C'est plutôt rare pour un chef.

— C'est mon premier jour…, avoua Barbe-Rouge.

— Il y en aura d'autres, affirma Planteuse, un rien énigmatique. Allons parler à ton ami. Si tu as raison, il vaut mieux ne pas perdre de temps.

Barbe-Rouge et Planteuse trouvèrent Arc-Long dans la hutte affectée à son chef, Vieil-Ours.

— Cette prairie a déjà été cultivée ? demanda Planteuse, coupant court aux politesses d'usage.

— Je ne crois pas… Cet endroit semble n'avoir jamais été habité.

— La hauteur des herbes ?

— Elles nous arrivaient environ à la taille. Pas vrai, Barbe-Rouge ?

— Peut-être même un peu plus haut.

— Alors, il faut trouver un autre endroit !

— Pourquoi ?

— Là où il y a des hautes herbes, il y a aussi un gazon sauvage très épais. Nous devrons désherber avant de planter. Ça prendra trop de temps. A cette époque de l'année, les semailles devraient être finies. Si les femmes passent la moitié de l'été à défricher, les pousses ne seront pas assez développées au moment des premiers gels, et il n'y aura rien à manger cet hiver.

— Parfois, intervint Vieil-Ours, il est indispensable

de contourner certaines traditions. Si votre tribu veut survivre à l'hiver prochain, il faudra beaucoup de paires de bras pour préparer le sol aux semailles.

— Le village ne compte pas tant de femmes que ça, chef Vieil-Ours, rappela Barbe-Rouge.

— Dans ce cas, ceux qui ne sont *pas* des femmes devraient se mettre aussi à l'ouvrage.

Barbe-Rouge sourit de toutes ses dents.

— Un excellent moyen de me débarrasser d'un fardeau dont je n'ai jamais voulu ! Si j'ordonne aux hommes de faire un travail de femmes, ils se choisiront aussitôt un nouveau chef.

— J'ignore tout des coutumes de ta tribu, chef Barbe-Rouge, reconnut Vieil-Ours. Chez moi, construire les huttes est un travail d'hommes. En va-t-il de même ici ?

— C'est la tradition, oui. Mais où voulez-vous en venir ?

— Au temps de mon aventureuse jeunesse, j'ai voyagé dans le nord, où s'étend le Domaine de Dahlaine. Un jour, j'ai découvert un endroit où il n'y avait pas d'arbres, seulement de l'herbe. Le gibier abondait – surtout les daims et les buffles –, puisqu'il y avait largement de quoi le nourrir. Un paradis pour la chasse ! Mais l'absence d'arbres compliquait la construction des huttes. Le peuple qui vivait là décida de réfléchir à la question, et un brillant jeune homme eut une idée fulgurante. Puisqu'il n'y avait pas d'arbres, il fallait construire les huttes avec un quelque chose qui ne serait *pas* un arbre.

— Une hutte en herbe ne vaudrait pas grand-chose en hiver, fit Barbe-Rouge.

— J'étais de cet avis, et je me trompais. Ce jeune homme s'était aperçu que l'herbe n'a pas seulement des brins, mais aussi des racines qui s'accrochent solidement à Notre Père le Sol. En les broyant avec de la terre grasse, on obtient du torchis, et c'est le matériau que notre jeune inventeur utilisa pour la construction de sa hutte. Voyant que c'était une excellente solution, les autres hommes l'imitèrent. Je suis entré dans ces habitations, et je peux assurer que le vent, aussi fort soit-il, n'y pénètre pas. Et pas davantage le froid. Dans ses nouvelles huttes, solides et chaudes même au plus fort de l'hiver, la tribu fut très heureuse. Barbe-Rouge, si tu ordonnes à tes hommes d'utiliser du torchis, ils défricheront la prairie sans se sentir honteux de faire un travail de femmes.

— Tu as de la chance d'avoir un chef si intelligent, Arc-Long, fit Planteuse avec un grand sourire.

— Mais comment persuader les hommes de renoncer aux huttes en bois ? demanda Barbe-Rouge.

— Je crois me souvenir que des bourrasques soufflaient sur la plage, dit Arc-Long.

— C'est vrai, et alors ?

— Les huttes en bois ne sont pas idéales dans de telles conditions. Imagine que l'une d'entre elles soit abattue par le vent en plein milieu de l'hiver. Ce serait gênant, tu ne crois pas ?

— C'est un doux euphémisme, mon ami. Chez nous, on appelle ça une catastrophe. L'ennui, c'est que le vent est beaucoup plus violent en hiver qu'en été. Si nous voulons convaincre mes hommes de changer de matériau de fabrication, la brise estivale ne sera pas suffisante.

— Nous pourrons lui donner un coup de main, mon ami. Je suis sûr qu'elle nous en sera reconnaissante. Si *toutes* les huttes construites par tes hommes s'écroulent au cours d'une nuit venteuse, ils seront tentés de changer d'opinion, pas vrai ?

— Chef Vieil-Ours, ton peuple a vraiment un esprit tordu, dit Planteuse.

— C'est exact, répondit le vieux chef, et tu n'imagines pas à quel point cela me facilite la vie.

— Chef Vieil-Ours, intervint Barbe-Rouge, puis-je vous poser une question ?

— Je t'en prie, chef Barbe-Rouge.

— Les chefs ont-ils vraiment besoin de parler si pompeusement ? Et de se donner du « chef » toutes les dix secondes ?

— C'est une part du décorum qui va avec le poste, chef Barbe-Rouge. Quand il s'exprime pompeusement, un chef donne à son peuple le sentiment de savoir de quoi il parle. Dès que tu en rajoutes un peu, les hommes t'obéissent au doigt et à l'œil. Les discours ampoulés sont un signe de sagesse.

— Peut-être, mais s'exprimer ainsi doit être ennuyeux à en mourir !

— Un expert te le confirme ! répondit Vieil-Ours. C'est très ennuyeux, et la moitié du temps, avant d'avoir fini, on oublie ce qu'on avait l'intention de dire. L'essentiel reste de passer pour un sage, même si on donne un ordre absolument idiot. (Le vieil homme marqua une courte pause.) Si j'étais toi, Barbe-Rouge, je n'ébruiterais pas ces révélations. C'est un des secrets de notre travail. Ecoute bien les chefs des Extérieurs, et tu verras qu'ils n'agissent pas autrement. Si tu as l'air de savoir ce que tu fais, ton peuple croira que c'est le cas – y compris quand tu n'en as pas la moindre idée.

— Alors, commander revient à abuser, si je comprends bien..., soupira Barbe-Rouge.

— C'était le sens général de mon discours, oui...

— Cet endroit n'est pas aussi bien protégé que l'ancien village, dit Sorgan alors que le *Cormoran* approchait de la plage du nouveau site, une bonne semaine plus tard.

— Mais il n'y a pas de montagnes de feu aux environs, souligna Arc-Long. La tribu résistera au vent et au mauvais temps. C'est préférable à un régime à base de roche fondue.

— Tu as raison… Dis-moi, qu'ont donc fichu les gens que nous avons déposés ici la semaine dernière ? Je ne vois pas l'ombre d'un début de hutte.

— Ils sont dans la prairie, à l'intérieur des terres, répondit Barbe-Rouge. Les hommes défrichent pour obtenir du torchis et les femmes plantent des haricots.

— Du torchis ? Pour quoi faire ?

— Construire nos huttes…

— Et pourquoi ne pas utiliser du bois, comme à Lattash ?

— Quelques jeunes gens ont essayé dès leur arrivée. Hélas, une tempête a tout démoli en une seule nuit.

— Ce devait être une *sacrée* tempête ! lança Lièvre.

— Arc-Long et moi l'avons un peu aidée. Quand on sait où pousser, abattre une hutte n'est pas très difficile.

— Pourquoi avez-vous fait ça ? demanda le petit Maag.

— Histoire de convaincre les hommes de la supériorité du torchis sur le bois. A dire vrai, c'est une ruse. Ils croient creuser la terre pour cette raison. En réalité, ils défrichent afin que les femmes puissent semer à temps. Sinon, ce sera la famine cet hiver.

— Et tu étais obligé de mentir à tes gars ? s'étonna Lièvre.

— Les semailles sont un travail de femmes. Nos jeunes coqs se révolteraient s'ils savaient à quoi ils participent. Les huttes, ça, c'est une tâche d'hommes ! Quand les premières se sont écroulées, Arc-Long et moi avons proposé la solution du torchis. Mes gars, comme tu dis, travaillent aux champs en étant persuadés de ne pas galvauder leur virilité. Tout le monde est content, et les estomacs seront pleins cet hiver.

— Vous avez des lois et des coutumes rudement compliquées, dit Sorgan.

— C'est une bonne façon de se pimenter la vie, capitaine, répondit Arc-Long. Trouver des astuces pour contourner les règles nous distrait quand les poissons refusent de mordre.

4

Le petit chalutier de Veltan entra dans la baie quelques jours plus tard.

— Que fichez-vous encore là ? lança-t-il, furieux, dès qu'il eut accosté.

— On déménage, répondit Barbe-Rouge. Lattash n'étant plus un endroit sûr, la tribu va s'installer ailleurs.

— Où est Narasan ?

— Sans doute sur son navire.

— En principe, il devrait faire voile vers mon domaine !

— A mon avis, il a décidé d'attendre. Un événement qui devait se produire a été… différé…, et il ne partira pas avant que cette affaire soit réglée.

— De quoi parles-tu, Barbe-Rouge ?

— Ta sœur a promis à Sorgan une pile de lingots d'or en échange de son aide. Elle a oublié de régler sa dette, et le général, avant de partir, veut s'assurer que ta famille tient ses promesses.

— Evidemment que oui !

— Alors, tu devrais aller voir ta sœur et lui rafraîchir la mémoire. Narasan ne bougera pas tant que Sorgan n'aura pas reçu son dû. A toi de te débrouiller. Moi, j'ai assez de problèmes sur les bras comme ça...

— Où est Arc-Long ? demanda Veltan, l'air vaguement inquiet.

— La dernière fois que je l'ai vu, il apprenait aux jeunes hommes de ma tribu l'art de faire du torchis. Les balles doivent toutes être de la même taille, et ils ne s'y prenaient pas bien.

— Pourquoi avez-vous besoin de torchis ?

— Ce serait trop long à expliquer...

— Où est exactement cet endroit ? demanda Barbe-Rouge à Veltan alors que le chalutier sortait de la baie.

— Pas très loin d'ici...

— Nous savons tous les deux que ta famille peut faire des choses hors du commun, en cas de nécessité, dit Arc-Long. Comme le temps presse, mon ami et moi ne t'en voudrons pas si tu triches un peu.

— Pour nous, ce n'est pas de la tricherie, répondit Veltan, presque comme s'il s'excusait. Mais nous avons veillé à ne pas utiliser nos pouvoirs devant les Extérieurs, et c'est devenu une habitude. Puisque vous êtes des Dhralls, je peux être franc avec vous. Nous allons caboter autour de l'île de Thurn. La grotte de Zelana est sur la côte ouest. (Il regarda ses deux compagnons.) S'il faut vraiment aller plus vite, je peux invoquer mon éclair. Nous arriverons en un clin d'œil, mais en faisant un boucan d'enfer.

— C'est comme ça que tu as pu nous prévenir à temps, dans le canyon ? demanda Barbe-Rouge.

— Je n'avais pas le choix... Le rêve de Yaltar nous a tous pris par surprise. Il fallait vous faire sortir de ce piège à rats, et sur-le-champ !

— Pourquoi les montagnes crachent-elles du feu ?

— Cette éruption a été provoquée par Yaltar. Quand

c'est nécessaire, les Rêveurs peuvent s'affranchir d'un grand nombre de règles.

— Mais ces « éruptions » se produisent parfois sans l'intervention d'un Rêveur.

— C'est un phénomène naturel. Le noyau du monde est composé de roche en fusion soumise à une énorme pression. De temps en temps, elle brise la croûte terrestre, et la pression la propulse très haut dans le ciel. (Veltan tendit un bras vers l'ouest.) Voilà l'île de Zelana.

— A quelle distance sommes-nous *réellement* de la baie ? voulut savoir Arc-Long.

— Eh bien, environ la moitié de celle qui sépare Lattash de l'extrémité du canyon. Nous atteindrons bientôt la grotte de ma sœur. (Veltan se gratta pensivement le menton.) Parler d'abord à Eleria serait peut-être judicieux. Elle connaît mieux que moi Zelana, et c'est une championne en matière de manipulation. Balacenia a toujours été la plus sournoise de sa génération.

— Balacenia ? répéta Barbe-Rouge.

— C'est le vrai nom d'Eleria... A votre place, je ne le crierais pas sur tous les toits. Quand il a compris que le Vlagh attaquerait bientôt, Dahlaine a eu une drôle d'idée. Les Rêveurs ressemblent à des enfants, mais ils n'en sont pas. Ce sont... hum... nos remplaçants, et ils prendront les choses en main quand nous nous endormirons. Une autre information qu'il ne faut pas dévoiler aux Extérieurs ! Inutile qu'ils soient au courant, pour les cycles. En fait, moins ils en sauront, mieux ce sera. S'ils découvrent à quoi nous sommes confrontés, ils ficheront aussitôt le camp.

— J'ai entendu certaines vieilles légendes, dit Barbe-Rouge, mais je n'y ai jamais rien compris. On y mentionne parfois le « cerveau supérieur ». Mais de quoi s'agit-il ?

— Barbe-Rouge est devenu le chef de sa tribu, annonça Arc-Long. En savoir plus sur les monstres des Terres Ravagées ne lui ferait pas de mal.

— Bien raisonné, mon ami. (Veltan regarda Barbe-Rouge.) Que sais-tu des insectes ?

— Ils ont plus de membres que nous et certains peuvent voler. A part ça, j'ignore tout de ces bestioles. Depuis toujours, je me concentre sur les créatures comestibles, et je ne me vois pas dévorer une mouche.

— On risque d'en avoir pour un moment..., soupira Veltan. Allons-y ! Certains insectes sont très solitaires. A part à l'époque de la reproduction, ils ont très peu de contacts avec leurs semblables. C'est par exemple le cas des araignées. Mais d'autres espèces, en particulier les abeilles et les fourmis, ont une vie sociale très développée. Individuellement, ces insectes sont stupides. Au point de n'avoir jamais peur, comme tu l'as vu dans le canyon.

— Nos adversaires n'avaient pas l'air très futés, en effet.

— Ils n'ont pas besoin d'être malins, Barbe-Rouge. C'est le « cerveau supérieur » qui se charge de réfléchir.

— Le Vlagh ? Je me demande depuis toujours comment nous avons découvert le nom de cette créature. En principe, les insectes n'en ont pas.

— Ce n'est pas vraiment un nom, mais plutôt un titre. Ses serviteurs l'appellent ainsi, comme les gens de ta tribu, qui te nomment « le chef ». Mais le Vlagh a certains avantages sur un chef moyen. Ses sbires savent à tout moment ce qu'ils pensent, puisqu'ils appartiennent à la conscience collective. Chacun partage l'expérience de tous les autres, et la somme de ces informations est entreposée dans l'esprit du Vlagh.

— Un système pratique, concéda Barbe-Rouge. Le

Vlagh n'a jamais besoin de donner des ordres, puisque tout le monde, dans sa tribu, sait en permanence ce que pense ce foutu type.

— Le Vlagh n'est pas un « type », mon ami. Il pond des œufs, et ce n'est pas une activité très masculine.

— Nous affrontons une femme ? s'étrangla Barbe-Rouge.

— Ce n'est pas ça non plus, parce que pondre n'est qu'une petite partie de son activité. Nous ignorons sa vraie nature, et voilà pourquoi son nom entier est *Ce-Qu'On-Nomme-Le-Vlagh*. Son souci majeur, actuellement, est de conquérir des territoires. Il lui faut plus de nourriture pour ses serviteurs. Ainsi, il pourra pondre plus d'œufs, avoir davantage de créatures sous ses ordres, et développer la conscience collective. Pour l'instant, il vise le Pays de Dhrall, mais ce n'est qu'un début. Le monde reste son objectif ultime ! Alors, le cerveau supérieur n'aura plus de limites.

— Ce… truc… veut aussi régner sur les humains ?

— Non. Vous serez le bétail du Vlagh. Plus il y a de nourriture, plus on peut pondre d'œufs. C'est le credo de notre adversaire.

— Il faut tuer cette créature ! rugit Barbe-Rouge.

— Je me doutais que tu en arriverais à cette conclusion. Les Extérieurs croient se battre pour de l'or. En réalité, ils luttent pour leur survie. Si nous perdons, nous finirons dans le ventre des serviteurs du Vlagh.

Vers dix heures, le chalutier de Veltan dépassa la pointe sud de l'île de Thurn. Les yeux rivés sur la côte, un repère fixe, Barbe-Rouge n'avait pas l'impression qu'ils avançaient si vite que ça.

— Ne cherche pas à comprendre, mon ami, lui dit Veltan. Je triche un peu. Si tu voyais ce qui se passe vraiment, ça te perturberait. Le temps et la distance ne sont pas des notions aussi rigides qu'on le pense…

— Rester dans l'ignorance, reconnut Barbe-Rouge, au moins sur certains points, est préférable pour ma santé mentale.

— Une sage décision… La grotte de Zelana est juste devant nous. Excusez-moi quelques instants, messire. Je vais prévenir Eleria de notre arrivée. (Veltan plissa le front puis sourit.) Elle va sortir…

— D'où ? demanda Barbe-Rouge.

— De la grotte. L'entrée est sous la surface de Notre Mère l'Eau.

— Quoi ?

— C'est bien une caverne, mais différente de celles du canyon. Dahlaine a piqué une crise quand Zelana lui a raconté qu'Eleria, à cinq ans, en sortait pour aller jouer avec les dauphins roses.

A cet instant, la superbe petite fille creva gracieusement la surface.

— Tu as un problème ? demanda-t-elle à Veltan.

— En quelque sorte, oui… Ma sœur va bien ?

— Pas vraiment… Ma Vénérée a du mal à digérer les derniers événements. Je crois qu'elle ignorait le sens profond du mot « guerre ». Qu'on puisse tuer des gens ou des créatures dépasse son entendement.

— C'était nécessaire, bébé-sœur, rappela Arc-Long.

— Peut-être, mais ma Vénérée ne s'attendait pas à aller aussi loin… Elle devait fuir et revenir chez nous.

— Et elle s'est remise ?

— Un peu… Retourner dans la grotte l'a aidée.

— Elle n'aurait pas dû partir comme une voleuse, dit Veltan. A ce propos, elle a oublié une chose très importante.

— Vraiment ?

— Zelana n'a pas payé Sorgan et il est furieux. Ma

sœur peut s'isoler dans son antre, si ça lui chante, mais elle devra faire un petit saut à Lattash pour honorer ses dettes. Son retard inquiète Narasan, et il refuse de bouger tant que cette affaire restera en suspens. Si Bec-Crochu n'a pas son or, les Trogites ne viendront pas dans mon Domaine, et je courrai à la catastrophe.

— Je vais dire à ma Vénérée que tu es là, mon oncle. Il se peut qu'elle consente à sortir, mais je ne te promets rien.

Sur ces mots, la fillette replongea vivement.

Un quart d'heure plus tard – mais une petite éternité pour Veltan et ses compagnons –, Zelana et sa Rêveuse firent surface non loin du chalutier.

— Que se passe-t-il, Veltan ? demanda Zelana en battant doucement des jambes.

— Tu as négligé tes obligations, ma sœur… Je sais que tu es très préoccupée, mais au point d'oublier ça, quand même…

— Arrête de tourner autour du pot, Veltan !

— Les Maags n'ont pas eu leur or et ça les agace. A juste titre, dois-je avouer.

— Je m'en occuperai un de ces quatre…

— Voilà qui paraît un peu vague, chère sœur.

— Sorgan n'a pas besoin de son or pour le moment. Chez nous, il ne pourra pas le dépenser.

— C'est possible, mais il le veut quand même.

— Tant pis pour lui !

— Bec-Crochu râle ferme, ma sœur, et sa mauvaise humeur est contagieuse. Narasan doute de notre honnêteté. En l'engageant, je lui ai fait certaines promesses, comme toi au Maag. Si Sorgan en est pour ses frais, le général croira que je veux l'escroquer. Tu as donné ta parole au capitaine. Si tu te parjures, les Extérieurs pilleront ton Domaine et s'en retourneront chez eux.

Sans les Trogites, mon territoire ne tiendra pas. Alors, le Vlagh régnera tôt ou tard sur le Pays de Dhrall. Tu as tout compris, ou tu veux un dessin ?

— Tu es un être détestable, mon frère.

— Je fais de mon mieux pour ça… Alors, tu vas payer ces gens, ou quoi ?

— Bon, d'accord ! cracha Zelana. Je veux bien retourner à Lattash et donner ses lingots à ce pirate. Mais n'attends rien d'autre. Pas question de me mêler encore à cette boucherie !

— Ce sera parfait, Vénérée, dit Eleria, le visage dur mais la voix mielleuse. Tu peux rester ici, jouer avec tes dauphins roses, souffler dans ta flûte et composer de mauvais poèmes, si ça doit te rendre heureuse. N'aie crainte, je me chargerai du sale travail à ta place. Je suis moins douée que toi, et je ferai sans doute des erreurs, mais je ne me défilerai pas quand mon peuple a besoin de moi.

— Tu ne partiras pas, Eleria ! Je te l'interdis !

— Dans ce cas, Vénérée, je me passerai de ta permission. Soit tu y vas, soit j'y vais – point final. A toi de choisir ! Mais fais vite, parce que nous n'avons pas toute la vie devant nous.

Barbe-Rouge n'en crut pas ses oreilles. L'adorable fillette, soudain, n'avait plus rien de mignon. Il jeta un coup d'œil à Arc-Long, pour voir s'il était aussi ébahi que lui.

L'archer, impassible, soutint le regard de son ami.

Puis il lui fit un clin d'œil.

5

Ils cabotèrent le long de la côte ouest de Thurn. Aussi discrètement que possible, Barbe-Rouge surveilla Zelana et Eleria pendant le voyage.

A présent qu'elle avait ramené la maîtresse de l'Ouest à la raison, Eleria était redevenue une enfant charmante, et Zelana se comportait à peu près comme d'habitude. Après une longue conversation avec Veltan, à la poupe du chalutier, elle rejoignit les deux Dhralls à la proue.

— Mon frère m'a dit que Barbe-Rouge a un problème, dit-elle. Vous pouvez m'en apprendre plus ?

— Les montagnes de feu ont asséché la rivière, expliqua Arc-Long. Désormais, Lattash n'est plus un foyer acceptable pour la tribu de Nattes-Blanches. L'idée de s'installer ailleurs a tellement perturbé le vieux chef qu'il est incapable de prendre des décisions. Barbe-Rouge s'est occupé de tout, et il n'a pas encore fait trop d'âneries.

— Merci du compliment, vieux frère, grogna le nouveau chef.

— De rien, cher ami, répliqua Arc-Long. Bref, Barbe-

Rouge et moi avons trouvé un bon site pour le nouveau village, et Sorgan se charge du transport de la tribu.

— C'est très gentil de sa part, fit Zelana. Je n'aurais jamais cru utiliser cet adjectif dans une phrase où figure Bec-Crochu…

— Il n'est pas si méchant que ça, dit Barbe-Rouge. Parfois, la guerre fait remonter à la surface le meilleur des individus. Nous l'avons aidé dans le canyon, et il nous assiste en retour. Ensuite, il ira dans le sud avec Narasan pour lui prêter main-forte.

— N'est-ce pas adorable, Vénérée ? s'écria Eleria.

— J'ai peut-être sous-estimé cet humain, reconnut Zelana. Il le cache bien, mais il y a un peu de dignité derrière son apparence répugnante. Les montagnes de feu sont encore en activité ?

— Elles crachaient toujours de la roche en fusion quand nous sommes partis, répondit Barbe-Rouge. Nous espérions qu'elles se calmeraient. En vain, apparemment.

— Tu as raison de déplacer ta tribu, Barbe-Rouge. Les éruptions peuvent durer des années, et se trouver sur le chemin d'une coulée de lave n'a rien de plaisant. (Zelana se tourna vers son frère.) Dépêchons-nous un peu ! Il faut éloigner tous nos amis du canyon. Lattash est un endroit dangereux…

— Je soutiens ta motion, dit Veltan.

Barbe-Rouge prit son courage à deux mains.

— Il y a autre chose, dame Zelana. Mon oncle m'a transmis le pouvoir devant tous les anciens. Ce n'était pas mon idée, et ça me déplaît souverainement, mais me voilà le chef de la tribu.

— Nattes-Blanches a fait montre de sagesse. Tu étais le choix idéal. Parfois, quand les choses vont trop vite pour eux, les vieux perdent tous leurs moyens. (Zelana sourit à sa protégée.) Alors, les jeunes doivent les remplacer, quitte à leur marcher un peu sur les pieds…

— Me crois-tu capable d'une chose pareille, Vénérée ? s'écria la fillette avec une sincérité parfaitement imitée.

— Nous en reparlerons plus tard, ma chérie. Pour le moment, j'ai des préoccupations plus urgentes.

Barbe-Rouge eut le cœur serré quand le chalutier s'engagea dans la baie de Lattash. Les pics jumeaux continuaient de propulser de la lave et des flammes dans les airs. Contre toute attente, le Dhrall avait espéré que le foyer de son enfance serait miraculeusement épargné, mais c'était désormais hors de question.

— Je suis désolé, ami Barbe-Rouge, dit Arc-Long.

— Tu n'y es pour rien… Ce que nous voulons ne nous est jamais donné gratuitement, j'en ai peur. Gagner cette guerre nous a coûté notre village. Il était magnifique, mais rien ne dure éternellement.

Quand Veltan aligna son chalutier le long de la coque du *Cormoran*, Sorgan Bec-Crochu était au bord de la panique.

— Où étais-tu ? demanda-t-il à Zelana. La roche fondue dévale le ravin plus vite qu'un homme ne peut courir ! Le village sera enseveli avant le coucher du soleil, et nous ne pourrons pas récupérer l'or, dans la caverne.

— Du calme, Bec-Crochu…, dit la maîtresse de l'Ouest. Lièvre, saute dans ton canot et va chercher Skell, Torl, et les autres cousins de Sorgan. Si nous embarquons tous les lingots sur le *Cormoran*, il coulera comme une pierre.

— J'y vais, ma dame, dit Lièvre avant de filer vers la proue du drakkar.

— Nous partons avant les autres, Sorgan, annonça

Zelana. Pour que tes marins puissent emporter l'or, je dois faire disparaître le mur qui le protège.

— Ma dame, croyez-vous pouvoir élargir un peu le tunnel ? demanda le capitaine. Si plus de deux gars peuvent y entrer de front, nous gagnerons du temps.

— Une mauvaise idée, Sorgan… Les parois du tunnel soutiennent la voûte, qui s'écroulera si on tente de les écarter. Dis à tes hommes de travailler vite et de ne surtout pas perdre du temps à admirer les lingots. La grotte doit être vide avant l'arrivée de la lave dans la baie.

— La roche peut aller où elle veut, tant qu'elle n'entre pas dans la caverne !

— Dès qu'elle sera en contact avec l'eau, le nuage de vapeur aveuglera tes marins. Tu n'as jamais vu un brouillard aussi épais, pirate…

— J'avoue avoir négligé ce détail, ma dame, avoua Sorgan, piteux.

Pour transporter les lingots, les Maags utilisèrent la méthode – faire la chaîne – qui leur avait si bien réussi quand ils avaient dû démonter l'escalier, au fond du canyon. Vu l'étroitesse du tunnel, ils durent se contenter de former deux lignes, mais leur rapidité et leur expérience compensèrent l'exiguïté du théâtre d'opération.

Barbe-Rouge alla dans la salle principale pour jeter un dernier coup d'œil à sa maquette du canyon. Pour une raison qui lui échappa, Eleria lui emboîta le pas.

— Nous avons oublié quelque chose ! s'écria-t-elle soudain.

— Je ne vois pas quoi…

— Des lingots sont enterrés sous l'argile, tu t'en souviens ?

— Ça m'est sorti de l'esprit, répondit le Dhrall en éclatant de rire. On devrait aller le dire à Sorgan. (Il étudia la maquette.) Mais la récupération ne sera pas facile. L'argile a eu le temps de sécher. Les Maags ne devront pas ménager l'huile de coude pour dégager le magot.

— Ça leur fera du bien… Quand ils n'ont pas de défi à relever, les marins deviennent vite paresseux.

Barbe-Rouge quitta la grotte pleine de Maags en sueur, et se dirigea vers le village. En chemin, il rencontra Arc-Long.

— Combien de temps nous reste-t-il ?

— Quelques heures, au moins, répondit l'archer. La coulée de lave a un peu ralenti. Je crois que c'est dû aux défenses que Skell a érigées dans un passage déjà étroit. Cela dit, il vaudrait mieux évacuer les lieux au plus vite. La catastrophe est pour bientôt.

— Et la digue, tu crois qu'elle tiendra ?

— J'en doute… Elle retenait l'eau, mais la lave est beaucoup plus lourde, et elle ne se laisse pas canaliser si facilement. La digue n'est pas conçue pour résister à une telle pression.

— C'est peut-être aussi bien, dit Barbe-Rouge. S'il restait des vestiges du village, ses anciens habitants, surtout les plus âgés, seraient tristes chaque fois qu'ils les verraient. Alors, mieux vaut faire table rase du passé ! La tribu doit avancer vers le futur, et les souvenirs sont un fardeau inutile.

— Tu fais des progrès, chef Barbe-Rouge. Te voilà capable de voir plus loin que le bout de ton nez…

— Je n'ai pas demandé le pouvoir, mon ami.

— Je sais, et c'est pour ça que tu seras un bon chef. Ta tribu a une sacrée chance. L'homme qu'il faut à la place qu'il faut !

— Je préférerais continuer à pêcher et à chasser…

— Tu crois que nous ne le voudrions pas tous ?

— S'il n'y avait pas eu ces maudits volcans, dit Sorgan à Narasan, j'aurais laissé l'or dans la grotte.

Les deux officiers et leurs amis tenaient une petite réunion dans la cabine du pirate.

— Si je règle les autres capitaines, continua Bec-Crochu, ils voudront repartir au pays dès la prochaine marée. Nous aurons besoin d'eux pour gagner la guerre, dans le sud, mais ça ne les intéressera pas s'ils ont les poches pleines.

— Tu as raison, mon ami, dit le Trogite. L'or est parfois un sacré fardeau, pas vrai ?

— Garde ce que je dis pour toi, s'il te plaît ! implora Sorgan. Le vrai problème, c'est que je n'arriverai pas à tenir secrète la présence d'une fortune sur mon drakkar et sur ceux de mes cousins. Les marins parlent trop, surtout après avoir descendu une ou deux bières. Tôt ou tard, un capitaine me refera le coup de Kajak. (Il se tourna vers Arc-Long.) Où en es-tu avec tes flèches ?

— Il ne m'en reste plus tant que ça, hélas…

— Conclusion, je dois trouver un endroit sûr où cacher les lingots. L'ennui, c'est qu'un des marins choisis pour le transporter finira un jour ou l'autre par se soûler et ouvrir sa grande gueule.

— Et si tu me laissais cacher l'or pour toi ? proposa Zelana.

— A votre place, messire, intervint Keselo, je donnerais à chaque capitaine une partie de son dû. Sinon, ces hommes finiront par perdre patience. Que diriez-vous d'un quart du montant convenu ? En apprenant que la guerre n'est pas finie, et qu'ils auront le reste plus tard, vos compatriotes ne seront pas ravis. Mais ça leur enlèvera l'envie de ficher le feu au *Cormoran*.

— C'est une idée à creuser, Sorgan, dit Narasan. De fait, le conflit n'est pas terminé. La bataille du canyon, une belle victoire, n'a pas anéanti l'ennemi. Bref, nous avons encore trois campagnes devant nous. Un quart de la récompense seulement nous est dû. Distribue aux autres Maags ce qu'ils ont mérité, et dis-leur de gagner le reste.

— Ça peut marcher, Cap'tain, déclara Lièvre. Un règlement partiel est préférable à pas de règlement du tout, et nos compatriotes décideront sûrement de rester avec nous.

— Ce n'est pas absurde..., fit Sorgan, pas entièrement convaincu. Mais quelques capitaines, pensant que je les ai arnaqués, risquent de repartir pour Maag avec leur or.

— Qu'ils s'en aillent ! lança Zelana. Nous n'avons pas besoin d'alliés de ce genre. Les plus loyaux resteront, et ce sont des hommes de cette trempe qu'il nous faut.

— Dame Zelana, où cacheras-tu le reste de l'or ? demanda Bec-Crochu.

— Il vaut mieux que tu ne le saches pas, mon cher Sorgan. Je te le dirai peut-être plus tard, si tu me jures de ne pas boire une goutte de bière jusqu'à la fin de la guerre.

— Ce n'est pas juste ! s'indigna le pirate.

— Qui a jamais dit que la vie l'était ? répondit Zelana avec une moue espiègle.

Barbe-Rouge se couvrit la bouche pour dissimuler le sourire qui lui fendait le visage. Quand elle y mettait du sien, Zelana avait toujours un esprit sacrément acéré. Le Dhrall s'était inquiété en découvrant qu'elle avait couru se cacher dans sa grotte de l'île de Thurn. Mais elle allait beaucoup mieux, ça ne faisait pas de doute.

— Comment avez-vous eu cette idée bizarre ? demanda Zelana à Barbe-Rouge quand il lui montra les huttes en torchis du nouveau village.

— Vieil-Ours, le chef d'Arc-Long, nous a dit que les

tribus du nord, dans le Domaine de Dahlaine, construisent ainsi leurs habitations parce qu'elles manquent d'arbres. Avec le vent qui souffle ici, nous serons mieux protégés. Mais ce n'est pas la raison principale. Les femmes avaient besoin qu'on défriche la prairie, et les hommes croient s'abaisser s'ils travaillent aux champs. En revanche, la construction leur semble une tâche virile. Une nuit, Arc-Long et moi avons aidé les huttes en bois à s'écrouler... Après, les hommes ont décidé que des habitations en torchis seraient plus adaptées au nouveau site. Planteuse leur en a été très reconnaissante.

— Planteuse ?

— La chef des femmes de la tribu, en quelque sorte... Elle en sait plus long que quiconque sur l'agriculture. Bref, après que les hommes eurent accompli un vrai travail de mâles, leurs compagnes ont pu commencer les semailles dans des conditions idéales. N'est-ce pas amusant ? Les jeunes coqs sont très fiers de leurs huttes, et ils ne se doutent pas un instant qu'ils se sont fait rouler dans la farine.

— Tu es machiavélique, Barbe-Rouge.

— Merci du compliment ! Tout a merveilleusement bien marché. Chacun a ce qu'il veut et personne ne se plaint. Si les coutumes sont parfois un obstacle, un chef doué pour les acrobaties trouve toujours un moyen de les contourner. (Barbe-Rouge contempla le village.) Notre nouveau foyer ne vaut pas l'ancien, mais nous ferons avec...

— Rien n'est éternel, Barbe-Rouge, le consola Zelana. Bientôt, vous surmonterez votre peine et vous irez de l'avant.

— Cette idée ne m'enthousiasme pas, avoua le Dhrall.

— Enthousiaste ou pas, dit gentiment la maîtresse de l'Ouest, tu agis, et c'est l'essentiel.

— Si nous parlions un peu d'or, messires ? proposa Zelana aux Maags et aux Trogites réunis dans les quartiers du général Narasan.

— On peut même en parler *beaucoup*, fit Sorgan avec un grand sourire. J'adore ce sujet !

— Quelle révélation ! ironisa Arc-Long.

— Comme vous vous en doutez, continua Zelana, notre guerre n'est pas finie. A vrai dire, elle commence à peine. Quand nous vous avons engagés, Veltan et moi, il ne vous a pas échappé que nous sommes restés très évasifs sur les détails. Maintenant que nous nous connaissons mieux, il est temps de revoir ensemble les termes de notre contrat.

— Tu vas diminuer notre solde de moitié ? s'inquiéta Sorgan.

— Non. Au contraire, j'envisage de la doubler. Comme vous avez été deux fois plus efficaces que prévu, ça semble équitable.

— J'adore la façon de raisonner de dame Zelana, dit Bovin.

— Et moi donc ! renchérit Gunda.

— Feras-tu comme ta sœur, Veltan ? demanda Narasan sans cacher son excitation.

— Je ne la contrarie jamais, lâcha le maître du Sud. Maintenant que vous la connaissez tous, vous devinez pourquoi.

— Eh bien, ça paraît plus prudent, en effet…

— Y a-t-il autant d'or que ça au Pays de Dhrall ? demanda Jalkan.

— Des montagnes…, répondit Veltan, nonchalant. Notre sœur aînée, Aracia, fera probablement construire son prochain palais avec ce métal ridicule. Il est très beau, je vous le concède, mais rien ne vaut le fer. Plus dur, plus solide…

En entendant ces mots, Jalkan eut une étrange expression, un peu comme s'il était affamé. Barbe-Rouge n'aimait pas ce Trogite, qui passait son temps à cirer les pompes de Narasan et à maltraiter ses hommes.

— Sorgan, dit le général, je suppose que tu nous accompagneras au sud ?

— Il y a même des chances que nous y soyons avant toi, Narasan ! Tu veux parier ?

— Désolé, mais je fuis les jeux d'argent… (Le général se tourna vers Veltan.) Combien de temps avant que les ennuis commencent dans ton Domaine ?

— Je ne sais pas trop… Les monstres du Vlagh doivent être un peu désorientés. Ils auront besoin d'un moment pour se réorganiser.

— Il faut quand même vous presser, intervint Arc-Long. Les vaisseaux devront revenir ici dès qu'ils auront déposé vos armées à terre.

— Pourquoi ? demanda Sorgan.

— Vous ne forceriez pas les tribus du Domaine de Zelana à faire la route à pied ?

— Dois-je comprendre que tes archers et toi venez avec nous ? fit Narasan sans dissimuler sa surprise.

— Bien sûr que oui ! Zelana doit une fière chandelle à Veltan, qui lui a prêté ses Trogites, alors que nous aurions dû nous charger, avec les Maags, de la défense du Domaine. Général, tu as aidé Sorgan, qui t'assistera en retour. Veltan ayant prêté main-forte à Zelana, nous devons lui rendre la pareille. C'est logique, mais il y a plus…

— Vraiment ? Puis-je savoir quoi ?

— Tu t'imagines que nous vous laisserions vous amuser sans nous ? répondit Arc-Long avec un grand sourire.

Après

***LE RÉVEIL DES ANCIENS DIEUX*,**

etrouvez le cycle des *Rêveurs*

pour de nouvelles batailles !

Découvrez vite un extrait de

LA DAME D'ATOUT (LES RÊVEURS t. *2)*

de **David & Leigh Eddings** (Pocket n° 5893) !

En librairie le 5 juillet 2007

SCIENCE-FICTION

Collection dirigée par Bénédicte Lombardo

DAVID ET LEIGH EDDINGS

LES RÊVEURS

2. LA DAME D'ATOUT

Traduit de l'américain
par Jean Claude Mallé

FLEUVE NOIR

Titre original :
THE TREASURED ONE
(The Dreamers, vol. II)

Publié par *Voyager*
An Imprint of HarperCollins Publishers

Au fil de mes nombreux cycles d'éveil, j'ai appris à aimer les montagnes qui se dressent sur mon Domaine. Quel autre paysage prétendrait égaler la beauté de ces pics ? Ma sœur Zelana parlerait sans doute de la mer avec autant d'enthousiasme, mais sans l'ombre d'une chance de me convaincre. Dans les cimes, l'air est clair et pur comme nulle part ailleurs, et les neiges éternelles confèrent encore plus de splendeur à cette touchante virginité.

Millénaire après millénaire, j'ai vérifié qu'un lever de soleil, en montagne, génère la lumière la plus délicieuse que j'aie jamais goûtée. A l'aube, chaque fois que c'est possible, perché sur les épaules du mont Shrak, je sirote les premiers rayons de l'astre du jour. Quoi que me réserve la journée à venir, un petit déjeuner de soleil m'emplit d'une sérénité que rien d'autre ne saurait me procurer.

Vers la fin du printemps, l'année où les monstres des Terres Ravagées furent chassés du Domaine de Zelana par la crue d'Eleria et les volcans jumeaux de Yaltar, je sortis comme d'habitude de ma grotte, nichée dans un flanc du mont Shrak, pour aller saluer l'apparition du soleil.

Arrivé à l'endroit où il me plaît de festoyer, j'aperçus un banc de nuages, à l'est. Comme toujours, ce phénomène sembla ajouter de la beauté à la gloire matinale de mon territoire...

Regardant autour de moi, je m'avisai que l'été arrivait plus lentement que d'habitude dans mon Domaine. Sur les pentes des montagnes, une neige tardive s'accrochait obstinément à la terre. Etait-ce le signe avant-coureur d'un de ces bouleversements climatiques bien plus fréquents que le croient les humains qui nous servent ? En réalité, les températures, sur le beau visage de Notre Père le Sol, ne sont jamais constantes. Soumises aux caprices de Notre Mère l'Eau, elles baissent dès que l'océan frissonne de froid, et les terres se couvrent aussitôt de neige.

Parfois durant des siècles, il convient de le préciser...

Après mûre réflexion, j'écartai cette possibilité. Pendant l'hiver, en attendant l'arrivée des mercenaires du Pays de Maag, Zelana avait intensivement joué avec le climat pour retarder les hordes du Vlagh. En toute logique, il faudrait du temps pour que les choses reviennent à la normale.

Finalement, les événements du printemps avaient de quoi me satisfaire. Avec du recul, mon audacieuse décision – réveiller prématurément nos remplaçants après les avoir fait régresser au stade infantile – semblait en accord avec l'antique prophétie. Car la crue d'Eleria et les volcans de Yaltar interdiront à jamais une incursion des hordes du Vlagh dans le Domaine de Zelana.

Le soleil apparut dans toute sa gloire, colorant de rose les nuages qui dérivaient à l'est. La lumière du début de l'été étant plus nourrissante que les pâles lueurs de l'hiver ou de l'automne, je revins vers ma grotte, après mon festin, d'une démarche qu'on eût quasiment pu qualifier de sautillante.

Mon soleil miniature m'attendait devant l'entrée. Comme de juste, il me posa sa question rituelle.

— Je suis seulement allé voir quel temps nous aurions, mon petit, mentis-je diplomatiquement.

Cette pauvre petite boule de feu se rembrunit dès qu'elle me soupçonne de préférer à la sienne la lumière du véritable soleil. Parfois, les animaux domestiques se comportent bizarrement…

— Ashad a bien dormi ? demandai-je.

Mon brave compagnon sphérique imita à la perfection un hochement de tête.

— Très bien… Ces jours-ci, son sommeil était plutôt agité. A mon avis, les derniers événements, chez Zelana, l'ont effrayé. Tu devrais filtrer un peu ta lumière, histoire de ne pas le réveiller. Le pauvre a besoin de repos.

Mon ami flottant obéit aussitôt.

Au début, l'arrivée d'un intrus dans notre antre ne l'a pas ravi. Avec le temps, ça s'est arrangé. Aujourd'hui, mon soleil est fou du gentil Rêveur blond, même s'il a du mal à comprendre que la lumière ne suffit pas à lui remplir l'estomac. Doutant des bienfaits de la nourriture solide, il lévite souvent au-dessus d'Ashad, acharné à le bombarder de rayons, au cas où il aurait besoin d'un complément alimentaire.

Je suivis le tunnel sinueux qui conduit à ma grotte, au cœur de la montagne, la tête baissée pour ne pas heurter les stalactites. Bien plus épais et longs qu'au début de mon cycle actuel, ces obstacles commencent à me gêner. A cause des eaux riches en calcaire qui s'infiltrent dans les entrailles du mont Shrak, ces fichues excroissances minérales s'allongent régulièrement au fil des siècles. Un de ces jours, dès que j'aurai un peu plus de temps, il faudra que je me décide à leur flanquer quelques bons coups de massue…

Quand j'entrai dans notre fief, Ashad dormait toujours, enveloppé dans son manteau de fourrure. Après le discours que je venais de tenir à mon soleil, j'estimai préférable de ne pas le déranger.

Toujours convaincu d'avoir eu raison de réveiller nos remplaçants un peu avant la fin de notre cycle, je ne me voilais pas la face pour autant. A l'évidence, ils avaient conservé une bonne partie de leurs anciens souvenirs… et ça n'était pas vraiment prévu.

Assis à la table où Ashad dévore joyeusement ce qu'il appelle de la « vraie nourriture », j'entrepris de réfléchir aux nombreux détails qui m'avaient échappé.

Franchement dépité, je dus admettre qu'il aurait été judicieux de mieux examiner nos remplaçants *avant* de les réveiller. Hélas, il était trop tard pour revenir en arrière. A l'origine, j'avais postulé que chaque enfant réagirait aux dangers qui menaceraient le domaine de *son* parent adoptif. On imaginera ma surprise quand Veltan me raconta que les songes de Yaltar, son Rêveur, prédisaient la guerre qui allait faire rage chez Zelana. Selon moi, c'était Eleria qui aurait dû nous avertir de ce péril.

Quand l'attaque eut été lancée, Yaltar passa des prédictions à l'action, et sauva le Domaine de l'Ouest en activant ses volcans jumeaux. Cette intervention suggérait qu'Eleria et lui avaient été très proches au cours de leur cycle précédent. Et s'il faut une preuve supplémentaire, j'en dispose, car chacun des deux Rêveurs, lorsqu'il se réfère à l'autre, utilise son véritable nom – Balacenia pour Eleria, et Vash pour Yaltar.

— On dirait que mon plan génial avait quelques défauts…, marmonnai-je piteusement.

Revenant à une analyse plus globale de la situation, je repensai pour la centième fois au cœur de notre problème. L'épine plantée dans notre flanc, c'était que le Vlagh, depuis des millénaires, modifiait *consciemment* ses serviteurs.

Les différentes formes de vie se métamorphosent sans cesse, en principe pour s'adapter à l'évolution de leur environnement. Certaines de ces mutations réussissent, et d'autres non. Les espèces qui font le bon choix survivent. Celles qui se trompent disparaissent. Pour être franc, la chance joue souvent un rôle décisif dans ce processus.

Avant l'arrivée des prédécesseurs très poilus des humains, une multitude de créatures avaient foulé le sol plus ou moins accueillant du Pays de Dhrall. La plupart, après une option évolutive mal avisée, étaient retournées au néant dans l'indifférence générale.

Hélas, le Vlagh comptait au nombre des survivants.

A l'origine, ce n'était guère plus qu'un insecte bizarre ayant élu domicile près du rivage de la mer intérieure qui, dans un lointain passé, recouvrait ce que nous appelons aujourd'hui les Terres Ravagées. Après un réchauffement climatique, et l'évaporation de l'eau, la nécessité le força à modifier ses serviteurs. Bien que la sécheresse rendît obligatoire de se protéger du soleil brûlant, le Vlagh – selon mes recherches – ne se contenta pas de se mettre en quête d'une solution à l'aveuglette. Au contraire, il recourut à une vaste série d'observations, et je mettrais ma main à couper que la conscience collective apparut à ce moment-là.

L'aptitude à partager les informations donna aux serviteurs du Vlagh un avantage décisif sur leurs concurrents. Ce que l'un d'eux avait vu, tous les autres l'avaient vu aussi ! A l'époque, les espèces liées à cet étrange insecte vivaient à la surface du monde, très probablement dans les arbres. D'autres créatures, cependant, avaient trouvé refuge sous la terre. Les ayant étudiées, les chercheurs – rien de plus que des espions, en réalité – purent fournir à leur maître une description très précise des appendices requis quand on envisage de creuser des terriers. Une fois le « concept » établi par la conscience collective, le Vlagh se chargea de la « duplication », et donna naissance à une fantastique couvée de creuseurs.

Les réseaux de tunnels protégèrent les serviteurs du Vlagh des ravages du soleil. Mais beaucoup d'autres problèmes les attendaient, et ils durent s'atteler à les résoudre.

Au fil des siècles, le nouveau climat tua peu à peu la végétation – jadis luxuriante – et la nourriture se fit de plus en plus rare. Et si le Vlagh continuait à pondre, comme il le devait, chaque couvée produisait de moins en moins d'individus viables. Très vite, une menace se précisa : la disparition totale des espèces qu'il s'était donné tant de mal à engendrer.

En atteignant les montagnes, les creuseurs avaient dû s'arrêter, car la roche s'était révélée trop dure pour eux. Peu après, hélas, ils découvrirent les grottes nichées dans les flancs de ces monts, et une kyrielle de monstres qui *auraient dû* disparaître parvinrent à survivre.

(De quoi justifier ma position mitigée dès qu'il est question de cavernes : j'adore la mienne, et je déteste les leurs !)

Dans ces grottes, les serviteurs du Vlagh rencontrèrent des créatures nouvelles pour eux. Leur découvrant des caractéristiques potentiellement très utiles, la conscience collective se lança aussitôt dans une nouvelle série de « croisements » tout aussi contre nature que les précédents.

A mon grand regret, je dois concéder que les hommes-serpents, comme les a pittoresquement baptisés Sorgan Bec-Crochu, furent une incontestable réussite. Cela dit, qu'on ne me demande surtout pas comment le Vlagh parvint à produire des reptilo-insecto-mammifères qui ressemblent beaucoup à des humains.

Parce que les impossibilités biologiques me défrisent, qu'on se le dise !

Cela posé, sans le génie instinctif du chamane Celui-Qui-Guérit, il y a fort à parier que les hordes du Vlagh auraient conquis depuis longtemps le Domaine de Zelana…

Ashad gémissant dans son sommeil, je me levai d'un bond, approchai du banc de pierre qui lui sert de lit et me penchai sur lui. Plissant les yeux pour mieux voir dans la pénombre, je m'assurai qu'il allait bien.

Au chaud dans son cocon de fourrure, le Rêveur avait les yeux fermés – la preuve irréfutable qu'il se portait à merveille.

Au début, découvrir que la lumière ne suffisait pas à nourrir nos chers petits fut un rude choc pour nous tous. Comme mon frère et mes deux sœurs, gérer ce type de « contingence » ne m'enthousiasmait pas. Et nous n'avions encore rien vu, car ces casse-pieds en herbe avaient en outre besoin de respirer !

Comme le démontrent les dix mille ans d'exil de Veltan sur la lune, les membres de ma famille se passent très facilement d'oxygène. Par bonheur, observer les humains conçus pour notre divertissement nous avait appris que ce n'était pas le cas de tout le monde. En particulier des pêcheurs, dont un théorème postule – à raison – qu'ils se noient quand on les plonge un trop long moment dans l'eau…

Bien qu'étant des dieux, comme nous, les Rêveurs semblaient avoir besoin d'air et de nourriture. Les en priver assez longtemps pour s'en assurer nous parut une méthode inutilement risquée…

Comme Ashad respirait avec une régularité de métronome, je retournai m'asseoir sur ma chaise. Désœuvré dans l'immédiat, je repensai à son arrivée dans ma grotte et aux quelques heures suivantes.

Si un mauvais plaisant a jamais rêvé de voir un dieu dans tous ses états, il a raté sa chance. Car la panique, on me croira sur parole, n'a jamais fait autant de ravages dans ma famille que ce jour-là.

Dès le premier cri d'Ashad, je me mis à tourner en rond comme un lion en cage. Après dix minutes d'affolement, je me souvins d'une particularité des ours qui peuplent mon domaine en compagnie des daims, des humains et des sangliers.

Les ourses accouchant pendant leur cycle d'hibernation, leur marmaille doit se débrouiller seule pour démarrer dans la vie. Par une heureuse coïncidence, une dame à fourrure nommée Croc-Cassé prenait ses quartiers d'hiver dans une grotte raisonnablement proche de la mienne.

Toujours bouleversé, mon Rêveur hurlant sous le bras, je courus vers le refuge de cette noble plantigrade.

Son rejeton, Longue-Griffe, était déjà de ce monde et il tétait avec délectation quand j'entrai dans la caverne. Par bonheur, je n'eus pas à lui chercher querelle. Très obligeant, il s'écarta un peu et laissa mon petit Ashad s'initier aux délices d'un lait maternel plutôt exotique.

Une mamelle dans la bouche, il cessa aussitôt de brailler.

Bizarrement – ou pas, selon le point de vue qu'on adopte – Ashad et Longue-Griffe décidèrent sur-le-champ qu'ils étaient frères. Après s'être rempli l'estomac, ils commencèrent à jouer comme deux oursons dignes de ce nom.

Je décidai de rester dans la grotte jusqu'au réveil de Croc-Cassé. Après s'être étirée, elle renifla rapidement ses deux petits – sans remarquer que l'un d'eux manquait singulièrement de poils –, puis les blottit contre sa puissante poitrine comme si tout était pour le mieux dans le meilleur des mondes.

Connus pour être plus myopes que des taupes, les plantigrades se fient essentiellement à leur odorat. Et après deux semaines passées à se vautrer dans la poussière avec son petit copain, Ashad – mes narines délicates s'en souviennent encore – sentait beaucoup plus l'ours que l'humain !

Reine de lumière

LA TRILOGIE DES JOYAUX
T. 1 - Le trône de diamant
David Eddings

Émouchet, le chevalier pandion, est de retour d'exil, prêt à reprendre sa place de Champion de la reine. Mais la souveraine est frappée d'un mal mystérieux et Séphrenia, la sorcière, n'a pu que retarder l'échéance : assise sur son trône, enchâssée dans un bloc de cristal, la reine est mourante. Il faut vite trouver un remède, car aux portes du royaume d'Élénie, les ténèbres rôdent et la jeune souveraine agonisante est peut-être l'ultime espoir de la lumière...

(Pocket n° 5555)

L'invincible prophétie

La Mallorée
T. 1 - Les Gardiens du Ponant
David Eddings

Voici venus les temps où les peuples respirent. Torak est mort, la menace cosmique paraît conjurée. Tout est calme en tout lieu dans les royaumes du Ponant. Pourtant, la Prophétie des ténèbres est gravée dans les mémoires : les paroles ne peuvent mourir. L'ombre rôde, on complote, on assassine, les feux de la guerre s'allument dans les États du Sud. Les Gardiens du Ponant vont devoir reprendre du service...

(Pocket n° 5482)

Impression réalisée sur Presse Offset par

46865 – La Flèche (Sarthe), le 03-04-2008
Dépôt légal : mai 2007
Suite du premier tirage : mars 2008

POCKET – 12, avenue d'Italie - 75627 Paris cedex 13

Imprimé en France